[鹿 小 姐 书 系]

小小爱意，不成敬意

爱喝水 著

陕西新华出版传媒集团

三秦出版社

图书在版编目（CIP）数据

小小爱意，不成敬意 / 爱喝水著. —西安：三秦
出版社，2019.11
ISBN 978-7-5518-2032-5

Ⅰ．①小… Ⅱ．①爱… Ⅲ．①言情小说－中国－当代
Ⅳ．①I247.5

中国版本图书馆CIP数据核字（2019）第230894号

小小爱意，不成敬意

爱喝水　著

出　　品	大周互娱	
总 策 划	周　政	
总 监 制	曾筱佳	
责任编辑	韩　星	
责任校对	赵　炜	
项目总监	猫懒懒	
特约编辑	张　靓	
封面设计	周　丽	
版式设计	李映龙	
封面绘制	阿　栗	

出版发行	陕西新华出版传媒集团　三秦出版社
社　　址	西安市雁塔区曲江新区登高路1388号
电　　话	（029）81205236
邮政编码	710061
印　　刷	湖南凌宇纸品有限公司
开　　本	880mm×1230mm　1/32
印　　张	10
字　　数	348千字
版　　次	2019年11月第1版
	2019年11月第1次印刷
标准书号	ISBN 978-7-5518-2032-5
定　　价	38.80元
网　　址	http://www.sqcbs.cn

第二卷

校园牵手
成眷侣

目　录

CONTENTS

第一卷

山中修炼做神仙

第一章

男主意外失足，本文完

（1）

清晨七点二十三分。

盛雍是被人吵醒的，确切地说是被一阵"喔喔喔"的声音吵醒的。这声音清脆悦耳，似一串铃铛敲响在耳边，即使抓过被子蒙住头，他依然难以抵御它魔性的穿透力。

盛雍爆了一句粗口，蹬掉被子翻坐而起，烦躁地抓了抓半长的乱发，眼睛睁不睁，尚未全醒，一动不动地待了一会儿。接着，他跳下两米的大床，一把掀开厚重的窗帘，大片大片的阳光瞬间不要钱似的照亮房间。

盛雍很久没见过八点钟以前的太阳了，有点不适应它肆无忌惮的明媚，只觉得被它晃得睁不开眼，火气也跟着噌噌地涨。

盛雍不仅有起床气，而且很严重。

这家伙的生物钟就像达利画里的钟，想怎么走就怎么走。只要没睡到自然醒，比如早一分钟醒，他就能摆一天的脸色。

Z大，上午第一节课七点五十分开始，这家伙愣是创下大学四年没上过一节早课的纪录。在报名免推生前，有老师把他推荐给学院"大牛"余老怪。听说他是当年的高考状元，大学四年牢牢占据第一，不落旁人，余老怪惜才，找他来谈话。一见面还挺意外，小伙长得倍儿精神，余老怪开门见山便问："你为什么从上不上早课？"这家伙也不含糊，直接答："起不来。"余老怪没生气，大手一挥："滚吧，保研你就甭想了，有本事自己考。"

笔试成绩毫无悬念，盛雍这家伙斩获第一，面试时两人"再续前缘"，对于刁钻问题，盛雍道道对答如流。经检验，他是真有本事。既然不是金玉其外的草包，余老怪便说道："让我收你也行，以后实验室的钥匙归你管，八点钟开门，不守时，我让你读够八年再毕业。"这家伙本想说"我也就随便考着玩玩"，但听坐镇场外的盛家老爷子喊一声"哎呀，我的血压哟"，到嘴边的心里话乖乖憋回了肚子里，随即改称"要不我试试"。

怪人爱怪才，面试顺利通过，试不试得成那是后话，要等九月开学才能见分晓。不过，余老怪的新弟子模样俊美，是公认的事实。

他有着标准的丹凤眼，狭长的眼尾飞扬，鼻梁英挺、唇峰翘、唇弓弯；一张近乎完美的脸蛋，像被上帝精描细绘的工笔画；六七分的男生女相，五官分开来精致到辨不出男女，合在一起美得阴柔而不失贵气，衬得起名字里的一个"雍"字。

此刻，盛雍正大大咧咧地赤裸着上半身，站在窗前。他白且瘦，再配上染成奶奶灰的头发，整个人像汝窑烧制的顶级瓷器，胎质细腻，胎釉似雪，白到发亮。

他晒不黑也不爱见太阳，喜欢昼伏夜出，物种设定跟吸血鬼似的，早起简直毁人设。

他心里窝着火，半眯起眼睛，望向庭院。

炎炎盛夏，草木葳蕤，西侧枝叶繁茂的桂花树下，一个女孩正在扎马步。

女孩面朝骄阳，背对别墅。

她留着过时的蘑菇头齐刘海，比发型更老土的是她的造型，乍一看，像少林寺招的女弟子——她上身穿纯白短袖老头衫，下身是一条灯笼练功裤，玄黑缎面，腰间束着一条同色系的腰带，带尾曳地扶风而动，脚上还穿了一双戏曲里才会出现的白穗子素面绣鞋。

造型土归土，女孩的马步扎得着实稳当漂亮，将她的线条完美地勾勒出来。

盛雍盯着女孩玲珑的身段看了两秒，顺手抓起窗边国际象棋棋盘里的一个"车"，开窗、眯眼、瞄准、投掷，一道破空的弧线……准头稍差，他瞄准的是屁股，打中的是女孩的后脑勺。

遭到突然袭击，女孩吃痛回过头，盛雍看清了她的正脸。

女孩的圆脸如盘子大，眼神明亮，闪烁着光芒。她小麦色的皮肤被阳光一照，像古法制出的麦芽糖，泛着金属的光泽。她谈不上漂亮，但有几分飒爽英气。

好像在哪里见过她，但盛雍想不起来。

女孩不能确定打人的是不是他，表情有点呆，属于状况外的呆滞。

盛雍不躲不闪，嘴角勾起一抹懒散又邪性的笑。熟悉盛雍的人都知道，他是一个"喜怒乱形于色"的家伙，不高兴的时候反而爱笑，显得千娇百媚。

"喂，土妞，扰人清梦，不太好吧。"盛雍率先开口，语速较常人稍慢，显得有些漫不经心，"你一大早像便秘一样杵在我家后院，是打算跟旁边的桂花比比谁更像一棵树吗？"

昨天飞机晚点，深夜才到半山别墅，谢采青只见过司机王叔和他老婆关姨，自然不知别墅二楼还住着一位如花似玉的"正宫娘娘"。

见惯了师兄弟们精健的体魄，再看楼上这位，跟白斩鸡似的，脆弱，病态，不堪一击。

恃强凌弱，非大丈夫所为。

谢采青没在意他的阴阳怪气，捡起滚落在花丛里的"凶器"，骨雕城堡形状，分量不轻。她只认出"凶器"像某种棋子，应该价值不菲，于是来到窗下，抛还给盛雍。

"嘤嘤嘤的时候挺带劲，你这会儿怎么变哑巴了？"纤长的手指转动着棋子，盛雍脸上笑意更浓。

临行前领了家法，噤声两日，谢采青只能摇头。

盛雍觉得纳闷："你怎么不说话啊？"

谢采青没动，这不是点头摇头能解释的事儿。

"你怕我，所以不敢说话？"

谢采青表情奇怪地望着他，实在没觉得他哪里值得人害怕，于是再度摇头。

"你不怕我的话，为什么不讲话？"盛雍更纳闷了。

同样是一个无法用简单动作回答的问题，谢采青转身欲走。

想发飙却遇到一个哑火的主儿，对方不理不睬就算了，还透出点"我不跟你一般见识"的傲气是几个意思？

盛雍的起床气直接升级成了滔天怒意。

"你等会儿！"

理智瞬间为怒火让路，盛雍做出一个勇敢的举动——长腿一跨迈出窗户，他要坐在窗台上和小土妞理论清楚。

可冲动是魔鬼啊，而且真丝睡裤质地柔软，换句话说是太顺滑了，盛雍屁股还没坐稳，便惨遭冲动魔和丝滑睡裤的黑手，仰面朝地面摔了下去……

我们帅气逼人的男主出场不到五分钟，眼看要摔个狗啃泥，是不是很特别？

不，还有更特别的。

整面墙爬满了绿油油的爬山虎，偏巧在盛雍滑落的路径上，有根枝蔓顽皮地斜生出来，又顽皮地钩住了他的真丝睡裤，黑色内裤惨遭大曝光。

唯一值得庆幸的是，意外来得太突然，他来不及发出一声惊恐尖叫。

出场不满五分钟，男主失足坠楼，悲情惨死，本文完。

……

不能完。

在这千钧一发之际，我们的大丈夫女主谢采青不可能见死不救。

她不躲不闪，用自己的血肉之躯，英勇无畏地正面迎上了从天而降的巨型天使。

确切地讲，她应该是不得不救。理由同上，事情发生得太突然，她来不及躲。

一声闷响之后，两个人在草坪上重叠成了没有夹心的好丽友·派。好丽友，好朋友。

如果能误打误撞接个吻，这块"双人派"可以换一个美丽的名字——"一吻定情"。

可惜，两个人摔得七荤八素，两张表情同样痛苦的脸蛋完美错过，只有倒吸凉气的"哎哟"声互相交织，纠缠不清。

论摔的轻重，肯定是垫背的谢采青要倒霉些。不过，她身体素质过硬，比金贵的盛雍先缓过来，意识恢复后的第一件事，便是毫不留情地用力推开还在疼痛边缘挣扎的盛雍。

盛雍没摔出大毛病，这一推倒把他推得五脏六腑俱裂，蜷缩成一只虾米，捂着胸口一通猛咳。

谢采青见状，顾不得自己痛，忙上前去扶他，又飞快地扫视他的全身上下。好在他穿得清凉，一眼就能确认没有受皮外伤。

在这个节骨眼上，两人赤诚相见，是真的赤诚相见，却任谁都难以动一丝歪念。

盛雍承认自己弱，不会逞英雄，半边身子挂在谢采青身上，所有重量一并托给她，在她的搀扶下，艰难地翻身坐上草坪。

盛雍脸色苍白，唇无血色，龇着牙蹙着眉头，狼狈自不必说，但病态也是一种美。

谢采青蹲在盛雍面前，担忧地紧盯着他，让他错以为小土妞眼界窄，已经被他娇滴滴的病态美彻底折服了。

盛雍忍痛扯出一丝笑，气若游丝地道："小土妞，我从二楼摔下来没摔死，这要是被你一掌拍死了，你说我冤不冤啊？"

能开玩笑证明他没大碍，谢采青仍不放心，用唇语问："你哪里疼？"

盛雍秒懂，回："浑身头疼。"

谢采青心想：他怕是摔成了神经病。

盛雍立刻反应过来，更正道："我头疼，浑身都像头一样疼。"

确定他没摔到脑袋，谢采青转身坐到旁边，背过双手，按揉隐隐作痛的右手腕。

刚才盛雍摔落的时候，墙边种有一排带刺的蔷薇，她怕他被扎伤，情急之中出手拽了他一下，右手腕可能扭到了。

盛雍眼尖，问："你受伤了？"

谢采青试着捏拳活动手腕，知道问题不大，摇了摇头。

"你确定？"

跌打损伤对谢采青来说是家常便饭，她算半个骨科内行，所以重重地点头。

盛雍的余光再度掠过谢采青紧握的右腕，心头莫名蹿出一股酸酸胀胀的烦躁："再有下次，你记得躲远点，给人当肉垫，傻不傻！"

谢采青大眼睛一斜：你才傻，翻窗户不要命。

身旁的人仿佛会读心术，凤眸横了过来。

"你不吵醒我，我能发那么大的火吗？"盛雍没好气地道，"你不知道我在睡觉，难道看不出来我家的花花草草也在睡觉吗？"

某人指指点点，所点之处花草繁茂，皆结着晶莹的露珠，一片生机勃勃的景象。

谢采青："……"

"我家的花花草草性格随我，最讨厌早起。"盛雍又朝侧前方被压出完整人形的草坪指去，"看看，我要没被你吵醒，我家可爱的小草们现在也不会陷入昏迷状态。"

谢采青："……"

"你瞪我干什么？"盛雍这会儿终于想起来他有碍风化了，护住胸口，"你舍命相救，所以我应该以身相娶？这一套封建恶俗是糟粕，你这样想我也不答应。"

这个人没疯，但离疯不远了。自己何必和一个准疯子计较呢，谢采青没把他的话往心里去，默默起身，寻一个稍远的地方继续练功。

"谢谢啊。"谢采青闻声回过头，他的背影消失在门口。片刻后，从屋里传出一句："有需要的话，我带你去看医生。"

谢采青缓慢转动手腕，收回视线低下头，眼睛里渐渐浮现出淡淡的笑意。

（2）

一场突发的喜剧告终，谢采青并未受干扰，酣畅淋漓地打完一套拳，通体舒畅，收功回屋。

一进门，谢采青再次和从二楼下来的盛雍撞个正着。

盛雍刚洗过澡，整个人焕然一新。

他的头顶扎了后翘的小鬏鬏，露出饱满光洁的额头。他上身穿了一件知名设计师与潮牌跨界联名的卫衣，卫衣是正红色，胸前印有"Burning Man"的字样，下身是一条五分条纹运动裤，脚下一双涂鸦人字拖。他的小腿修长纤细，但膝盖骨并不突兀，脚指甲也修剪得干净整齐。

她一看便知，这是一个讲究精致的人儿。

反观谢采青，吸足阳光的小脸黑里透红，几绺汗湿的碎发贴在额前。她捞起腰带，大大咧咧地三两下抹去汗水，刘海顺带被刨得乱七八糟。

盛雍有点嫌弃她，隔得远远的，皱着鼻子："一身臭汗，你不洗澡？"

谢采青低头闻了闻自己，没闻到臭味，见戴着隔热手套的关姨捧着一锅粥从厨房出来，她便迎上前，伸手去接。

"烫。"关姨笑眯眯地侧身避开她的手，"你饿了吧，快去洗手，来吃早饭。"

谢采青微笑着摇头，示意不要紧，她真不怕烫似的，接过锅放在餐桌上。

小土妞除了力大无穷，还练过铁砂掌？盛雍犯嘀咕，探究的视线追着谢采青进了洗手间。

那边，关姨扭过头，就看见盛雍光着脚，顿时急得花容失色："我的小祖宗，你怎么又不穿袜子？今天降温，当心感冒！"

昨日最高气温三十二摄氏度，今日最高气温二十八摄氏度，有一种降温叫"关姨觉得你会冷"。

盛雍还没说什么，关姨已经急匆匆地拉着他的手往二楼走。

两人来到盛雍的房间，关姨去五斗柜找袜子，盛雍往床边一坐，顺势后仰躺倒，双手交叠枕在脑后。

无端地，天花板上浮现出小土妞的小圆脸，似曾相识的感觉再度袭来。

先前人叠人时被忽略的少女触感，也在这时汹涌回荡……小土妞身材不错嘛！

“关姨，这个小土妞什么来头？”盛雍仿佛不经意地问。

“不知道。”话头挑起，关姨自顾自絮絮叨叨，“小姑娘可是你爷爷请来的贵客，从少阳大老远过来的，你对人家客气点。听老爷子说，她今年刚考上大学，成绩可好了，也不晓得犯了什么错，被她爸罚两天不准说话。隔着十万八千里，又没人知道，她这孩子太老实了，真就一句话也不说。”

搞不清楚老爷子葫芦里卖的什么药，盛雍懒得去想，关姨的话他也有一句没一句地听着。甩掉人字拖，他哈欠连天，往被窝里钻，嫌阳光太刺眼，把被子高拉过顶，倏尔灵敏捕捉到几个关键字。

“小土妞叫什么？”翻开被子，盛雍问道。

关姨：“谢采青。”

盛雍略作思考：“采花的采，青草的青？”

“对。”关姨找到袜子，又钻进乱糟糟的衣帽间。

清明谷雨至，春茶采青时，采摘青茶是制茶的第一道工序。

采青……采青……

盛雍想不到小土妞的名字和他还有些渊源，心里默念着，又爬出被窝走下床，唇畔渐渐扬起一抹清浅的笑。

十岁那年，盛雍去少阳住过大半月……他好像想起谢采青是谁了。

关姨抱着换洗衣物出来，见盛雍光脚站在床边，不知道在傻笑什么，没有多想，忙催他赶紧穿袜子。

仿佛熠熠星光一瞬间坠入眼眸，盛雍迈开大步：“走，我下楼陪小土妞吃早饭。”

“你别瞎叫。老爷子说了，按辈分，你还得管人姑娘喊声姨。”关姨料定他正寻思馊主意，追着耳提面命，“小祖宗，听话！这些年，被你祸害的小姑娘还少吗！”

从盛雍读中学开始，周正样貌渐渐显露，她和老公没少被各种各样的女孩拦道打听盛雍的个人隐私，遇上大胆敢爬别墅围墙的，他们还得苦口婆心劝着往下拽。

“不会。”盛雍已经有点等不及了，推着关姨往前走，“谢采青和那些小姑娘不一样。”

关姨不解：“哪里不一样？”

盛雍贴着关姨的耳朵，故作畏惧道：“我想祸害她，也要打得过她才行啊！"

没瞧见某人嘴角挂着口是心非的贼笑，关姨想了想，点点头："也对。"

盛雍和关姨下楼，谢采青已布齐早餐。她没落座，而是笔直如松地站在餐桌旁，看见他们，规矩得体地微微一笑，杏眼弯成下弦月。

还是老土的发型和衣着，因为忆起旧事，盛雍再瞧小土妞，就觉得对方有了点别样的清冷与温软，忽如飞雨洒轻尘。

"你们吃，我先把衣服洗了。"

关姨一走，盛雍三两步来到餐桌旁，二话不说，拖了一把椅子紧挨着谢采青坐下，眼角眉梢带着笑意。谢采青不适应，也不自在，他刚才嫌她，这会儿又凑近乎。她放下了拿起的碗筷，狐疑而警惕地看向他。

"你不能说话，总能吃饭吧。"盛雍细心地摸着碗身试冷热，然后把碗朝她面前推了推，体贴道，"吃吧，饭不烫了。你吃你的，我跟你说几句话。"

谢采青摸不准这位爷的套路，没有轻举妄动。

"要不我喂你？"盛雍说着，端起了碗。

谢采青眼疾手快，夺过碗，埋头吃了一大口饭。

盛雍笑容不减，很满意她的反应。

盛雍将长胳膊往餐桌上一摆，手肘一弯，手掌枕在耳侧，像卧佛一般，肆无忌惮地打量起面前的小姑娘来。

十几年不见，小姑娘变化不大，依稀可见儿时的轮廓，长开了的五官其实很耐看。明明她全身上下没有一处艳色，却像墙边绽放的一朵野生红蔷薇，带着幽香，带着刺。

空气中淡淡的香气来自家里的洗手液，盛雍头一回觉得好闻。

感受到盛雍诡异的注视，谢采青默默转过身，只留一个充满防备意味的后背给他。

"忘了自我介绍。"盛雍盯着她的后背，霸气开场，"我叫盛雍，盛宴的盛，雍正的雍。你是我家老爷子请的贵客，也等于是我的贵客。我呢，向来热情好客，可是贵客妹妹，用后脑勺和主人家对话不合适吧？"

谢采青身子一震，尽管不情愿，仍乖乖转过身来。

盛雍成心逗她，故意甜甜腻腻地喊了一声："青儿。"

谢采青又是一震，南方人舌头不打卷，没这叫法，盛雍的儿化音又拖得延绵孟浪，听得人浑身起鸡皮疙瘩。她想骂人，差点破戒，抿紧嘴唇，浓浓的排斥之意写在脸上，也没掩饰。

"你不喜欢我这么叫你？"盛雍明知故问，抽了一双筷子帮她撮凉拌海蜇丝，"那我该怎么叫？采青？青青？小青？莫非你想让我叫你'采青姨'？"

谢采青眼神坚定，给了他一个"没有错"的表情。

盛雍只当没看见，摇着头直道："不好不好，这会把你叫老了。你还小，承不起这么有分量的称呼，等你年纪再大一点，我就……"

谢采青瞪大眼睛，没等到盛雍的未尽之言，感觉自己又被耍了，不想再搭理他，低下头去吃饭。

等你长大，我就娶你。

这是十岁的盛雍对五岁的谢采青许下的承诺。

那天，盛雍刚喝完苦出天际的一碗中药，守在他旁边的小采青抓下咬着的半块红茶饼干直接塞进他嘴里。这正巧被窗外一群半大的孩子看见了，他们拍着巴掌瞎起哄："亲嘴咯，亲嘴咯，小哥哥要娶小妹妹做媳妇咯！"小采青似懂非懂，猜想不是什么好话，风风火火地翻出窗子，追着他们打骂。回来时，她已经气喘吁吁，小脸绯红，嘴角还沾有饼干屑，两片唇瓣噘得高高的，委屈得很，一副要哭不哭的样子。

"雍雍哥哥……"她拉着盛雍的手，奶声奶气地问，"他们说我太凶了，你不会娶我的，是真的吗？"

盛雍不知如何是好，只能半哄半安慰地对她说："等你长大，我就娶你。"

时光荏苒，两人重逢，她好像不记得他了，也忘记了那句话，不过不要紧，他记得。

小采青，好久不见。

跳出回忆的盛雍话还没讲完："你说，老爷子请你来，又不往自己那儿带，反倒送到我这里来了，是不是有点奇怪？"

他问她，她也不知道。

谢采青只听老爸说，盛师叔有事请她帮忙，至于具体是什么事，又说见面之后，盛师叔自然会告诉她。临行前，谢采青不光领了老爸的罚，还领了他一句话——稳重有礼，知分寸。

她将老爸的话谨记于心，才没跟一个小辈一般见识。

谁知盛雍得寸进尺，蓦地凑近她，隔着青丝贴在她的耳畔："你该不会是……"一个指头撩开她的一绺碍事的短发，吹起一阵蛊惑的妖风，"老爷子在少阳给我找的小媳妇吧？"

谢采青脑子"轰"地炸开了花，拍案而起。

她的力气很大，声音很响，桌上的碗碟跟遭遇了地震似的，跟着抖三抖。

听见动静，关姨着急忙慌赶过来："怎么啦？怎么啦？这是怎么啦？"

不过一会儿工夫，两个孩子怎么杠上了？

一个火冒三丈，脸涨得通红，拳头攥得死紧；一个没事人似的托着下巴颏，笑呵呵地仰着脸与她对视，露出挑衅的眼神，只差在脑门上写"你来打我呀"。

两人对峙，关姨决定帮理不帮亲：不用问，没理的肯定是盛雍。

关姨舍不得打他，只能凶他："起来！道歉！"关姨又慈爱地去看谢采青，"他怎么惹你不高兴了？你跟阿姨说，阿姨帮你出气。"

谢采青铮然不动，敛去所有怒容，缓缓摇了摇头，朝关姨笑了笑，回了房间。

人走了，盛雍再也装不下去了，全身像散架一样摊平在餐桌上，郁闷得直挠头发，长吁短叹。头顶的小鬏鬏是他心情的最佳写照，早不复原本的傲娇，垂头丧气地耷拉在脑后。

谢采青忍他让他，关姨也不惯他纵他，谁让他不听话欺负小姑娘的。

关姨照例将一碗红参乌鸡汤摆到盛雍旁边，她虽然觉得这孩子今天有点反常，但也没多问，该干吗干吗去了。

餐厅空空荡荡的，剩盛雍一个人哼哼唧唧："她真的不记得了啊……"

（3）

盛雍孤零零地吃完早饭，就上楼回房了。谢采青的房间在他的隔壁，房门紧闭，趁没人，他贴着门板偷听，里面一点声响也没有。

盛雍还想再多听两下，门开了，换了一身T恤、牛仔裤的谢采青冷着脸出现在他面前。

窃听行动暴露，盛雍别过脸，跟咬到舌头似的，龇了龇牙，而后淡定地越过谢采青望向房间，若无其事地说："我来问问，你在我家住得习惯吗？"

谢采青很想回一句：如果你家人的性格也随你，我肯定住不习惯。

但身受家法，也仅限于想想，她点了下头，算是回答他的问题。

盛雍敷衍地应了一声，视线仍没从她的房间移出来，锁定了书桌上的一个庞然大物。它约半米见方，严严实实地罩着一块红绸布，整体成圆弧形，上面凸起两个小角。

盛雍抬手一指："那是什么？"

谢采青充耳不闻，头也没回，反手关门，侧身绕过盛雍，径自下楼。

不长记性的盛雍张口打趣："是娘家带来的嫁妆吗？"

谢采青脚步一顿，使劲咬紧后槽牙，克制住呼死盛雍的冲动，加快速度远离噪音源。

盛雍自讨没趣，悻悻然回了房间。

大好时光虚度有罪，他坐到棋盘前，将昨晚在棋院与特级大师下的一盘棋复盘。棋步全在脑子里，他的复盘动作迅速，几乎没有任何思考，只在关键性的几步棋上稍作停留，总结得失。

阳光透过窗帘缝斜斜洒入房间，微尘飞扬。

沉浸棋局中的英俊青年，一只手撑在桌沿儿，一只手举棋落下，沉静专注，和先前判若两人。

复盘结束，一秒被打回原形。盛雍懒懒散散地瘫坐了一会儿，本想跟自己再下两盘棋，但是没心情，于是爬上大床睡回笼觉，手心捏着一枚棋子——亲密接触过谢采青脑袋的那枚。

盛雍眼睛还没闭，手机震动了，是堂弟盛平湖打来的电话。

电话一接通，那边的人就火烧屁股似的呜哇叫唤："哥哥哥哥……我遇到麻烦了，快来救命啊，救命啊！十万火急，你一定要……"

盛雍烦得不行，打断他："说事儿！"

"我看上一个妞儿，特正……"

这种开头，盛雍听过八百多遍了，也就心不在焉地没有搭腔，当堂弟在说评书。他一只手支起身子坐到床边，感觉手心硌得慌，松手看见了棋子，莫名一笑。他趿拉着拖鞋下床，拉开窗帘，听着电话，眸光随意一瞥，然后定住了。

万里碧空如洗，小采青勤快得像小蜜蜂，正在庭院里晾衣服。

她个头高，不用撑杆，举起衣架踮着脚轻轻一跳，然后手腕一勾，便将衣架挂上晾衣绳。跳跃间，她的一截小腰时隐时现，同样是煨过火般的暖暖蜜色。或许是常年练功，她的肌肉紧实，腿又直，穿上修身牛仔裤特别好看，该细的地方细，该翘的地方翘，凹凸有致，显得健康、阳光、有力量。

此景此人赏心悦目，如清风徐来，吹散二楼某人头顶盘旋的朵朵阴云。

谢采青抖开一件男式衬衫，仔细检查袖口、领口是否清洗干净了，然后将男式衬衫挂上晾衣绳，再将洗出的皱褶一点点抻拉平整。她正忙活着，一阵风起，衬衫飘来晃去，衣袖恰好如爱抚一般滑过她的脸庞。

在这一瞬间，盛雍心旌荡漾，像有什么东西钻了进去，也像有什么东西要溢出来。这感觉很陌生，但极深刻，似乎清晰，又似乎不那么真切，他这辈子大概都忘不了了。

忘什么忘，这叫春心萌动啊，年轻人。

前所未有的微妙感觉令人愉悦，手机里盛平湖的声音变得格外聒噪，大煞风景。

盛雍听进去零零散散的一两句话，电话那边的人还在喋喋不休，他没忍住，大声吼回去："你吃饱了撑的啊，没事跑去Z大干什么？"

冷不丁被骂了，抱头蹲地的盛平湖吓得膝盖一软，差点在图书馆门前当场下跪。环顾一圈将他团团包围的Z大保安，个个凶得像神荼郁垒，他赔着笑咽了下口水，好声好气打商量："各位大哥，能不能再多给我三分钟的时间？"

在盛平湖低声下气求来的这三分钟里，盛雍开的免提，听明白了来龙去脉，也很"不经意"地换了一条和谢采青同色系的破洞牛仔裤——仅存的一条，没惨遭关姨毒手。他戴上飞行员墨镜，抓起车钥匙出门救急。

盛雍来到玄关，出乎意料地，谢采青也在。

她背着手，低着头，鞋尖来来回回地蹭着地毯上的绒毛。她似乎在等人。

盛雍缓步走近她："等我？"

谢采青闻声启首，后撤，让出空间给盛雍换鞋，然后点点头。

猜到她八成是听见了那一声吼，盛雍钩下墨镜，俯身盯着她的眼睛，问："想去Z大？"

谢采青腰往后倒，拉开距离，再点点头。

盛雍根本不在乎她为什么突然想去Z大，单方面当她这是主动示好。他心里乐开了花，表面上仍装得风轻云淡，故意问："不生我气了？"

谢采青微怔，缓慢地点了点头。

即将成为注入Z大的新鲜血液，她真的很想先去未来生活的大学校园里看一看，顺带缓和、修复二人的关系也未尝不可。毕竟他们住在同一个屋檐下，他是主，她是客，关系闹得太僵也不好。

盛雍再逼近她一些，装傻似的："你点头是表示同意我的话，还是表示还在生我的气？"

谢采青被逼无奈，只好再往后仰，反折的软腰像弓一样，以常人无法企及的弧度，稳稳保持着和盛雍的安全距离。

"你想表演个下腰，展现诚意吗？"

盛雍乐不可支，抽身站直的同时，虚扶着谢采青的腰，把她捞了起来。谢采青一瞪眼，他便立刻撒了手，把墨镜推回挺括的鼻梁上，痞里痞气的笑容却没半分收敛。

占到便宜，窃喜不算完，他还特有理："我这不是怕你没热身，受伤嘛。"

谢采青无语，背在身后交握的两只手一捻再捻，将怒意通通磨碎，然后冷着脸不想搭理他。

盛雍有病，也可能欠揍，他觉得自己爱上了试探她底线的刺激感。

"带你去也行。"奉上半张脸蛋，指尖戳出梨窝，他恬不知耻地说，"你亲我一下，我就答应你。"

张弛有度，他也懂，但语出惊人换来的是谢采青目瞪口呆的模样。盛雍见好就收，笑得神采飞扬，转着车钥匙，率先推门而出。

"走，带你去哥的学校逛逛。"

那边等着堂哥救命的盛平湖如果听见这话，大概会选择自暴自弃，吐血而亡。

谢采青也是一愣，忽然很不想面对自己是Z大新生的事实。

盛雍开的是一辆双人座超跑，惹人眼球的果绿色，车内放着他最爱的Coldplay。

习惯于坐如钟的谢采青腰背挺直，硬生生把舒适的内嵌式座椅坐出了冷板凳的效果。

墨镜下，盛雍的目光不着痕迹地扫了她一下，然后他关掉音乐，清了清嗓子，开始没话找话，转移注意力。

"我们现在要去Z大的新校区，挺远的。反正闲着也是闲着，我跟你聊聊我们的大家庭吧。"

谢采青扭头看他，只觉得不知所云。

盛雍露齿一笑，笑得贼兮兮的："给你三秒钟拒绝，一二三，你不说话，我就当你默许了。"

谢采青闭上眼睛，像放弃治疗一样转头，然后目视前方。

盛雍咋舌："啧啧，也就是你，换作别人这么嫌弃我……"

带有悬念的留白，成功吸引了谢采青的目光。

路口红灯停车，嘴角勾起凉薄浅笑，盛雍对谢采青说："嫌弃就嫌弃呗，我都习惯了，不在乎。"

墨镜挡去大半张脸，加之亦真亦假的口吻，谢采青分辨不出他是在打诨说笑，还是吐露心声。她没去猜，表情平平地收回视线投向窗外。

"小没良心的。"盛雍不满地嘟囔，他把油门踩得有点狠，猛地杀过路口，然后凶巴巴地问，"喂，你还听不听我聊我们家？"顿了一下，他傲慢又矜持地补充了一句，"我建议你把握机会，以后你要再想听，我可不乐意讲了啊。"

这脾气怎么跟小孩似的。谢采青直接听笑了，顺着他点点头。

盛雍立刻情绪高涨，原地起飞："我就知道你想听，摆什么谱啊。"

谢采青："……"

不等她反悔，盛雍先一步侃侃而谈："我家从老爷子那一辈起，连着三代一水儿的男孩，没出过一个女孩，男丁兴旺，邪门吧！我爷爷是独苗，再接再厉生了三个儿子，到我们这一辈是五个男丁。我排行老四，待会儿你就会见到的蠢货叫盛平湖，是我二伯的小儿子。他脑袋被驴踢过，年纪最小，破事最多。"

谢采青想：还好我不能开口，否则你这话，我都没办法接。

"我们这一辈的字派是'平'。大伯俩儿子，盛平威、盛平震。二伯俩儿子，盛平江、盛平湖。"盛雍单手把着方向盘，竖起四根修长手指，"威、震、江、湖。怎么样，我家老爷子霸气外露不？"

谢采青点头，霸气中还透出一些随意。

再将"平"字辈四兄弟的名字默念了一遍，她心头渐起疑惑。

"想问我排行老四，为什么不叫'盛平湖'？"盛雍抛给谢采青一个"正中我下怀"的得意笑脸，半开玩笑半认真地道，"我三岁之前没起名，等到老爷子想起我的时候，我们家的'傻帽担当'已经把最后一个名额给占了。"

听出言语里的轻描淡写，谢采青定定地看了盛雍一眼，不太读得懂他的用意。她便别过头，用行动结束这个意味深长的话题。

"我还没说完呢。"

这些话，盛雍没对任何人讲过。但一旦起了头，他可不允许谢采青中途退场。

伸长胳膊，打个响指，勾回谢采青的视线，盛雍继续道："'威震江湖'四个字都用光了，只剩标点符号，我能叫什么呢？盛平句号？盛平感叹号？"

言毕，他被自己的脑洞折服，先笑得不能自已。谢采青被他感染，也弯了弯嘴角。

笑够了，他钩下墨镜，俏皮地冲谢采青眨巴眼睛："接下来，你该问我为什么不叫'盛平雍'了吧？"

谢采青其实没想那么多，但很给面子地点头。

盛雍推回墨镜，潇洒地一甩头发："因为'平雍'两个字，配不上我的脸。"

谢采青："……"

自我感觉良好到如此张狂的程度，也是没谁了。

第二章
女主的大力神掌，好厉害！

（1）

车子一路畅通地开到Z大。

跑车太招摇，盛雍没打算开进校门，打算在路边就近找个车位。

一溜车停得满满当当，仅剩最后一个车位，还被个踩着小黄车玩手游的男人占着。盛雍将车开过去按车喇叭，男人吓了一跳，破口大骂："按什么按，开豪车了不起啊！"

降下车窗，盛雍慢悠悠地道："开豪车没什么了不起，可我长得帅，就很了不起。"

没听过怼人还带自夸的，男人被他堵成了哑巴，蹬着车愤愤而去。

盛雍停稳车，熄火，解开安全带，正儿八经地对向谢采青："我长得帅不？"

谢采青已经开始适应他不分场合的自信，很公正、客观地点点头。

清晨的惊鸿一瞥，她确实有被惊艳到。盛雍长得比明星都好看，只是出于习惯，她才会更关注他偏消瘦的体型，似乎他的身体也不太好。

"帅得眼熟不？"盛雍心里美滋滋的，决定再给她一次主动相认的机会。

谢采青不假思索地摇头，然后下车。

虽然那时她只有五岁，但被她彻底遗忘的感觉依然不好受，盛雍扒下后视镜，变换角度各种照，最后得出结论，一个字：帅！

帅者，天下无敌也。

时逢暑假，校园里学生不多。

享有全国最佳花园式高校美誉的Z大，到处葱葱郁郁，显得宁静、清幽。

谢采青像刘姥姥进大观园一样，东瞅瞅西望望，满目新鲜，走一会儿，停一会儿。而她后面跟着的连帽子和墨镜也掩不住英姿的大帅哥却不看风景，只看她。

反正一时半会儿盛平湖也死不了，盛雍优哉游哉，一点儿也不着急。两人逛着逛着，总会逛到图书馆的。

他不是专职救火队员，想不想帮盛平湖，全凭他的心情，一切随缘呗。

谢采青兴致正浓，步履轻盈，模样活泼，像一只从少阳飞来的小喜鹊。盛雍在不近不远的地方望着她，看她眼里有光、脸上有笑，便摸出手机想拍她。这时，他就看见一个高大男生叫住谢采青，似乎要与她搭讪。

脑中拉着警报，盛雍护犊子一般挡在谢采青身前，冷声问："同学，有事？"

"两位同学，你们好。"男生手持文件夹，笑得一团和气，"我是社会学系的，在做有关暑期留校学生的问卷调查。请问你们方便回答我几个问题吗？"

盛雍脱口道："不方便。"

"没关系，我这里男性调查样本的数量已经足够多了。"男生偏头问谢采青，"同学，请问你有时间做问卷吗？只需要耽误你几分钟。"

谢采青点头，表情奇怪地睨了盛雍一眼，然后接过调查表，提笔作答。男生也没闲着，逐条仔细地讲解，指导她完成问卷。谁也没注意，被冷落在一旁的盛雍，脸色有点黑，心情有点不美丽，太阳也躲他躲得远远的，地上一片阴影。

她又不是不识字，你废话不要太多！

靠那么近干吗，你们不热吗？

做个问卷调查，你笑什么笑？

几分钟过得也太慢了……

盛雍这边在内心演着独角戏，旁边二位浑然不觉，已经你来我往地聊上了。

男生问："同学，你也是Z大学生吧？"

谢采青不停笔，点点头。

男生好奇："读大几？"

谢采青用手指比"一"。

"新生呀，欢迎欢迎。"这男生是个自来熟的人，笑容里又多了几分热情，"我读大三，你得叫我学长。不过，我们社会学系的男生更喜欢学妹叫我们'社会哥'。"

盛雍不屑冷哼：社会哥……你咋不左青龙右白虎，中间文俩米老鼠呢？

谢采青朝社会哥客气一笑，答卷的速度明显加快。

"离开学还有一个多月，你这么早就来啦。"社会哥全然不察，望了盛雍一眼，热络地问谢采青，"他是你男朋友吗？"

谢采青来不及摇头，盛雍已飞快地插进话，特别认真地咨询："同学，调查表里有这道问题？"

"没有，我随便问问。"社会哥挠头哈哈笑，改找盛雍闲聊，"同学，你大几？"

"研一。"耍嘴皮子，盛雍最在行，还煞有介事地道，"我学给排水科学和工程的，你也可以叫我'超级玛丽'。"

"啊？"

社会哥愣神的工夫，盛雍眼尖，看见谢采青刚停笔，就立刻抓过调查问卷塞还给社会哥，然后不耐烦地催促她快点走。两人走出老远，后面骤然爆发出一阵大笑，平地炸雷似的。

盛雍轻嘁："就凭那哥们儿的反射弧，到社会上跟人干架，等伤口愈合了他才知道喊疼。"瞥见谢采青也在盯着自己笑，他抬手往后一指，"你不会也和他一样蠢，真以为我是学给排水的吧？怎么，等着看我顶着蘑菇变个身？"

谢采青敛笑没表态，背着手径直往前走。

"谢采青。"盛雍追上她，与她并肩走，"怪不得跟我来Z大，你对大学生活很向往吧？要不我给你介绍介绍？"

百年名校，历史悠久。

谢采青以为他会讲校史概况、风云校友、学术成就，或者聊聊多姿多彩的大学生活。

结果……

"七教三楼最东头的教室，三百六十五天，天天不关灯，即使头一天晚上有人关了灯，第二天早上，那灯也会自己打开。东南小门常年上着锁，据说开一次锁，就死一个人。那边的实验楼，你看见了吗？一年一个跳楼名额。后面的医学部基础实验楼，只要他们一上解剖课，当天学校必然刮大风。还有本部老校区，一共有六栋女生宿舍楼，楼号从一排到七，因为没有五号楼……"

有个热衷于类型片的铁哥们儿，在耳濡目染之下，盛雍讲起校园灵异故事也是如数家珍。

这些事杜撰的居多，他故意把声音压得低而飘，就图个好玩，吓吓谢采青，但小姑娘一点也不害怕。她听完第一句就自顾自继续闲逛，一只脚踏进操场时，旁边的盛雍正好讲到当年学校兴建图书馆，挖地基时挖出个万人坑。

话到一半戛然而止，盛雍突然想起了什么，问谢采青："盛平湖那蠢货是不是在图书馆等我？"

谢采青好笑：你问我，我问谁去？

盛雍口中的"蠢货盛平湖"，等堂哥救命等到没脾气。大热的天，他也没亏待自己，和保安大哥们蹲在图书馆旁边的树荫底下乘凉，人手一根老冰棍，闲话家常。

同为二世祖，同样继承了盛氏出品的优良基因——虽然相貌堂堂，但盛平湖的智商确实差点意思。

盛平湖最大的缺点是没长性，三分钟热度，二十啷当岁，做过的唯一持之以恒的事就是当学渣，考倒数第一。谢谢盛爸爸有钱，他勉强读完高中被一脚端出国门去了法国，真金白银堆出来的贵族大学挨到大二，就再难坚持。他肆业回国，专心致志地当起了职业富二代。反正盛家儿子多，大哥、二哥勤勉能干，他是老幺，没谁指望他奋发图强。

盛平湖不聪明，人也坏不到哪里去，又没染上什么恶习，也从不显摆阔绰家世，没有纨绔子弟的臭架子，开比亚迪的车，穿真维斯的衣服，玩《消消乐》也舍不得花一分钱，活得相当朴素、接地气。他富贵闲人一个，整天什么事也没有，还一副忙得不行的样子——忙着追女孩，他是个花心大萝卜，见一个女孩爱一个。

头两天在星巴克，盛平湖又习惯性小鹿乱撞，对一个兼职的Z大女学生一见钟情，大张旗鼓地对人家姑娘展开追求。

盛平湖追女孩追到大学校园里，他本想扮演不修边幅的呆板工科男，就特意穿了件红黑格纹衬衫，下摆掖腰，皮带束得高且紧，像个老干部，还背了一个巨丑的斜挎包，架了一副硕大的黑框平光镜。他精心改扮成这副尊容，尾随女孩来到图书馆，但还没进门，便被当成猥琐跟踪狂，被保安大哥挡了下来。

大学里的保安基本等于摆设，没有多少用武之地，好不容易逮到个变态，保安大哥们把家伙全部亮了出来，坚决要把盛平湖扭送至派出所。盛平湖为证明自己的清白，提出让身为Z大学生的堂哥盛雍出面做担保，他好说歹说，保安大哥们才同意。

双方是不打不相识，这会儿就天南海北地聊起来了。从Z大伙食到飙升的房价，从抖音神曲到小镇青年的人生梦想，就没有盛平湖聊不开的话题、接不住的梗。保安大哥们也觉得，这家伙人模狗样的，和变态跟踪狂还是有一定差距，只等担保人现身，走个过场就放人。

盛雍姗姗来迟，盛平湖大老远举着冰棍就跳起来，大喊"哥哥救命"。保安大哥们闻言也纷纷起身配合演出，再度将盛平湖团团围住，重新拉开威严架势。

惦记着图书馆里自己心仪的女孩，盛平湖压根儿没留意到堂哥的脸有点臭，火急火燎地道："四哥，四哥，快快快，把你的学生证拿出来给各位大哥看看。"

就在刚才，"社会哥"杀了个回马枪，来找谢采青要微信，她虽然没给，但盛雍不高兴的点在于，她一视同仁，他盛雍管他要微信，她同样没给。平生头一回惨遭滑铁卢，盛雍觉得自己还能赶来搭救盛平湖，简直堪称救苦救难的活菩萨。

"活菩萨"隔着墨镜，眼神幽怨地睨了跟没事人一样的谢采青一眼，冷淡地发话："我毕业了，学生证作废扔了。"

融化的冰棍水淌到了手肘，盛平湖高抬着胳膊没等去擦拭，先被盛雍的话浇了个透心凉。下一秒，盛平湖扭腰、摆臀，原地打转，跟蹦跶似的。这时，融掉的大半截冰块落进他的后脖颈，沿着脊背滚到后腰，因皮带扎得紧，冰块就掉不下去。随着他风骚的舞姿，冰块在他腰间也愉快地蹦起了迪。

盛平湖大叫："啊啊啊啊啊……"

场面如此带有喜剧色彩，不笑不给面子，几个保安大哥的门神面相崩塌，肩膀抖得可欢了。盛雍倒是没笑，手插裤兜，旁观盛平湖的蠢样，还很有闲心地和谢采青聊他"阳盛阴竭"的大家庭。

"老爷子立过一次规定，盛家的每个孩子一旦满了六岁，就必须自主选择学习一项特长，要和艺术有关，用来陶冶情操。'威震'两兄弟天生的乖乖孩子，很没创意地选了乐器。盛平江去了趟卢浮宫大开眼界，决定学油画，但他没学几年，现在逢人就说自己最擅长画人体。一点节操都没有的人，陶冶什么情操啊！"

盛雍还冲和冰块激情共舞的盛平湖努了努下巴："这小子比他哥靠谱点，因为喜欢跟他同桌的小女生，非要和人家一起学国标。他肢体不协调，舞步没学会，只学会左脚踩右脚、右脚绊左脚，才第二节课就打了退堂鼓，死活不肯继续学。他小时候没天赋，这会儿倒跳得挺带劲，广场舞大妈后继有人。"他顿了一下，"猜猜，我学的什么？"

进入主题，他的话音刚落，就见谢采青一巴掌把盛平湖拍得背过身去，然后隔着衬衫精准地抓住作祟的冰块，掌心稍加力度，冰块粉碎，便融成了水。她动作之凌厉，神情之淡定，如同目不斜视的绝世高手，轻而易举地用筷子尖夹死嗡嗡作乱的飞蚊。

大力神掌再现江湖，盛雍叹为观止："厉害啊，谢女侠！"

"哎哟！"盛平湖蹦跶得晕头转向，也没看清是谁动的手，比画起蹩脚的招式，四下找人，"谁，是谁偷袭我？！有本事出来单挑！你主动承认，我让你三招！"

谢采青举步想上前，被盛雍拦住："绣花枕头一个！听他吹牛，甭管他。出国前，他怕受人欺负，心血来潮跑去学咏春拳。练拳坚持不到一分钟，他就抱着木人桩喊爸爸。"

感情好，他才会不遗余力地吐槽自家亲兄弟。

没有兄弟姊妹的谢采青不禁有些羡慕。她看看盛雍，再看看盛平湖，乌亮瞳眸中泛起涟漪一般清凌凌的笑。

小采青笑起来真水灵。盛雍心情转晴，化身"烽火戏诸侯"的君王，指着盛平湖，大义灭亲道："打他！不用给我面子，让他喊你爸爸。"

谢采青神情一凛：不打他，打你行吗？

"喊谁爸爸？"盛平湖没头没脑，只听到后半句话，一扭头对向几个保安大哥，还以为是堂哥献计让他委曲求全，万分为难道，"不好吧，我也是要面子的人。"

盛雍嗤笑："面子哪有你撩妹重要啊！"

"话虽然是这么说……"盛平湖小小地纠结了那么几秒钟，灵光一现，"哥，没有本科学生证，你不还有研究生证吗？"

盛雍摇头："没有，开学才能办。"

"啊？！"盛平湖垮下脸，"四哥，你可不能见死不救，快想想办法！"

"没办法。"盛雍眉毛都没动一下，火上浇油道，"相信我，你有做跟踪狂的潜质。你跟他们去派出所走一趟，当是实习探路，把保释流程弄清楚，混个脸熟，以后进进出出也方便。"

堂哥的嘴有毒，盛平湖想死，扒掉平光镜，没好气地问："那你来干什么？"

盛雍打个哈欠，懒洋洋地抱臂："起太早，闲的，来开开眼界，看你秀智商下限。"

……

彻底断了念想，盛平湖心存侥幸地改问保安："各位大哥，要不你们放了我吧，就当大家交个朋友？"

担保人不配合，过场走不下去，保安大哥也摇头：劳师动众制伏你，你说放人就放人，我们不要面子的啊！

（2）

众人正僵持着，一个矮胖保安从远处着急忙慌地跑过来："你们一个个……找死我了！快跟我走，有几个傻学生爬银杏树掏鸟窝！"

也就一眨眼的工夫，所有保安健步如飞，一阵风似的集体消失。

"怎么回事……"盛平湖丈二和尚摸不着头脑，手搭凉棚，遥遥相望，"爬树而已，比抓跟踪狂重要？难道鸟窝里有金蛋？"

"想象力真丰富。"盛雍调侃，"最近的睡前读物是《安徒生全集》，还是《格林童话》？"

"我最近睡眠质量不错，沾床即着，不需要看书催眠。"盛平湖接得利索，危机解除，收回视线，这才看见站在盛雍侧后方的谢采青，"四哥，她是谁？"

盛雍仿若未闻，瞧出谢采青也对保安的火速消失感兴趣，便耐心解释道："中心花园里的那棵银杏树，是五十年校庆时开国元勋和当时的校长一起种下的，寓意十年树木，百年树人。它是咱们学校的镇校之宝，有专人看守。"

盛平湖听出端倪，将写满问号的俊脸杵进二人中间："四哥，你学妹？"

比起采青姨，盛雍当然更愿意接受谢采青做他的小学妹，欣然点头。

盛平湖眼睛一亮，如同好奇宝宝发现新鲜玩具一样，热情洋溢地朝谢采青递手："学妹，你好，我……"

"你先等等。"

盛雍打断，不乐意地拍开盛平湖的小爪子，又摘了自己的墨镜，不由分说地戴到谢采青的脸上。谢采青小巧的鼻梁架不住镜托，墨镜直接滑至鼻翼，再配上她懵懂不解的神情，卷翘的睫毛微微颤动，活脱脱一个假装半仙被抓包的算命女先生。她这样子有点滑稽，更多的是俏皮可爱。

将入眼入心的喜欢往绷紧的面皮后藏一藏，盛雍把人往盛平湖面前一带，严肃更正："她是我保镖。"

盛平湖更来劲了，又一次伸出友谊之手："保镖妹妹，你好，我……"

"你再等等。"挑剔的耳朵怎么都听不惯"妹妹"二字，盛雍不容置疑地二度改口，"长幼有序，懂不懂！她是你长辈，叫'采青姨'。"

谢采青随即扬眉瞥了盛雍一眼：你懂，你为什么不叫？

盛雍状似无可奈何地耸肩："没办法，谁让你考上Z大。校规里有一条，入学前的辈分关系通通不作数，进了Z大，统一按学籍称呼。"

谢采青瞪眼：一听就是现编的，我信你才怪。

谢采青将墨镜还给盛雍，他没接："戴着吧，好看。"

谢采青摇头，不是很认同他的审美观。

"我也觉得好看。"盛平湖乐呵呵地搭腔。

"你也觉得好看，那一定是我看走眼了。"打脸打得面不改色，盛雍抽回墨镜挂在自己的领口，没耐心地问盛平湖，"你叫人了吗？"

盛平湖缺心眼，但最听堂哥的话，老老实实地喊："采青姨。"

谢采青颔首，轻应一声，略显腼腆地笑笑。

"采青姨，我请你吃午饭吧。"盛平湖喊顺口了，"采青姨，刚听保安大哥讲，六食堂的自助餐美味又实惠……"

"这才几点就吃午饭。"盛雍仰头望向太阳，和它一点也不熟，阳光刺得他眯起眼睛，"六食堂不能用现金，我也没带校园卡。"

"我有！"盛平湖从斜挎包里摸出一张卡片，"一卡在手，校园我有。"

"哪儿来的？"盛雍好奇道。

"万能的淘宝，三皇冠店铺。卖家用的是最先进的复刻技术，还以人格保证，百分之百能用。"假卡晃在手里臭显摆，盛平湖还一副扬扬得意的模样，"卖家说了，要不是因为印假钞犯法，他那台上千万的进口设备也不会大材小用，只能印印校园卡。"

谢采青汗颜：这说得……好像印假校园卡就不违法一样。

盛雍也给了她一个"看吧，我没说错吧，我家的'傻帽担当'当之无愧"的表情。

"你是给那家店注资了吗？"盛雍捎带脚打听。

"没有啊，有钱也不能乱花。"盛平湖心里有数，"不过我们约好，我打全五星好评，写一百五十字评价，他就返我五元微信红包。他这么一说，我都没好意思再让他包邮。"

这位活宝弟弟，你真是个勤俭持家的富二代！

盛雍和谢采青无话可讲。

"四哥，你们去食堂等我，我去图书馆里遛一圈，找找我女神。"

盛平湖兴奋地甩着胳膊跑向图书馆，像只撒欢的小奶狗。约莫五分钟后，他就变成了一只躁郁症发作的二哈，被俩保安追着打出来，一边满校园疯狂逃窜，一边愤愤不平地大声嚷嚷。

"黑店！无良卖家！三皇冠一定是刷的！我要实名举报！"过了一会儿，盛平湖说，"还好我有先见之明，买了运费险！"再过了一会儿，赶巧经过盛雍、谢采青身旁，这倒霉孩子也没忘记约饭，特别乐观地摆手，"你们先走，不耽误，等我把他们甩了，去食堂会合。"

没到饭点，食堂还没开餐，里面冷冷清清的，只有大师傅们忙碌的身影。

盛雍随便向一个女生借了校园卡，买了三瓶饮料。他没零钱，掏出一张百元大钞。女生以"找不开"为由，红着脸提议微信转账。人长得帅，被搭讪的频率高，他早已习以为常，照惯例拒绝，把钱给了她，让她不用找了。

盛雍想到相似的一幕发生在自己和谢采青身上，他居然沦为被拒绝的那个，自尊心便有点受挫，心情晴转多云。他放慢脚步，抬眼望去，看到谢采青独自坐在角落的四人位，腰背依旧挺直如松，正低着头不知道在干什么，他的嘴角不自觉地上扬了。

不知谁拆了快递，留下一张气泡膜，谢采青"啪啪啪"捏得起劲，身旁有人落座，她也没抬头。

见她玩得投入，怕是忘了身上背着家法，盛雍故意问："好玩吗？"

谢采青停下来，微微一笑：挺好玩的。

"可以嘛，你竟然不上当。"盛雍放下饮料，指尖轻点桌面，"你把东西拿上来，这玩意儿解压，我也要捏。"

A1纸大小的气泡膜被平铺开来，盛雍对半画出一条界线："咱俩比赛，比谁捏得更快、更响，输的人献吻。"

谢采青觉得无聊，将两手放到桌下，摇着头率先宣布弃赛。

"还没比你就放弃，习武之人连这点胆量也没有吗？"盛雍当然知道她的关注点在献吻上，装傻般地问，"你觉得赌注不合适？改成赢家舍身赐吻我也没意见。"

谢采青想：有分别吗？

谢采青黑白分明的大眼睛一眨不眨地盯着盛雍，觉得他臭不要脸没救了，端起瓶子喝饮料。

盛雍也拿起一瓶饮料："你帮下忙，我拧不开瓶盖。"

说着话，盛雍已经受不住诱惑，很不安分地捏起气泡膜。他不紧不慢，像在考验谢采青的耐性。谢采青置于身侧的小手渐渐攥成拳头，所以，这有可能是他为自己敲响的丧钟……

"咚！"

谢采青咬紧下颌骨，将扭松瓶盖的饮料重重砸在桌上，以示不满。

"谢谢。"盛雍笑得白牙灿灿，喝了一口饮料，继续道，"我好像还没告诉你，我陶冶情操学的什么。"

谢采青不动声色，别开脸，心想：你别讲，我完全不想听。

盛雍脸上的笑意不减："小气了不是，你不给我微信账号，我都没生气。"

谢采青想：你不生气，干吗提起这事？她扯过半截气泡膜，使劲捏。

盛雍将另外的气泡膜推给她泄愤，说："你气不过的话，待会儿我带你去超市捏方便面。我挡摄像头掩护你，让你捏个尽兴。"

谢采青：……

极力压下当场暴走的冲动，谢采青停下动作，神情淡淡地对向盛雍，改换成一副洗耳恭听的样子。

"你又想听了？"盛雍的言下之意是：我从不强人所难。等到谢采青梗着脖子点头，他才继续刚才的话题："自从老大、老二学了乐器，越学越专业，老爷子便多了一个爱好，带我们三人去听演奏会，接受古典乐的熏陶。我是唯一能坚持听完全场不打瞌睡的人，老爷子一看，哟，这孩子好像是块学音乐的材料，干脆运用天赋改学乐器吧。其实吧，我一点音乐天赋也没有，但你知道我为什么没打瞌睡吗？"

谢采青不得不承认盛雍很会讲故事，叙述得很吸引人，她不自觉地摇摇头。

"因为我比一般人怕冷，音乐厅里的空调温度低，凉飕飕的，我根本睡不着。"盛雍敛眉思索了一会儿，然后笃定道，"我怀疑是工作人员故意调低室温，以免听众像'江湖二傻'一样，把高雅音乐当睡眠曲听，睡得口水直流，不省人事。"

谢采青心想：江湖二傻，你这么黑你家兄弟，真的好吗？

谢采青隐忍着，抿着嘴没笑。

盛雍已面露欢愉："老爷子既然发话了，我只能听命。学乐器可以，我的要求也不多，太重的不行，我拿不动；太难的不行，我学不会；太丑的更不行，跟我的气质不搭。我选来选去，最后……"

说到关键处，盛雍却吊人胃口，噤了声，举起左手比了一个拎东西的动作，然后举起右手，五指捏合做敲击状。

"我学的三角铁。"他煞有介事地做起无实物演奏，仿佛和着优美的音律，陶醉得左右摇晃，"这是不是相当轻盈灵动，特符合我的气质？跟小仙女似的。"

对对对，谁还不是小仙女呢。

谢采青这回没忍住，"扑哧"笑出了声。

人一笑，原本透着英气的五官便平添了几分俏丽与稚嫩，眼角眉梢都像是挂起了红灯笼，生动而鲜亮，显得格外喜庆。

盛雍一只手托腮，斜着望向面前的小姑娘，嘴角漾开柔和的笑容，倏尔发牢骚一般问道："采青啊，采青，你到底什么时候能开口说话？"

谢采青瞧他怪可怜的，在短暂沉默后，她无声开合嘴唇。

"明天？"盛雍读出了她的唇语，得到肯定的答案后，问道，"你为什么受罚，你爸罚你噤声是因为你失言吗？"

还真让他蒙对了，谢采青点点头。

"还好还好，我们家没这条家法。" 盛雍大为庆幸地拍打心口，"要不然，以盛平湖的那张嘴，铁定会被老爷子罚到提前退休养老。"

（3）

说曹操，曹操到。

用逃命的脚步丈量完Z大的每一寸土地，盛平湖闷着头冲进基础实验楼，狗急跳墙钻了空无一人的二楼女厕所，翻窗户、爬水管，这才得以成功脱身。

年久失修的女厕所破破烂烂，半扇窗子被风吹得嘎吱响，盛平湖觉得有点瘆人。他觉得奇怪，玩命追他的保安们为什么没跟进来？

这间女厕所半夜闹鬼出了名，校内论坛文学板块发散出的鬼故事比比皆是，已经很久没人敢踏入这块宝地了。

旁人只能说，不知者无畏。

盛平湖狼狈得如丧家犬，头发乱了，衣角散开了，平光镜早已不知所终。看见桌上有饮料，他喘着粗气，问也不问就随手抓起其中一瓶准备喝。盛雍眼疾手快地一勾手，将饮料递还给谢采青，然后拿起未开封的一瓶给盛平湖。

"你坐下歇一会儿。"盛雍跷起二郎腿,长臂舒展,搭上谢采青的椅背,仿佛看穿了一切,问,"怎么样,我们学校大吧?"

"太大啦!"盛平湖抹掉一头的汗,他跑得嗓子快冒烟了,"咕咚咕咚"一口气灌下半瓶饮料,"你们学校的保安也太敬业,我都被他们追成人体活地图了。"他又转向谢采青,"采青姨,开学报到,我给你当向导。"

"不用。"盛雍比了一个打住的手势,"她开学的时候我也开学,举手之劳,我来就好。"

"不对吧。"盛平湖这会儿脑袋蛮灵光的,纳闷道,"四哥,你开学读研究生了,应该搬去老校区吧?"

要你提醒!盛雍淡淡道:"我们学校的情况你摸得门儿清啊。"

"那可不,毕竟这儿培养了我的女神。"盛平湖只当受表扬,不好意思地咧嘴笑,"女神的母校,就是我的母校。"

盛雍姿态闲散地捏着气泡膜,笑着睨向他:"那你以前读的学校一定都是后妈。"

谢采青没听懂,见盛平湖捧着肚子哈哈大笑,更为不解。

"四哥,你还说我,你不也遇到过很多后妈吗?"盛平湖探过身,与谢采青分享小秘密似的,讲起了悄悄话,"采青姨,我告诉你,我们哥俩小时候成绩一个比一个差,老爷子不知道给我们换过多少学校,到现在他还拿这事开涮,说他建的教学楼遍布各大中小学,如果用捐楼的钱盖商业住宅,至少能解决一半刚性需求。"

谢采青心想:这未免也太夸张了。她将有些困惑的目光投向盛雍。

"你看我干什么?"盛雍微挑眼梢,像一个幼稚鬼,不满地轻扯谢采青的发尾,"高考又不计以前的成绩,我可是后来居上,凭实力考进Z大的。"

谢采青甩甩头,躲开他轻佻的动作。她谁也不想多看,就喝饮料。

"对的,对的。"盛平湖紧跟着附和,"采青姨,在我们家,我和堂哥感情最深,不光因为我们年纪相仿,还因为我一直以为我们的学习成绩也相仿。结果不是,你都不知道我四哥有多牛,高三一年大爆发,直接考了个状元,把老爷子高兴坏了。我大哥、二哥打小成绩就拔尖,也没考过状元。"

提起盛雍辉煌的高考战绩,其间还有一段小插曲。

两所殿堂级高校的招生办老师提前一天获知盛雍的高考成绩,为抢生源,前后脚打电话约盛雍吃饭。在这之前,盛雍的成绩一直不入流,从不在名校招生办老师的关注范围内,老师们对他的情况自然也没摸透。

直到同席而坐，B大老师看见盛雍手腕上戴着的玫瑰金黑盘腕表，上百万不止，够买一打他的现代车了，到嘴边的"五万元新生奖学金"的话，他硬生生吞了回去。隔天，盛雍再和Q大老师见面，工科出身的老师没啥废话，直截了当地问盛雍有没有同届应考的女朋友，可以一起特招进校。

饭也吃了，天也聊了，除却人吊儿郎当，似乎没多少求学欲望，盛雍给招生办老师们留下的印象还不错。这样的学生招进校，别的不谈，光门面出众就能打一百分。

填志愿时，盛雍的选择跌破所有人的眼镜，他要留在本地读Z大。他的理由也很盛雍：帝都太远，我懒得来回折腾。虽然同为名校，但Z大离殿堂级别还有好几步之遥，他的选择足以令所有人扼腕唏嘘。

"我跟你说，采青姨。"盛平湖仍在继续，"我虽然是家里的老么，可老爷子最疼的孙子还是我四哥。四哥放着B大和Q大不读，非要读Z大，老爷子气得把盘了十几年的文玩核桃捏爆了，也没舍得动我四哥一根汗毛，因为……"

盛平湖像放闸泄洪一样打开了话匣子，陈旧的往事汩汩往外涌。

盛雍听不下去了，伸脚蹬盛平湖的椅子腿，适时打断他，语调平平道："我饿了，去吃饭吧。"

"哦。"盛平湖乖乖闭嘴，各个窗口的大师傅们陆续摆盘上菜，他不甘心地掏出假校园卡，"我去买，再试试，说不定食堂能用。"

"省省吧。"盛雍抬手指向某个窗口正在剁鸭脖的一个大师傅，大师傅手起刀落间寒光四射，他好心提醒，"食堂可不缺冷兵器，菜刀啊，砧板啊，锅铲啊，擀面杖啊……你只要不怕被招呼，尽管去。"

"我怕。"盛平湖认怂，他筋疲力尽，已饿得前胸贴后背了，"没校园卡，我们吃什么？"

"出去吃，地方你们定。"盛雍想征求谢采青的意见，发现她正若有所思地盯着自己，于是了然般勾唇轻笑，"你是不是特好奇为什么我能独得老爷子的宠爱？"

谢采青微讶于他的敏锐，还是坦然点头。

盛雍长长地"哦"了一声，俯身贴近谢采青，一字一句道："我不告诉你。"

谢采青：……

"要我告诉你也不是不行，比如你可以……"盛雍含着一口气，痞痞地鼓起一边脸颊。

谢采青眉头深锁，拳头又隐隐作响了。

"四哥，采青姨是长辈，你不要惹她。"虽然搞不明白堂哥为什么今天有点欠揍，但是盛平湖主动做起了和事佬，"采青姨，你别在意啊，我四哥幽默，喜欢开玩笑。"

闻言，剑拔弩张的两人同时侧头看向盛平湖，眼神如出一辙地犀利。

盛雍：我幽默吗？

谢采青：他幽默吗？

盛平湖有点蒙：我是谁，我从哪里来，要到哪里去……

"我错了，你们聊。"盛平湖吓得打了个哆嗦，赶忙捂紧嘴巴，背对二人，想想哪里不对，然后转回来，同情地望了一眼谢采青，大着胆子替她出头，"四哥，采青姨都被你逗得不敢讲话了，你拿出风度道个歉吧。"

裤兜里的手机震动，盛雍直起腰："她不能讲话，和我没关系。"

"怎么回事？"盛平湖觉得有些奇怪。

"你少问，和你也没关系。"盛雍打消堂弟的好奇心，走去一旁接电话。

等盛雍走远了，盛平湖立刻换坐到谢采青身旁，半信半疑地问："采青姨，你不能讲话，真的和我四哥没关系吗？"

相较盛雍的轻慢、顽劣，谢采青觉得傻里傻气的盛平湖更合眼缘，温和一笑，点点头。

"不是就好。"得到准确答复，盛平湖像爱操心的事儿妈一样，开始帮堂哥说好话，"我四哥的性格很多变，谁也摸不清，没人知道他脑子里在想些什么。我举个例子，老爷子打下的江山要做大做强，从我爸那辈起，读大学不是学商就是学法律，连我这种万年学渣读的也是酒店管理，唯独我堂哥别出心裁，返璞归真选择学种地。"

种地，大学里有这个专业吗？谢采青大感不解。

"嘿嘿，不是种地。我四哥体质弱，种不了地，不过也差不多。"盛平湖说，"我四哥学农的，茶学专业，你看不出来吧？"

十分自恋、讲究小仙女气质的盛雍居然学农，的确出人意料。

谢采青暗忖着，再次将探究的目光投向盛雍，他低头踱着步子，没怎么开口讲话，显得有些漫不经心。似乎感觉到谢采青的注视，他忽然抬头朝她望去，四目交汇的一瞬间，他薄唇微勾，既媚，也不羁，像故意勾人一样。

谢采青就那么直直地看着他，没有流露出任何情绪。

她的耳旁，盛平湖依旧滔滔不绝："据说，Z大有茶学这门专业，当年很多在校生都不知道。四哥他们班有三十二个学生，只有他是自己选的这个专业，其他的全是调剂生。刚上大学那阵儿，别人知道四哥学茶学，十个人里有九个人会问他：这是学泡茶的专业吗？他哪里有耐心跟他们解释，统一回复：对，没错！"

盛雍打完电话回来，问："你们聊什么呢？"

"我们聊你的专业。"盛平湖谈兴正浓，"四哥，你记得吗？就因为你说茶学专业学泡茶，有段日子，天天有人给老爷子送茶叶、茶具。老爷子只喝咖啡不喝茶，堆得没地儿放，就将东西往你们学校送。"

"嗯。"盛雍的双手分别撑着两边的椅背，接过话茬，歪着脑袋对谢采青道，"大学四年，我们的教学用具全是老爷子友情赞助。他还以荣誉班友身份，隆重出席我们班的毕业聚餐。难得有机会和年轻女孩近距离接触，多年没醉过的老爷子，那晚定力全面失守，喝了不少。"

"哈哈哈，老爷子喝醉以后到处替我四哥征婚，不分男女，挨个问了一遍，还录了视频发家人群里。"盛平湖聊得起劲，滑开手机，"采青姨，我放视频给你看。"

谢采青觉得有趣，仰着小脸望向盛雍，清澈的大眼睛仿佛会说话，戏谑发问：你喜欢女的，还是喜欢男的？

盛雍笑而不语，将盛平湖递来的手机交给谢采青。

闹哄哄的视频里，盛家老爷子只闻其声，不见其人，遇到人便铿锵有力地发出三连击：叫什么名字？多大了？对我家雍雍有好感吗？酒精烘托出绝佳的气氛，青年男女们个个面红耳赤。胆大的坦率承认，胆小的含羞带怯，甚至有两个男生演绎出了徐志摩情诗里描绘的效果——像一朵水莲花不胜凉风的娇羞。

视频的最后，盛老爷子的手机对向慵懒坐在沙发里淡淡含笑的盛雍。

即使面对最考验颜值的近距离特写镜头，他的俊美也丝毫不减。因为镜头的些微晃动失焦，在斑斓光影中，短暂呈现出一种朦胧的美感，似梦似幻。

"雍雍，告诉爷爷，你喜欢什么类型的女孩子？"盛老爷子在镜头后问。

滴酒不沾的盛雍，眼眸和嗓音一样清明："爷爷喜欢什么类型的，我就喜欢什么类型的。"

"四哥，你太贼了！"视频结束，盛平湖点评了一句。

归还手机，谢采青也认同地点点头。

盛雍不屑道："我不像你，博爱到是女的就喜欢。"不给盛平湖反驳的时间，他继续问谢采青，"吃鸳鸯火锅怎么样？"

谢采青不挑食，点点头，客随主便。

"我要吃麻辣烫。"盛平湖逮着机会唱反调。

盛雍笑道："火锅和麻辣烫有很大分别吗？"

"有啊！"盛平湖理直气壮，"火锅是一群人的狂欢，麻辣烫是一个人的孤单。今天没和女神说上话，我很孤单。"他吸着鼻子，有些想哭。

盛雍才懒得陪他矫情："你一个人孤单去吧，我带着采青无上限狂欢。"

"狂欢可以缓解孤单。"盛平湖嘴馋，自己找台阶下，"四哥，你不许再鄙视我独家调配的火锅蘸料。"

"成，走吧。"盛雍拿起桌上自己和谢采青的两瓶饮料，走在前面，"不就是蘸料里加纯牛奶吗，你二十二岁还没断奶，我有什么可鄙视的。"

"四哥！"盛平湖气得跺脚，见谢采青忍俊不禁，忙解释，"吃火锅容易上火，蘸料里加牛奶就不会长痘。我靠实践总结出的真知，采青姨，你也可以试试。"

"你不要试。"盛雍回过头，无情地戳穿盛平湖的谎言，"他轻度乳糖不耐受，每次吃火锅都是靠拉肚子去火。"

盛平湖急了，朝谢采青尴尬地笑笑，追上盛雍哀求道："四哥，你能不能不要在女生面前揭我的短，毁我的光辉形象？"

盛雍亦是八风不动："在长辈面前，小辈的形象不需要光辉，只要真实。"

盛平湖思前想后，自家堂哥这话好像越琢磨越有问题："哥，你对我不公平，我跟采青姨讲的事，可是全有利于树立你的光辉形象。"

盛雍慢慢点头："嗯，你继续保持。"

"我不懂。"盛平湖一脸蒙，"同样是小辈，为什么你要光辉，我要真实？"

"因为……"盛雍展露笑颜，如夏夜的徐徐清风，"我是她的学长，你不是。"

这个回答杀伤力太强，盛平湖一下子联想到他的Z大女神，她周围一定环绕着如狼似虎的学长、学弟们，而自己只能乔装打扮成跟踪狂接近她。

登时，一个念头闪过盛学渣的脑海：复读考Z大……可是万一他考到状元，B大Q大来抢人，他该如何抉择呢？选名校还是选女神，也是一个难题……真的好苦恼哦……

第三章
男主和他最后的倔强

（1）

午饭后，盛平湖回家继续思考他的诸多难题。盛雍把谢采青送回半山别墅，又驱车前往好哥们儿韩柏延开的私人影咖。

盛、韩两家是世交，两家老爷子在行伍中初识，共同奔赴过老山前线，在炮火里培养出过命的交情。两个老头年轻时，一个争强，一个好胜，凡事总喜欢争个高低。他们入党比先后，训练争第一，上了战场比谁冲锋勇猛不怕死，比谁立下的战功多，转业从商后，比谁的商业版图更宏大，连结婚生子抱孙子这样的人生要事，也要展开争先赛。

你追我赶比了大半辈子，现如今，半退休状态的两个老头依然激情不减，乐在其中。

同为高球爱好者，他们常常结伴去世界各国的球场挥杆。这次去的是冲绳海岛球场，就因为韩老爷子顺风顺手，最后一洞挥出一记漂亮的一杆进洞，盛老爷子不服气，自作主张延后行程，非要换一个球场再来一场比赛，打满十八洞。

两个老头争强好胜，到了孙子这一辈，盛雍和韩柏延的兄弟友谊倒显得格外和谐，因为这两人一个比一个过得随心所欲。

为追逐梦想，高中时代就远赴洛杉矶学电影的韩柏延，两年前回国没当导演，而是开了这家名为"深焦"的私人影咖，专门播放一些小众的艺术片，以及不能在大银幕公映的类型片。影咖设备精良，环境舒适，收费并不算高，纯粹只为电影爱好者们提供一个聚会和观影的场所，因此，"深焦"在影迷圈的口碑不错。

盛雍到深焦的时候，韩柏延刚刚主持完一场马丁·斯科塞斯作品赏析会。

类似的导演作品赏析会每两周举办一场，入场券高达五百八十八元一张，在影咖公众号统一发售，这比在"深焦"最豪华的包间看场电影贵好几倍，但入场券依然能在半个小时内售罄。

到场的女影迷居多，一半原因是被韩柏延忧郁、深沉的艺术家气质吸引了。有人说他是年轻高大版的梁朝伟，眉眼深邃，充满了故事，微笑里都透着一股说不清道不明的哀伤。

赏析会结束，有两个女影迷意犹未尽，留下来和韩老板继续探讨电影里的各种隐喻。韩老板在谈吐间，只是随意地拨了一下齐肩的长发，便引得女影迷一阵脸红心跳，星星眼里不断冒着粉红桃心。

盛雍离他们不远，看得一清二楚，流露出旁观者特有的洞悉事物本质的笑容：果然佛靠金装，人靠装。

什么忧郁的艺术家气质，全是装的，这是为"深焦"量身定制的韩老板人设而已。搞艺术不代表和钱过不去，私人影咖关了一家又一家，"深焦"之所以能屹立不倒，一定程度上有赖于韩老板节制而适度的男色。

确切地说，韩柏延应该是一个隐性奸商。他保留着对电影艺术的尊重与热爱，同时也很爱钱，并且这份赤子之心绝对不能耽误他做买卖。

私下的韩柏延，其实是一个十足的二货。他脾气暴躁，胆子却不大。他热衷于深更半夜看恐怖片，又不敢一个人看，常常拉着盛雍作陪。他自诩这是和爷爷们一样"过命"的交情，毕竟每次观影他都能被吓去半条命。

看见好哥们，韩柏延挥手打招呼，女影迷回过头，又一阵脸红心跳：哇，又一个妖孽型帅哥。

果然，物以类聚，人以群分，帅哥都只和帅哥做朋友。

两人来到一间影音小包间，光线暗淡，幕布上正静音播放着热血电影《爆裂鼓手》。

红酒已提前醒好，韩柏延自斟自酌，装模作样。他贴着墙壁慢慢啜饮红酒，眼睛半睁半闭，细细回味美酒的醇厚芬芳，显然艺术家的忧郁范儿还没下线。

盛雍知道他有话要说，也没问，坐进双人沙发，心不在焉地看电影。

"雍雍，咱们一起搞点儿东西吧。"韩柏延托着酒杯，坐到他身边。

盛雍一脸疑惑。

韩柏延瞬间回归二货本性，一口气喝光杯底的酒，撸袖子咆哮："我是说搞事业！搞事业！"

"你嚷嚷什么，我又不聋。"盛雍掏了掏耳朵，想也没想就道，"我对拍电影没兴趣。"

韩柏延："我也没兴趣。"

任何一门艺术，越深入学习，越觉得神圣，越不敢轻易触碰，这是韩柏延系统学习电影后得出的唯一结论。敢拍电影的人要么是老天爷赏饭吃的天才，要么是什么都不懂的傻瓜。他不敢碰电影，因为不认为自己有天赋，更不想当傻瓜。

只虚长盛雍两岁的韩柏延清清嗓子，像虚长二十岁的长辈一样，老气横秋地问："雍雍，你有什么梦想？"

盛雍睨他："你是汪峰啊？"

韩柏延没被他带乱节奏，正颜厉色："你没有！"

"所以呢？"盛雍无所谓。

韩柏延放下酒杯，细细道来："这部片子里有一句经典台词，'人一旦有了梦想，怎么活都是有灵魂的'。还有一句话，'每天叫醒我的不是闹钟，而是梦想'。你为什么爱睡懒觉，是因为你既没有闹钟，也没有梦想。也许每个人都希望过上好吃懒做像猪一样的生活，可猪没有梦想，我们有！"

"照你的说法，我今天早上被谢采青吵醒，她就一定是梦想派来的闹钟？"盛雍顺着他的思路，很自然地道。

说者无意，听者有心。

一句话亮点满满，韩柏延一个字都没放过："谢采青是谁？男的女的？你为什么会被他吵醒？被吵醒居然没摆脸色，你没事吧？"

"我好得很。"盛雍拍掉他摸上额头的手。

韩柏延的问题太多，一两句话说不清楚，想着他和谢采青见面是早晚的事儿，盛雍干脆避而不谈。

韩柏延刚才一番话也是槽点满满，像机场书店循环播放的成功学课程，于是盛雍鄙夷道："韩柏延，你还没有成功到可以开班授课到处骗钱吧？"

韩柏延想抽他："讨论梦想的时候，你能不能严肃一点？"

"那你能不能说人话？"好好一部音乐题材的电影放成默片，学三角铁的盛雍能忍，他的音乐情操也不能忍，"遥控器呢？"

韩柏延偷摸着把身后的遥控器塞进沙发缝，说："我不是让你来看电影的，我是要通过这部电影引出我们今天的话题——梦想！"

盛雍嗤笑："'梦想'找你代言了吗？你句句话不离这个词。"

"差不多吧，梦想现在也来找你了。"估摸着鸡汤味的铺垫已经触及盛雍耐心的底线，韩柏延切入正题，"我想和你合伙做茶品生意，我出钱投资，你学以致用，技术入股。"

"如果你想学附庸风雅的暴发户承包一片土地开茶园，种茶叶……"盛雍兴趣缺乏，摆弄着手机，"合伙免谈，我可以去帮你做土壤检测，按行价打九折。"

"不是不可以，但那是后话，要等咱们开始拓展产业链。"韩柏延野心勃勃，"我想颠覆传统模式，开一家新概念茶馆，把饮茶变得都市化、年轻化，更简单快捷，更加符合时下年轻人的喜好。"

盛雍将视线从手机上移开，问："类似于品牌咖啡店的经营模式？"

"昨天，我约人在咖啡厅谈事，突发奇想，这样的经营模式为什么不能用在中国茶上？我完全可以打破陈旧观念，开一家同样时尚、便捷的茶馆来填补市场空白。"仿佛宏伟的事业蓝图已然展开，成功在向自己挥手，韩柏延昂首挺胸，"怎么样，我的想法有没有创意，够不够新潮？"

"够心血来潮。"盛雍淡淡地瞥了他一眼，兜头泼下一盆冷水，"我大二时做过市场调研，这个创意早在2012年已经有了。提出创意的人在河南郑州开了一家新概念茶馆，现代化的装修风格，流水化作业。他不仅推出了一系列的新式茶饮，还供应简餐、甜点。"

"他居然抢我商机！"韩柏延骂骂咧咧，但并不气馁，仔细问，"现在茶馆的规模如何？经营状况如何？近三年的财务报表、战略部署计划，你调研了吗？发我一份好好研究研究。"

"刚开始茶馆走的是星巴克式的经营路线，讲究店面装潢，环境舒适，后来更像小型奶茶店，连锁加盟模式，追求方便快捷。"盛雍略作思考，"如果我没记错的话，到目前为止，全国分店应该不超过二十五家，其中河南本省大约有十二家。"

"2012年到现在几年时间，除开港澳台，全国二十三个省会城市，四个直辖市，不多说，连每个省会开一家茶馆都没做到……"掰着手指头算完，韩柏延盖棺定论，口气不小，"这同行虽然抢了我的创意，但生意做得很一般嘛！"

"各种连锁奶茶店太多，同质化严重，饮品大同小异，市场趋于饱和，竞争就大。"盛雍不否认他的判断，认真分析，"你放弃原本的新概念，转变路线去跟现有的成熟的连锁奶茶店争夺市场份额，自然上升空间也会变小。"

韩柏延的脑子转得快："你的意思是让我吸取教训，要创新就创新到底，不能左摇右摆，随意改变经营路线？"

盛雍点头："拍脑门想出的点子像天上的流星，当时火花闪耀美好极了，但很快会被夜空吞噬，消失得无影无踪。"

这文艺气息浓厚的比喻，最适合形似艺术家的韩老板。

韩柏延面露笑容，有如佛光普照，说："我懂。一个全新想法要变为现实，不谈前期烦琐、复杂的各项准备，产品结构设计啦，服务标准的制定啦，品牌投放市场后，也需要一个漫长的破冰过程。挑战消费者认知，从拒绝到接受，再到形成品牌忠诚度，人力、物力、财力投入巨大……"

话音淡去，笑容消失，韩柏延急眼，瞬间又暴躁了："怎么你说着说着，我都想放弃了呢？说好的朝着梦想双宿双飞呢？"

"谁跟你说好了？"盛雍不咸不淡地补上一刀，"你找我咨询，每一个字都要收费。咨询费五千块，微信转账，不议价，不开发票。"

"不就一点钱嘛，小意思。"韩柏延打开手机发红包，"我先发你两百块钱，其余的等我拿出企划书，你至少给我提五十条有建设性的意见之后，我再付给你。"

"五十条意见？"盛雍连红包都不想收了，"你不如直接让我给你出企划书。"

韩柏延大喜："行啊！"

盛雍："你做梦！"

（2）

梦想代言人的创业课程贩售失败，韩柏延并未轻言放弃，及时调整策略，像恶灵一样死皮赖脸缠上了盛雍。

韩柏延驱车四十公里请盛雍吃昂贵的私房菜，陪他去棋院练棋，一坐就是三小时，又领着他去网红烧烤店撸串。临近深夜，两人回到"深焦"观赏恐怖电影——《寂静之地》。

"陪吃饭，陪下棋，陪撸串，陪看电影。"片头走字幕时，韩柏延半瘫在沙发上，面露难色，"你再不被我感动，我只能跟你同床共枕，用我完美的睡颜感召你了。"

盛雍盯着幕布："你能闭嘴吗？"

"你该不会也有点享受吧？"韩柏延拿起遥控器按了暂停键，表情奇怪地打量盛雍，"我纠缠你这么久，你竟然没翻脸回家，真难得。"

盛雍之所以混时间不回家，和韩老板本人没关系，和韩老板的梦想更没关系，只是家里有谢采青。盛雍担心自己又恶趣味丛生，忍不住逗她。平时他也没这么变态，可看她怒而不发的小表情和小动作，他觉得有意思极了。

那种感觉，盛雍觉得无限趋近逗弄宠物获得的满足感和主人翁感。虽然从小到大没有养过一只宠物，但盛雍终于为自己的变态举动找到了理由开脱——弥补童年遗憾。

思及此，盛雍心安理得地笑了。

"喂，你在想什么？"钢铁直男韩柏延心里发毛，暗想这家伙怎么笑得如此风骚，他忙用双手护住胸口，"我说说而已，你不准幻想我神圣而完美的睡颜！"

"看你的电影吧。"盛雍回过神，抓过遥控器点了播放。

"母胎单身至今，雍雍，你这是浪费资源，太不环保了。"韩柏延力争做一个善用资源的环保卫士，"你明天有事吗？"

"有。"盛雍知道他心里必有猫腻。

"什么事？"

盛雍沉吟了一会儿："我还在想。"

韩柏延心头蹿火，径直道："我妹明天回国，专程给你带了礼物，晚上大家一起吃饭。"

盛雍没作声，静心看电影，正片没放多久，他再次不自觉地走了神。

《寂静之地》讲述的是：视力退化、听力绝佳的外星生物攻陷地球，大开吃戒，人类要想活命，必须保持绝对寂静。

影片每时每刻营造着紧迫感，韩柏延沉浸在剧情中，也跟着闭息，一会儿来一个溺水后的大喘气。

盛雍一点也没入戏，无端想起了被噤声的谢采青。他想她为什么会被家法伺候；想她为什么会出现在自己面前；想她能开口说话了，会不会和自己斗嘴；想她的声音应该和她的人一样讨人喜欢；想她会不会再喊自己"雍雍哥哥"，不然喊"学长"也勉强可以接受；想她房间里神秘的庞然大物……

萦绕脑海的念头五花八门，每一个都与谢采青有关，盛雍蠢蠢欲动，突然很期待快点见到明早八点钟的太阳。

通宵接连看了三部电影，韩老板错过大结局，沉沉睡在包间的沙发里。

盛雍却神采奕奕，开着车，哼着歌，追逐着初升的朝阳，回到半山别墅。

没有在后院见到练功的谢采青，他只见到同样神采奕奕的王叔，迎着朝阳，哼着歌，浇着花。

盛雍看手表，准确的七点半，问："王叔，谢采青呢？"

"她陪你关姨买菜去了。"王叔没注意盛雍是从大门直接来到后院的，以为他破天荒起了个大早，"你起这么早，有事要出门？"

"我刚进门。"盛雍嘟囔。

"你没熬夜吧？"王叔一脸担忧，心有戚戚，"老爷子可说了，你再敢熬夜，就罚我一个月不准摸车，罚你关姨一个月不准跳广场舞。"

"嗯，我没有熬夜。"盛雍扯谎，难掩失落地揪花瓣。

王叔是一个爱花之人，可见不得小祖宗这辣手摧花的动作。小祖宗脸色阴沉，也不能明讲，王叔丢下喷壶，拉着他往屋里走。

"吃早饭，我给你盛鸡汤。"

盛雍像货车后面的吊挂，有气无力地拖着步子，又问："谢采青今早上没练功？"

"练了呀。"王叔说，"她好像天不亮就起了，怕吵你睡觉，跑到山下练的。"

要么住公寓，要么住韩柏延家，盛雍夜不归宿是常有的事，王叔和关姨都习惯了，不会特意告诉谢采青。她能替他着想，他有点高兴，也有点不爽：王叔、关姨不讲，晚上没见到人，她不会问问吗？

盛雍想着就脱口而出："昨晚我没回来吃饭，她没问吗？"

"没问。"王叔把人按坐到餐椅上，从厨房端出一碗热气腾腾的鸡汤，"小姑娘比我胃口都好，二十个荠菜饺子，吃得可开心了。"

将送到嘴边的一勺汤倒回碗里，盛雍撇嘴，心想：她该不会因为没见到我，所以吃得开心吧？

"她能说话了吗？"

"哟，这我可不知道，今儿我们还没见着面。"王叔又端出一盘煎得底面焦黄的饺子，"你关姨在山下遇到采青，就给我打了一个电话，说两人一块买菜，没提她能不能说话。"

盛雍想了想："老爷子跟您说起过，她为什么会住进我这里吗？"

"倒是没具体讲过。"王叔也想了想，"老爷子昨晚打了一通电话，说晚几天回来，让我和你关姨把采青招待好。哦，他还说了一句话，让你有空带她到处转转。"

盛雍点头："我知道了。"

关姨包的饺子个大皮薄馅儿足，盛雍吃五个就歇气了，喝了两碗饺子汤化食，躺在床上肚子还发胀。谢采青居然能吃二十个饺子，盛雍觉得，这大胃王不去网站开吃播，真是埋没才华，可惜。

吃饱补觉，一口气睡到下午四点，盛雍醒来第一件事，就是下意识地拉开窗帘找谢采青。

这一回，她在。

她还是穿着昨天那身老土的功夫套装，不过没扎马步，正练着不知道哪门子神功，盛雍见所未见。

十几个大小高低不同、口径不一的缸缸罐罐，像布阵一样被摆成错落的两排。谢采青背着手站在一端，气沉丹田，迈开双脚压身深蹲，轻轻一跃，稳稳站定在两个缸子的缸口，上身依旧纹丝不动。接着，她轻提右脚，脚尖踩上前方一个陶缸，左脚随即跟上又踩住下一个瓷罐。双脚就这样交替前行，没发出一点声响，好像探着石头过河，却稳健而轻巧，如履平地。

一遍遍循环往复，谢采青心无旁骛，练得投入。

盛雍也看得挪不开眼，不自觉地举起手机，录下了她蜻蜓点水一般敏捷灵动的身姿。

等谢采青脚一沾地，盛雍便笑意盈盈地喊："谢采青。"

她太过专注，好似没听见，重新跳上缸瓮阵法，开始新一轮的练习。

盛雍略抬音量："采青。"

谢采青仍然没理他，所有注意力全部集中在脚下。

莫非她故意装听不见？盛雍笑容凝固，改口："青青。"

谢采青：你喊你的，我练我的，互不相干。

跟他玩耳背是吧？盛雍缓缓翘起一边嘴角，气沉丹田："青儿——"

盛雍这一声"青儿"喊出了有别于昨日的全新花样，尾音拖曳得愁肠婉转，逶迤曲折，如同台上青衣的绝唱，倾注了一生的情感，如诉如泣。

谢采青纵使功夫了得，也被盛雍一嗓子喊得乱了方寸，身子一晃，脚下没踩稳，失去平衡，中途掉了下来。

"干吗？"连叫名字都这么浮夸花哨，谢采青有些恼怒，望向二楼窗边的某人。

盛雍眸光一亮："你能说话啦？等我。"

盛雍用最快的速度洗澡换衣服，然后顶着一头湿漉漉的白毛，兴冲冲跑进后院。他一身黑，印有波普风梦露头像的T恤加九分卷边休闲裤，脚踝精致，比一般女孩都瘦。

谢采青已经终止练习，也没看他，忙着将缸缸罐罐一个个整齐摆放至墙角。

盛雍上前帮忙，好奇地问："你刚才练的什么功夫？"

谢采青一只手提一个陶缸："踩步过桩。"

只在实验室里过过柱子的盛雍听了也不明白，效仿着谢采青，一只手去拎差不多大小的罐子，却发现自己手无缚鸡之力，根本拎不动罐子。不过他一点也不觉得尴尬，直接转移目标，捧着一个最小的瓷罐，跟上了谢采青。

"天生神力啊，宝藏女孩。"惊喜无处不在，盛雍由衷感叹。

谢采青没吭声，蹲到墙边从左到右码罐子，继续当盛雍不存在。扭腰感受到阻力，她一回头，看见自己拖地的束腰缎带被一只黑色帆布鞋光明正大地踩在下面。

她抬起头，不悦地瞪向鞋的主人，他这才后知后觉地把脚移开。

"抱歉，我没看见。"

明知他故意为之，谢采青仍收回视线，道："没关系。"

盛雍躬身蹲在谢采青身旁，抱着膝盖看她忙活。见她额头上细汗涔涔，他悄悄往后挪动步子，将将挡住烈日，让她整个人被笼罩在自己投落的阴影里。

谢采青心思细腻，看了盛雍一眼："谢谢。"留意到他发梢在滴水，又说，"我不怕晒，你进去吧。"

"没事。"盛雍甩了甩头，水珠飞溅到谢采青的脸颊上，他忙伸手去擦，"哟，不好意思。"

谁知道他是不是故意的。

谢采青没计较，谢绝了他的好意。她用手背拂掉水渍，也拂掉了盛雍稍有回暖的表情，两瓣鲜红嘴唇抿成了一条线。

盼一晚上盼来了相顾两无言，盛雍有点憋屈，点着下巴数数，没话找话："十四、十五、十六……我不记得我家有这么多腌咸菜的缸子、罐子。你从哪儿弄来的？"

"我在市场上买的。"

"早上关姨带你去买的？"

"嗯。"

"以后你每天都要练过桩？"

"对。"

有问必答是没错，但谢采青走的是极简风格，问什么答什么，一个多余的字也没有。

盛雍只问三句，就把自己问乐了："我头一回和人聊天聊得这么节约。别人讲话论斤称，你只能论克。"

初来乍到，言多必失，谢采青本不想开口，沉默了一会儿后还是解释了一句："我平时话就少。"

最后一个罐子在盛雍脚边，他递给谢采青："话少都能被罚噤声，我太想知道你到底说了什么大逆不道的话。"

谢采青手一顿，仿佛有什么难言之隐，轻轻摇头表示不愿多聊。

"行吧，我不勉……"话没说完，一条干毛巾从天而降，罩住了盛雍的脑袋。

"小祖宗，洗完澡不吹头，着凉了怎么办？"关姨揉着毛巾，老大不高兴地数落，"你要吃饺子我给你包了，人不回来。一晚上不着家，你又去哪里野了？我家老王好糊弄，我可不好糊弄，熬夜了吧？夜里不睡白天不起的，你属猫头鹰的啊！"

"对不起嘛。"

盛雍刚抬起脑袋，被关姨一掌按了回去："你没对不起我，熬夜伤身，你对不起你的心肝脾肺肾。"

"我自己来。"扯下毛巾，盛雍满脸堆笑，冲关姨卖乖，"我今早吃了饺子，饺子汤都堪称一绝。您这手艺搁古代，肯定是皇家御厨级别的。后宫嫔妃们抢破头陪皇上用膳，别的不为，只为吃您做的一口菜。您如果哪天开饭馆，记得给我留一专人专座，我一天三顿去捧场。少吃一顿我都生气，哄不好的那种。"

"行啦，就你能说，满嘴跑火车。"关姨嗔怨，脸上已笑开了花。

旁边的谢采青也听得想笑。

盛雍看在眼里，鼓励道："想笑你就笑，忍什么呀。我家虽然有位御厨，但不是什么深宫后院，没皇帝没后妃，你不要压抑自己嘛。"

"我没有。"谢采青小声反驳。

"采青，雍雍再敢欺负你，你跟我说，我帮你撑腰。"关姨打心眼里喜欢这个乖巧懂事的小姑娘，"不光我帮你撑腰，等老爷子回来，他也会帮你撑腰。"

"关姨，您这话我就不爱听了。"盛雍擦着头发，委屈地噘嘴，"你说得我好像是一个十恶不赦的浑蛋一样，急着要跟我划清界限，您这是在破坏咱们家的安定团结。"

关姨只认自己的理："就算破坏安定团结，我们也要帮采青撑腰。"

"你们都帮她撑腰，也不怕撑出腰椎间盘突出。破坏完安定团结，又破坏采青的身体健康，杀伤力堪比无敌破坏王。"歪理编得天花乱坠，盛雍问谢采青，"我的担心有道理吗？"

"没道理。"谢采青不理盛雍垮下来的俊脸，却对关姨说，"关姨，您多虑了，他没欺负我。"

"没有就好。他若欺负你了，记得告诉我。"关姨疼爱地摸摸采青的头，"你们玩吧。"

（3）

关姨回了屋，后院里又只剩盛雍和谢采青。

盛雍摇身一变成了小霸王，站起身丢开毛巾，踢一脚近处的陶缸，活动着手腕说："这些东西死沉死沉的，我搬得手酸，你帮我擦头发吧。"

谢采青会数数，也不瞎，手拿毛巾跟着站起来："你总共就搬了一个。"

"搬一个也是搬啊，我已经发挥出我的体能极限了。"盛雍不肯接毛巾，背过手，"我这么卖力帮你，你也该礼尚往来帮帮我。"

谢采青自认没他能言善道，摊开掌心用事实说话："我手脏。"

盛雍走过场似的飞快瞄了一眼："我不嫌弃。"

谢采青换一个借口："我力气大，容易把你头发拽掉。"

"我头发多，经拽。"盛雍见招拆招，"擦个头你要能把我拽秃，也算你有本事。"

谢采青一下子就笑了，没说行，也没说不行。

"你答不答应啊？再磨叽，我头发都干了。"盛雍说着，打出一个真假难辨的喷嚏，"你也知道我身体不好，要是着凉了卧床不起，可全赖你。"

这罪名安得挺大，谢采青体谅他体质虚弱，先退一步，妥协地点点头。

夏蝉吱吱叫，偏西的艳阳悬于天际，桂花树下一地清凉。

盛雍个高，盘着两条大长腿席地而坐，静静享受谢采青的贴心服务。

裤兜里手机震动，太煞风景，他压根没打算看。

盛雍十岁那年的回忆并不算美好，能忘则忘。唯有在少阳养病小住的半个月，像黯淡底色上的一抹柔软而明澈的水彩，谢采青便是它的点睛之笔。

可那半个月里，盛雍病得恍恍惚惚，睡的时候多，醒的时候少，比林黛玉更林黛玉。他到现在能记起的，也只有谢采青这个人和一些模糊的记忆。

至于其他的……他实在想不起来了。

"采青。"拔一根青草在指间缠弄，盛雍若有所思地问，"你家是开武馆的吗？"

"不是。"谢采青照旧惜字如金。

哪儿那么费劲，盛雍还真不信这个邪，手按着毛巾，扭脸招呼："甭擦头发了，你过来。"

不明白他又要什么花样，谢采青没动："你的头发还没干。"

"晒一晒就干了。"盛雍指着自己对面的草坪，沉声命令，"你坐这里，我要和你好好聊聊。"

谢采青心生警惕，还是没动："聊什么？"

"不错，不错。"盛雍一乐，轻轻拍响巴掌，"原来你会说问句，我以为你的语言系统里只有祈使句呢。"

谢采青没好气地白了他一眼，移步屈膝坐到盛雍对面，离得有些远。

"你坐近点。"盛雍手臂平举，指尖都够不着谢采青，笑着调侃，"就这距离，万一我说错话，你打得到我吗？"

"我不随便打人。"谢采青立刻纠正，顿了两秒，意有所指地补充道，"我只打随便的人。"

盛雍也不恼，孺子可教般频频点头："你要能都这么说话多好，轻松加愉快。小小年纪，千万别拿长辈的身份束缚自己，否则生活没乐趣，内心不自由。"

满嘴跑火车的人，偶尔也能讲出几句发人深省的话。

谢采青沉默了，双手交叠抱着腿，低下了头。

难道被自己说中了？盛雍暗呼不妙。

山不就我我就山，他这么想着，挪近谢采青，弯着腰去迁就她低垂的脑袋，低低软语："我没有批评你的意思，只是很好奇，我家老爷子为什么大老远把你请过来。或者，你知道原因，能满足我的好奇心。"

盛雍好好说话的时候，语速偏慢，声音低沉而富有磁性，比韩柏延的眼神更具故事性。

谢采青耳朵发烫，摇头："我也不知道。"

"这样啊。"老爷子搞得神神秘秘的，盛雍有点吃不准，"我以为你是老爷子从武馆里给我请的师父。老爷子怎么想的？我像是骨骼清奇、天生的武学奇才吗？"

"不像。"而且差得很远，谢采青说，"我功夫学得浅，也教不了你。"

"你谦虚了吧。"盛雍可不这么认为，下巴指向墙边的缸缸罐罐，"就你刚才走来走去，像练凌波微步一样，换成我，我可做不了。我这个气质，只适合做段誉身边的神仙姐姐，王语嫣。"

谢采青被他逗笑了："我练的不是轻功，是基本功。"

只要她不低气压，盛雍的心情就像天气一样晴朗，他忙乘胜追击："你练的什么基本功？"

"南派醒狮里过梅花桩的基本功。"见盛雍听得一头雾水，谢采青继续解释道，"传统舞狮分南北两种流派，北派舞狮和南派舞狮。我们威音堂舞的是'南狮'，也叫'醒狮'。"

舞狮这项民间技艺，盛雍当然知道，也在电视里看见过。

他比了一个摇蒲扇的动作，问："前面有个大头娃娃逗狮子的那种？"

谢采青又笑了："那不是大头娃娃，叫大头佛。"

盛雍没见过舞狮的女孩："你扮大头佛？"

"我是狮头。"

谢采青露出骄傲的笑容，腰腹板正，高抬双手握拳，做出一个举狮头的标准动作。

十七八岁的少女面庞焕发出光芒，自信而张扬，一双乌黑大眼睛定住不动，亮晶晶的特别有神，真像一只威风凛凛的小狮子。

转瞬之间，谢采青像变了一个人，呈现出光彩照人的一面，盛雍完全没料到，直勾勾地盯着她，半张着嘴，人都呆了。

"那啥……"就在感觉到可能要流哈喇子的尴尬一刻，盛雍咽了咽唾沫，鬼使神差冒出一句话，"我和你算同类，我是狮子座的。"

这归属感找得创意无限，正常人一般想不到。

正常人谢采青：……

谢采青利落地收手，恢复原本少年老成的模样，规规矩矩地抱着双腿，面无表情，显得比先前更稳、更持重。

这样不是不好，只是盛雍更喜欢她神采飞扬的俏模样："采青，你手机里有你表演的视频吗？给我看看。"再加个微信，很顺便，一点也不刻意。

"没有。"谢采青实话实说。

"你是没视频，还是没微信？"说漏嘴的盛雍也很实在。

谢采青愣了一下："都没有。"

"我不信。"盛雍摊手，"你把手机给我。"

"在房间。"

"去拿。"

为了让盛雍死心，谢采青不介意给他看手机，结果人还没进屋又被叫了回来。

盛雍忙着和谢采青独处，前一条微信没搭理，韩柏延又发来第二条通知吃饭时间和地点的微信。

开车过去大约一小时，盛雍对谢采青说："换身衣服，我带你出去和我朋友吃晚饭。"

"为什么？"谢采青委婉表述，其实更想说不去。

"因为老爷子让我带你到处转转，我是奉旨行事。你若不信，去问王叔。"将毛巾搭在肩头，盛雍拍拍屁股站起来，"了解一座城市最佳的方法，就是从了解这座城市的美食开始。"

委婉对付不了盛雍，谢采青直言："我不想去。"

盛雍早有预料："照辈分，你要叫我家老爷子什么？"

"师叔。"问题太跳脱，谢采青反应不过来，答得快。

恢复本色的谢采青更像一只小兔子，一切尽在大尾巴狼盛雍的掌握中。

他慢条斯理地下套："我不叫你采青姨，你都不乐意，师叔的话，你还敢不听？"

谢采青没作声，她确实不能不听，但她真的很不想去。

谢采青远没有看起来那么男孩子气，其实是一个有些怕生的女孩。面对陌生的环境、陌生的人，她不善言辞，担心讲错话。

谢采青正纠结着，后颈一紧，就被盛雍用毛巾圈着脖子，拽到眼皮底下。

祭出一记招牌式的盛氏坏笑，大尾巴狼半哄半威胁地道："青儿，陪我去吧，我朋友是一个野蛮、原始的大老粗，你得去保护我。我这人有个怪毛病，谁拒绝我惹我不高兴，我就喜欢亲谁。你要不去，我可亲你了啊。"

谢采青不想惯他这怪毛病，豁出去了，挺直身体，一脸正气地怼回去："你亲呀！"

"我的吻有毒啊，你干吗一副视死如归的表情？"盛雍被她逗得哈哈大笑，"好，我告诉你带你去吃饭的原因，让你死得瞑目。"

挣扎在生死边缘的谢采青，求知欲为零，时刻提防紧闭着嘴，避而不问。

盛雍玩味挑眉："你的嘴巴闭这么严实干什么，提醒我不要亲脸，最好亲嘴吗？"

这个人臭不要脸到极致，弄得谢采青张嘴也不对，闭嘴也不对，无计可施，只能狠狠瞪他一眼。

佳人芳泽近在眼前，诱人得像鲜嫩欲滴的红樱桃，不心动不是英雄好汉。

盛雍很想一亲芳泽，但他不是什么英雄好汉，超怕逗得太猛，小兔子急红眼动真格。毕竟她是一只身怀绝技的小兔子。

松开谢采青，盛雍像一个大侠，豪迈道："看在你帮我擦头发的分上，今天先饶你一命。留着啊，待我下次再取。"

"无聊！"谢采青低斥，径直回屋。

"等我把话讲完。"盛雍快步追上，仗着身高臂长的优势，用"壁咚"把谢采青堵在门前，"那大老粗是我哥儿们，奸商，不能吃一点亏。今晚我吃他一顿，明晚他肯定会出现在我家餐桌上胡吃海喝，不拿自己当外人。"

后背抵着门板，谢采青没退路："然后呢？"

"就因为他无耻，这些年我没吃他多少饭，全吃他的亏了。"韩柏延的恶行罄竹难书，盛雍义愤填膺，"现在有你在，我的机会来了。你要帮我扳回一城，咱们携手并肩吃垮他！"

盛雍太能掰扯，真假难辨，谢采青看着他，不知道该说什么。

"采青，你可是我最后的倔强。"以理服人，张弛有度，盛雍再打出一张委曲求全的王牌，"像歌里唱的'我和我最后的倔强，握紧双手绝对不放'，你要实在不想去，我也不去了。这种锱铢必较的哥们儿，不要也罢。"

真假不重要，谢采青的心先软了："他明天真的会来？"

"那可不。"胜利在望，盛雍强忍内心狂喜，可怜巴巴地说，"那家伙吃我们家大米就算了，居然还惦记着我家御厨关姨，好几次被我撞见他企图用高薪诱惑关姨，还好我们关姨威武不屈、贫贱不移！你说，对付这种人，我们该不该化悲愤为食欲，大吃特吃他一顿？"

谢采青犹豫了："你没骗我？"

大尾巴狼坚定点头。适度的丑化和艺术性加工，应该不至于上升到欺骗的程度吧？

沉默了一会儿后，小兔子轻声道："好吧，我去。"

第四章
茶艺小哥VS养生少女

（1）

韩柏延订的餐厅，是一家打着分子料理噱头的新派川菜馆，洋气时尚。新店开张，慕名而来的年轻人居多，店门口大排长龙。

说是给游学归国的妹妹韩曼迪接风，韩小姐本人却迟迟不现身。就因为韩柏延随口转述了一句昨晚看电影时盛雍说的话——黑长直的神仙姐姐很清纯，提前半年预约，刚在美国请水果姐姐御用造型师做的大波浪，韩曼迪只能忍痛舍弃，去找国产Tony换发型。

韩曼迪心急，走得匆忙，没听到哥哥韩柏延转述的下半句话：不过，我现在更欣赏短发女孩，利落帅气。

周冬雨？高俊熙？新垣结衣？

在脑海中将中日韩短发女星过了个遍，韩柏延终于在见到谢采青之后，形成了最具体的概念——质朴田园风。盛雍带女孩出来吃饭是史无前例的，再一听他介绍她的大名，韩柏延顿觉自己臆想中的"准大舅哥"地位可能不保。

四人位餐桌，抢谢采青旁边的座位没抢过盛雍，韩柏延只能退而求其次，坐到谢采青的正对面。

"你好，我叫韩柏延，取自两大革命圣地，河北西柏坡和陕西延安。"韩柏延戴上艺术家的面具后像一个雅士，指间夹着无滤嘴的细烟，也不点，重在有范儿，"采青，你觉得我选的这家餐厅如何？"

"挺好的。"谢采青答，目光流连在韩柏延后面造型独特的幕墙装饰上。

整面墙壁上，三幅巨大的川剧脸谱横向排列，一模一样的重彩人物，脸红筋暴，眉黑髯长，幽幽冷光穿过脸谱投射到地面上，光影斑斓，恰到好处地柔化了人物的凶猛狰狞相。

面前有型有款的大帅哥不欣赏，要欣赏凶神恶煞的大花脸，文青宠儿韩柏延不能理解，向盛雍投去疑惑的表情。

盛雍不想回答，干脆视而不见，顺着谢采青的视线看过去。他不懂戏曲，但依稀记得儿时听过一首《说唱脸谱》的科普流行歌。

"那是关羽吧？"倾身靠近谢采青，盛雍悄声问。

距离一拉近，盛雍嘴角又噙着温情浅笑，这一幕落进旁人眼里，两人俨然一对亲密小情侣。

"嗯。"谢采青的心思在幕墙上，她没留意自己"角色"的转换，简单讲解道，"戏曲脸谱里的关羽普遍为揉红脸、黑长须，代表智勇双全、忠肝义胆。"

盛雍一脸惊奇道："你们学舞狮还要求会戏曲？"

"我不会。"谢采青摇头，谈及挚爱的舞狮，不用问，她自然而然也会多说两句，"传统南狮狮头分为刘备、关羽和张飞三种。三人的性格不同，所以三种狮头的颜色和装饰也有区别。"

盛雍帮谢采青倒水，顺势又将手臂搭上她的座椅，饶有兴致地继续问："你三种都能舞吗？"

"现在分得没那么细，我们威音堂一般以表演'文狮'，也就是刘备狮为主。"谢采青最喜欢沉着刚健的刘备狮，"我爸武功底子深，年轻的时候喜欢舞张飞狮。张飞狮是骁勇善战的斗狮，动作变化多，双舞狮桩尤其好看。威音堂里，能配合我爸舞双狮的只有三师……"

毫无征兆地收声，谢采青端起杯子闷头喝水，未讲完的话像一跟头栽下悬崖，销声匿迹。

盛雍瞧出反常，再好奇也忍住不问，只贴近谢采青的耳朵，故意悄声逗她："你少喝点水，喝多了占肚子影响发挥。你可是我方战斗主力，待会儿敞开吃，不要不好意思保留实力，咱们不能便宜敌方韩柏延。"

盛雍这么一说，谢采青想起来，自己是带着帮他"扳回一城"的使命来的。

明确己方任务后，谢采青终于将注意力转移到敌方韩柏延身上。

韩柏延的头偏向一边，嘴里嘀嘀咕咕的，像在思考问题。单就外形而言，他似乎和盛雍描述的不太相符。谢采青微微皱眉，起了疑心。

盛雍就怕她军心动摇："人不可貌相，海水不可斗量。"他叩响桌子，"韩柏延，你想什么呢？"

"等会儿。"韩柏延抬手比了一个"禁止打扰"的动作，不知道想什么想得费劲，五官都皱在了一起，"威音堂……威音堂……我一定在哪里听过，怎么想不起来啦！"

和南派醒狮八竿子打不着的韩老板，竟然听说过威音堂，盛雍和谢采青都觉得有些意外。静静等待韩老板玩命回想了好几分钟，他们还没失去耐心，韩老板先给自己添堵，暴跳了。

"不想了，不想了！"撸下手腕上的皮筋束起长发，用打火机点烟，吞云吐雾，韩老板找回了真实的自己，聊传统谁不会啊，"采青，你的名字和舞狮也有关系吧？"

"对。"谢采青说，"采青是舞狮的一个环节。逢年过节的时候，把利是和青菜悬挂在高处，狮子会在表演的最后跃起一口咬住青菜，再咬碎吐出来，叫'采青'。"

原来，此采青非彼采青。

盛雍问谢采青："制茶的第一道工序也叫'采青'，采摘茶青，你知道吗？"

谢采青对制茶一无所知："我不知道。"

"咱俩不但是同类，连专长也有共通之处，你说巧不巧？"盛雍话语里透出一丝骄傲，好像已经把舞狮和制茶结为团结友爱的兄弟专业。

谢采青点点头，难得认同盛雍一回。

"还有更巧的。"谈及自己的专业，盛雍也有讲不完的话，"泡功夫茶有一步叫'烫杯'，把茶杯放在茶船里滚一圈加热，这个动作被戏称为'狮子滚球'。"

"舞狮里也有！"谢采青惊喜道，"舔球，戏球，滚大球！"

"对了，你们有关公狮。"畅谈气氛浓厚，盛雍指向墙上的关羽脸谱，"我们工夫茶里也有一个动作叫'关公巡城'。"

"怎么做的？"谢采青好奇道。

"一般而言，泡功夫茶分为十步。第一步，备具迎客……"

从头开始，盛雍一边悉心讲解，一边借用桌上现有的杯盏做起了表演。

盛雍精通茶艺，除却家庭聚会，鲜少当众展示。但凡见过盛雍泡功夫茶的人，无不得出一个结论——原来茶道这么优雅的技艺，不仅适合旗袍小姐姐，也适合如盛雍般俊朗的小哥哥。

虽然场合不对、氛围不对，盛雍手边也没有像样的泡茶器具，可认真的男人最帅气。一举一动从容淡然，恰如翩翩世家贵公子，引得周围几桌的女客人不断注目，还有人用手机偷拍。

谢采青也看得、听得入了神。

早已被晾在一旁的韩柏延搭不上话，心里唱起《凉凉》：这小子平时很跩，尤其对女生爱搭不理，今晚却如此热情洋溢，八成是喜欢上了谢采青这个小姑娘。

韩柏延：我妹妹怎么办？

待盛雍表演完，护妹狂魔宣布上线："我妹怎么还不来啊？我打个电话催催。"

把手机往桌子中央一放，韩柏延像得了急性老花眼，隔着老远拨号，又按免提。

接通音刚响一声，电话就被挂断。韩柏延再拨，并没有发现"您拨叫的用户"已经闪亮登场。

因为外婆是捷克人，韩家两兄妹身上有四分之一混血，所以韩柏延生了一双忧郁的眼睛。而韩曼迪比哥哥混血得更彻底，肤白眼大巴掌脸，漂亮得像一个瓷娃娃。

身着一件仙气十足的烟灰粉雪纺长裙，韩曼迪任由手机响着，朝盛雍嫣然一笑，甜甜唤出"雍雍哥"。

韩柏延闻声，先抬头："你可算来了，快坐……"

"你是……"他话没说完就被打断了，韩曼迪看见了盛雍身旁的陌生面孔，"拼桌的？"环顾一圈没空位，她叫住从旁经过的服务员，"她的座我买了，多少钱，你开个价。"

韩曼迪不把谢采青放在眼里，自然，盛雍眼里也没有她。

手揣进裤兜起身，盛雍对服务员说："我的座位也一起卖给她吧，反正她有钱。"而后他朝谢采青伸出手，"我带你换一个地方吃饭。"

谢采青没有回握他的手，却也跟着站了起来。

"雍雍哥！"韩曼迪娇嗔，她沉不住气，问道，"她是你什么人？"

盛雍揽过谢采青的肩膀，不疾不徐道："她不是我什么人，就是我家老爷子的贵客，喊老爷子一声'师叔'，现在住在我家。"

谢采青明白盛雍在帮自己出头，虽然不太舒服，但也没争辩，不卑不亢地看向韩曼迪："你好，我叫谢采青，不是拼桌的。"

小采青又乖又有气势，盛雍心花怒放，眼神宠溺，斜眸瞄她，只觉得两个人一唱一和，有点棒。

"哼！"韩曼迪哪里受得了他们携手一致对外，别过脸下巴顶天。

"误会，误会，一场误会。"支走服务员，韩柏延也坐不住了，赶忙起身打圆场，"采青，这是我妹妹，韩曼迪。"

护犊的护犊，拿乔的拿乔，没人理他。

"嘿，我说怎么回事！一个个跟大爷似的，等着我求你们啊？"韩柏延这暴脾气说来就来，"不给我面子是吧？都给我坐下，吃饭！"桌子上空空如也，一个菜也没上，于是他改口，"坐下喝水！"

四人中，韩柏延脾气最大，年纪也最大。

大哥的面子还是要给的，其余三人一一落座。

"这就对了嘛。"像电影里社会哥们摆和事酒，韩柏延亲自倒水，给每个人分了一杯，自己先举杯，"来来来，以水代酒先走一个，化干戈为玉帛。"

接收到哥哥的眼色，韩曼迪不情不愿地照办，但仍不减矜傲，问谢采青："你真的只是盛爷爷的客人？"

谢采青："对。"

韩曼迪不依不饶："你为什么不去住老宅，要住在雍雍哥家？"

"她住哪里是老爷子安排的。"淡淡地接过她的话，盛雍疏懒地问，"我家的事，你有意见？"

"我……"韩曼迪语塞，像受了天大的气，重重撂下杯子，"雍雍哥，我问她话，她自己不会回答吗，要你帮着搭腔！"

盛雍还想开口反驳，只见两只小手捧着水杯送至面前，谢采青神色如常，只略略颔首示意她能应付。既然小姑娘没怕，盛雍也乐见她如何应对韩曼迪盛气凌人的气势，笑意盈盈接过杯子喝水，当起悠闲看客来。

"他说得没错。"谢采青直视韩曼迪的眼睛，从容道，"师叔没有告诉我原因，所以我也不知道为什么。"

"你为什么不问呢？"韩曼迪有意刁难。

不等谢采青回答，韩柏延凑近妹妹的耳朵："盛爷爷不在家，和咱爷爷去冲绳打高球了，没机会问吧。"

"哥！要你多话！"韩曼迪偏过身，横眉冷对，"你能不能学雍雍哥一样，做一个安静的美男子？"

"行行行。"韩柏延好心反讨了嫌，闭了嘴，转头迎上盛雍嘲讽的笑容，阴恻恻地问，"安静的美男子，跟我手牵手上个洗手间呗？"

"不去。"盛雍觉得恶心。

韩柏延使坏："你憋着不去，因为放心不下采青？"

谢采青微微一笑："我没事，你去吧。"

盛雍随即大变脸，眉开眼笑，像好孩子一样乖顺点头："得嘞，采青让我去，我就去。"

众人：……

（2）

盛雍和韩柏延临近男厕门口，很有默契地同时右转，拐进旁边无人的角落。一场男人间的对话即将展开，两个人面对面站着，离得挺近，乍一看，像要干架。

两人并没有干架，韩柏延率先开口："你喜欢谢采青？"

与此同时，一场没有硝烟的对决也在谢采青与韩曼迪之间悄然展开。

韩曼迪是韩家的掌上明珠，在三代无丫头的盛家同样备受宠爱。盛家五兄弟，唯独盛雍不宠她，不待见她，把不喜欢全写在脸上。从小"恃宠而骄"的韩曼迪也任性：你不喜欢我，我偏喜欢你，也要和你一样摆在明面上，写在脸上。

两个人都不藏着掖着，对彼此的态度相当明朗。盛雍是"你喜欢不喜欢，与我无关"。韩曼迪一样，"我喜欢不喜欢，与你无关"。

这些年来，明里暗里喜欢盛雍的女生多了去，排着队，人手一张爱的号码牌。韩曼迪便是其中之一，但仗着两家渊源以及哥哥的关系，和盛雍走得算最亲近，她认定自己占尽先机，手里紧捏着编号"一"的号码牌。

因此，谢采青突如其来住进盛雍的半山别墅，在韩曼迪看来，就好像恶意插队，投机作弊，居心不良且手段阴险。

她确认过眼神，谢采青是情敌，不容小觑。

"你喜欢我雍雍哥？"韩曼迪先发制人。

蓦然面对同一个问题，盛雍和谢采青的反应出奇一致，他们都意外地愣住了，而两人此刻的心境却大相径庭。

盛雍喜欢谢采青这一点毋庸置疑，但他所理解的喜欢因为缺少历史经验，仍停留在十多年前两小无猜的阶段，并没有上升到男女之情的高度。昨天出现的"一刹那心动"，虽然他感觉很深刻，但认识尚且浅薄，缺乏觉悟。

于是，盛雍斩钉截铁地回答："不可能，我和她久别重逢还不满四十八小时。"

谢采青不喜欢盛雍这一点也毋庸置疑。她热爱舞狮，读书之余，勤学苦练这门技艺，一直过着心无旁骛的简单生活。即便有人喜欢有人追，她也会当场严词拒绝，斩断所有可能。更何况，她对盛雍的初始印象虽然谈不上恶劣，但也绝非良好。

于是，谢采青的回答同样斩钉截铁："不喜欢。"

韩柏延和韩曼迪不愧为一对亲兄妹，得到否定的回答后，深感质疑的表情如出一辙，连应对的招数也惊人地相似。

韩柏延："你单身太久，没准饥渴难耐呢？再说了，有时候喜欢不需要太久，'一见'就够了。"

韩曼迪："你们住在一起，你现在不喜欢，敢发誓以后也不会喜欢吗？"

角落里，盛雍听得来气："你才'贱'。"

餐桌前，谢采青听得想笑："我不会拿这种无聊的事情发誓。"

韩柏延："难道你没发觉，你对谢采青和对其他女孩不一样吗？"

韩曼迪："你不敢发誓，是因为你知道雍雍哥对你和对其他女生不一样。"

盛雍、谢采青："哪里不一样？"

韩曼迪："他和你说话的时候，表情不一样，看你的眼神也不一样，充满……"

韩柏延："……爱意。"

当着情敌的面，妹妹拧着一股不服输的劲，这两个字难以启齿，但哥哥不会跟好兄弟兜圈子，直言不讳。

盛雍和谢采青不约而同地选择了缄默不语。

谢采青缄默是因为韩曼迪说得不清不楚，还没有下文，她很困惑，不知该如何回应。

盛雍缄默是因为韩柏延用词过重，感情色彩太浓，他难以置信，一时半会儿接受不了。

两人同时流露出"不晓得你在说些什么"的困顿神情，相当于否认，令韩家兄妹颇为满意。

韩柏延拍拍好兄弟的肩："你不喜欢她，我就放心了。你别急眼啊，体谅一下做哥哥的心情。你要有这么一个宝贝妹妹，你也会操心操到稀碎。"

韩曼迪脸上露出迷之微笑："我从五岁起，每年都许同一个生日愿望——嫁给雍雍哥。精诚所至，金石为开，谁也不能阻挡我实现愿望，我一定会成功的！"

由此可见，爱情的世界永远只有双人席位，多一个人叫添乱，多两个人叫添堵。

各自经历了一段添乱添堵的交谈，盛雍和谢采青再坐回一起，都如同心房奏响一段变奏曲，余音缭绕里各添了几分心事。

让人误解总归不好，谢采青变得更加谨小慎微，埋头吃饭，绝对不主动说话。盛雍被韩柏延搅得有点犯糊涂，也收敛了不少。虽然没有交流，但餐桌就那么点大，视线难免会在空气中交会。只要盛雍逮着时机要开口，谢采青一定会第一时间收回目光，干净利落，绝不留引人遐想的余地。

一顿饭盛雍吃得憋屈得不行，像味觉失灵，道道菜味如嚼蜡，最先放下筷子。很快，谢采青也跟着停了筷。

大胃王没吃多少，盛雍问："你吃饱了？"

谢采青这顿饭吃得也不轻松，尽管只有五六分饱，仍点了点头。

"我知道。"盛雍了然一笑，压低声音，"你想留着点肚子，回去吃关姨煮的夜宵。"

谢采青："我从来不吃夜宵。"

"人间至味是夜宵，关姨煮的夜宵是银河系级的美味，这个例值得破。"盛雍以理服人。

谢采青固执道："我真的饱了。"

"你忘了我们的任务，"盛雍才不信，重新端起碗，"继续吃。"

"什么任务？"韩曼迪见不得他们窃窃私语，故意插话。

"吃垮你哥。"盛雍抛出一句话，没给韩曼迪正眼，催着谢采青动筷。

正忙着发微信的韩柏延听到后乐不可支："凭你那一根葱就能饱的饭量，想吃垮我，赶紧向上天再借五百年吧。"

盛雍咬牙切齿："采青，铆起劲来吃，挫挫他的嚣张气焰。"

"对，铆劲吃起来，不够加菜。"韩柏延也豪爽，"我这人优点不多，就是钱多吃不垮，你说气人吗？"

"你最大的优点是命硬，装模作样至今还没被人打死。"盛雍调侃。

"人生在世，装一时不难，难的是装一辈子。学着点吧，雍雍。"

盛雍嗤之以鼻："不学，不real。"

……

两哥们儿要贫嘴的工夫，谢采青已经默默继续吃了起来。

招牌菜川香辣子鸡他们都没怎么动，其实鲜香入味。谢采青喜欢吃辣，但耐受力不行，一口接一口不停地喝水。杯子总不见底，是因为盛雍即使被韩柏延拖着聊他的新概念茶馆，也没有忘记分散出注意力，帮她一杯接一杯地添水。

谢采青吃东西专心，直到端杯子的时候不小心和盛雍的手碰了一下，才发现他一直在为自己服务。

"谢谢。"谢采青轻声道。

多看了两秒她红艳艳的嘴唇，盛雍莞尔，没说话，往杯子里倒满水，接着和韩柏延有一搭没一搭地聊天。

情敌好似肉中刺，韩曼迪恨恨剜了谢采青一眼，负气地喝光杯子里的水，递出杯子："雍雍哥，谢谢。"

举手之劳，盛雍说话时语气淡淡的："不客气。"

"雍雍哥，送你。"韩曼迪拿出包装精美的礼物，笑容娇俏，很是期待地道，"你打开看看喜不喜欢。"

盛雍接过礼物："谢谢。"

是带有Coldplay全体成员签名的演唱会版本绝版CD，发烧友网站一度将它炒至天价。盛雍手速慢了一秒，没抢过一个韩国人，耿耿于怀了好久。韩曼迪有心投其所好，盛雍当然喜欢，再次道谢。

韩曼迪喜上眉梢，张嘴正要说话，旁边一心只想和好兄弟搞事业的韩老板争宠似的，抢先插话："礼物收一收，咱俩接着聊。我刚说到哪了？"韩柏延思索片刻后继续道，"哦，说到营销的重要性。你们来之前，我去店门口做了随机小调查，问那些排队的……哎哟，韩曼迪，你踢我干什么？"

韩曼迪的脸黑了："我抽筋。"

"哦，回去哥哥给你买蓝瓶钙。"被事业蒙了眼的韩柏延丝毫没在意，口若悬河继续道，"外面排队的人十个有四个根本不知道这家店，看见排长队，也跟着凑热闹，两个是看了美食公众号推荐，两个是大众点评里的霸王餐，一个是冲着装修进来的……"

"还有一个呢？"为跟盛雍说上话还得排队，韩曼迪急不可耐地问。

韩柏延一副正经的模样："还有一个颜值先行，以为你哥我是店老板，心想，老板都长得这么可口，菜色肯定差不到哪里去，必须尝尝。"

物以类聚，人以群分，韩柏延讲话和盛雍一个风格，不分伯仲。

谢采青一口水差点呛进气管，背过身捂着嘴巴咳嗽不止。

盛雍很自然地帮她拍背，不爽地嗔怪韩柏延："你自卖自夸前先给个铺垫，行不行？"

"怎么铺垫？"韩柏延模仿起幼儿园老师，嗲声嗲气萌萌的，"小朋友们，老师要开始进行深刻的自我表扬了哟，小眼睛看老师，小耳朵竖起来。"又对刚顺过气转回来的谢采青道，"谢采青小朋友，感冒咳嗽不可以上幼儿园哟，回家记得吃药药、睡觉觉，等病好了再来哟。"

大老爷们装可爱，谢采青小朋友有点想吐。

"哥，你消停点吧。"韩曼迪也崩溃了，戳了一块果盘里的西瓜投喂韩柏延，总算成了她的主场了，"雍雍哥，你开学搬去老校区，还会在我们茶艺社继续做指导吗？"

韩曼迪问这话时，辅以眼神，傲慢睨向谢采青：我和雍雍哥的亲近程度，你自己揣摩吧。

韩曼迪去年参加高考，作为钢琴十级艺术特长生，追随盛雍报了Z大，填了茶学专业。韩家老爷子一听，心想这不乱来吗，扬言要没收副卡，断她的经济来源。迫于爷爷的威严，她改成了法学，进校第一件事就是加入与茶学专业联系最紧密的校茶艺社。

盛雍虽然不是茶艺社的正式成员，但没少被同寝室的茶艺社会长请去科普茶学知识。

"看情况吧。"盛雍说完，意有所指地问谢采青，"你有兴趣加入Z大茶艺社吗？"——你要加入，我可以勉为其难两个校区来回奔波。

谢采青抱歉般摇摇头，转而问："学校有舞狮社吗？"

盛雍早看出来谢采青对舞狮以外的事兴趣不大："好像没有。怎么，你打算创办一个？"

瞳眸里忽现的光芒一闪而过，谢采青抿着唇，没有搭话。

少阳自古以来享有"舞狮之乡"的美誉，大大小小的舞狮队不下百支。谢爸爸创立威音堂，一路走来充满艰辛，波折不断。学舞狮的人不少，但能坚持下来的少。表演机会不少，但收入微薄。这不是一个挣大钱的事业。好在谢爸爸淡泊名利，讲究传承，潜心钻研技艺，培养徒弟，威音堂的狮子舞得数一数二。可即使如此，这年头酒香也怕巷子深，谢爸爸不善经营宣传，使得威音堂很长一段时间青黄不接，最艰难的时候，甚至险些扯旗关张。

在孕育出舞狮文化的少阳经营舞狮队尚且那么难，更遑论在大学校园。

那里是另一方天地，充斥着各种各样的新鲜事物，社团众多，花样百出，还有没有传统技艺的立足之地，谢采青不知道。而且，学舞狮不像学茶艺，最低的门槛要求是有武术功底，要练得像模像样，必须能吃苦耐劳下功夫。谁又愿意放着多姿多彩的大学生活不过，去花时间苦练一门看似无用的技艺呢？

盛雍敢问，谢采青即便心动，也是顾虑重重，不敢奢望，更不敢应。

（3）

吃完饭还不到八点，韩柏延意犹未尽，一行四人又前往他的私人影咖。

"深焦"有一间从不对外开放的专属包间，不光能看电影，还可以看电视、唱K、打麻将、玩桌游、吃火锅……各种娱乐设施应有尽有。

铁了心和盛雍合伙搞事业的韩老板干劲十足，大聊生意经。他陈词之激昂，像得了甲亢。盛雍懒得和他打配合，随意地听着，一双凤眼染笑，时不时瞥一眼长沙发那头的谢采青。

巨幅幕布上播放着最近大火的某练习生选秀节目。

满屏小鲜肉，韩曼迪看得津津有味。

谢采青倒是也望着幕布，却一脸茫然：为什么这些男的长得都差不多？为什么个个瘦得像营养不良？为什么有些还女里女气的……

唱唱跳跳好没意思，习惯早睡早起的谢采青实在提不起精神，虽然腰杆仍保持着笔直姿态，但上下眼皮已开始打架，昏昏欲睡。

突然，她的胳膊被旁边的韩曼迪撞了一下。

"喂，你看那个人，脸型是不是有点像雍雍哥？咦，但没他脸小。还有那个，丹凤眼是不是也有点像雍雍哥？不像，没他的漂亮。那个那个，身高和雍雍哥一样，但身材太差。他后面那个和雍雍哥一样的发色，但五官压不住发色，显老，没雍雍哥潮……"

看综艺节目看出玩"大家来找碴儿"的效果，韩曼迪乐在其中，不过瘾还要拉着谢采青找共鸣。

早过了平时睡觉的时间，谢采青真的犯困，看了几眼小鲜肉们，又下意识地转过头，迷迷瞪瞪去对比盛雍的长相，实诚道："他们哪里像，我看不出来。"

"不像！"韩曼迪掷地有声，"他们加起来都没我雍雍哥帅！"

谢采青大眼无神，仍盯着韩曼迪心目中最帅的盛雍，因为瞌睡虫入脑，迟钝到没有发觉那人也正凝视着她，嘴角噙着迷人的笑，温情融融。

突然，她的胳膊又被韩曼迪撞了一下。

"你把手机借我，扫个码参与投票。"韩曼迪一边说，一边举起自己的手机对向幕布右下方的二维码。

谢采青考取Z大，师兄弟们集资买了最新款的苹果手机，当作礼物送给她。心意难却，她收下却没有自己用，临走前留给了爸爸，自己以新换旧，现在用着爸爸用了好几年的国产老爷机。

韩曼迪看见谢采青的手机，跟撞了鬼似的："什么年代了，你居然还在用这么破的手机！难看得要命，这厚底快赶上板砖了，能干吗啊？"

谢采青不以为意："能打电话。"予人方便，自己方便，足矣。

"废话！"

韩曼迪面向谢采青，一只手拿着套有毛茸茸手机壳的苹果新款手机，另一只手拿着破破烂烂的老爷机，没有对比就没有伤害："你这破玩意儿，除了能打电话，还能干什么？能自拍吗？能玩游戏吗？能刷微博、朋友圈吗？你可别告诉我，你从来不自拍，不玩游戏，也不用微博、微信。"

"对。" 年轻人的娱乐，谢采青不是不懂，只是通通不感兴趣，觉得浪费时间。

谢采青反应太平静，看起来蛮好欺负的，韩曼迪借机嘲讽道："你这么老土落伍，不会被周围同学孤立、没朋友吗？"

"你会因为同样的问题孤立你的同学吗？"谢采青不答反问。

"当然。"韩曼迪想也不想，"生活层次不一样，肯定也玩不到一块去，怎么做朋友？"

谢采青神情淡淡的，声音虽然不大，但清晰有力："你衡量朋友的标准单一外化。我觉得比起我用落伍的手机，你的观念更落伍。"

"你！"

被自己轻视的人反将一军，韩曼迪风度全失，"砰"的一声，气咻咻地摔门而出。

韩柏延吓了一大跳："我妹这又是怎么啦？谁惹她不高兴了？"

盛雍将一切尽收眼底，灼灼凤目不离谢采青，抿唇微微笑："没谁惹她，是她要去招惹我们家的小狮子。"

谢采青能忍能让，少言寡语，实则心里亮堂得很。怀有恶意的攻击是她容忍的底线，人若犯我，我必犯人，绝不示弱。盛雍先前还有点担心，遇到刁蛮任性的韩曼迪，他要不维护小采青，以她隐忍的性子，多半会吃亏。

此刻，盛雍简直想为小采青鼓掌叫好。

韩柏延追出包间哄他妹，盛雍也坐近自家的小狮子。手里转着谢采青的老爷机，盛雍风流而多情地笑着，不言不语，就那么眼睛一眨不眨地盯着她看。

一双绝美眼眸仿佛有着销魂蚀骨的魔力，即便是深不见底的万丈深渊，也勾着人往里跳，无法自拔。

谢采青被盯得浑身不自在，瞌睡虫死光光，别过脸问："能回去了吗？"

盛雍摁亮老爷机的屏幕："刚十点半。"

"这已经比我睡觉时间晚了半个小时。"谢采青没有为难他的意思，"你玩吧，我可以一个人先回去。"

"你找得着路？"盛雍说，"你这手机没装导航软件。不用微信，也是因为不能安装吗？"

"能。"谢采青伸手拿手机，"我不想装微信，用不上。"

"用得上，我帮你装。"盛雍不还手机，举得高高的，"我家老爷子，你师叔，最喜欢和韩家爷爷比谁的朋友圈点赞数多。老小孩要哄，你尊老敬老，也得装一个。"

见识过盛雍的嘴皮子功夫，谢采青明智地选择不接话，只是站了起来，指尖出其不意地轻点盛雍手肘某处穴位。像被戳中了麻筋，盛雍只觉得一阵酥麻贯穿上下，五指脱力，不受控地松开了手，老年机向后滑落下去。谢采青敏捷地一探腰，分毫不差地抓牢了它。

类似场景，在《太阳的后裔》里宋仲基撩乔妹时也出现过，堪称经典。

盛雍哪想到有一天会角色倒转，演绎到自己身上。

揉着酸胀的胳膊，他竟然莫名觉得很享受，扬起笑脸："采青，我跟你商量一件事儿。"

谢采青不解道："什么？"

"我是很喜欢你给我的惊喜，但请你每天定时定量投放。"盛雍可怜兮兮地捂住胸口，"太频繁，我怕我心脏受不了。不信你可以摸摸，是不是跳得有点快？"

他挺胸收腹，让谢采青快摸。

眼尾余光扫过他前胸，谢采青认真问："我有速效救心丸，你要吗？"

两天以来，盛雍第一次语塞，愣了几秒后大笑出声："早睡早起，还随身携带速效救心丸，我应该叫你养生少女谢采青。"

"我没带速效救心丸。"谢采青神情清冷，确定无疑地道，"我只是想证明你又在骗我。"

一次试探给盛雍定了性，且一个"又"字说明性质严重，他怦怦快跳的心脏直喊冤。

"我什么时候骗过你了？"盛雍太委屈了，干脆伸出大长腿拦住谢采青的去路。

谢采青："你骗我出来吃饭。"

"我没有啊。"盛雍百口莫辩，见韩柏延独自推门进来，忙招呼，"你回来得正好。我问你，是不是基本上每次你请我吃顿饭，隔天你就会去我家回吃一顿？"

韩曼迪使性子，一个人开车回去了，韩柏延没劝住，正烦着，也没往深处思量。

他又不钱多烧心，没事不可能铺张浪费请盛雍吃饭。十次有九次是韩曼迪迪着请客，给她创造机会。她能耐也不小，次次都能在饭桌上编出五花八门的理由，隔天再找盛雍，怕她雍雍哥不高兴，才会拿他这个亲哥哥当挡箭牌。

想到这里，韩柏延点头："是。"

盛雍立刻又问："你有没有挖过我家墙脚，想高薪聘请关姨？"

韩柏延不满了："你怎么跟审犯人一样？"

"不一样。"盛雍应变能力一流，"审犯人要戴铐子，你没戴。犯人有专人专座，你没有。而且犯人得配合警方做一份问卷调查，你不用。"

"那是做笔录，好吗？"

"别打岔，你有没有用高薪挖过关姨？"

被逗乐了一把，韩柏延思想松懈，这回想也懒得想："有。"

吃遍大江南北的韩柏延自称老饕，曾经打算开家私房菜馆，的确花重金请过厨艺了得的关姨去坐镇厨房。奈何关姨对盛雍感情太深厚，墙脚过于硬，没撬动。

先前对谢采青讲的话，一一从韩柏延口中得到了验证，盛雍沉冤得雪，噘着嘴，更委屈了："我没骗你吧。"

"对不起。"单纯的谢采青内疚了。

"我伤心，你要补偿我。"盛雍走近她，俯下身，双手撑着大腿，撒娇似的求道，"采青，哪天你舞个狮头给我看看，好不好？"

"我……"

这边谢采青还没给个准信儿，那边精明的韩老板已经嗅出了阴谋的味道，空窗两年半，同时也嗅出了爱情的酸腐味。

"雍雍，你那两个问题，我申请重新回答。"

犯人想翻供，多留一秒就多一秒露馅的危险。

"时间不早了，我该送养生少女回家睡觉了。"盛雍推着谢采青往包间门，走，"采青，和韩老板说再见，谢谢他的热情款待。"

采青宝宝有礼貌："韩老板，谢……"

"叫哥，柏延哥。"韩柏延纠正道。

"柏延哥，再见。"

"叫你改口，你还真改口啊！"盛雍把人按停在门前，歪着头从后往前对谢采青说，"我都不管他叫哥。你跟着我叫，要么叫全名，要么叫韩老板，或者叫他花名'韩朝伟'也行。"

"甭听他的，你想怎么叫就怎么叫。"指望着和盛雍合伙做生意，韩柏延拍他的肩膀，调整了一下语气，"开茶馆我真不是说着玩玩的，只要你肯加入，咱们兄弟联手，我有把握这事儿做得成。你不要急着拒绝，认真考虑考虑。"

盛雍拨开他的手："不考虑，我没上进心。"

"你少拿蒙你家老爷子的借口来蒙我。"韩柏延自有他的坚持，"就你这体格，去年跑去茶厂实习几个月，天天风吹日晒的，回来病了好几场，也好意思说自己没上进心？"

听到这句话，已经走出包间的谢采青不自觉顿足，回头望向盛雍。

"我那是为了学分。"盛雍低头笑笑，而后拍了拍兄弟的肩膀，"我家老爷子说了，我就算一辈子混吃混喝也没关系。上进心，我不需要。"

"得了吧。"韩柏延若有若无地朝谢采青那边扫了一眼，压低声道，"我敢保证，你这话要让谢采青听见，她肯定会瞧不起你。"

盛雍心里咯噔一下，仍一副满不在乎的模样，嘴硬道："瞧不起就瞧不起呗。我长这么大，什么时候在乎过别人的眼光？"

但愿如此，韩柏延心想。

韩柏延不像盛雍，留学四年交过几个女朋友，有本土女也有大洋姐，几场恋爱谈不上多刻骨铭心，宝贵经验多多少少是有的。此时此刻，就凭盛雍生怕被谢采青听见，越来越没底气的后两句话，韩柏延无比确定，好兄弟这回栽了，只是他自己还没察觉。

"准大舅哥"没得做，韩柏延很失落，才不要点醒他。

目送盛雍载着他的真命天女驾车远去，韩柏延也马不停蹄往家赶，急着回去劝宝贝妹妹情海无涯，趁早回头。

（1）

盛、韩两家老爷子回国这天，比原定日期晚了整整五天。

第一天，盛老爷子开场便打出低于标准杆一杆的小鸟球，而后一路遥遥领先，提前锁定胜局。韩老爷子输得窝囊，不服再来。

第二天，盛老爷子依旧发挥神勇，洞洞保持领先。直到最后两洞，韩老爷子奇迹般地连续打出两个低于标准杆两杆的老鹰球，最终成功反超。盛老爷子输得可惜，不服再来。

第三天，最后一战定胜负，两个老头攒着劲儿放大招，空中火药味弥漫。才打到第二洞，盛老爷子把球开至果岭附近的沙坑，两人就为该用沙杆还是挖起杆将小球抛上果岭发生分歧，大吵了起来。

都是扛枪上过战场的老革命同志，热血未凉，光吵吵不像话，必须动手。韩老头先发制人，使出一记扫堂腿，没铲翻盛老头，倒把自己绊了一个大跟头，摔下果岭。盛老头救人心切，伸手去抓，扑了个空，也跟着摔了下去。

球场草坪维护得当，草地又顺又滑，两个老头滚得那叫一个酣畅淋漓。滚出十来米，万幸人没散架，可毕竟老胳膊老腿年久失修，韩老头小腿扭伤，盛老头胳膊摔伤。

第四天，两人留院观察。

一对老伙计双双光荣负伤，冲绳高球之旅至此告一段落。

球没打过瘾，架也没打过瘾，第五天乘机回国，两老头针对此次意外受伤事件的责任划分问题展开热烈讨论，又从上飞机吵到下飞机，一致决定以后再也不带对方玩儿了。

两家大儿子前来接机，正聊着国内外低迷的经济形势，抬眼见两老头板着脸，像互不认识一样，分别从一东一西两头出来，就知道他们感情第N次破裂，需要隔离冷静。两儿子连招呼都不敢打，赶忙接着各自老子回家休养生息。

盛老爷子一生走南闯北，老宅根本待不住，隔天中午就让司机把自己送往半山别墅，终于见到了谢采青。当年那个灵气逼人的小丫头，如今出落得英姿飒爽，年纪虽轻，但持重稳健，从模样到性子，无不合老爷子胃口，让他很是喜欢。

午后风轻，二楼书房。

盛老爷子和谢采青聊家常，盛雍作陪。

盛老爷子祖籍岭南粤地，骨血里流淌着故土乡情，聊着聊着，便自然而然地切换成了白话。谢采青当然也跟着说起方言。盛雍不会讲，也听不太懂，坐在角落的黑白棋盘前，自己和自己下棋。

先前他们聊家乡风貌，盛雍插不上话，便忍不住偷瞄谢采青，被老爷子的锐利眼神逮着好几回。他无端心虚，主动躲得远远的，仍无法如往常一般，全身心沉浸棋局中。谢采青讲起最熟悉的乡音，婉转温软，别有一番悠扬韵致。就好像登上一片无人山丘，感受风吹过层层麦浪。他即便听不懂，耳朵也仍不自觉地想去捕捉它的美妙。

只听听声儿也多挠心，盛雍也想找谢采青说话，可从进书房到现在，老爷子一直霸占着她。

不仅如此，他知道，这几天，谢采青一直故意躲着自己。

两人作息不同，他晚睡晚起，她早睡早起，住在同一个屋檐下，却好像隔着东西半球。即使遇到不得不打照面的时候，谢采青也有办法光速闪人。别墅大，人手少，她勤快，不愁找不到事情做。地板天天光可鉴人，蚊子着陆也会打滑。他觉得，照她这个勤快法，她很快会把外面泳池里的水放光，然后跳进去，拿出给长城贴水钻的毅力，用牙刷一片挨一片地清洗泳池瓷砖。

盛雍不是不想追问原因，只是这几天他也忙，忙着备战新一届国际象棋超快棋锦标赛。

通常一场正规国际象棋比赛至少耗时两个小时，对战双方需要花大量时间排兵布阵。而超快棋赛则限定了三分钟的基本用时，每步棋加两秒，考验的是选手的反应能力和心理素质。

盛雍在棋院享有"闪电棋王"的称号，棋风凶悍，思维缜密，棋子走位推算力惊人。他没能成为国手，一方面因为他只当下棋是爱好，志不在此；另一方面因为体能受限，他扛不住长时间大规模的比赛。

即使主攻超快棋，练一天下来也很累，精疲力竭，爬上床都费劲，盛雍哪儿还有多余的力气去找谢采青问个清楚。

老爷子今天来得也巧，赶上盛雍赛前休整，不用去棋院，三人才有机会坐到一起。

几天没逗谢采青，对盛雍而言，就如同生活里没放盐，过得无滋无味。

好不容易同处一室，盛雍的心思在谢采青身上生了根发了芽，他假模假样地举着一颗棋，又忍不住偷偷打量她，暗地里打起小九九：臭丫头，敢故意躲我……等着，等我比完赛，非要好好端正端正你的思想。

正琢磨着，老爷子和谢采青不知聊到了什么，一同看向盛雍。

三道目光胜利大会师，相当于抓现行，我就问你，尴不尴尬？

但盛雍反应奇快，扬了扬手中的棋子，故作疑惑地问："我思考走位的脑电波太强，影响到你们了吗？"

"可不。"左手打着固定绷带的老爷子煞有介事地点头，看手机，"Wi-Fi信号都被你干扰了，怪不得没人给我朋友圈点赞。"

盛雍敬个礼，抱歉地笑："爷爷，对不起啊，我尽量控制。"

老爷子也笑了："顺便把你那双眼睛也控制住，别动不动四处瞎瞅。"

既然被挑明，盛雍也脸皮厚："爷爷，瞧您这话说的，我哪里是瞎瞅，明明路线清晰，目标明确。"

"你拐着弯嫌我这残废老头碍事呗。"老爷子自怨自艾地托起脱臼的手臂，对谢采青心酸道，"天气好，你陪师叔出去转转。像师叔这样的孤寡老人，晒太阳的日子一天比一天少，儿孙尽孝是不指望啰，只能指望社区关爱送温暖。"

谢采青一直假装没发现盛雍偷看自己，这会儿祖孙俩你来我往敞亮说话，弄得她有些难为情，忙起身去扶老爷子。

盛雍见状急了："爷爷，我错了还不行吗？"

有小采青在，书房的空气都是甜的，盛雍哪里舍得爷爷带她走。

毕恭毕敬将二人请回原处，盛雍俊脸堆笑，服务意识史无前例地强。他往老爷子后腰垫软枕，帮忙倒咖啡，一勺奶、一块糖，又从书桌抽屉里抓出一袋薯片、两盒歌帝梵硬塞给谢采青。道一句"你们慢慢聊"后，他乖乖坐回棋盘前，目不转睛地盯着棋盘，做冥思苦想状。

没办法，姜还是老的辣，他不服不行。

谢采青不吃零食，将薯片、巧克力放上茶几。老爷子爱吃甜食，不过得躲着点关姨。书房是重地，藏书之外，还藏有大量盛雍为老爷子偷偷储备的零食。

小清新黄瓜味，老爷子最喜欢，一口咖啡，一口薯片，赛过活神仙。

这一幕落到谢采青眼里，真如盛雍所言，跟老小孩似的。

"采青啊。"在小辈面前，老爷子忍住舔手指头的冲动，讲回白话，"你第一次见雍雍的时候才五岁，抱着他不撒手，还在他脸上亲了一口，记得吗？"

谢采青一愣，莫非盛雍动不动就要玩亲亲，是在试图唤醒她的记忆？

可是……

"我不记得了。"谢采青坦言，过了半晌又问，"师叔，您带他去过少阳？"

按理说，五岁不算小，印象模糊可以理解，但不至于忘得一干二净。

小丫头可不像记性差的孩子，老爷子诧异："你一点也想不起来？"

张张嘴唇想说什么，谢采青却一个音也没发出来，只轻轻点了点头。

老爷子料定小丫头心里有事，没再多问，就着薯片，讲起了当年带盛雍去少阳求医的曲折经历。

早产儿盛雍从小身体就比一般孩子弱，抵抗力差，三天一小病，半月一大病，常年进出医院，两岁起打针就再没哭过。

十岁那年一场意外，小盛雍一病不起，陷入半昏迷状态，住院一个多月仍毫无起色。

盛家上下四处求医，经多方打听，得知少阳城有位人物——九十岁高龄，不但出身武学世家，而且身怀悬壶济世的精湛医术。老爷子公务缠身，只能派二儿子盛克良带着盛雍前往少阳。几经辗转，终于见到神医，早已心急如焚的盛克良失了礼节，财大气粗地张口就喊："只要能救我侄子，要多少钱给多少钱。"

老神医淡笑着，只道："好走不送。"

简简单单四个字，便断送了侄子生的希望，盛克良暴跳如雷。扬威耍横不顶用，又吃了几回闭门羹，他这才意识到事情的严重性，只得硬着头皮请盛老爷子亲自跑一趟。

老爷子来了，老神医也见了，终于再现转机，只要老爷子肯拜老神医为师，跪地三叩首，再给列位神医弟子一一奉茶。

老神医不为刁难，只为名正言顺。

入室弟子的孙儿恶疾缠身，老神医定会全力相救，且分文不取。

盛家老爷子的身份地位，老神医早从引荐之人和盛克良口中知悉，他之所以没有针对跋扈无礼的盛克良，只因"子不教，父之过"。即使盛克良及时悔悟，主动提出愿意代替父亲，他也不允。

盛雍昏迷不醒，盛老爷子救孙心切，一百个甘愿。

盛老爷子在祖师爷画前磕头认师。在列各个弟子有的年已近百，有的不过而立之年，盛老爷子也都挨个敬了茶，尊称一声"师兄"，其中便有在神医门下习武的谢采青父亲——谢明毅。

这个师当然没有白拜，经过老神医半余月的悉心调理，盛雍的病逐渐好转。良药苦口，那段日子，五岁的小采青便承担起了监督盛雍准时喝药的艰巨任务。

盛雍的命是保住了，可身体还得慢慢恢复，即使痊愈也比一般人虚得多。

烟酒不能沾，生冷辛辣最好不碰，什么补吃什么。刚十岁，盛雍这辈子就基本告别各种体育运动，流川枫当不了，足球小将也没戏，网球王子那是梦，只能老老实实坐着下国际象棋。就连骑自行车也算高危运动，老爷子不准他碰，所以他到现在也不会骑车。

如今盛雍长到二十二岁，再没得过大病，年年体检各项指标正常。可邪门的是，平时他爱生些小病。感冒发烧，头疼脑热，别人能硬扛过去，他必须吃药打针，不然哪儿严重往哪儿转移。

去年茶厂实习条件艰苦，盛雍情况特殊，本可以换到实验室实习，他偏不换，结果从茶厂回来，断断续续病了好几个月，肉也跟着直掉了五六斤。

今年，经过关姨的精心调养，变着花样的食疗食补，人这才稍微胖回来一点点。

（2）

说到给孙子养膘，盛老爷子竖起食指，感叹道："长一两，雍雍和关姨各奖励五百。他身上的肉，比黄金值钱。往地里种个瓜、种个豆，都没雍雍长一两肉费劲，靠天吃饭你放着不管，还能发点芽长点叶子。"

本来挺伤感的基调，被老爷子这么诙谐一说，谢采青跟着他笑也不合适，情不自禁地扭头望向在窗前下棋的盛雍。

皮相骨相皆美，那侧脸线条明朗又不失柔和，沉静不语时尤显气质卓然。

发觉自己遗失了童年记忆的某些片段时，谢采青一直觉得没关系，不重要才会被丢弃。可现在，她忽然觉得没能记住五岁那年自己和十岁的盛雍有过交集，有些惋惜和遗憾……

最后一子落定，白棋阿拉伯将杀。

精神高度集中的脑力劳动同样费体力，复位完棋盘，盛雍伸个懒腰，便四仰八叉地瘫进沙发椅。他脸庞微扬，窗外蓝天流云，阳光灿烂，持续跳楼大甩卖。他眯了眯眼睛，拨开额前半长的碎发，习惯性地又往谢采青那边瞄，正好对上她有些许失神的目光。

爱情电影看过没有？男女主角一次偶然对视，柔光，慢镜头，浪漫主题曲响起。只消短暂的几秒，就完成了他们感情关系的所有递进，实现质的飞跃。

但显然，我们英俊的男主角拿错了剧本。

这位仁兄脑子搭错筋，冲谢采青扯出一个幼稚的鬼脸，然后嚷着肚子饿，大步流星奔出书房。半道上，他的膝盖碰到茶几角，疼得钻心，忍得辛苦。一瘸一拐地关了门，人往门板上一靠，摁着突突蹦跶的心脏，什么疼都忘了，像中邪一样可劲儿傻笑。

盛雍心想：小采青看我的眼神有点微妙哦，怕是喜欢上我了吧……我要不要去后院摘朵花卜一卦？

她喜欢我，

她不喜欢我，

她喜欢我，

……

书房里，谢采青耳根子有点烫，盯着茶几角愣怔了一会儿，然后一针见血地道："师叔，他应该适当锻炼，增强体质。"

"对啊，大病不犯，小病不断的，二十好几的人了，连路都走不利索。"不把谢采青当外人，盛老爷子有一说一，没有顾虑地换回了普通话，"我这个孙子啊，脾气犟起来，你根本拿他没辙。什么事，除非他自己愿意，否则没人能劝动他。"

谢采青闻言，在心里默默点头。那晚吃饭，韩柏延提议合伙开茶馆，苦口婆心劝了盛雍很久，他始终不为所动。

"这孩子被我宠坏了。"老爷子叹气，满肚子牢骚，"上到高二成绩还一塌糊涂，我说读书不行，要不我送你进部队磨炼磨炼。他表面上答得好好的，其实心里不乐意，为了不去当兵，这才肯花心思学习，一考还考个状元，我再想让他去部队锻炼，也说不过去。"

"我五个孙子里面，数他最聪明，也数他最自由散漫。读大学之前，除了下棋，我再没见他对什么事儿上过心。"

谢采青很乖，认真聆听着，眼尾余光不自觉地扫向窗下那一方黑白天地。

"读大学、选学校、选专业随他，毕业了不肯出国，留校读研究生也随他。四年没上过一天早课，骂他不用功吧，成绩又特别好。我以为他多喜欢他的专业，可复试那天，我要不在，他就真由着性子和导师对着干，宁愿不读研究生，也不肯早起。孰轻孰重，你说他拎不清吗？唉，他一把懒骨头，简直不像话。我搞不懂，搞不懂！"

老爷子连连摆手，一番话里五味杂陈，有埋怨，也有骄傲，有自责，也有宠爱。

从小看到大的孙子，最亲的人，也不是那种内敛沉闷的性子，可他那个漂亮的脑袋瓜里究竟在想些什么，任谁也吃不准、摸不透。

老爷子唏嘘，谢采青和盛雍接触不深，不方便做评价，始终没有接话。

这时，老爷子话锋一转："采青，听关姨说，这几天你和雍雍相处得还不错。"

谢采青沉默了，持保留意见。

"采青啊，师叔也不怕你笑话。说实话，万一雍雍没考上大学，我还真不忍心送他去部队操练，留着我自己操练吧，我更狠不下这个心。"老爷子面对谢采青，一脸郑重与恳切，"所以啊，师叔这次请你来，有个不情之请。"

话说到这份上，谢采青已猜到七七八八，正襟危坐："师叔，您说。"

老爷子没急着开口，像有双透视眼，中气十足地朝门口唤了一嗓子："在外面偷听的小贼，腿麻了吗？进来吧。"

片刻后，红木门缓缓被推开，盛雍先探进半张明媚的笑脸："爷爷英明，我的脚特别麻，您再不传我觐见，我该坚持不住了。"而后他闪身进屋，立在门前，"爷爷，我坐哪儿？"

老爷子指了指谢采青身旁的位置。

盛雍一落座，浑身骨头就又重又软，直接懒懒地深陷在柔软的沙发里，与坐姿端正的谢采青形成鲜明对比。老爷子一个凌厉眼神扫过去，就像被一根绳子吊起脊梁骨，盛雍立马学着身边人的样子，规规矩矩坐正，双手平放置于膝盖上，还故意邀功似的，对谢采青调皮地挤眼睛。

老爷子惦记着刚才那结结实实的撞击，问："你磕疼了吗？"

"疼。"

盛雍一点也不坚强，当着谢采青的面挽起长裤裤腿，露出一截白到血管清晰可见的小腿。

人瘦又白，细皮嫩肉的膝盖红红肿肿一大片。

"瘀血了。"盛雍手欠，用手指头戳伤口，疼得嗷嗷叫，"好痛啊，我不躺个十天半月好不了。糟糕，明天还有比赛，不去不行，只能带伤上场了。"

"你用膝盖下棋啊？"老爷子嗔他。

"对呀。"盛雍大言不惭，"这种级别的比赛，用大脑思考不尊重对手，我通常都用膝盖思考。"

"照你的意思，不活血化瘀，肯定会影响比赛发挥？" 老爷子顺着他的话问。

"是的呢。"盛雍点点头，将红肿的膝盖转向身边的人，"采青，你说怎么办？"

谢采青低头仔细查看伤情："我带了我爸调制的药油，按揉去瘀，再用热水敷一敷，应该会没事。"

谢采青的脸离伤口近，说话间气息拂过皮肤，酥酥痒痒的感觉令盛雍心悸，一张白皙、俊朗的脸蛋瞬间变得红彤彤的，像熟透的水蜜桃。

他赶紧偏过膝盖，弯腰顺裤腿，动作慢吞吞的，好缓过这一波汹涌而来的羞涩。

老爷子也不急，静静等孙子整理情绪，转身对谢采青道："趁着放暑假，师叔把这个娇生惯养的孙子交给你，你帮我操练操练。"

谢采青没开腔，盛雍先抬起脸，并没显出多少意外，只是好奇问道："怎么操练？爷爷，难道您想让我拜采青为师学舞狮吗？"

"你学得了吗？"老爷子不答反问。

"舞狮学不来，大头佛也够呛。"盛雍很有自知之明，直起腰问谢采青，"我记得舞狮的时候，旁边会有人敲锣打鼓造气氛。我学过三角铁，节奏感不错，应该可以胜任DJ伴奏的角色。"

是锣鼓舞狮不是夜店蹦迪，这都哪儿跟哪儿啊！谢采青不想回答。

"得了，你手不能提、肩不能扛的，还是省点力气吧。"老爷子控场，把话题又转回来，"采青，我的要求不高，不指望他能练出个什么。只要你每天练功的时候叫上他，像你说的，适当地锻炼锻炼身体，改掉不能早起的臭毛病，养成良好的作息习惯就行。"

谢采青谨慎地沉默着，师叔开口，她必然不会拒绝，不过如果盛雍不愿意，她也绝对不会强迫他。

"你愿意吗？"带着商量的语气，谢采青轻声问。

盛雍弯唇一笑："你愿意，我就愿意。"

"你会配合吗？"谢采青仍不放心。

"全看你的本事咯。"盛雍自己也不确定，模棱两可地道，"我什么资质你知道，臭毛病不是一天两天能改掉的，良好作息也不是一天两天能养成的。我起床气很重，又懒散惯了，你如果中途放弃，可不能赖我。"

"不会。"谢采青坚定道。

"什么不会？"盛雍疑惑道。

谢采青直视他的眼睛，一字一句地说："只要答应了，我绝对不会放弃。"

盛雍挑起眉："我不配合，你也不放弃？"

"不放弃。"

盛雍蓦地语顿，怎么有种不离不弃、生死与共的感觉？

（3）

两个小孩没意见，盛老爷子乐得合不拢嘴，当场拍板，等盛雍比赛结束后，锻炼就正式开始。

老爷子功成身退，盛雍和谢采青送他出门，然后一起上楼回房。谢采青先到房间门口，被盛雍叫住。

"明天你来看我比赛吧。"不等谢采青回复，他就变了卦，摆摆手，闷着头往前走，呢喃道，"你还是不要去，我会分心。"

谢采青没听见盛雍的自言自语，望着他的背影消失于房门后，自己也拧动把手进了房间。她不知道他为什么突然邀请自己去看比赛，可她不懂国际象棋，也不想去。

盛雍的房间里除了一张king size的大床，还有一张黛紫色天鹅绒贵妃榻，没有椅子。他能躺着就绝对不坐着，要椅子干吗？

贵妃椅摆在北边角落，阴阴暗暗的，常年晒不到太阳。

在这之前，角落里曾短暂摆过一口纯实木吸血鬼竖棺，黑底雕花鎏金，表面覆一层水晶玻璃，漂亮极了，是韩柏延送给盛雍的高考礼物，不惜重金定制而成。

竖棺被搬来那天，关姨刚好不在，等她回来一看见，当场大发雷霆。她不懂年轻人间百无禁忌的恶趣味，铁青着脸，高举菜刀要手刃韩柏延。两个人绕着别墅展开圆周运动，广场舞达人关姨不累不喘，十来圈后，韩柏延甘拜下风先求饶，然后在王叔的押解下，自己拖着竖棺下了山。

现在，那副死贵死贵的棺材板就放在"深焦"，已成为大受欢迎的影咖一景，客人们争相躺在里面拍照留念。

一个生活作息不是吸血鬼，胜似吸血鬼的人，要违背本性早起锻炼？

盛雍跷着二郎腿躺进贵妃塌，自己都觉得相当悬。

所以，谢采青哪里来的自信说她不会半途而废？

盛雍想不通，满脑子全是她那双充满韧劲、不服输的乌亮眼眸。

不可思议地，他的心底也催生出一股昂扬斗志和雄浑的士气。

奇怪了。

盛雍暗忖着，裤兜里手机微信响过好几声，他听烦了才摸出来看。

盛平湖在盛家五兄弟的小群"盛氏美颜"里，一连@盛雍几条一模一样的信息。

盛平湖：@盛雍，四哥，我现在备战高考，明年能考上Z大吗？

盛雍立刻回：《Mission Impossible》

盛平湖：备战两年，我后年能考上吗？

盛雍：《Mission Impossible 2》

盛平湖：我还用继续问吗？

盛平江：@盛平湖，哥最近在研究茅山道术，给你画道符纸随身携带，高考稳了！

盛平湖：@盛平江，哥，不是我不信，可你画画的水平好像一直停留在鬼画符的阶段。

盛平震：@盛平湖，我当年的复习资料全部留着，你要吗？

盛平湖：要！楼上亲二哥！

盛平威：@盛平湖，你打算考文科还是理科？

盛平湖：大哥，我好像忘了高考分文理……还没考虑……

傻帽担当此言一出，群内瞬时安静。

大家平时都特忙，该干吗干吗去吧。

外面响起敲门声，盛雍抛开手机，趿拉着人字拖去开门。

是谢采青，她手里拿着药油。

盛雍自己都忘了这茬儿，谢采青居然记得，他心里欢喜，仍要装作漫不经心的模样。

"谢谢。"接过药油，盛雍让开身体，"进来吧。"

谢采青没动："你会按摩吗？"

"会啊。"盛雍转着药油坐进贵妃榻，见谢采青还站在原地，便催促道，"进来呀，我用完马上还你，随便坐。"

谢采青踌躇片刻，然后举步迈了进去。

这是她第一次踏足盛雍的私人空间，第一印象是特别暗。大白天没开窗帘，只亮着两盏壁灯，仿佛时间静止，分不清晨昏昼夜。

环顾一周没发现椅子，唯一能坐的大床皱皱巴巴，被子没叠，随便坐不了，她傻站了一会儿，转身又要出去。

盛雍："你干吗去？"

谢采青："我拿热毛巾。"

盛雍抬手指向右侧的房门："那边。"

走到门口的谢采青无奈，只能走回来。

等她进了卫生间，盛雍仔细端详起手中的药油。

全透明小玻璃瓶，瓶身没有贴任何标签，里面装有暗棕色液体，的确像是独门秘制的。

拧开瓶盖，一股含有酒精味的刺鼻味道扑面而来，盛雍被熏得作呕，捏着鼻子拿开，不怎么想用。他转念一想，药油再难闻也是小采青专程送来的，不用不合适。他深深憋了一口气，勇敢地往自己的手心倒出几滴药油，刺鼻气味一挥发，似乎更难以忍受了……

谢采青绞好毛巾出来的时候，盛雍依然表情纠结，扬着散发销魂药味的巴掌，死活对自己下不去狠手，还时不时像有孕在身一样干呕两下。

"不会？"谢采青再度疑道。

"会啊。"盛雍还在瞎逞能，"中式、港式、泰式，我会的手法太多，选择困难。"

谢采青失笑了："我来吧。"

谢采青在盛雍面前席地盘膝而坐，递出毛巾又接过药油，倒入掌心稍稍搓热，先在瘀伤处覆上几秒，而后避开骨凸部位，手法娴熟地揉按起来。

"力道重吗？"小心拿捏着力道，谢采青问道。

盛雍的心思有点飘忽，半晌后他才道："还行。"

少女手掌的触感好像和想象中不太一样，有些硬，有些粗糙，完全不像《诗经》里形容的肤如凝脂、手如柔荑。

盛雍若有所思地望着谢采青浓密的发顶，中央有个旋，发流呈顺时针方向，没有头皮屑，证明新陈代谢良好……

东想西想犹豫数秒后，趁她专心按摩没有防备，盛雍突然伸手抓起她的左手一探究竟。

果然，她的指腹和掌心边缘都结着一层老茧，不用问也知道是常年练习留下的痕迹，是辛苦与汗水的证明。可再一细看长茧的位置，似乎哪里不太对，盛雍来不及多瞧，她已经急急挣脱，面庞上有一闪而过的羞愤。

谢采青饱经磋磨的一双手不好看，和皮肤细腻白皙的盛雍相形见绌。

她并不羡慕盛雍，只是他一动不动地盯着她的手，实在让人难堪。

那么喜欢吐槽的一个人，会因此笑话她吗？

谢采青不安地想着，一颗小脑袋越埋越低。

读取不出少女辗转的心思，盛雍只看见她脸色渐渐转冷，手下力道也由轻变重，再多的好奇都在喉咙里打个转又憋回去，不敢追问。

"采青，对……对不起啊。"盛雍为自己的唐突道歉。

谢采青没抬头，心里舒一口气，轻回："嗯。"

一时再无话，两人彻底冷场。

按摩完，毛巾已经凉透，谢采青进卫生间重新用热水润透绞干，让盛雍自己热敷，她又回卫生间洗手。盛雍一人坐不住，像贵妃榻里藏了针。他一只手按住毛巾，踏着负重伤一样的别扭步子，也跟了进去，一屁股坐在硬邦邦的马桶盖上，难得安安静静一次，没和谢采青找话说。

有种现世安稳，岁月静好的感觉。

然而洗面台与马桶相距半米，光洁的大理石地砖上，一只涂鸦人字拖像毛毛虫一样，正一点点拱向正前方的粉绿女士拖鞋。

接近目标，人字拖就如同他主人不安分的心一样，小心翼翼地撞了撞女士拖鞋。

谢采青转过头，盛雍脸上立刻绽放出向日葵般明艳的笑容，露出闪闪发亮的白牙。

"还疼吗？"谢采青主动开口。

"不疼，好多了，明天比赛稳赢。"盛雍说完腾地站起来，没个正形地斜倚着洗面台，"练习舞狮容易受伤吧？"不然她不会常备自制药油。

"只要方法得当，自己小心，不容易受伤。"谢采青轻描淡写道。

盛雍抽出一条干毛巾递给她，又问："你受过伤吗？"

"嗯。"谢采青低着头擦手，声音更轻，忽然抬眸，没前没后地补了一句，"我忘记了。"

盛雍听蒙了："忘记什么？"

"我忘了我们见过面，你去少阳养病的事，我也全不记得了。"背对着盛雍，将毛巾整齐挂回横架上，谢采青说，"所以，你不用再试探我，我想不起来的。"

是试探吗？盛雍自己都不确定，晃一会儿神的工夫，谢采青已经出了卫生间。他忙扔掉碍事的热毛巾追出去，"砰"的一声，一巴掌按上被谢采青拉开的房间门。

谢采青恍惚了一下，不明所以地看向盛雍。

他也不作声。

两个人杏眼对凤眼，又冷了场。

盛雍原本想解释不是试探，是觉得逗她很有趣，但坦白好像性质更恶劣。与其解释，还不如继续误会，他便不知该说些什么。

可他更急于缓解沉寂的气氛，便没多考虑："好好的，你怎么会全不记得呢？"

谢采青抿着唇，摇摇头，手摸上门把手。

"你告诉我呗。"盛雍半边身子抵着门，不放她出去，"告诉我，我以后再也不试探你了。"

谢采青将信将疑，仍不发一语，扣紧把手暗暗施力，连人带门一并拉开。

居然还有这种神奇操作！盛雍扒拉着门板，整个人惊呆了，觉得自己在力大无穷的谢采青面前，简直弱爆了！

不行，这太有损自己的男性颜面，他要挽回尊严！

（4）

盛雍蹲下，一把抱住谢采青的大腿，哀怨地撇着嘴角，眼巴巴地瞅她，模样要多可怜有多可怜，就差长一根尾巴摇啊摇了。

谢采青：……

"你不告诉我，我不让你走！"要挽回尊严的少年开始耍赖。

"你幼不幼稚，放开我。"谢采青挣扎着，知道他身娇体弱，也不敢使大劲儿。

"我不放！"盛雍双手交握，抱得更瓷实了，耍横道，"我长这么帅你都能把我忘了，不给我一个原因，我咽不下这口气。"

谢采青瞪着眼睛："我打你，信不信？"

"你打呀！"盛雍仰脸送人头，"你是女孩，我让着你。往脸上打，只要你下得了手。打之前，我给你提个醒，我这张脸至今没谁舍得碰。你今天要打，我受着。花了、残了、破了相，我赖上你，你也得受着。"

"你威胁我？"这什么歪理，谢采青哭笑不得。

"不是威胁。"盛雍摇着脑袋，语重心长，"我心地再善良，也不能白让你打呀。拳脚无眼，咱们得先把后果讲清楚。我打不过你，选择挨揍，你就要对我负责，承担后果。"

"那我不打脸。"

"你恃强凌弱，还不准我指定部位，坏得令人发指，太过分了！"

"可我不想对你负责。"

"脸都打烂了，你不要我，谁要啊？"

谢采青：……

"坏采青！"

盛雍的嘴比谢采青的拳头厉害，她认输，也不明白自己可以轻而易举挣脱，为什么还会和他理论，陪他幼稚。

"放开我吧。"谢采青妥协了，放柔声音，"我告诉你原因。"

"好嘞。"盛雍松手，顺势把谢采青拽到蹲在自己跟前，"说吧。"

偌大的房间，光线昏暗，两人面对面蹲在地上说话，画风有点怪。

谢采青指向贵妃榻："去那里坐着说不行吗？"

"不行。"盛雍干脆拒绝，"那是用来躺的地方，我躺没问题，你肯一起躺吗？"

"一起坐不行吗？"

"不行。"盛雍难以理解地反问，"能舒舒服服躺着，为什么要支棱着腰杆坐着？"

这问题太深奥，谢采青回答不了，却当了真，傻乎乎地思考起答案来。

盛雍就喜欢她迟钝慢半拍的样子，不急不催，岔开膝盖双手托腮，笑呵呵地注视着她。

不一会儿，谢采青有所觉悟，咬牙道："我们还是打一架吧。"

盛雍"扑哧"笑出声，率先示好，扯着她的胳膊晃呀晃："好啦，我不逗你了。采青乖啊，告诉我，为什么不记得小时候的事情？"

哄小孩似的软糯腔调，盛雍拿捏得刚刚好，多一分则秀气，少一分则油腻。

谢采青真就变得听话了，任由他晃着小手，幽幽启齿："我十二岁开始练高桩采青，有一次练习失误，摔下高桩，结果轻微脑震荡，昏迷了两天，醒来之后，小时候的许多事就再想不起来了。"

像白描一般，她用最简单的语言讲述一场意外受伤，甚至没有丝毫情绪的起伏。

任何一门技艺都是熟能生巧的，需要反反复复大量练习，受伤在所难免，可盛雍不这么认为：那该死的桩子一定特别高，摔下来一定很疼，昏迷的两天一定是危险期，醒来后小采青一定非常害怕。

太多的"一定"接踵而来，盛雍快心疼死了。

"你有留下什么后遗症吗？"他问着，情不自禁地伸手轻抚谢采青的头，"比如刮风下雨，头会疼。"

"有。"

盛雍手一顿，心脏也跟着一紧。

谢采青面无表情："被人摸头，会变笨。"

盛雍呆住了，起码愣了足足半分钟才反应过来，谢采青在和他开玩笑。

"哈哈哈哈——"

后知后觉的盛雍捧腹大笑，跟笑点遭到暴击似的，满地打滚，两条大长腿蹬得欢腾，一只人字拖都飞得没影了，给人一种运动细胞蛮发达的错觉。

滚到大皱眉头的谢采青脚边，他还没笑够，笑到飙泪，眼睛湿漉漉的："采……采青，你太……太可爱啦！"

谢采青敬谢不敏，像他神经病似的笑会传染一样，往远处挪了挪。

盛雍大概滚出快感来了，也不怕浑身骨头硌得慌，滚着跟进。

谢采青再挪。

盛雍再滚。

挪挪挪……

滚滚滚……

谢采青快被逼到墙角，忽然有些慌乱，身体重心一偏。盛雍滚得正起劲，也没留神，像人形保龄球一样，正正撞到谢采青身上，直接把人带倒了。

有句话叫"乱拳打死老师傅"，谢采青一身好武艺，却对付不了盛雍套路诡异的滚地神功。摔坐在地上，她只要随便一脚，就能把盛保龄球踢开，此刻却竟然发起了怔，眼看着他脑袋一抬，再往下一压，惬意地侧枕上她的大腿，再不动弹。

"好累啊！今天的运动量又超标了！"某人憋着得逞的笑，换个边背对着谢采青，懒懒地闭上眼睛，"采青，别动，让我眯一会儿。"

谢采青有点抓狂，发狠般地扬起胳膊，又一顿，停在半空。她的拳头捏了松，松了捏，最终也没推开盛雍，而是更加发狠地收在了自己背后。

"你要睡去床上睡。"谢采青凶他。

"不要。"其实地板挺凉的，盛雍蜷着腿抱着胳膊，"采青啊，我的舒坦日子没几天了，你要对我好一点。"

听着像索取临终关怀，谢采青嘟囔着："早起锻炼有那么难吗？"

"闻道有先后，术业有专攻。"盛雍将身体转回来，眸中没睡意，而是满满的笑意，"你擅长早起，我专攻昼伏夜出。我不光大学四年没上过早课，高中三年的第一节课也都在睡觉。"

"这有什么可骄傲的，"谢采青说，"如果早上有比赛呢？"

"我不参加呀。"盛雍答得轻巧。

想起师叔说盛雍以前只对国际象棋上心，谢采青有些奇怪，问："你为什么会学国际象棋？"

"1996年2月10日，国际象棋大师卡斯帕罗夫和名为'深蓝'的电脑展开'人机大战'，历时7天，最终大师以2：4惜败。"盛雍唇边带笑，自信飞扬地道，"看完比赛，我觉得换成我来对战，一定能赢。"

虽然他这么狂妄自大，但谢采青忍不住想相信。还没表露自己的态度来，她忽然觉得好像不对劲："你现在几岁？"

"22。"

"那时候你还没出生，怎么看比赛？"谢采青一头雾水。

盛雍面不改色："我在我妈肚子里看的，这充分证明了胎前教育的重要性。"

谢采青较起真来："没出生哪儿来的感悟，觉得你会赢？"

盛雍面不改色，继续胡诌："胚胎时期的自己托梦告诉我的。"

虽然他全在插科打诨，也将吊儿郎当演绎得淋漓尽致，但谢采青仍从中抽丝剥茧，听出了些微异样。

她看着盛雍，用最认真的语气对他道："你如果不想说，可以直接告诉我，没必要胡说八道。"

心脏像被猛地撞了一下，钝钝发疼，盛雍重新闭上眼睛，沉默以对。

"六岁那年，听到一首儿歌《星仔走天涯》，我大受启发，也玩离家出走找爸爸。"垂闭的眼皮微颤，盛雍自嘲一般笑了笑，"我记得那天下着大雪，我在大马路上迷了路，饥寒交迫。机缘巧合吧，走到一家棋院门口，我走不动了，有个学棋的姐姐带我进去，让我坐在旁边看她下棋，把仅有的一个面包分给我一半。面包很好吃，棋也很好看，尽管我不懂规则。"

大姐姐说，十六枚造型各异的棋子代表一支木头大军，棋者是英勇斗士，统率众将士攻城略地，于进退攻防里步步为营。

干干瘦瘦的小盛雍吸溜着鼻涕，看得入迷，将"找爸爸"的重任抛至九霄云外。

俄而骤雪，夜已深。

棋院工作人员报了警，关姨和王叔闻讯赶来。他们早吓得六神无主，见小盛雍好端端坐在棋桌旁，关姨难过又内疚，扑身抱紧孩子大哭。

小盛雍没有掉眼泪，懂事地安慰着关姨。等她听话了不哭了，他指着棋盘，鼻音超重地央求："让我学好不好，让我学好不好……"

我不可怜，我不弱小，我要金戈铁马做斗士，去冲锋，去搏杀。

这一学就是十六年。

不再只为输赢，小小一方黑白世界于盛雍而言，是战场，更是乐园。

（1）

新一届超快棋锦标赛在远离市区的某五星级酒店三层举行。

淘汰赛制，按抽签结果一组组厮杀。首轮比赛，数局同时进行。

大厅里，棋桌整齐排列，棋手们静坐其后，紧张对弈，计时器按响的声音此起彼伏。

国际象棋是一项老少皆宜的智力游戏，参赛选手上至耄耋老人，下至舞勺少年，放眼望去，无不神情严肃，倒显得长相本就吸睛的盛雍更加引人注目。

围棋界曾有位大佬李昌镐，因为在弈棋过程中始终面无表情，喜怒不形于色，而享有"石佛"称号。而盛雍恰恰相反，被棋院的友人们戏称为"笑面弥勒"。坐姿慵懒随意是其一；其二，甭管战况多焦灼，形势多危急，他嘴角总是噙着一抹若有若无的浅笑。博弈终了，不论输赢，他也是一抹淡笑，仿佛毫不在意。

等待对手下子时，他还挺闲的，一双幽深凤眸含笑，柔软如水地直视对手的脸，撩人于无形。幸亏国际象棋男女分赛，不然女棋手和他对弈定力必须强，否则会不合时宜地产生出某种歪念：糟糕，怎么会有心动的感觉？

幸亏比赛现场不设观众席，不然——

"那个小哥哥好帅好帅，是谁？"

"昆象棋院的当家花旦，实力很强的，是比赛的种子棋手。"

"我的天，他的眼神未免也太深情了，在下棋还是在谈恋爱啊？"

"微笑是他的必杀技，因为太有迷惑性，和他下过棋的人都知道，绝对不能和他对视，否则必输无疑。"

"有那么夸张吗？"

"咱们这圈子难得出一个帅哥，神仙光环当然也要大一点、亮一点啦。"

"坐他对面好幸福，老夫的少女心要化了，想嫁！"

"竞争很激烈的，你自己回头看，后面全是想嫁给他的女棋手、女棋迷。不过据传言，他和昆象棋院的女老板是一对，姐弟恋，所以别的棋院想挖他都挖不走。"

为不干扰棋手们对弈，观众被安排在隔壁小厅，通过中央大荧幕实时观看比赛。

盛雍首轮比赛成功晋级，此刻大荧幕上正在转播他的第二轮比赛。

主画面是对战棋局，左右下角各开一个视窗，是两位棋手的动态特写。

正式比赛对着装有要求，盛雍穿了一件素白长袖衬衫，领口和袖口的扣子均扣得规整，下摆扎进黑色西裤，一头半长白毛也安分服帖地用黑色胶圈束在脑后。

他的五官依旧俊美，因为穿着简洁干净，又多了些少年的书生意气。

身在棋局之中，盛雍专注投入，唇边的笑容让他显得轻松自信，而他落棋更是从容笃定，散发出强烈的职业美感。如果令人崇拜的神仙光环真实存在，那么他的光环绝对闪闪惹人爱。

画面里的盛雍太过精英，昨天那个满地打滚撒欢的"保龄球"一定不是他。

韩曼迪是盛雍的脑残粉，凡盛雍有公开比赛必会到场观战。今天，韩柏延也陪着她来了，两个人坐在观众席第二排，清楚听见前面两位女棋手窃窃私语。

哼！姐弟恋！韩曼迪很不爽。

"喂。"她拍拍"谣言制造机"的肩膀，声色俱厉地道，"雍雍哥和那老女人只是合作关系，你不要造谣生事。"

见韩曼迪打扮时髦，不像圈内人，自己的地盘谁怕谁，女棋手也不是一个善茬："是不是谣言我不知道，我只知道大家都这么说。无风不起浪，他俩要真没点别的关系，又怎么会被传成一对呢？"

韩曼迪冷笑着："还不是因为像你们这种无事生非的人太多，入不了我雍雍哥的眼，就喜欢捕风捉影，胡说八道。"

"你含血喷人！"女棋手恼羞成怒。

"算了，算了。"旁边的同伴劝住她，不满地问韩曼迪，"我们随便聊聊，你是谁，凭什么说我们造谣？"

韩曼迪起立，高扬精致的小下巴，抬手去指小视窗里的盛雍，像昭告天下一般："我是他的未婚妻！"

在座观众有两种反应：

一半哗然——欣赏比赛，还能顺带听到热门棋手的八卦隐私，值回票价啊！

一半扼腕——这年头帅哥全是别人家的，英年早婚，一点遐想空间都不留给我们这些老婆粉。未婚妻这么美，真不想说他们般配，好气哦！

唯独韩曼迪身旁的韩柏延双手掩面，怪自己慢了一步，没能捂住妹妹这张语出惊人的嘴。他从指缝里望向傲视众人各色目光，将自己送上盛雍未婚妻神坛的韩曼迪，弄不明白了，他已经告诉她回头是岸，她哪里来的屠刀舔血般的自信，认为自己降服得了混世魔王盛雍？

先前被打压的女棋手不甘示弱地站起来，出言嘲讽道："凭你一张嘴说是就是啊！我也可以说，我是他女神！"

韩曼迪不拿正眼瞧她："你家没镜子的吗？没有我可以送你。我劝你睁大眼睛仔细照一照，对自己有个清醒的认识，再出来走动。"

"你家也肯定没有电视，盛雍接受媒体采访的时候，可从没说过自己有个未婚妻。"女棋手上下打量韩曼迪，"我们再怎么捕风捉影，总好过你自作多情。"

被触及逆鳞，韩曼迪狂怒："有没有未婚妻是他的隐私，他没有必要告诉媒体，给他们机会大做文章！"

女棋手不屑一笑："既然是隐私，你还当着这么多人的面大放厥词。依我看，想大做文章的人是你吧。"

在座观众有两种反应：

一半兴奋——如今的女孩子真能耐，一个比一个杠。未来是你们的，世界是你们的，我们男人也是你们的！

一半不满——你当未婚妻，她当女神，你们脸咋这么大呢，有问过我们家宝宝的意见吗？要争宠出去争，别挡着我看我们家宝宝赢棋！

韩柏延痛定思痛，是时候展现他的个人魅力了，再不出手，剑拔弩张的两人该吐口水、扯头发了。

把自家妹子按回座椅上，韩柏延两眼放电，笑容和煦地问女棋手："女子组应该是后天开赛吧？"

伸手不打笑脸人，女棋手被问得一愣，茫然点头。

韩曼迪也觉得哥哥莫名其妙，用眼睛使劲剜他："哥，你这个时候搭讪合适吗？"

韩柏延压住撂担子走人的冲动，不疾不徐地继续对女棋手道："问题不在于谣言是不是你造的，而在于听到谣言，能不能明辨是非，做到不信谣、不传谣。流言止于智者，就你这智商，还要什么自行车，明天的比赛别参加了，趁早弃权吧。"

因为韩曼迪一句话，女棋手真以为自己被搭讪了，正飘飘然时，突然剧情急转直下，她听出这是被帅哥怼了，顿时脸色一阵红一阵白，拉着同伴羞愤疾走，离开了观众厅。

在被哥哥们宠大的韩曼迪的字典里，不存在好男不跟女斗，只有谁逃跑算谁输。

这下可把她乐坏了，她亲昵地挽着韩柏延的胳膊，甜甜开嗓："哥，你最好啦！"

"是啊。"韩柏延慢悠悠道，"这个世界上愿意无原则、无条件、无底线对你好的人，只有哥哥我。"

韩曼迪不傻，听出哥哥话里有话，变脸甩开他的胳膊，愤懑地看回屏幕不搭茬。

韩柏延张嘴想说什么，观众席里先响起了掌声。盛雍以绝对优势取得了胜利，成功晋级下一轮。

"我去棋手休息室找雍雍哥。"不愿多听哥哥废话，韩曼迪溜得飞快。

（2）

国际象棋是一片大海，那里昆虫可啜饮，大象可沐浴。

这是一句印度谚语，也是昆象棋院名字的由来。

肖映岚从父亲手中接过棋院，到如今已五年有余，最大的心愿是能将盛雍培养成职业棋手，成为棋坛冉冉升起的新星，进入国际特级大师的行列。

奈何新星不思进取，到现在只是一个业余等级的棋协四级棋士。

肖映岚以教练身份，把正和两个小棋手斗地主的盛雍从休息室喊出来，额角抽动，上前摘掉他脸颊上贴的白纸条。

"四年前我问你，你说你要读大学，时间精力有限。"周围没有垃圾桶，肖映岚将纸条捏在手里，说，"现在你毕业了，同样的问题我再问一遍，你愿不愿意跟我出国，参加等级赛打排位？"

盛雍挠了挠鼻尖，恍然大悟："我好像忘记跟你说，我考上研究生了。"

虽然在意料之中，但肖映岚还是问："所以，你的回答和四年前一样？"

盛雍笑了笑，没说话。

肖映岚走近盛雍："盛雍，我提醒过你很多次，你是一个不可多得的好棋手，不要浪费了你的天赋。"

"卡帕布兰卡说，好的棋手总是好运。"盛雍双手插兜，耸了一下肩膀，"我不认为自己有天赋，只是运气很好罢了。"

肖映岚："你在为你的'不求上进'找理由。"

盛雍不置可否，用惯常的调笑语气道："映岚姐，你知道的，我的身体素质差，不适合走职业化路线。而且我这个人最怕痛的，做职业棋手，下棋就会变成一种精神磨难，我不要给自己找罪受。"

肖映岚摇头笑："博取同情的说辞，你已经用过很多次了。"

"因为好用呀。"盛雍伸手，"给我吧。"

肖映岚愣住了："什么？"

盛雍指着她手中的纸条："我连抓两把地主都输了，我得回去逆风翻盘。"

正经比赛也不见他有如此高涨的求胜欲望。肖映岚拿他没辙，无奈地笑着要帮他贴回愿赌服输的纸条。他偏头避开，接过纸条，伸舌舔了舔，再粘回脸蛋上，而后朝肖映岚龇牙一笑，头也不回地赶回了休息室。

肖映岚望着他远去的背影，笑容凝固，取而代之的是淡淡的惆怅与失落。

他们认识十六年，肖映岚领盛雍入门学棋，见证了他一步步的成长。

从那个挂着鼻涕泡啃面包的六岁男孩，到跟在肖映岚屁股后面请教的小尾巴，到会为输掉比赛负气不吃饭的小棋手，再到如今备受瞩目却缺乏雄心的"笑面弥勒"。

她以为自己对他已足够了解，可以带他创造棋坛辉煌，虽然一次又一次被拒绝，她仍锲而不舍，到底是不愿他好棋手的天赋被辜负，还是不愿她投入的感情被辜负，连她自己也分辨不清，或许都有吧。

父亲评价肖映岚棋风稳健，有时又囿于稳健，显得太过保守。

对待爱情，肖映岚也如她的棋风一般，除非十拿九稳，不然绝对不向前迈出一步。

可是呢，爱情的玄妙之处，恰恰在于不是你想藏就藏得住的。永远是你紧握秘密，在爱情里故步自封，而旁观者最清醒，最有智慧，也最喜欢将秘密口耳相传。

女棋手那句话说得对，无风不起浪。

棋手休息室专供已经结束对局的参赛选手休息、讨论或玩棋。至于你是一起斗地主，还是结伴跳皮筋，各自随意，没人干预。无关人员能否进入，主要看赛事主办方管得严不严。

这一次的主办方铁面无私，任韩曼迪好说歹说，愣是不放行。

韩柏延把妹妹赶回观众厅，大小姐嘴里还不停埋怨主办方不近人情。

"他们不让你进，你为什么没自报家门，说你是盛雍的未婚妻？"韩柏延笑着问。

"哥，你少讽刺我。"韩曼迪掏出粉饼补妆，"那女的不造谣，我能乱说吗？"

"合着造谣不对，你乱说就情有可原？"韩柏延宠妹妹但不溺爱，"韩曼迪，爱情强求不来的，没感觉就是没感觉，你再努力再加油往死里喜欢，也没有用。"

韩曼迪听不进去，脱口反驳："我不强求雍雍哥喜欢我，同样的道理，我为什么要强求自己不喜欢他？"

"哟，这会儿你伶牙俐齿挺能说，刚才怎么没吵赢呢？"韩柏延也不管妹妹冷脸，自问自答，"因为被人说中了，你呀，典型的自作多情、执迷不悟。"

韩曼迪甩脸子不吭声，和粉饼盒镜子里的自己互瞪。

"前几天，你去找过谢采青吧？"从小看到大的妹妹，什么都逃不过韩柏延的一双火眼金睛，"你告诉她，盛雍对她有意思了？"

"我没那么蠢。"韩曼迪瞪完自己瞪哥哥，"我告诉她雍雍哥喜欢她，好让她小人得志，在我面前炫耀吗？"

谢采青是不是小人，韩柏延不知道，他只知道妹妹有点小人之心。

"那你去找她干什么？"他问。

"我随便聊聊啰。"

"聊什么？"

"哥，我的事你能不能别管？"韩曼迪被问烦了，用力扣上粉饼盒，"雍雍哥喜欢她也没用，她有婚约了。"

"有婚约？"韩柏延大吃一惊。

"对！"韩曼迪说，"我是假的未婚妻，她才是名副其实的未婚妻。"

"谁的？"

"我哪里知道，只要不是雍雍哥的，爱是谁的是谁的。"

老半天才消化掉妹妹的话，韩柏延半信半疑："她才多大，怎么可能有婚约？难道是父母之命？指腹为婚？她不会是有钱人家养的童养媳吧？"

"为什么不能是两情相悦？"韩曼迪反问，冲韩柏延笑得狡黠，"哥，你说得对，雍雍哥再努力再加油，再往死里喜欢谢采青也没用，她已经有喜欢的人了。"

韩柏延想了想："所以你急着要见盛雍，是想告诉他，谢采青有婚约，劝他放弃？"

"对呀。"韩曼迪笃信道，"雍雍哥是一个连打游戏都只选简易模式的人，知道谢采青和她互相喜欢的人，肯定会知难而退。"

"不一定。"韩柏延意见相左，"妹，信哥一句话，爱情这种东西通常是挑战性越高，征服欲越强。你想想自己为什么会追着盛雍不放就懂了。"

"哥，你的意思是让我装作什么也不知道，不告诉雍雍哥？"韩曼迪困惑地问。

韩柏延神神道道地指上指下："天知地知，你知我知。"

韩曼迪凝神思索片刻，哥哥的建议似乎不无道理，她缓缓地点头同意。

（3）

一轮接一轮的对决陆续结束，获胜选手依次晋级。一路过关斩将，包括盛雍在内的四位选手成功杀入第二天的半决赛，离冠军仅有两盘棋之遥。

一天的比赛结束，选手们统一入住酒店第十一层的房间。

超快棋一般无须复盘，晚饭后选手们自由活动。和盛雍同房间的棋手有老婆孩子，早早回了家。盛雍有个怪毛病，一参加比赛就没食欲。他没吃晚饭，直接回了房间倒头就睡，从日暮到夜深，十一点多上饿醒了。

盛雍点了酒店送餐服务，洗了个澡出来，听到门铃叮咚作响。

盛雍打开门，看到韩柏延推着餐车站在外面，笑容可掬。

见盛雍美男出浴，半敞着浴袍，韩柏延戏精上身。

"Room service."给盛雍抛一个媚眼，韩柏延捏着嗓子问，"Mr Sheng, coffee, tea or me?"

Mr Sheng的肚子瞬间被恶心灌饱了，二话不说关门送客。

"干吗，你思想太复杂，满脑子精神污水。"连人带车硬挤进房间，韩柏延变戏法似的端出一杯蜂蜜柚子茶，"我说的是'蜂蜜'的'蜜'，酸酸甜甜就是我。"

比了一天的赛，盛雍累到不想说话，打开电视坐到床畔，边用毛巾擦头发，边频频换台。

韩柏延服务到家，把餐车推到盛雍面前，自己手捧蜂蜜柚子茶坐到落地窗前。

"明天你取胜有把握吗？"韩柏延戳着吸管问。

盛雍轻飘飘瞥了他一眼："你大半夜跑来，只为问我这个？"

"你错了。"韩柏延摇头，"我还真有正事找你。"

盛雍选来选去选中中央七台的《致富经》栏目。一位年收入千万的茶商，正在骄傲地向记者展示他绿茶院的土壤检测报告，比武夷山多了一种微量元素，因此他的茶园可以种出独一无二的焦糖香味岩茶。

盛雍嗤之以鼻，调低电视音量，对韩柏延说："如果和开茶馆有关，免谈。"

韩柏延卖关子："如果和谢采青有关，还免谈吗？"

盛雍："你说来听听。"

"我先给你看段视频。"韩柏延滑动手机。

学电影的韩老板阅片无数，几年前看了法国电影《暴力街区》，便深深迷恋上跑酷这项危险又刺激的极限运动。就像看完浪漫爱情电影想谈恋爱一样，韩柏延怀着满腔热情，火速找了一位跑酷老手求指教。

入门第一关——胆量测试。

韩柏延身高一米八四，老手指着一座垂直高度一米九的高台，问他敢不敢往下跳。奈何韩老板心比天高，胆比纸薄，发现自己好像有点恐高，做了近一小时心理建设，觉得好好活着比较重要，无奈宣告放弃。

韩老板安慰自己：我不行没关系，照样可以为跑酷运动做贡献。于是，他跟散财童子似的慷慨解囊，成为一家知名跑酷俱乐部的幕后投资人，还赞助过不少跑酷赛事。

而韩柏延给盛雍看的，正是两年前在圈子里广为流传的一段高能跑酷视频。

视频采用无人机追踪拍摄，拍摄地不详，看起来像是南方某山地公园。

近千级的台阶，自上而下、错落有致地铺设着各式缓坡、高台和栏杆。一位身形高挑、装扮成白狮子的神秘人出现在台阶顶端。因为通体绒毛雪白，头上又戴着全封闭的狮子头面罩，完全分辨不出性别，使得此人越发神秘。

视频开始，只见神秘人纵身一跃，开始进行惊险的速降表演。借助事先设好的辅助工具，神秘人接连撑跳、空翻、旋转，动作顺畅连贯。白色绒毛随身而动，在阳光下璀璨生辉，尽显灵动美态和蓬勃活力，真像一只俯冲而下的矫健白狮。

下降速度之快、白狮形态之美，让沿路的围观者无不叹为观止，拍手叫好。

这段精彩绝伦的视频因此得名"狮子下山"。

九分多钟的跑酷速降完成，白狮子踏着欢快的碎步摇头摆尾，抓痒打滚，生动活泼，着实令人喜爱，再度赢得围观群众的掌声和喝彩声。一系列表演结束，扮演白狮的神秘高人在同样戴着面具的同伴协助下，挤出人群匆匆离开，到最后也没有露出庐山真面目。

视频结尾，神秘高手的同伴在镜头里一闪而过。

韩柏延及时按暂停定格画面，伸拉放大，指着同伴T恤背后的字，问："你看得清楚吗？"

分辨率低，画面失真，盛雍仔细辨认后逐字念出："威音堂。"

"对，威音堂！"

冥思苦想数日未果的韩柏延，今天看完比赛载韩曼迪回市区时，不知怎的灵光乍现，想起了这段曾被跑酷界奉为经典的大神级表演。把妹妹送到家，他一刻不停原路返回，急着把这个惊人发现第一时间分享给好哥们。

"我就说我一定看过威音堂这三个字，总算想起来了！"韩柏延拍着大腿兴奋道，"将传统技艺和极限运动巧妙结合，既有民间特色又时髦前卫。这么别出心裁的创意，别人可能想不到，但威音堂是专业舞狮队，他们敢想敢做一点也不奇怪。"

"嗯。"盛雍轻声附和，重新播放视频。

韩柏延凑过去："你觉得这位神秘高手像谢采青吗？"

盛雍没抬头："不知道。"

"我没问你知不知道，我问你像不像。"韩柏延眼里冒出生意人特有的精明和狼性的光芒，"如果这位高手是谢采青，身怀绝技，颜值过硬，就是天生当明星的料，我有把握把她捧成跑酷女神、全民女豆。就像九球天后潘晓婷、蹦床公主何雯娜、排球女神惠若琪一样家喻户晓，红出体育界。"

韩老板的美好愿景畅想到一半，盛雍就把手机放下了，事不关己，高高挂起地拉过餐车，一边吃番茄肉酱意面，一边看电视。

"你怎么一点反应也没有？你是外行，你不懂，我来告诉你谢采青这段速降有多牛。"韩柏延拖了把椅子坐到盛雍对面，已经自发地在谢采青与神秘高手之间画上等号。

"自从这段视频在国内外网站疯狂转载爆火之后，很多职业的、业余的跑酷高手争相模仿。扮老虎、扮猎豹、扮野狼，总之什么飞禽走兽都有，不过全是画虎不成反类犬，没一个比得上白狮灵动和有神韵，真正的人狮合一。单论速降，当然有比谢采青快的、难度比她高的，但都没她姿态美。既有速度又有难度，还比她美的……到目前为止，没有。"

韩柏延嘴皮子上下翻飞，连能说会道的盛雍也不得不感叹："韩老板，你这口才不去做传销可惜了。"

"你能不能不要胡扯跑题？"韩柏延取掉吸管，灌两口蜂蜜柚子茶润嗓，然后继续神侃，"我开车来找你的路上，和俱乐部的人通电话打听后续。他们说，'狮子下山'之后，神秘高手再没出过任何视频，从此销声匿迹，唯一留下的线索就是T恤上的威音堂三个字。有不少人慕名去找过高手，威音堂的回复只有四个字，查无此人。怎么样，够神秘吧？"

盛雍双手撑在两侧，身子后仰，与韩柏延拉开距离，幽幽盯视他，顾左右而言他："你确定视频里的高手是谢采青？"

"我不确定呀，这不就来找你了吗。"韩柏延摩拳擦掌，"你去帮我求证。如果真是她，顺便再问问，她愿不愿意让我做她的经纪人，带着她扬名立万。"

盛雍早有预料，反而更加平静："我们先不管神秘高手是不是谢采青。如果他想红，根本不会从头到尾都蒙着面，后来也不会销声匿迹，找不到人。"

"那他拍视频的目的是什么？炫技？"韩柏延顺着思路问。

"不清楚。"

"甭管目的是什么，你先帮我打个电话，问清楚谢采青究竟是不是神秘高手。"看时间临近零点，韩柏延又道，"养生少女应该睡了，明天吧。"

盛雍神情平淡，没表态，反而朝韩柏延摊手："你把车钥匙给我。"

"怎么，你怕黑，不敢一个人住酒店，想挽留我？两个大老爷们睡一张床，感觉怪怪的……"韩柏延嘴上不乐意，但身体很诚实，话没说完，已经把车钥匙放进盛雍的掌心。

"谢啦，你打车回去吧。"盛雍起身走进卫生间。

"你要去哪里？"韩柏延一脸奇怪道。

里面没回音，几分钟后盛雍再出来，已换回白衣，变成翩翩美少年。

韩柏延："明天有比赛，你大半夜出去鬼混，小心我找肖映岚打小报告。"

"随便你。"盛雍不在乎，往房间门口走。

"对了，谢采青的事儿，你什么时候能给我准信？"韩柏延冲着他的背影大喊。

盛雍顿足："我不会问的。"

"为什么？"韩柏延很不理解，"你有年少成名的资本，所以十二三岁，肖映岚就想把你往职业棋手的路子上引。你承不承认，现在的谢采青和你一样，也有年少成名的资本？你不想红，甘愿被埋没，难道谢采青也不想红，也甘愿被埋没？"

韩柏延的问题可谓直击心灵，回答他的却是直击耳膜的关门声。

十五秒后，房间断电，四周登时被黑暗笼罩，盛雍明摆着欺负韩柏延胆小怕黑。韩柏延吓得打了一个哆嗦，忍不住骂人，在腿软之前，打开手机的手电筒，提心吊胆地离开了房间。

（4）

比赛酒店和半山别墅一东一西，盛雍开车到家，刚好一点零五分。

怕吵醒王叔关姨夫妇俩，盛雍摸黑打着赤足，蹑手蹑脚地上了二楼。

来到谢采青房间门口，他想敲门，抬手又收回，矮身蹲下，压低嗓音唱《学猫叫》：

"我们一起学猫叫，

一起喵喵喵喵喵。

在你面前撒个娇，

哎哟喵喵喵喵喵。"

唱了没三句就忘词了，盛雍开始即兴瞎编：

"采青你别嫌我吵，

奈何夜深睡不着，

你不开门我就喵喵喵。"

连词带曲一起忘，没关系，那他就从头再来。

"我们一起学猫叫，

一起喵喵……"

唱到一半门开了，穿着旧T恤和短裤的谢采青像撞鬼一样，难以置信地低头望向盛雍。

听关姨说他参加比赛明天才回来，此时此刻却突然抽风似的，鬼鬼祟祟出现在她门口学猫叫，怎么看怎么像一只三更半夜发春的大白猫。

盛白猫也没想到她会这么快开门，抻着脖子愣愣地与她对视，还善始善终地喵完了最后三声。

"喵喵喵。"

谢采青抽动嘴角，没好气地低声问："你怎么回来了？"

"我回来找你呀。"盛雍露齿笑，腾地站起来，"采青，让我进去。"

"不行。"孤男寡女共处一室，成何体统，谢采青一只手横上门框拦住他，"你找我有什么事？"

盛雍不甘心，推她的手臂没推动，便要滑猫腰想钻进去。他一只脚刚迈进房间，又被她抓着衬衫后摆拽了出来。她心里着急，力道用得有些重，只听"哧"的一声，他衬衫的五颗扣子从上到下全部崩开，激情飞溅。

这衣服的质量吧，差得简直恰到好处。

盛雍和谢采青面对面同时定住，相顾傻眼。

但两人毕竟经历过"好丽友派"的考验，只尴尬了那么几秒钟，盛雍低下被夜色掩盖的大红脸，把衬衫的两襟交叠拢在一起。他倒是不介意在谢采青面前露肉，但也不能露得自己都猝不及防，好害羞的。

"我回房间换一件衣服。"盛雍闷声闷气，走出两步又回头叫谢采青，"你扒了我衣服别想跑，跟我进来。"

自知有错，谢采青没说话，只能认命听从吩咐。

盛雍拥有一间连女人也会羡慕的超豪华衣帽间。衣服、鞋子、包包、配饰……从名牌到潮牌，从高定到限量，从经典款到当季新款，应有尽有，琳琅满目。

将手机和车钥匙交给在旁边罚站一样的谢采青，盛雍转过身背对她，脱掉崩了扣子的衬衫，随手扔在地上，然后拉低液压挂衣杆，慢条斯理地找起衣服来。

盛雍的衬衫多得像色谱一样，质地和款式各有不同，所以他挑起来自然比较慢。

所以说，不光女人衣橱里少一件衣服，男人衣橱里如果想少，它也是可以少的。

谢采青老老实实地等着："对不起。"

"没关系。"盛雍回头笑，"我唱歌好听吗？"

照刚才鬼片似的情景，谢采青即使想听也没心情。跳过他的问题，她上前捡起被遗弃的衬衫："这件衣服你不要了吗？"

"不要了。"盛雍张口便道，"我多的是。"

"丢了可惜。"谢采青低低咕哝。

"你说什么？"听清了当没听清，见她摇头，盛雍叉腰俯身迁就她的视线，"要不这样，你帮我补扣子，我就不扔。"

"好。"谢采青应得干脆，立刻出去找扣子。

盛雍笑着看她悄无声息地离开房间，再面对一排排的衣服，顿觉索然无味，没有一件比得上谢采青拿在手里的那一件。

夜深人静，万籁俱寂。

城市的夜空最乏善可陈，没有无边月色浪漫，也没有烁烁星子满天。

然而，如果有人在灯下为你穿针补扣，埋首专注，那么，她便是月华照君身，是碎进你眼底的星星，是仲夏夜晚最美、最动人心扉的景色。

常年蔽日避光的房间里灯火通明，难得一次亮亮堂堂。

谢采青端正坐在贵妃榻边缝扣子，而盛雍盘坐于大床中央。他赤着上半身，将一只枕头抱在怀里，一双清亮眸子直勾勾地、痴迷地凝望着不远处的谢采青。

面对此情此景，他诗兴大发，想出口成章。

可他想来想去，只想起一句："一行书信千行泪，寒到君边衣到无。"

为寄托对戍边夫君的相思，此句诗笔调悲切。

虽然不符合此刻盛雍的心境，但书到用时，他只能恨自己缺乏文学底蕴。反正他已经打定主意，明天要穿谢采青补的衬衫去比赛，勉强也算将士出征，就凑合着用吧。

"青儿。"盛雍忍不住情真意切地唤道，觉得有点脑缺氧，竖起枕头垫下巴，"你明天去看我比赛吧。"

谢采青手上的动作没停："我不懂规则，看不明白。"

"不要紧。"盛雍屁股不离铺面，蹭到床沿，"我拿了冠军，你当迷妹上台献花，如果能再给我一个庆祝胜利的拥抱，就最好不过了。"

谢采青抿唇一笑："万一输了呢？"

"万一我输了，献花环节取消，你还是可以给我一个安慰失败者的拥抱。"抱着枕头从床沿又蹭到贵妃榻上，盛雍紧挨着谢采青坐下，"没有万一。你去看比赛，我保证赢到最后。"

"不抱行不行？"钉着最后一颗扣子，谢采青问。

"不行！"

盛雍举起枕头，对它说："谢采青，我赢了，给我抱一个。"他将枕头谢采青狠狠掼进赤裸的胸膛，又对真的谢采青说，"看到没有，就照这个力度、这个角度，来我怀里。"

谢采青看他自导自演一出好戏，特别无奈地问："当众搂搂抱抱，你的脸不会红吗？"

盛雍嘴角上翘，像挑衅一般说道："你明天试试不就知道了。"

"你半夜回来，就是为了让我去看你比赛？"谢采青不进圈套，递出缝好扣子的衬衫，"如果是的话，我会去的。"停顿片刻，她面露微笑，"也可以献花。"

"抱抱呢？"眉开眼笑的盛雍衬衫套到半截，手和笑容同时一僵。

人的欲望是无止境的，满足了一个，自然会希望满足更多个。

谢采青学聪明了："要么去，不抱，要么不去，你选吧。"

"为什么只给两个选项？"盛雍强烈不满，"考试还给ABCD四个选项呢，我选C。"

谢采青没作声，平静地看着他。

"好吧，好吧。"求人办事心好累，无奈地妥协之后，盛雍闹情绪了，拉起两边衣襟，"采青帮我系扣子。"

"自己系。"谢采青蹙着眉，"你是三岁小孩吗？"

"我从城西飙车回来，手酸使不上劲。"盛三岁假模假式地做样子，扣子总也对不准扣眼，"你帮帮忙嘛，我待会儿还得再穿城回酒店，疲劳驾驶容易出事故。"

大哥，疲劳驾驶好像指的是身体疲劳，不是手部疲劳。

谢采青没戳穿他，埋下头，迟疑地绞着手指。

人姑娘没问，他自己还解释："明天十点决赛，住酒店我可以多睡一会儿养精蓄锐。你多犹豫一分钟，我可会多损失一分钟宝贵的睡觉时间。"

谢采青仍旧脑袋低垂，须臾，两只小手缓缓摸索至敞开的衣领处……

温柔丝丝缕缕，拂过她羞涩的脸蛋，拂过他欢喜的眉眼，便熏染上一层甜津津的香气，飘荡回夜幕，点亮了漫天星辰。

（1）

男子组比赛来到第二天，四强逐鹿，谁与争锋。

原本棋桌满布的比赛大厅，现在仅余一张摆放于中央。两场半决赛决出胜者之后，最终的冠军也将在这张棋桌上诞生。

超快棋赛相较于慢棋赛娱乐性更强，赛场气氛也相对轻松。已经被淘汰的棋手被安排在场内就座，观看比赛。在他们身后的记者区，媒体也架起了长枪短炮，纷纷将镜头对准中心棋桌。

九点十七分，第一场半决赛结束。连续三年获得冠军的那位选手，执黑棋以明显优势获胜，成为第一位晋级决赛的选手。

九点二十五分，冠军选手在场边接受媒体采访，被问及即将到来的第二场半决赛，更看好哪位选手。二十五岁的冠军选手面对镜头笑得自信非凡，直言不讳，他很期待和昆象棋院的盛雍一决高下。

九点四十分，第二场半决赛的其中一名选手抵达现场，面皮紧绷，严阵以待。

九点五十五分，距离开赛仅剩五分钟，棋桌另一端依然空空如也。

因为热门加话题选手盛雍迟未现身，赛场气氛陡然变得紧张，所有人翘首以盼，大厅内落针可闻。

而隔壁小厅里，观众席坐得满满当当，周边也被凑热闹的外行挤得水泄不通。望穿秋水的观众们自娱自乐，展开了激烈而热闹的大讨论。

大家都在猜，那个国象圈神仙式的人物，今天到底唱的是哪一出折子戏。

有人说，昨晚有男人冒充服务生，闯进房间骚扰盛雍，深夜他又急急忙忙驾车离开酒店，没准不堪其辱弃赛了。

有人说，他没弃赛，凌晨三点多回来的，看起来心情不错，一路哼着小曲。

有人说，今天早上昆象棋院的女教练没在餐厅找到人，上楼敲他房间的门。

有人说，女教练进了房间之后，再没出来。

还有人说，这种不可描述的赛前放松福利……

"哪种福利？"韩柏延转向后排，一脸"吃瓜群众"的表情，求知若渴地问，"哥们儿，你们怎么什么都知道，在人家房间门口安了摄像头？"

一看这位前排观众像是同道中人，几个好事者无所顾忌地分享起了各种小道消息。

说来说去新鲜的不多，无非抱怨以前的国象圈，因为出现了盛雍这样能靠脸却偏要靠才华吃饭的帅哥，男女通杀，现在围绕他的风流韵事层出不穷，变得乌烟瘴气。

这种小儿科式的羡慕嫉妒恨，就如同放学后去扎学霸的自行车车胎一样，图一时痛快，完全没有技术含量。但凡有点真本事，人家早上场参加比赛了，何必在这儿当观众嚼舌根。

韩柏延不屑于和他们争辩，只庆幸去卫生间的韩曼迪没听见这些恶意中伤。否则，他们少不了再上演一场唇枪舌剑。

收回视线，一扭脸，韩柏延发现了人群之中如约而至的谢采青。

谢采青笔直站在角落，双眼注视着大屏幕，听多了旁人的议论揣测，也有些担忧盛雍为何还不到场参赛。昨晚把他送出别墅大门，谢采青特意叮嘱了一句"小心开车"，该不会中途发生什么意外……

迅速丢掉满脑子的胡思乱想，谢采青往自己的脑壳上重重敲了一下。

走过来的韩柏延看见了直笑："雍雍要大牌不出场，你怎么还自残上啦？"

谢采青客客气气地叫柏延哥，问："他经常这样吗？"

"哪样？耍大牌吗？"请旁边的人腾位置，韩柏延与她并肩而立，"他每次参加比赛跟玩似的，也不在乎输赢，确实像耍大牌。也可以说他是技高一筹，傲视群雄。"

"嗯。"谢采青点点头，"他昨天对我说，他有把握拿冠军。"

韩柏延人精一个，立刻猜到盛雍昨晚的神秘去向，意味不明地问："他要不亲自回去请你，你今天也不会来吧？"

谢采青城府不深，也知道这时候韩柏延要的，不是一个肯定或否定的回答，而是她的态度。

略作思考后，她大方而从容道："我来看他夺冠。"

言下之意是：我和你目的一样，来见证盛雍收获胜利，分享喜悦，与你妄自揣测的男女情爱无关。

韩柏延心下一凛，谢采青这小妮子不简单，话少是因为她知道什么该说、什么不该说，也懂得察言观色，心思更比他的傻妹妹通透多了。两人要真针锋相对较起劲来，嘴皮子比脑子动得快的韩曼迪，可不一定是她的对手。

思及此，韩柏延不禁为妹妹捏了一把冷汗。

韩柏延本想把自己的座位让给谢采青，抬眼望见回位的韩曼迪正左顾右盼找自己，随即转念："比赛快开始了，我回去坐好了。"

谢采青当然也注意到了韩曼迪，神色未动："好。"

韩柏延走出两步，忽然想起什么，又退回来仿佛很随意地问："网上流传有一段'狮子下山'的跑酷速降视频，表演者来自你们威音堂，你看过吗？"

"看过。"谢采青答得爽快，韩柏延还未再开口，她又笑着问，"柏延哥想问视频里的人是不是我？"

"你怎么知道？"韩柏延微讶。

"因为已经不止一个人问过我。"谢采青神色坦然，语气果断，"不是我，威音堂里也没有人知道他是谁。"

"这么神秘？"韩柏延用探究的目光盯着她。

谢采青不置可否，没有接话，将目光转投回大屏幕。

忽然，人群中发出一声低呼："他来了！"

掐着点出现在赛场上的盛雍，顶着一头乱蓬蓬的白毛，像是刚起床，人还没醒透，毫无全场焦点的自觉。他眯着眼打着哈欠，慢慢悠悠走到半道，脚步一顿，如梦初醒般，转身就拐进侧边小门，眨眼间没影了。

莫非盛雍状态不佳，临场弃赛？

场中人人集体错愕。很快盛雍又闪身迈出侧门，一边走向棋桌，一边朝众人挥手抱歉："不好意思啊，我看错路了。"

此刻，距离比赛正式开始仅剩三十秒。

"不到最后一分钟不出现啊。"选手席里有相熟的棋手大声调侃，"'笑面弥勒'，你今天玩的又是什么新套路？"

"没有啊，我睡过头了而已。"拖椅子入座，盛雍表情很无辜。

只消一句话，欢乐笑声满场飞。

唯独与他对弈的棋手脸色一黑，心态隐隐受创。

再看盛雍，五指拨动乱发，将下手腕上的黑胶圈将头发一并束在脑后，神清气爽地朝对手友好微笑："我们开始吧。"

笑什么笑！对弈棋手脸色更黑了，额头冒汗，心态如飘绿的股市全面崩盘。

掷硬币决定先后手，他也很顺色地选中执黑棋。

再然后，他频犯低级错误，一路黑到底，五分钟不到，便再难挽回颓势，主动告负，输得那叫一个干脆利落。

这位心态波动有如惊涛骇浪的棋手也才二十出头，初出茅庐就凭运气和实力杀入半决赛，已经创造出了个人最好成绩。他憧憬着问鼎冠军，可比赛耗时居然没有干等对手的时间长，堪比遭受胯下之辱，当场给他留下了严重心理阴影。这可怜孩子直接哭倒在了棋桌下面，还万般留恋比赛场，抱着桌子腿死活不撒手。

他下棋不行，力气倒不小，一个工作人员掰不开，只能多上几个人帮忙，齐心协力把可怜孩子和棋桌一起抬下场。

巅峰对决前，这一场令人啼笑皆非的闹剧，再度在小厅的观众中间引发热议。

素有"笑面弥勒"之称的盛雍，到底是真的睡过头，还是在大飙演技？

如此不尊重一项正规赛事，是人性的泯灭，还是道德的沦丧？

谢采青耳边充斥着高高低低各种声音，盛雍连打了两通电话，她才听见。可还没等接听，他就挂了。犹豫片刻后，她离开观众厅，随便寻了一个僻静的地方回拨过去。

电话刚一接通，那边的人急不可耐地问："采青，你来了吗？"

"来了。"耳旁风听多了，谢采青也好奇，"你真睡过头了？"

"那可不。"那边的盛雍脸皮再厚，也没好意思说他做了一整晚与春天有关的梦，硬生生岔开话题，"我只有十分钟休息时间，你在哪儿？我去找你。"

"观众厅出门右转，在……"谢采青茫然四顾，酒店格局大同小异，她也说不清具体位置，"你好好休息吧，比完赛我去找你。"

"我赢了，你可别忘了我们的约定。"

盛雍站在棋手休息室外，倚着墙壁低声提醒，似与爱人讲情话。得到对方的肯定答复，电话一挂就跟毛头小子似的原地起跳振臂，欢欣雀跃地喊出一声"Yes"。仿佛他参加决赛只是序曲，而谢采青履行约定才是华美乐章的最高潮，令人向往。

既然男主表现出如此不同于往日的一面，按套路肯定是要被不该看见的人看见的。

姑且当是不期而遇吧。

女人的直觉是很可怕的，肖映岚和韩曼迪几乎在同一时间发现彼此的存在，又在同一时间转过身各走各路。

唯一的区别在于，韩曼迪对盛雍的喜欢众所周知，她不会，也没必要掩饰落寞。

而肖映岚藏得辛苦，先前一幕带给她的震惊，便呈几何数列倍增，压得她喘不过气。看见韩柏延站在垃圾桶边点打火机，她像猛虎出闸一般冲过去，一把夺下韩柏延送到嘴边的香烟，长长地、狠狠地抽了一口。

"哎哟，我见过拦路抢劫，拦路抢烟还是头一遭！"韩柏延保持着喂烟的动作，睁大眼睛，"肖教练身手不凡，我开眼界了！"

文青宠儿韩柏延见多了女文青，对肖映岚这款女强人不太感冒。

肖映岚，古板无趣，老气横秋。

肖映岚对韩柏延评价也不高，仗着有些忧郁的气质和艺术背景，到处骗小姑娘。

两个人是两类人，没什么交情，平时接触也不多。

要不是因为盛雍产生些交集，大街上迎面走来，两人都不会多瞧对方一眼。

"肖教练，你还好吧？"见肖映岚夹烟的手指抖个不停，韩柏延出于绅士的礼貌，也要关心一句，"要不要出去透透气？"

用另一只手能稳住自己身体的战栗，却稳不住一颗慌乱的心，肖映岚摇摇头，欲言又止。

她很想问韩柏延，盛雍是不是交女朋友了。

可如果能问出口，就不是她肖映岚的作风了。

见人没事，韩柏延的关心也点到为止，他道声再见便往观众厅走。想想女强人的失态又觉得奇怪，他一步三回头，险些和冒冒失失的韩曼迪撞在一起。

"你走路……"

韩柏延视线模糊，没看清是自家妹妹，吓了一大跳，正要开骂，却像午夜惊魂一样，被陡然掐住他胳膊的韩曼迪厉声打断。

"哥！"韩曼迪问，"谢采青是不是没脸没皮地自己找来了？"

"啊？啊，啊……啊！"

韩柏延像唱歌找不着调，"啊"出了中华文字同字不同音的精妙，也让韩曼迪小脸变色。她丢下他，追着撞枪眼上出现在门口的谢采青，怒气冲冲地进了观众厅。

女人啊，你的名字叫"愁死我了"。

做最坏的打算，才能应付最棘手的局面。

韩柏延地冲进观众厅，心都横了，袖子都挽了，却看到——

谢采青和韩曼迪既没动口，也没动手，两个人以同样挺直的站姿、同样专注的神情，同样将视线牢牢锁定在大屏幕上。

因为，盛雍和往届冠军的巅峰对决开始了。

（2）

盛雍和往届冠军棋风类似，实力相当。

两人同为右撇子，盛雍先手执白棋，往届冠军后手执黑棋。

为防止先按钟后走棋，国象规定，走棋和按动棋钟必须使用同一只手。计时棋钟摆在往届冠军的顺手位，这也就意味着，盛雍从走棋到按停棋钟的路径更长，耗时更多。超快棋赛分秒必争，哪怕是0.01秒，也可能影响最终的输赢，更何况盛雍每走一步棋，时间上都会吃亏。

但就像沙场之上不讲情面一样，棋场之上也不讲理由。

棋路千变万化，运用之妙存乎一心。

棋谱早已烂熟于心，下超快棋基本不用思考。往届冠军走棋快，盛雍比他更快，你来我往像开了64倍速快进，让人眼花缭乱。

国象大师霍特说："超快棋中，骑士强于象。"

同是进攻型的凌厉棋风，盛雍采用西班牙开局，一开始就短兵相接，火药味弥漫，局面胶着，两人不相上下。而关键性的转折出现在中局，盛雍剑走偏锋，使出一步弃象保马的陡峭棋招。往届冠军始料不及，乱了节奏和思路，无法确定该如何接招，犹豫不决中险些超时，亟亟应对。

错棋一步，局面倾覆。

占据优势的白棋乘胜追击，白骑士更是所向披靡。黑棋防守艰难，几度将局面复杂化以求得生机。子力大优的白棋则尽力兑子，使得通路兵威力大增，一次又一次将局势简化。中盘后，黑棋作风顽强，试图强行弈和，白棋没有给它任何机会得逞，最终用单骑士的斯玛特将杀，把黑棋的王将死在棋盘一角。

比赛结束，白棋大胜。

盛雍用实力说话，心理素质过硬，发挥稳定零失误，往届冠军输得心服口服。两位高手共同为观众们奉上了一局精彩好棋，结束后起立握手，大小厅内掌声雷动。

决赛全程耗时八分二十三秒，动念之间决胜负，这就是超快棋的魅力，足够精彩，绝对不沉闷。即使是门外汉，也会很快投入，看得有滋有味，叹为观止。

镜头扫过盛雍的一瞬间，他忽然抬头展露迷人微笑，接着轻启薄唇，用唇语不疾不徐地对着镜头喊话：Cai qing，Wo ying le。

冠军一个故意为之的小小举动，再度展现出中华文字的绝妙精深，全场观众一时之间热情高涨，自发展开了一场"口型猜猜猜"的大型娱乐互动竞猜游戏。

"Wo ying le"，依照情景联想很容易猜到，是"我赢了"。

"Cai qing"，菜鸡？才情？彩旗？蔡琴？

混杂着全国各地不同口音的普通话，在大小厅上空热闹地回荡。

全场知晓准确发音的韩家兄妹，不约而同地看向了谢采青所站的位置，俱一愣——

不知何时，谢采青已不知所终。

根据赛程安排，为普及国象，下午将举行特邀国际大师与业余棋手的一对多车轮战，而颁奖仪式将在后天决出女子组冠军后举行。

中午时分，酒店大厅清清静静，只有零星几个工作人员在忙着布置下午车轮战的赛场。他们干着手里的活，还时不时偷瞄门口那个形单影只的新科冠军，用眼神间的交流发表个人见解，而后达成共识。

冠军在等人，但貌似被他等的人要么迟到，要么不想出现，所以冠军看起来闷闷不乐。由此可证，那个人八成是冠军追求的对象。冠军长这么帅，竟然亲自追女朋友，世道艰难啊！

盛雍夺冠，韩老板首当其冲，张罗着请他和棋院的小伙伴吃饭，庆祝胜利。编个理由让他们先走，盛雍独自留在人去楼空的比赛大厅等谢采青。他很生气，气她临阵脱逃，不信守约定，气得想在地上打滚。气就气吧，他宁愿自"作"自受使着性子枯等，也不肯给她打个电话问一问。

一只手抄进裤兜，盛雍面色沉沉，来回踱着步子，嘴里念念叨叨。

"我这个人很讲原则的，五分钟，我只给你五分钟，过时不候！"

五分钟后。

"我这个人很仁慈的，念在你来看我比赛的分上，我再给你五分钟。五分钟不来，我就去吃饭，再也不理你了！"

再一个五分钟后。

"我这个人很好说话的，只要你的解释合情合理，迟到多久我都可以原谅。"

十五分钟后。

耐心岌岌可危，盛雍面壁挠墙："谢采青，我觉得我们的约定是废纸，你不想履行可以明讲，这么要我可就没意思了啊！"

再一个十五分钟后。

盛雍肚子咕咕叫，望天兴叹："我是有多闲啊！"

整整四十分钟度秒如年，盛雍觉得自己仁至义尽的时候，这四十分钟又快得惊人。韩家兄妹和肖映岚轮番来电，他脑仁胀胀地疼，一个也没接，心灰意冷地往外走。

"盛雍。"

等待已久的声音第一次喊出自己的名字，盛雍抬起头，身体不适，人有点发傻，倏地就愣了神。

一步之遥，谢采青手捧鲜花，红扑扑的小脸上笑意盈盈。

她的鼻尖沁着细密汗珠，后背也浸湿了大片。她跑得太急，气息有些乱，胸脯剧烈起伏，她拿鲜花挡住，慢慢放缓放长呼吸。

金灿灿的向日葵与绿色康乃馨交相辉映，花店老板说，这寓意着美好的未来与希望。

因为她小心呵护，所以即使她狂奔回来，也没有掉一片花瓣，和从老板手里接过来时一样蓬勃、一样美。

"对不起，我来晚了。"上前走近盛雍，谢采青高高捧起鲜花，"冠军，恭喜你。"

酒店位置偏僻，附近根本没有花店，谢采青一定跑了很远很远才买到花的。

可疏忽就是疏忽，晚了就是晚了，她不找理由，极力掩饰着自己的奔波，连只言片语的解释也没有。

盛雍感动得眼眶发热，什么气都没有了，想把人和花一起紧紧抱进怀里。

但昨晚约好的，只献花不拥抱，她守信，他也不能说话不算数。

不算数又能怎么样，他还是很想抱她啊！

理智与情感大打出手，难分高下，盛雍静等输赢，一动不动，迟迟没有去接谢采青手里的花。

谢采青一双染笑的大眼睛露在鲜花后面，眨了眨："你生气了？"

盛雍："嗯。"

理智占领了高地，但他装装刁蛮小公主要求弥补一下，不为过吧？

"你何必大老远跑出去买花？"朝大厅努下巴，他明明心疼谢采青，却口是心非讨嫌道，"里面摆了那么多塑料花，偷摸顺几朵不就好了？不然，你也可以去酒店后厨找大师傅要一朵西蓝花啊，我又不挑。"

"塑料花和西蓝花不好看，你不会喜欢的。"谢采青没想那么多，只知道盛雍是一个注重品质的人。

又有工作人员偷窥，盛雍换个方向挡住他们的视线，把谢采青拽到跟前："好不好看、喜不喜欢，送花的人说了不算，我说的才算。送什么花无所谓，我在乎的是送花的人好不好看，我喜……"

话到嘴边，盛雍才猛地意识到，自己好像真的喜欢上了谢采青。

爱情意识的觉醒，往往伴随着怀疑与自我怀疑：我喜欢她，她会喜欢我吗？我已经喜欢到可以表白了吗？

我们的纯情美少年稳扎稳打，显然觉得还不可以，所以及时刹车闭了嘴。

弯弯绕绕断崖式的收尾，让谢采青听得有点蒙："这花你还要不要？"

"要啊。"心跳"速度七十迈"，盛雍仍假装泰然自若，接过花的一刹那，他终于忍不住，绽放出如向日葵般灿烂的笑容，"采青，国际象棋有意思吗？"

谢采青："不明觉厉。"

"没骗我？你该不会比赛看到一半就跑出去买花了吧？"盛雍撇撇嘴，自圆其说的逻辑相当缜密，"你肯定没想到我会速战速决赢得这么轻松，所以中途跑去买花，以为能赶上看我夺冠。"

盛雍猜错了，谢采青全神贯注看到了比赛最后，唯一错过的，只有他面向镜头的那句唇语。

"你等了我多久？"谢采青没解释，笑着问。

"也就四……"要面子地赶紧打住，盛雍改口，"四五分钟吧。"

"咕咕咕。"

你看看你，撒谎都不考虑五脏庙的感受，露馅了吧。

"四分钟和五分钟相亲相爱，又生了好几个四五分钟。"从睡醒到现在滴水未进，盛雍感到很心酸，"加起来我一共等了你四十分钟，你怎么补偿我？"

谢采青过意不去："我请你吃饭，冠军。"

"我食量小，请吃饭我不划算。对了，上回你还答应表演舞狮给我看……阿嚏！"盛雍精打细算正要翻旧账，打了一个喷嚏。

"怎么了，你对花粉过敏吗？"谢采青这才注意到他脸色难看，可他比赛时状态太好，她就没往其他方面想。

盛雍吸吸鼻子，表情委屈，声音低沉地说："采青，我好像又生病了。"

都是昨晚头发没干敞着窗开夜车闹的，盛雍早上起来浑身酸软，嗓子冒烟，喝不下水，肖映岚送进房间的早餐也没吃。换作以前意志薄弱的盛雍，早宣布退赛，回家躺着养病了。可今天不一样，因为他给过谢采青必胜的承诺，就是用爬的，他也会爬进赛场。

他太难受，强打的精神，才会看起来像没睡醒。半路拐进侧门也是故意的，他突然头晕，不想被谢采青看见，得找一个地方缓一缓。中间休息时，他感觉有点扛不住了，才给谢采青打电话，也不为什么，只要听听她的声音就好，她的声音像一剂强心针，让他满血复活。

盛雍确实弱，但他不是弱者，他是棋桌上百战不殆的强者，是一位真正的骑士。

而走下棋桌，他只想对自己喜欢的人示弱，但愿，那个人也喜欢他。

病来如山倒，当天下午，盛冠军就喜提急性肺炎，挂急诊在医院走了一遭，错过了好兄弟办的庆功宴。因为讨厌消毒水味，盛雍拒绝住院，回到了半山别墅乖乖养病，照惯例叮嘱关姨王叔，不准通知盛老爷子。

久病成医，盛雍对自己的身体有数，该吃什么药、输什么液，他能倒背如流。更神奇的是，他掐指一算，还能预估出痊愈的时间，误差小于两天。

所以即使病了，他也不太当回事。

关姨王叔更是训练有素，常用的医疗器械和药品，别墅里也一样不少。

夫妻俩配合默契，动作有条不紊，不过一会儿工夫，已经帮盛雍输上液。

可谢采青不一样。

她是和盛雍完全相反的另一个极端案例。她是金刚芭比体质，抵抗力强，极少生病，回回都赶不上感冒病毒肆虐的"流行趋势"。除了预防针之外，唯一一次住院和输液，就是因为轻微脑震荡，必须留院观察。

陪盛雍去医院时，她一张小脸藏不住担忧和关切，也不多说话，只是寸步不离，帮不上什么大忙，能跑跑腿也行。回到别墅，关姨王叔忙前忙后，她怕自己添乱，就默默守在床边，需要时做些力所能及的小事，帮关姨递棉签，帮王叔推输液架，帮盛雍掖被角。

待一切安排妥当，盛雍合眼睡去，三个人这才长长舒了一口气。

此时，窗外已是夕阳西落，暮色霭霭。

简单吃过晚饭，谢采青如往日揽下洗碗的活儿。关姨在旁边切水果，看出小姑娘有点心神不宁，便笑着对她说："小祖宗娇气，每次生病都这德行，看着听着严重，其实多养养多休息，很快就会好。"

关姨要照顾盛雍，还要分神安慰她，她特别不好意思。等关姨切完水果、热了牛奶，她主动提出送上楼。关姨有经验，叮嘱她，盛雍一天没吃东西了，就算睡着了也要把他叫醒，多少吃点垫肚子，夜里才好睡觉。

（3）

盛雍的房间没有开灯，窗帘也拉得严严实实。

房门虚掩，谢采青端着托盘进去，只能借着外面的廊灯勉强视物。她走得慢，脚步轻。越靠近大床，光线越暗，床上的人呼吸绵长，似乎仍熟睡着。将托盘放在床头柜上，她蹲在床边看不真切盛雍的脸，想听关姨的话叫醒他，又顾及他是一个病人，于心不忍，想让他多睡一会儿。

她安安静静地等，又过去了十来分钟。

谢采青一摸牛奶杯，已经凉了，得再热一热。她悄然起身端起杯子，人未动，手腕先是一紧，突然的高热灼烧皮肤。

盛雍在发烧，谢采青的心一瞬间拧紧了。

"采青，帮我开下台灯。"盛雍没松手，于黑暗中喑哑出声。

灯一亮，光线打在他病恹恹的脸上，蜡黄蜡黄的，气色差得让人不忍直视。他的嘴唇干裂，全无血色，却固执地弯出上翘的弧度，冲谢采青笑得温柔，像挽留，也像安抚。

"对不起。"谢采青又蹲回床畔，不知道该说什么，开口就忍不住道歉。

"没事的。"输液架上并排挂着大大小小七个玻璃药瓶，盛雍抬手指去，加深笑意，"有'葫芦七兄弟'保护我，不出一个礼拜，我又是生龙活虎的一条好汉，出门横着走，谁见了都管我叫爷爷那种。"

谢采青可笑不出来："比赛再重要，也没有身体重要。"

"比赛不重要，重要的是看……"——比赛的人，盛雍没继续往下说，趁着生病理所应当地撒起娇来，"采青喂我吃水果。"

"我先热牛奶。"

"不要。"盛雍摇头，"吃完水果，你再去热牛奶。"

"好吧。"谢采青百依百顺，端着果盘拿起水果叉。

盛雍挑挑选选："我要先吃一块苹果。苹果喜气寒，种植不宜南。"

"好。"

"再来一块桃子。栽个花果山，强如米粮川。"

"好。"

"现在吃片梨。莲子心中苦，梨儿腹内酸。"

盛雍不愧为学农少年，农俗谚语张口就来，跟说相声似的。

谢采青被逗乐了："你的嗓子不痛了吗？好好吃，少说话。"

总算治好了她的愁眉苦脸，盛雍超级开心，扬扬得意地卖弄："吃完梨子吃李子，桃子养人，杏子伤人，李子树下埋死人。哎呀，这句不吉利，换一句。桃三李四杏五年，枣树当年……嗯！"

再放纵他洋洋洒洒说下去，保不齐会背出大段大段的《齐民要术》。

谢采青眼疾手快，徒手抓起一颗葡萄塞进盛雍嘴里。

上嘴唇碰下嘴唇，盛雍本能地一口含住，谢采青来不及反应，指尖就被他吮在湿湿润润的唇瓣间。

两个人同时一震，保持着这个姿势怔然对视，一个忘了收手，一个忘了张嘴。

人不动，心乱动。

盛雍想：采青的手指好甜，还是清新自然的混合果香呢，好想吃进肚子里。

谢采青想：我的心脏怦怦跳得太快，读心探针难以靠近，进度条读取失败。

时间漫长得仿佛走过春夏秋冬，这个时候如果没有第三方外力强行介入，任谁也无能为力。

"咚，咚，咚。"

听到敲门声，盛雍和谢采青倏地弹开，局促地各自转移视线。

气氛再尴尬，人物该出场时还是要出场。

王叔举着手机，硬着头皮走进房间："雍雍，老爷子在电视上看了你的比赛，说有几句话问你。"

"我去热牛奶。"谢采青像被传染了高热，脸颊滚烫，抓起牛奶杯逃也似的跑了。

盛雍也没好到哪里去。他生着病，意志力本来就薄弱，再加上他心理活动丰富，善于遐想，某些过于旖旎的念头便油然而生。

盛雍整个人下意识缩进被窝，只余输着液的左手和半个脑袋在外面。盛雍哑着嗓子对王叔说："热，您帮我把空调再降几度。"

得肺炎容易忽冷忽热，王叔也没多想，只当是他症状发作，把手机搁在床头，转身去找空调遥控板。

盛雍拿过手机，将剩下的半个脑袋也埋进被窝，瓮声瓮气地喊人："爷爷。"

"孙子！"

电话那边，盛老爷子有点急迫，感觉调门拔得像骂人，赶快往下压一压："雍雍宝贝勇夺冠军，光耀门楣，爷爷倍感欣慰，望你戒骄戒躁，奋发图强，再创辉煌！"

一听这成语排队似的官方口吻，盛雍就知道爷爷真找他有事："爷爷，咱们直切主题吧。"

"好嘞。"盛老爷子也不习惯装腔作势，加快语速，"你不是在电视上打了一句哑谜吗，我和韩老头打赌，谁先猜中谁决定下次打球的地方。快快快，告诉爷爷，你说的是什么？"

两个老头太可爱，自家老爷子太贼，盛雍笑着道："我不告诉您。爷爷您这可叫作弊。"

"我这叫拨打场外求助电话。"电话那边，盛老爷子理直气壮，"中央台那些答题节目，答不出来的时候，都可以打场外求助电话。我紧跟中央脚步，不懂就问，为什么不能打？"

老爷子诡辩能力超一流。

"爷爷，我谁也不服，就服您！"盛雍由衷道。

"服我的人多了，不差你一个。"盛老爷子还等着去找老伙计嗑瑟呢，"赶紧的，你告诉我啊！"

被窝里闷得慌，盛雍小鱼吐泡似的冒出头透口气。房间门半掩着，王叔出去了，谢采青还没回来。

他又钻回被窝："我说的是，采青，我赢了。"

"采青？谢采青！"那边的人惊讶过后，归于平静，约莫几秒钟后，盛老爷子的八卦之魂幽幽飘出手机，"小子，你喜欢上那小丫头啦？"

"喜欢。"盛雍正大光明，没啥可扭捏的。

"喜欢就追啊！"盛老爷子也干脆，"近水楼台先得月，小丫头住你那里，你还追不上的话，爷爷我只能用我们高球界的一个词来鄙视你。"

"什么词？"

"三尺推杆。"

盛雍不会打高尔夫球，疑惑地问："什么意思啊，爷爷？"

电话那边，盛老爷子语带轻蔑："这句话的意思是'这么近你都推不进'，住这么近你都追不到，也太没用了吧。"

果然是亲爷爷，没开追先唱衰，盛雍感觉病情加重了："爷爷，您还有别的事吗？"

"没啦。你记得跟着采青锻炼身体，边练身体边恋爱，互不耽误。两手抓两手都要硬，我等着你们让我抱曾孙啊！"电话那边响起爽朗的笑声，盛老爷子的心态年轻又开放，"我就说嘛，男女搭配，干活不累，把小丫头从少阳请来是对的。"

盛雍深深折服："爷爷威武，爷爷英明，爷爷再见。"

"再什么见，我的话还没说完。"老爷子摆正语气，"韩老头老奸巨猾，他要是给你发微信，不准回！若他打电话，不准接！要是派他孙子去严刑逼供，你给我挺住喽，打死不能说！万一他被逼无奈放狠招，让他孙女使出美人计，你……"

老爷子越说越离谱，有如上演谍战大戏，盛雍在被窝里笑得快岔气了，忙掀开被子呼吸，顺着老人家的心意接过话："韩曼迪如果色诱我，我宁死不从，宁死不屈，行了吧？"

老爷子要的正是孙子"宁为玉碎，不为瓦全"的态度，收到满意答复后先挂了线。

小心伺候好爷爷，盛雍一抬眼，只见谢采青端着牛奶站在门口，表情奇怪地望着他。

"采青，进来呀。"她听见什么、听见多少，盛雍心里没底，一两句话也解释不清，"我和老爷子说话向来随便，你相信我，不管我跟老爷子说什么，肯定玩笑的成分居多。"

家有一老，如有一宝，谢采青家里没有像盛师叔一样的老宝贝，只有一位严父，亦是严师。

她其实挺羡慕盛雍为人处世的方式，对盛师叔随性，对堂兄弟们直爽，对朋友真性情，对关姨王叔夫妇亲近，像他说的轻松加愉悦，因为他懂得生活乐趣，内心也自由。

谢采青很羡慕盛雍，但学不来，甚至在遇到盛雍之前，她说话做事一板一眼，都不太会开玩笑。

几天前，韩曼迪找过她，怕她喜欢上盛雍，直言请她远离盛雍。她觉得可笑至极，却依然有意回避和盛雍的正面接触。不是因为忌惮韩曼迪，而是因为她以为自己反感自大轻浮的盛雍，不愿意和他产生不清不楚的瓜葛。

反感吗？默默将热牛奶交到盛雍手中，谢采青在心底悄悄问自己。

"采青，你别不说话啊。"盛雍真怕她误会什么，紧张得不行，又去拉她的手，"采青乖啊，别瞎想，我和韩曼迪清白得很。与其她色诱我，不如派她哥上呢，我还可以把他暴揍一顿泄愤。"

"你打不过他的。"谢采青没挣手，而是面露笑容蹲在床边，声音缓而有力，"等你病好了，我陪你锻炼身体。身体好了再不会生病，你想打谁就打谁。"

"这么嚣张，我喜欢！"盛雍也笑了，"遇到打不过的呢？"

"我厉害，我帮你。"谢采青比他更嚣张。

"你要保护我？"

"对，我保护你。"

"好。"这就是有人罩着天不怕地不怕的感觉吧，盛雍飘飘然，"以后咱们出去横着走，谁见了都管我叫爷爷，管你叫奶奶。"

谢采青摇着头，笑得无奈："我原谅你生病口不择言。"

盛雍不依："叫叔叔阿姨不嚣张啊！"

谢采青又被他绕进去了："叫哥哥姐姐不行吗？"

盛雍犹豫了，叫自己"哥哥"，叫谢采青"姐姐"，辈分齐平好像也还凑合："采青，叫声雍雍哥哥我听听。"

她最好像小时候那样软软糯糯，奶声奶气，喊一声能甜到他心里面。

天大地大没有病人大，谢采青决定遂他的愿："雍……"

"采青，你的手机响半天了。"

气氛正妙，关姨强行出场破坏画面。

准确地说，是谢采青的手机在楼下响了停，停了响，一个备注为"三师兄"的人连着打来四通电话。关姨担心他有要紧事，才急急忙忙上楼找谢采青。

眼巴巴望着谢采青接过手机出了房间，盛雍生起闷气来，又不可能对关姨发作，只能郁结地捏拳头捶被面。

关姨满头雾水："小祖宗，你这是怎么了？"

"我练拳击。"盛雍随口胡诌，顿了一下后问，"谁给采青打电话？"

关姨检查着输液瓶里的余量，照手机显示回答："三师兄。"

"三师兄……"

看《西游记》长大的盛雍喃喃重复着，大脑中自动带入光头络腮胡的沙和尚形象。

盛雍喜欢神通广大、无所不能的孙悟空，不喜欢武力值低下，遇到麻烦只会喊"大师兄，师父被妖怪捉走了"的沙和尚。

因此，他也不喜欢那个素未谋面，对对方一无所知的三师兄。

（1）

盛雍一病不起，完美错过了最后的颁奖仪式，由昆象棋院的院长肖映岚代为上台领奖。肖映岚想去探病，顺便将奖杯亲自交给盛雍，可她从没去过半山别墅，独自拜访不大合适。经过两天的深思熟虑，肖映岚主动给韩柏延打电话。恰巧他也要去别墅，两人便结伴而行。

韩柏延去棋院接了肖映岚。半生不熟的两个人坐在一辆车里，没得聊，也没谁主动挑起话头，便任由气氛僵冷着。韩柏延专心开车，肖映岚专心看风景。

那天主角缺席的庆功宴上，棋院的小伙伴们也都在猜盛雍夺冠后神秘唇语的正解。问到与盛雍关系亲密的韩家兄妹，他们却默契地心照不宣。

久等不来，电话也不接，肖映岚和韩柏延同时收到盛雍的语音微信。得知人在医院挂急诊，当着韩家两兄妹的面，肖映岚直接拨通盛雍的电话，要去医院陪他看病。他轻描淡写地拒绝了，谁也不要折腾，他有谢采青陪着，关姨和王叔也在赶去的路上。

韩曼迪闻言变了脸色，抬起屁股就要走人，被韩柏延厉声喝止。

知道妹妹想去医院，韩柏延干脆撂下一句狠话："人家不需要你关心，你别上赶着跑去犯贱。"他了解妹妹的秉性，万事以自我为中心，有气就撒的时候，根本不分轻重缓急。她只要去找谢采青麻烦，不管场合，她发起小姐脾气只会更令盛雍反感。到头来，伤心难过的还不是她自己，回家哭鼻子事小，又闹着绝食不吃不喝才是伤身体的大事。

韩曼迪头脑简单，考虑不到那么多，韩柏延也只能不留情面，把话说得更重。

旁边的肖映岚将一切看在眼里，不用多问，谢采青的身份已昭然若揭。

不过，她不满足于推测，还想知道更多。

论要心机，一个独自经营棋院的女强人算计一个养尊处优的大小姐，那是易如反掌的。

席间，韩曼迪去上洗手间，肖映岚很自然地提出一起去。两人站在洗漱台前补妆，肖映岚关切地问了一句"你怎么了"，满腹委屈的韩曼迪就像找到了最佳倾诉对象，向着她大倒苦水。肖映岚轻轻松松便获悉谢采青的来历，她不但是盛家老爷子请来的贵客，而且就住在盛雍的半山别墅。

肖映岚对谢采青怀着强烈的好奇心，见见对方，才是今天她前往别墅的最终目的。

半山别墅群毗邻5A级自然风景区，一幢幢独栋别墅环山而建，错落分布，窗户外就是绿水青山的秀美风景，倒是省了百来块的门票钱。

轿车驶上盘山公路，两旁古树参天成荫，已是悦心宜人的好景致。

这里美则美，但离市区二十多公里，交通不便，似乎更适合老人家颐养天年。

肖映岚只知盛雍出身显贵，想到他年纪轻轻就避世而居，便忍不住问韩柏延："这半山别墅是……"

"是盛雍高考中了状元，盛爷爷送他的礼物。"韩柏延猜到她想问什么，"山里空气好，别墅里引流的是山泉，他家阿姨还辟了一小块地种菜，无污染、纯天然，自给自足。田园牧歌式的生活，特适合他那副弱不禁风的小破身板。"

山间公路逶迤，肖映岚又问："他不会觉得不方便吗？"

"觉得呀。"韩柏延半开玩笑道，"每次来别墅找他，我都觉得自己是要了断红尘，上山出家。不过，他平时不住这儿，住宿舍，学校附近也有公寓。周末他偶尔回来住住，寒暑假能住得久点。"

肖映岚点头示意知道了，又朝向窗外欣赏风景。

韩柏延睨了她一眼："肖教练，我感觉你和盛雍不是很熟啊，居然第一次来他家的别墅。"

旁人的无心之言，却一针见血，于肖映岚心头激起惊涛骇浪。

十六年时间虽长，但她和盛雍的相处似乎仅限于棋院。从小弈棋的缘故，她养成了喜静不喜动的性格。在接管棋院之前，她偶尔还会和年轻的棋手们出去吃吃饭、唱唱歌。自从她接管棋院，对内对外公务繁忙，时间不多，再和年轻人们玩玩闹闹，也不利于树立院长威信。

而且，当喜欢变成了一种克制的习惯，人就会变得谨小慎微，肖映岚必须强迫自己对盛雍一视同仁。她和棋院的大多棋手也只是泛泛之交，又怎么能表现出对盛雍的格外优待、关心和在意呢？

她再克制，照样有风言风语传进她耳朵里，她从来不澄清，只会自省，越发谨小慎微。

她习惯了瞻前顾后，才会来一趟别墅也要考虑两天。

总之，性格决定命运。偷偷恋上一个人所承受的难与苦，是她肖映岚甘愿的、自找的。

"嗯，平时我们聊棋比较多。"心底再激荡，肖映岚面上仍平静淡然，看向韩柏延，"你也是来探望盛雍的吧？"

"不是，我是同城快递，来送'未来和希望'的。"韩柏延说着，抬手往后座一指。

后座椅里有一个黑色塑料袋，里面散乱装着十几枝半蔫的向日葵和康乃馨。

探病送花是礼仪，可他送这么像废弃品的花，关系再铁也说不过去吧。

肖映岚更加困惑了，只听韩柏延又道："不知道那小子抽什么风，生着病大半夜给我打电话，非让我去医院找什么'未来和希望'。幸亏我们是守法公民，我对他也知根知底，不然，我还以为他让我去医院偷新生儿。"

问清楚盛雍要找回来的是一束花，韩柏延隔天一早就赶去医院寻找了。

医院里人多，丢什么都很难找回来，何况只是一束花。韩柏延本来没抱什么希望，结果今早真让他问着了。医院一位保洁阿姨是一个善良的有心人，瞧见花开得漂亮，征得急诊大夫同意后，把一枝枝花分插进十几个塑料瓶，然后摆放在了她负责区域的十几间病房里。保洁阿姨心意昭昭，哪怕每朵花上写了盛雍的名字，韩柏延也不能随便把它们拿走。

要说生意人就是脑子灵。韩老板灵机一动，给每间病房送了一大束鲜花，外加一个新鲜果篮，以诚意换心意，这才把那些稀稀落落的向日葵和康乃馨换了回来。

钱是小钱，韩柏延只关心这"未来和希望"的来历，打电话给盛雍，对方不肯说，只让他把花尽快送回别墅。问不出个所以然，他还能怎么办，照着办呗。

一个送冠军奖杯，一个送"未来和希望"，满满一车积极向上的正能量。

把"正能量"拿下车，由韩柏延引路，两个人来到别墅大门到。开门的是王叔，他熟络地和韩柏延打招呼，告诉他们盛雍在客厅。

接到韩柏延的电话，盛雍输完今天的药，就下楼来等他们。他懒懒地窝在沙发里，听着蓝牙音响里Coldplay的歌，翻看着闲书。人未至，声先至，隔着墙壁，他也能听见韩柏延那大嗓门和王叔聊着他的病情。他趿拉着拖鞋走过去，不为招呼把别墅当成第二个家的韩柏延，而是肖映岚第一次登门拜访，自己作为主人，该有的礼节不能少。

"映岚姐，欢迎欢迎。"盛雍闪进玄关，朝肖映岚招手笑。

生病在家舒适最重要，这病号今天穿了一件宽大的T恤配掉裆大垮裤，整个一个嘻哈boy。

肖映岚微笑着颔首没开口，韩柏延先摸着下巴审视盛雍："每回生病你都卧床不起，能躺着不坐着，今儿怎么病出新风气来了？看样子活蹦乱跳的啊，我都想为你放段音乐打个碟了。"

"我有特效药，好得快。"盛雍不多跟韩柏延闲扯，领着肖映岚进客厅，"奖杯放棋院就好，你没必要专门跑一趟。"

"应该的，不碍事。"虽然见他精神的确不错，肖映岚仍忧心忡忡地道，"你不舒服，赛前为什么不告诉我？耽误治疗拖成肺炎，成心让我这个当教练的不好受。"

"轻伤不下火线。"说多了话，声音又变得沙哑，盛雍笑容不改，"你不总骂我没进取心吗？我好不容易进取一回，多值得表扬啊。"

三个人坐进沙发，韩柏延像一个求表现的学生一样，高高举起右手："肖教练，我知道他为什么带病比赛。"

肖映岚："为什么？"

"为了赢。"盛雍白了韩柏延一眼，抢过话反问他，"比赛不为了赢，还能为了什么？"

"那是，那是。"韩柏延的脑筋也转得快，露出意味不明的眼神，悠悠道，"狮子下山，胜者为王嘛。"

肖映岚听不懂他们话里的哑谜，但看两人的神色也知道原因不简单。

她没问，双手托起水晶奖杯递向盛雍："祝贺你。"

"谢谢。"没多看一眼奖杯，盛雍把它放在茶几上，问韩柏延，"我的花呢？"

"在这儿，在这儿。"韩柏延拎起塑料袋，重重地抖落两下，为挖内幕故意道，"一束破花丢了就丢了呗，非让我去找回来。你当自己是什么，护花使者啊！"

王叔端水果招待两位客人，听见"护花使者"四个字，想起盛雍上回辣手摧花的一幕，也一脸奇怪地瞄了他一眼。

盛雍没理睬韩柏延，小心翼翼地将塑料袋转交给王叔，像托孤一般郑重其事地说："王叔，您可是整座山头最优秀的园丁，我的花就拜托您了。务必让它们返老还童，恢复年轻貌美的模样。"

说得容易，没根没茎怎么恢复？王叔不是很想领这份差事："雍雍，我找个年轻貌美的花瓶把它们装起来，可以吗？"

韩柏延吃着水果，嘴巴还不消停，腰背一挺，表情懵懂："年轻貌美的花瓶……在说我吗？"

臭不要脸到这种程度，但凡有点力气，盛雍一定把他又出去埋自家地里做肥料。

盛雍嘱咐王叔找一个最漂亮的花瓶，然后坐回沙发上睨着韩柏延，也不客气地道："一家不容二瓶，你可以滚了。"

"你甭跟我客气，吃过晚饭我就滚。"在医院里折腾了大半天，韩柏延累得一口接一口吃水果，"天黑之后你想留宿我，我都不带答应的。"他完全不拿自个儿当外人，还代主人家招呼客人，"肖教练，吃水果呀。新疆私人果园空运来的，施的有机肥，市面上买不到的。"

初次登门的肖映岚本有些拘束，但看两个大小伙斗嘴斗得有趣，也面露微笑放松下来："盛雍，你这么宝贝那些花，是谁送的？"

一语惊醒梦中人，韩柏延再度高举右手："我知道！"他也不明说，嘴里叼着一块香瓜，径自左顾右盼，"谢采青呢？"

他表达含蓄，但逻辑很清晰，送花的人是谢采青。

"她陪关姨去地里摘菜了。"盛雍沉下脸，闷声道。

说了不让她去，她非要去，地里的菜再水灵，能有他水灵吗？

"谢采青是谁？"捕捉到盛雍的表情变化，肖映岚问。

盛雍想了想，表情从阴转晴，轻快回答："我的私人教练。"

"什么玩意儿？"韩柏延打了个水果香的饱嗝，"你家老爷子专程请她来帮你强身健体的？"

盛雍点点头："等我病好了，每天跟着她晨练。老爷子说了，开学前我要养成早睡早起的好习惯。"

韩柏延一惊："你小子起得来吗？"

肖映岚也是一惊："棋院集训的时候，你可从来没有早起过。"

这个问题盛雍自己更好奇，耸耸肩："我哪里知道，到时候再说吧。"谢采青怎么还不回来？他望向窗外的天色喃喃自语："她那么勤快，摘完菜该不会顺便浇水施肥松土吧？没有我的专业指导，她能行吗？我要不……"

盛雍正嘀咕着，王叔抱着一个硕大的水晶浮雕花瓶来到客厅，请示盛雍的意见。

花瓶太隆重，显得里面十几枝向日葵和康乃馨特别娇小，惹人怜爱。

盛雍很满意，巡视客厅整整两圈，最后手指往茶几一点："就摆这里！"

不会吧！其余三人面面相觑：看来平时再有品位的人，也难免有失手的时候。

摆立在茶几中央的花瓶，像一个冲天炮筒突兀又打眼，存在感一百分。

欣赏完自己的杰作，盛雍对肖映岚说："映岚姐，你也留下来吃晚饭吧。"

对方笑得勉强："不了，我还有事。"

哪里有事，虽然没见到谢采青，但肖映岚已经得到了答案，无法说服自己继续叨扰。

"有事啊！"韩柏延说，"肖教练，我送你。"

肖映岚婉拒："谢谢，不用了。山里деп点快风景好，我自己慢慢走下去。"

山路不短，意识到自己前后矛盾，肖映岚无从解释也没改口，朝两个年轻人笑笑，站了起来。

盛雍把人送到门前："让王叔送你吧。"

肖映岚没再推辞，点头同意："你好好养病，我改天再……"话音一顿，她低头敛去所有不该有的情绪，再笑着看盛雍，"等你把身体锻炼好，就再没有理由拒绝我的提议。盛雍，做一名职业棋手吧。"

"映岚姐，你可真够执着的。"盛雍侧肩靠着墙壁，"你如果在我十岁以前问，我一定会说好。"

肖映岚有些困惑："是什么让你改变了主意？"

"也没什么，就是我想活得轻松一点。"盛雍声音淡淡的，忽而灿烂一笑，"你稍等，我去叫王叔。"

盛雍转身，留给肖映岚一个颀长、消瘦的背影。

一眼若浮生，失落如巨网笼罩着此刻的肖映岚。她无比确定自己从不曾了解盛雍，她在心里自嘲：十六年的交情算什么，不过是镜花水月、缥缈云烟。

（2）

目送王叔驾车载肖映岚下山，盛雍朝菜地方向引颈张望了几分钟，不见谢采青和关姨的踪影，感觉头有点犯晕，忙返回客厅沙发上躺平休息。

韩柏延等着吃晚饭赖着不走，横卧进单人沙发里玩手机。他将两条大长腿架在沙发扶手上，跟游泳打水似的，扑腾个不停，不知道在高兴什么。

听到他那边接连发出几声微信提示音，盛雍挑开眼皮，不耐烦地皱眉："我是一个病人，需要静养，你能不能把手机调静音？"

"你的手机呢？"韩柏延不理他的抱怨，见盛雍指向二楼，翻下沙发把自己的手机塞给他，"群里有消息，你自己看。"

"拿走！"盛雍推开，不胜其烦。

"看看吧，"韩柏延又将手机往出递，"和谢采青有关哦。"

这招百试百灵，盛雍举起手机，原来吵得人无法安宁的声音来自"盛氏美颜"小群。

专属于盛家五兄弟的小群，本来韩柏延没资格进，但挡不住他无耻卑鄙。虽然不姓盛，但他自诩"美颜"，没有比他更够格进群的外人了。也不管盛雍答不答应，他像一个恶霸，强取豪夺盛雍的手机，把自己拉进了群。

就在刚才，韩柏延在群里发了一条爆炸性的信息，还很有耐心地一一@除盛雍外的每一位成员。不出一秒，所有人像疯抢红包一样，几乎同时回复。

韩柏延：小喇叭开始广播——从即日起，雍雍要开始早起，跟着采青妹妹锻炼身体啦。强对弱，女对男，采青对雍雍。@盛平威 @盛平震 @盛平江 @盛平湖。

盛平威：采青妹妹是谁？

盛平震：早起？多早？十二点前吗？

盛平江：@盛雍 我最近在研究马王堆出土的《导引图》，改天沐浴焚香临摹一幅送你。古法强身，稳了！

盛平湖：@盛雍 四哥四哥，我想去看你们锻炼，我给采青姨端茶倒水，给你加油助威！

采青妹妹是你叫的吗？嘴巴大到这种程度！但凡盛雍有点力气，他一定把韩柏延从地里挖出来，剁了丢下山。

他有些不快："要你多嘴？"

"自家人怕啥。我把兄弟们发展成朝阳群众，也好起个监督作用，省得你到时候要滑，欺负咱们采青妹妹。"韩柏延自说自有理，还状似善良地出谋划策，"既然兄弟们这么热情，我上楼帮你取手机，发一个千八百的红包，回馈一下大家的热情。"

"好主意。"

盛雍以迅雷不及掩耳之势，用韩柏延的手机连发五个两百的红包。支付密码530316——韩柏延女神——法国演员伊莎贝尔·于佩尔阿姨的生日。

韩柏延手慢抢不过其他人，没能挽回一分钱损失："手速太快了，你们兄弟几个是不是都装了抢红包神器？"

他好气，赶紧在群里发一条卖惨卖穷的语音："哥几个，红包不是我发的啊，是雍雍发的啊！我是受害者，你们多多少少退点回来，让我平复平复啊。今年经济形势不景气，兄弟我手头紧，家里好几天揭不开锅了，只能来雍雍家里蹭饭吃了。我这么可怜，各位精英大佬，哦，不，包括盛平湖，你们顺便多打发几个小钱，当是赈灾，让我渡过难关吧。百八十万我不嫌少，上千万我也不嫌多，重在各位踊跃参与啊！"

一条信息出去，有如泥牛入海，群里静如止水。

韩柏延不甘心，继续发语音："有钱的捧个钱场，没钱的，比如盛平湖，借钱也捧个钱场啊！谁先发，下回带女伴去深焦看电影，我送酒水打八折！"

半晌后，只有盛平湖回复：柏延哥好可怜，摸摸。你看这样行吗？你先借我钱，我再发给你，我去看电影你还能送酒水打八折吗？

韩柏延险些气得参毛："平湖弟弟，哥临时决定走佛系路线，就不亲自过去打你了。咦，你不是励志考取Z大，历年真题做完了？"

这条语音发出去，盛平湖也销声匿迹。

招摇撞骗失败，奸商韩柏延丢开手机扭过头，发现沙发里已经没人了。

厨房传来切菜声，他循声走进去。谢采青和关姨在做饭，盛雍跟一个行政总厨似的，悠闲地坐在门边，正笑眯眯地啃着一个又红又大的番茄。

和两位厨娘打过招呼，韩柏延就近蹲在盛雍旁边："你不是病了吗，吃个番茄吃得这么香？"

盛雍不看他："采青亲手摘的番茄，我不给你吃。"

"采青！"韩柏延偏要吃，"帮我洗一个番茄，谢谢。"

"不要洗。"盛雍说，"待会儿做菜该不够了。"

流理台上满满一盆番茄，韩柏延记着千元红包的大仇，怒道："有那么多番茄，我吃你一个怎么啦？"

"我说不够就不够。"盛雍吮一口酸酸甜甜的番茄内瓤，慢条斯理地说，"今晚吃'全番茄宴'，番茄炒蛋、番茄牛腩、脆皮番茄豆腐、番茄汁大虾、番茄紫菜疙瘩汤、甜点番茄梅子冻、饮料番茄果蔬汁。"

"你在做实验吗？"韩柏延跟着胡扯，"看看明天会不会拉番茄味的屎。"

盛雍开明一笑："你如果好奇，为科学献身想尝一尝，我也不拦着你。"

韩柏延被恶心得语顿，一脸吃过番茄味粑粑的表情。

做着饭呢，两个熊孩子一个比一个讨厌，招人笑话不说，还敢点菜，关姨听得来气，冷面冷眼将他们通通撵出去，然后"砰"的一声关门，谁也不准再踏入厨房半步。

见有人看不到自己喜欢的小姑娘，韩柏延幸灾乐祸："你这天天低头不见抬头见的，还看不够啊？"

"看不够。"盛雍坐回原位翻闲书，头也不抬。

"喂，"韩柏延也坐回单人沙发上，"你把采青叫去看你比赛，是不是自惭形秽，想向她证明，虽然你体质不如人，但也有自己的强项？"

一页书总也看不完，盛雍没吭声，算是默认。

韩柏延："所以，你也知道采青就是'狮子下山'里那位神秘高手了？"

抓取关键字"也"，盛雍反问："你问过采青？她承认了？"

"她不承认，而且态度很坚决。"韩柏延从单人沙发上跳到盛雍身旁，"本来我还犹豫，瞧今儿你这反应，肯定八九不离十了。"

"我也只是凭直觉推测，没有任何依据。"盛雍放下书，眉深目敛，对韩柏延认真道，"既然采青说不是她，那就不是她。"

"神神秘秘，行行行，你向着你喜欢的姑娘，我没意见。"韩柏延也调整态度，"兄弟给你提个醒，在追她之前，我建议你先问问她是不是已经有喜欢的人了。"

盛雍察觉他话里有话："你知道什么？"

"我什么也不知道。"谢采青有婚约的事，韩柏延和妹妹约好保守秘密，他不能打自己的脸，"追女孩子我比你有经验，事先问清楚，总是没错的。"

言尽于此，他跳回单人沙发上玩手机。

韩柏延的话像投往湖心的石块，在盛雍心中泛起涟漪。他再看不进书，指尖无意识地轻点着书封，视线幽幽飘向紧闭的厨房门，眸色沉沉，若有所思。

（3）

盛雍以前也得过急性肺炎，没有十天半个月好不了。这一次他却痊愈得很快，不多不少整整一个星期。盛老爷子被蒙在鼓里，以为乖孙跟着谢采青锻炼身体快一个星期了，便没提前通知，兴冲冲跑来半山别墅验收成果。

伤筋动骨一百天，老爷子的左手仍缠着绷带，为了出行方便，他特意把么孙盛平湖带在身边，当跑腿小跟班。

这天天气晴好，和风荡漾，流云朵朵，太阳时而隐于其后，时而现身，不炽不烈。

别墅后院，桂花树下。

老爷子半躺在沙滩椅里，喝着咖啡就着薯片，青柠味依然小清新。

旁边的盛平湖端坐于小马扎上，双手托腮，兴致勃勃地望着半米开外并排而站的四哥和采青姨，眼波流转间倏尔一定，凑近老爷子。

"爷爷，我怎么觉得四哥越锻炼越瘦呢？"盛平湖小声说道。

老爷子定睛，果然如此："雍雍，瘦了。"

盛雍摸摸脸，笑着扯谎："证明锻炼成果显著，一个礼拜我把肌肉练出来了，显瘦。"

感受到谢采青诧异的目光，他立刻给了她一个"别说话"的眼色，然后继续脸不红、心不跳地对老爷子道："爷爷，你打算怎么验收成果？检查我的肌肉群？从哪里开始好呢？腹肌吧。"

说着，他作势要掀衣摆。

"哇，一个礼拜就练出腹肌啦，我要看！"盛平湖两眼放光。

"平湖啊……"盛老爷子慈爱地摸摸么孙的头顶，"他说你就信，从小被你四哥糊弄到大，你怎么还不长点心？天真，幼稚。"

天真幼稚的盛平湖很受伤，抱紧膝盖挪到另一边。

"雍雍，你吹牛吹出来的腹肌我不看，我要验收别的。"盛老爷子略作思考，"验验你的体力有没有长进。前些日子，韩老头嚷着减肥，天天跳郑多燕，你也给我跳一段。"

郑多燕风靡全国那阵，即使不健身的人，对这三个字也如雷贯耳。

盛雍大病初愈，别说跳健身操，让他做广播体操都会喊累犯喘。

"爷爷，我不会跳。"他直接道。

盛老爷子"嗯"了一声："平湖，你去拿平板电脑过来，让你四哥边看边跟着跳。"

盛平湖腿脚勤快，一溜烟进了屋。谢采青终于忍不住："盛师叔，盛雍……"

"我错了，爷爷。"盛雍打断她，三两步走近沙滩椅，跟一只温驯小猫犬似的蹲在老爷子身旁，"爷爷，我这一个礼拜偷懒了。我骗采青说参加比赛大伤元气，得缓个五六七八天，采青就同意放我一周的假。"

盛老爷子探究地看了盛雍一眼，转头对谢采青说："丫头，你先进去，我有几句话对雍雍说。你顺便告诉平湖，平板电脑不用拿了。"

谢采青不明白盛雍为什么一而再再而三地撒谎，她欲言又止，有些不放心。见盛雍朝她投来温柔安抚的微笑，她咬着下唇什么也没说，听从老爷子的吩咐，举步离开后院。

等人走远，老爷子才面露愠色，缓缓开口："编，你接着编，看你怎么编出个大天来！"

盛雍满脸堆笑，帮老爷子捶腿："爷爷机智过人。"

"我看你是当我老糊涂了。"老爷子板着脸不领情，"你瞒得了别人，瞒不了我，那天在电视机前我就看出来你不对劲。每回参加比赛，你都一副嬉皮笑脸、满不在乎的样子……别只捶一个地方，往上来点……嗯，使点劲……我说到哪里了？"

盛雍："说到我参赛态度不严肃。"

"对，不过决赛那场很严肃嘛，我就想，我孙子这么反常，该不会病了吧。"老爷子呷了一口咖啡，得意又高深地道，"你以为我那天给你打电话只为打听哑谜？我一听你的声音，果不其然，病了！"

盛雍决赛表现严肃，仅仅是因为谢采青在场，他有点紧张，笑不出来，和生不生病没关系。但盛老爷子误会也能误会到歪打正着，盛雍觉得没啥解释的必要，频频点头。

"爷爷料事如神！"

"你瞒着我不肯说，我也只能装作不知道。刚刚我也给了你机会老实交代，你还敢扯谎。"老爷子一把拉住盛雍的手，神情忽显落寞且哀愁，"这已经不是一两次了。雍雍，你是不是觉得爷爷年纪大了，不仅没用，心里也承不住事儿？"

盛雍被老爷子突如其来的伤怀抒情吓了一大跳，愣怔数秒后摇头不止："爷爷，我不告诉您，是不想您担心。您老当益壮，和韩爷爷说干架就动手，我这三天两头生病的人，哪里有资格嫌您没用啊！"

"是啊，三天两头生病……"老爷子依旧面色凝重，把盛雍按在小马扎上，"你知道我为什么突然要你锻炼身体吗？"

盛雍摇头。

"有一天晚上我做梦，梦见你母亲了，二十多年来第一次。她问我，你过得好不好。我说好啊，又高又帅，可招小姑娘喜欢了。你学习好，考出了我们老盛家第一个状元，马上要读研究生了。国际象棋下得也好，要是往职业棋手上发展，说不定已经拿世界冠军了。唯独啊，你的身体……"

盛老爷子年轻时就是一个大马金刀的人，老了依然豪爽豁达。可回首过去，他想得最多的还是不应该做错的事、对不住的人，有惋惜，有遗憾。许许多多的事与人，经过光阴岁月的重重洗涤，再想不开的，也能想开，再放不下的，也能放下。

唯独盛雍的身体……

盛雍张口想说话，被老爷子一个手势打住，他越发紧握着孙子的手："雍雍，我呢，总有一天要下去见你母亲。我想过了，见到面，我会先对我这儿媳妇说一句对不起，生孩子受苦了。第二句对不起，她用命换来的孩子，头十年过得……"

"过得挺好的。"盛雍急急抢过话，"我是关姨和王叔的心肝宝贝。"

盛老爷子轻叹了一口气："他们是外人，对你越好，越显得我这个亲爷爷……"

"爷爷对我也好。"盛雍再度接话，起身绕到老爷子身后帮他捏肩，像哄孩子般柔声细语，"爷爷，谢采青不是来了吗，有她助我一臂之力，说不定哪天我的腹肌就不是吹牛了。到时候，我带着货真价实的腹肌，您带着我，不带韩爷爷，我们爷孙俩挥杆打遍世界各地的高球场，好不好？"

盛雍字字投其所好，特别容易就哄得盛老爷子阴霾扫尽，抱着胳膊笑得心满意足："好，好，咱们祖孙俩玩，让韩老头嫉妒去吧！"

阳光透过茂密的枝叶，寸寸斑驳投射在祖孙两人的脸庞上，眉眼间有五六分相似，一个风华正茂美少年，一个精神矍铄老来宝，这便是最安稳的现世，可遇而不可求。

谢采青和盛平湖一左一右掩身在窗帘后面，凝望着爷慈孙孝的一幕，不约而同发出一模一样的感叹："真好呀！"

盛平湖一双眼睛不离后院，羡慕中又带着些感慨，不自觉地嘀咕："全家属四哥和爷爷感情最深，可谁能想到四哥三岁以前，爷爷都没见过他。"

谢采青耳聪目明听见了："为什么？"

"糟糕！"

盛平湖意识到自己不留神暴露了自家的大忌，忙此地无银般地捂住嘴巴。沉默了一会儿后，他像给自己减轻罪过般，隔着手指小心问："采青姨，你不觉得我们五兄弟的名字排序很奇怪吗？四哥跟你提过吗，他三岁以前没起名？"

谢采青点点头。

早在她和盛雍见面的第一天，去Z大的路上，他就提起过。当时她只觉得其中深意匪浅，现在从盛平湖口中得知与盛家大忌有关，更想不通了：为什么他提起时会显得那么随意轻松，如闲聊一般？

"那就好，那就好。"罪恶感减轻的盛平湖用他不太好使的脑袋瓜一思考，四哥既然提过，那肯定不介意自己再多提几嘴，"听我妈说，上一辈里，爷爷最疼的人是我三叔，也就是四哥他爸。我从没见过三叔，听我妈说，三兄弟里他和爷爷长得最像。四哥长得像他，所以也长得像爷爷。好像有点绕，采青姨，你听得明白吗？"

"明白。"谢采青回道。

"三叔因为三婶生我四哥大……"像把自己绕糊涂了一样，盛平湖猛地收住话音，又稍微动了动脑，心有戚戚地问，"采青姨，我四哥算半个孤儿，他告诉你了吗？"

虽然住进别墅这些天从没见过盛雍的父母，唯一一次提起，也是那首出门寻父的《星仔走天涯》，可涉及个人隐私，谢采青心思淳朴，还是不曾深想。

毫无准备之下，盛平湖的话如一枚重磅炸弹，在谢采青的心头骤然炸开一个深不见底的大窟窿。她望进去，那里黑漆漆一片，令人望而却步。

谢采青太过震惊，呆呆愣了半晌，迟钝摇头："我不知道。"

"糟了个大切糕！"说多错多再也无法挽回，盛平湖急得跳脚，掉头就跑，"采青姨，你当我年幼无知不懂事，什么也没说啊！"

"站住！"

盛雍和老爷子进屋，恰巧看见盛平湖脸蛋惨白，逃命似的正开溜。

老爷子开口叫住人，盛平湖条件反射地后背一僵，脚下打了个趔趄。最直观的身体反应出卖了他的主观意愿，他想装作没听见冲出别墅，看来已经行不通了。他老老实实站稳脚跟，转过身，低头谢罪似的面向老爷子。

"你急急忙忙要去哪儿？"老爷子问。

有时候突发急智真不需要多高的智商支援，盛平湖脱口而出："爷爷，我不跟您说了，我下午有个特别重要的面试要参加。"

老爷子想想有这回事："时间还早，你吃了午饭再去。"

"我紧张，吃不下。"盛平湖夹紧双腿，左手捏右手，用生动的尿急演绎紧张，"面试的地方离这儿远，开车过去少说一个小时，我怕堵车，早点出发比较稳妥。"

"你去哪里面试？"盛雍一脸好奇道，记得他大张旗鼓要考Z大来着。

"暂时保密，等我面试通过了，再来汇报好消息。"盛平湖再也等不及了，边说边朝门口蹭，挥手道别，"爷爷，四哥，采青姨，再见。"

投放重磅炸弹的盛平湖溜之大吉，也顾不上站在落地窗前的谢采青，她出了神似的一动也不动。直到老爷子踱步到她跟前，听盛雍低唤了声她的名字，她才元神归位，开口喊师叔。

盛雍的身体是老爷子的心头大事，他前前后后嘱咐了几句，谢采青乖巧，一一应下。盛雍送他上楼回房休息，几分钟后再下来，谢采青仍旧傻乎乎地立于原地，一副心事重重的模样。

"采青，你怎么了？"盛雍微弯腰，双手撑住大腿，带着笑与她平视，"担心我成为跳郑多燕活活累死的史上第一人吗？"

谢采青没有心情开玩笑，目光深沉地盯着他："你……你……"

"我在这儿呢。"盛雍加深笑意，抬手轻轻攀上她的肩头，"明天早上，咱们正式开始锻炼身体。你记得叫我起床，我或许可能起得来吧。"

将理不清的思绪压回心底，谢采青用力点头："好！"

（1）

数日前，因为谢采青不离不弃、态度坚决，盛雍燃起了一丝斗志。所以，为迎接即将到来的锻炼，他决定早睡，为第二天的早起创造先决条件。

结果计划赶不上变化。

先是棋院一个颇有天赋的小棋手找他求教两盘棋，再进行复盘讲解，耗时三小时，接着韩柏延又打来投诉电话。

以后有孙子陪着打球这种好消息，盛老爷子当然要第一时间分享给老伙计，气气他啦。视频通话里，盛老头那耀武扬威的模样，把小腿扭伤的韩老头气得差点从轮椅上跳起来。胃口大败，老人家只吃了满满两碗米饭，撂下筷子便火急火燎地召见孙子韩柏延。

韩老板正在店里开例会，电话里语气稍有怠慢，韩老头也不多啰唆，只丢下一句"再慢点，你爷爷就要被气死了"。这可把孝顺的韩老板吓得够呛，一路压着最高限速赶去面见爷爷，换来的却是："你赶紧报一个高球速成班，一个不够，有多少报多少！"

将爷爷的话原封不动回敬给盛雍，韩柏延压着怨气发牢骚："你怪我不该把你要早起锻炼的事在群里宣扬，你自己呢？这还没开始呢，你就夸下海口扬言能打高尔夫。你也不想想你第一次陪你爷爷去球场，懒到从头到尾坐在球车里，没下来走动过一步。我是不信你能打高尔夫，我整天忙到脚不沾地，肯定也不会去学的，你说怎么办吧……喂喂，说话啊……"

Sorry, the subscriber you dialed is sleeping now, please don't dial it forever. （抱歉，您所拨打的用户正忙着睡觉，请永远不要再拨。）

翌日一早，直接快进至一身三叶草运动装的盛雍，跟着谢采青来到后山。

后山有一段路由两百余级石阶组成，山势平缓，台阶距离相当，级与级之间落差也不大，可走可跑，可慢可快，很适合病体初愈的盛雍起步锻炼。

带着盛雍做完各部位热身后，谢采青考虑到盛雍实在可怜的体能，建议他先匀速走一个来回，再慢慢加速走三到四个来回，不宜多走，否则容易加重膝关节负担。他嘴上答应得好好的，说很简单，让谢采青练自己的，不用陪他。谢采青不疑有他，三级并一级专心练习蛙跳，两个往返过后，他跟小脚老太似的，慢慢悠悠走到三分之一。

谢采青预料到他会很慢，但也不能慢到这种磨洋工的程度，一上午肯定完不成训练内容。

谢采青脚步一顿，停在高处的石阶上，微起薄汗，回身问："你累了？"

"我不累呀。"一滴汗都没出的盛雍也站住脚，"只是有点无聊，没动力而已。"

谢采青觉得他在找借口偷懒，面无表情地说："你的体力我心里有数，可以速度再快两倍。"

"那当然。"最喜欢谢采青心里有自己了，盛雍有点飘，"我体力不错的，初中三年蝉联班级拳王称号。"

谢采青一脸疑惑。

盛雍右手比出一套熟悉的三连招："剪刀石头布，猜拳界拳王。"

猜拳全凭运气，和体力没关系好吗。

谢采青已无力吐槽，默默背过双手，继续练习蛙跳。

"采青，采青……"

"干什么？"谢采青迟了数秒，不情愿地回头，本该相距甚远的盛雍近在眼前。

"我追你呀。"盛雍长腿一跨，与她站在同一级台阶上，眉飞色舞地道，"为了增加锻炼过程的趣味性，我们来玩一个游戏吧？"

谢采青受不了他花样百出，用妥协的语气微微挣扎："不玩行吗？"

"不行。"盛雍一双漆黑的凤眸熠熠生辉，"剪刀石头布猜拳，你赢了，我一口气上十级台阶；我赢了，你回答我一个问题。"

谢采青望向漫漫石阶尽头："三十级。"

"好，三十级！"盛雍一咬牙，"你也必须答应我，输了你要如实作答。"

谢采青："可以。"

玩游戏讲究一个仪式感，输赢在其次，首先气势要足。

身披"拳王"荣耀，盛雍的戏着实有点多，活动活动手腕，再活动活动肩膀，捧起王者右拳，对着拳眼吹出几口仙气，最后挥动手臂试一试出拳力度。不知道的人，还真当他是拳手，准备上场打擂台呢。

演，你尽情演。谢采青我自岿然不动，静静看某人作妖。

前戏做足三十秒，盛雍终于发号施令："剪刀，石头，布！"

话音刚落，两人同时出拳。

第一局，石头对布，以不变应万变的谢采青胜。

愿赌服输，盛雍一句怨言都没有，老老实实一气呵成走到三十级台阶外。

先发制人不算赢，拳王擅长拼后劲。

第二局，布对石头，谢采青连胜。

自己下的赌注，再累也要完成。过半之后，盛雍的速度明显慢了下来，为节省体力，最后几级台阶，他采用"之"字形路线。

"再来！"远远地，盛雍舒缓气息，提高音量，"剪刀，石头，布！"

拳是同时出了，相隔六十级台阶，两人目力却有限，谁也看不清对方出的什么。

"采青！"盛雍高喊，"我数一二三，我们同时报出自己出的东西，不许耍赖。"

谢采青："好。"

"一、二、三，剪刀！"

谢采青慢一秒："布。"

"哈哈哈，我赢啦！"一点小小的胜利就令盛雍喜不自胜，双手拢在嘴唇旁，嗓音里透着难掩的兴奋，"采青，我要问问题啰。"

谢采青弯着唇，清浅一笑，收回悬于半空的拳头："好。"

莫名有点紧张，盛雍深呼吸，鼓足勇气："采青，你有喜欢的人吗？"

空山回响，余音袅袅。

忐忑而微颤的男声，绕过苍郁古树，迈下层层石阶，清楚而准确地停落在少女耳畔。

谢采青微微一怔，四下无人，她却无措地左右看了看。

"采青，听清楚了吗？"

耳边再度传来盛雍略显急躁的呼喊声，谢采青定神想了片刻，然后扬起音调："等我一下。"

三步并作两步，谢采青步履轻盈，飞快奔向盛雍所站的高处。

见意中人由远及近，盛雍等在原地，一颗心七上八下，弄不清她有没有听见来自他心底的疑问。相距两级台阶，她止步没再前进，背着手仰起平静的小脸，喜怒不明，直直与他对视。

须臾后，她轻启嘴唇："什么问题，你再说一遍。"

盛雍被狠狠噎了一下，叉开双膝往石阶上一蹲，像旧疾复发一样，深埋着头，咳得惊天动地。

"盛雍，你怎么了？"谢采青急切上前，也蹲下来。

"没事！"盛雍缓缓抬头，咳得满脸通红，难为情地咧嘴一笑，"我不小心被口水呛到了。"

谢采青也不知该说什么，尴尬地点了一下头。

"采青，我问的是……"

喉结滚动，盛雍慢吞吞地咽口水，又偷偷在运动裤上抹掉手心里的虚汗。情怯、紧张引发了小动作，好像他做不完就没办法说出来。有一瞬间，他甚至想转身背对谢采青，躲开她那双清澈明亮的大眼睛。

盛雍终于再次鼓起十足勇气。

"你问我，有没有喜欢的人。"在盛雍话到嘴边的当口，谢采青不期然出了声，紧接着大方又坦率地回答，"有的。"

山中蚊虫猖獗，临出门前，关姨给两个孩子全身上下喷了快半瓶防蚊液。

百密唯有一疏，没能往盛雍嘴里喷点简直太失策了。

此刻，他因为震惊而半张的嘴巴里，就像同一时间飞进了成千上万只飞蝇细蚊，恼人的嗡嗡声震耳欲聋，震得他脑仁胀痛。

采青已经有喜欢的人了……这对盛雍来说简直是晴天霹雳啊！

好不容易闭上嘴巴，盛雍立刻像泄气的皮球一样蔫了，过了好半天才问："是谁啊？"

"这是第二个问题。"谢采青强忍着笑，举起右拳，"你赢了，我告诉你。"

曾经辉煌的盛拳王早已无心恋战，在谢采青的口令下，有气无力地敷衍出招。

第四局，布对布，平局。

打赌前没规定平局的奖惩，谢采青随即提议："你也如实回答我一个问题，好不好？"

"你问吧。"哪里还有多余的心情动脑子，盛雍一屁股坐在石阶上，耷拉着眼皮抱怨道，"这游戏没意思，一点也不好玩，谁想的，太没创意了。"

"反正不是我想的。"谢采青坚持不住,声音里带着隐隐笑意。

盛雍虽然要死不活的,耳朵的敏锐度依然在,闻声猛地抬头,只见蹲在自己面前的谢采青捂着嘴,半边身子背过去,已经笑得肩膀发颤,好不欢乐。

"谢采青!"

盛雍顿时醒悟过来自己被要了,阴沟里翻船的感觉是很糟糕的。

他又羞又气,窝着火磨着牙,用尽全力把小姑娘肩膀扳正:"你敢蒙我!"

"我蒙你什么了?"谢采青索性装傻到底,抢过主动权,"你先回答我的问题,为什么早上要装睡?"

盛雍:……

（2）

斗志、士气和梦想这样心理层面的闹钟,通常只存在于令人麻痹的鸡汤文里。真要赶点早起,还得依靠科技——手机叫醒服务。

盛雍作为资深早起特困户,特意选了一个最劲爆、律动感最强的迪厅嗨歌做闹铃,音量全满,惊叫指数五颗星。他听韩柏延的电话听到睡着,手机从耳朵边滚到枕头边。近在咫尺,相当于绕环立体声效果,六点整准时起来嗨。他整个人吓傻了,像诈尸一样从被窝里跳起来,因为个头太高,他的头险些顶到天花板。

迪厅音乐杀伤力太强,伴随盛雍多年的起床气也顺势而动。

他跟狂躁症发作似的,手脚并用,差点把床垫掀了,也没找到歌声大作的手机。这捉迷藏玩得不知死活,最后他一猫腰,摸出了被弹到床底的"凶手",关掉闹铃,忍了又忍才让它溺水而亡。

闹腾七八分钟,起床气消了,睡意也没了,盛雍不负众望,靠自己的努力创造了第一天早起的奇迹。

卫生间里牙刷到一半,外面响起不轻不重的敲门声,门外的谢采青喊了声盛雍,问他起了没有。

想是房间隔音效果太好,谢采青估计没听见他的手机闹钟响炸天。他一瞬间恶趣丛生,牙也不刷了,扯过毛巾胡乱擦了脸,抓紧有限的时间照镜子,确定比昨天又帅了一点,接着一个箭步冲向大床,翻起被子闭眼假睡。

一切的一切伪装得相当好,可也不是没有破绽。

盛雍头发长，洗漱的时候习惯戴发箍，照镜子时被自己帅到眼睛不够使，也就忘记取了。

你说你戴个低调朴实一点的塑料细发箍也好啊，偏偏戴了一个超可爱、超甜美的粉色毛茸茸发箍，脑袋顶上还截出两个咖啡色麋鹿角。

没办法，关姨图便宜在拼多多上拼团成功，一次性抢购回来十几打。

除了麋鹿角，还有兔耳朵、天线宝宝、天使翅膀、蝴蝶结……

没有得到盛雍的回应，谢采青依照昨天的约定推门走进房间，第一件事是拉开窗帘，迎晨曦爱抚，让阳光照亮满室。

她一回头，就望见被子笼罩出的人形，不现头不现脸，唯有一对麋鹿角露在外面，可爱中又透着一丝说不出的诡异。

这个时候，谢采青还没察觉盛雍是在装睡，毕竟这个造型符合他一贯的骚包风格。

轻喊两声他的名字，细长条的人形依然纹丝不动，谢采青走到大床旁，犹豫过后决定掀被子。平生头一次叫年轻异性起床，谢采青多多少少有些害羞，飘远眼神伸出手，却越谨慎越出错，连着麋鹿角和被子边一起慢慢掀起来。

等她发现手里多了点不该有的东西，心一慌，手猛地一松，被拉得长长的发箍，便以无比热情的姿态弹回了盛雍的脑门。

发箍轻软，弹得没多疼，主要是盛雍在感觉到它被拉起来的瞬间，就把眼睛睁开了。余光瞥见谢采青没在看他，他正想着要不要继续装下去，应激反应没跟上，才会眼睁睁看着发箍绷回来。

心理上的恐惧，便加重了发肤之痛。

盛雍从床上坐起来，揉着脑门哀号："叫两声我没醒，你不会再多叫几声啊！采青你的耐心呢，没带进来吗？哪有第一天叫人起床就动用武力的！好家伙，一个发箍也能被你当成弹弓使，那我这满屋子放的不全成了杀伤性武器啦！我住着，就是危在旦夕啊！"

本来呢，盛雍只喊疼不叨叨的话，谢采青还以为是自己失手把他弹醒的。

可是听他声音清亮，思路清晰，必是装睡无疑。谢采青心底的歉意一扫而光，摆出铁血教练的派头，冷着脸催盛雍起床洗漱。看她表情也知道自己露了馅，他蛮心虚的，乖乖听话进了卫生间。过了一会儿，他探头探脑，发现她在帮他叠被子，又喜上眉梢。

捧着热毛巾走出去，盛雍像一个求表扬的孩子："采青，我六点钟就起来了，棒不棒？"

"棒。"

讨来的称赞很生硬。

一日之计在于晨，时间都浪费在这些无聊捉弄上面，谢采青其实有点生气。

没再搭理盛雍，她叠好被子，直接下楼吃早饭。

所以，为什么盛雍要装睡呢？

"我……"厚脸皮是一种天赋，连灵感也不需要，盛雍脱口就来，"我想试试童话里是不是骗人的，王子能不能吻醒睡美人。"

无所谓满不满意、信与不信，谢采青只是随便一问。

她甚至没像以往那样流露出无语的表情，只是点了个头表示知道了，而后率先站起身绕开盛雍，沿石阶而上，接着进行今日份的蛙跳练习。

焦急的目光紧追她跳跃的身影，盛雍大声问："王子，你到底有没有喜欢的人啊？"

谢采青动作不停，头也不回："有。"

一个问题问两遍得到同样的回答，就像在伤口上撒盐，盛雍捂着盐渍梅干一样的心脏，忍不住又问："是谁？"

"盛师叔，"两颊漾开浅笑，身体每轻盈地腾空一次，谢采青便报出一个名字，"关姨，王叔，大师兄，二师兄……"脚尖着地，落在最高一级石阶上，她转过身，望向不远处傻坐在原地的盛雍，提高音量，脆生生地道，"你如果不时常捉弄我的话，我也喜欢你。"

甭管有没有前置条件，两人对"喜欢"的定义又是否存在差异，总之，盛雍想听进耳朵，也只听进耳朵的是——我也喜欢你。

胸口一颗脱水皱巴巴的梅干心脏，有如被春雨灌溉，一刹那恢复蓬勃生命力，活蹦乱跳地动起来。

盛雍自己没偷着乐够呢，谢采青已来到身旁，轻踢他的Yeezy鞋："不要再偷懒了，你今天的锻炼任务还没完成。"

"王子殿下，我想和你比赛。"雄浑斗志又起，盛雍腾地跳起来，指着余下的石阶道，"你是女孩先出发，我让你二十级台阶，看我能不能追上你。"

谢采青没计较他一声接一声的瞎喊，质疑地问："你确定？"

"确定。"盛雍绕到谢采青身后，拧动她的肩膀正对石阶，嘴唇虚贴在她的耳侧，"采青，听我口令，你尽全力往下跑，不要回头。"

他的嗓音低沉而魅惑，谢采青缩了一下脖子想说话，耳边已响起倒数声。

"三、二、一！"

对身体有着极强的控制能力，谢采青冲下台阶时虽然速度不慢，但仍有所保留。二十级台阶后，她再次放慢步速，忍住没有回头，却直到最后也没能等来盛雍的赶超。

不能奢求一个懒散成性的人短时间内热爱运动，但盛雍好不容易提起点兴致比赛，就输得如此彻底，谢采青难免有些自责，怪自己还是跑得太快、让得太少。

"盛雍，加……"

"油"字没喊出口，谢采青一回头，发现盛雍竟然仍站在原地，一步也没有动，脸上似乎还带着笑。

再度被捉弄，谢采青的好脾气终于消失殆尽。

也许因为从小习武舞狮，磨炼身体和意志，这小姑娘的忍耐力超乎常人。她从没对谁发过火，再生气也不会起正面冲突，只是找一个地方默默平息怒气。唯一一次因为生气口不择言，就是对她父亲谢明毅，落得一个不忠不孝的骂名，被家法伺候噤声两日。

面对一而再，再而三捉弄她的盛雍，她当着师叔的面说过，即使对方不配合，她也不会放弃。一言九鼎，怀有很强责任感的她，更不允许自己拂袖走人。

双手在背后紧攥成拳，谢采青一点一点往下压着火，缓步而上来到盛雍跟前，冷冷盯视他。

"既然是比赛，为什么你连试都不试就放弃？"她沉声问。

盛雍敛去了唇边的笑，眼眸中却依然留着欣愉："因为我知道，我赢不了你。"

"一定要赢吗？"他明明是一个没什么胜负心的人，谢采青不懂。

"对。"盛雍目光灼灼，凝视着面前的姑娘，信誓旦旦地道，"谢采青，总有一天，我一定会追到你！"

——在这条石阶组成的跑道上，我知道自己永远追不上你，所以要保留体力，在未来余生的跑道上，全力以赴追到你！

（3）

脱单先立志，在追求谢采青的跑道上是否一分耕耘一分收获，盛雍尚且不知，倒是在谢采青为他量身定制的健身跑道上，深切感受到了何谓耕耘与收获。

锻炼身体也讲究循序渐进，不可操之过急。谢采青设计的健身方案，只要盛雍按时完成每天规定的运动量，就算练不出腹肌，有效改善体能也是不成问题的。除了偶尔偷偷懒，累了找谢采青撒撒娇，盛雍基本算配合。

作息一规律，加上适量运动，短短几天时间，最显著的成效就是盛雍胃口变大了，把因得急性肺炎瘦掉的四斤肉又长了回来。

这可把盛老爷子高兴坏了，非要按一两肉五百的行情价，给谢采青发两万的奖金。谢采青不敢居功自傲，只领了老爷子的心意，坚决不收一分钱。老爷子没辙，提出给两个孩子下午放半天假，让盛雍带谢采青去市区看电影、吃饭、逛街，喜欢什么买什么，犒劳犒劳劳苦功高的小丫头。

老爷子巧立名目，用心良苦，盛雍一听就懂，当然积极响应。

再三拒绝会显得无礼，谢采青不想去，正发愁时，临时接到三师兄的电话，对方约她见面吃饭。谢采青顺水推舟婉拒了老爷子的好意，请王叔开车送她下山进城。

求之不得的一场约会说没就没了，还是被那个好感缺缺的三师兄搅和没的，盛雍说什么也不准谢采青单独赴约，死乞白赖非要当她的司机兼保镖。

"采青去见她三师兄，用得着你当保镖？"这大话说得，连老爷子也笑他，"真遇到危险，你能拿什么保护他们，拿你不成熟的腹肌吗？"

"我只负责保护采青。"盛雍着急回房间换衣服，"噔噔"踩着楼梯，"我能拿我的美貌迷惑敌人，让采青先走。我再动用智慧与敌人周旋，借机脱身，上演胜利大逃亡。"

谢采青忍住笑："我不用你保护。"

二楼没声，人已经跑进衣帽间挑衣服了。不知三师兄为何方神圣，第一次见面，他必须挑身像样的行头。

关姨抱着新洗的衣物上楼，不一会儿，就听房间里传出她高八度的责骂声："小祖宗，你能不能挑一件叠一件？乱七八糟弄得像翻破烂一样！你这穿的是身什么呀，狗链子为什么要往裤腰带上拴？穿皮衣？大热的天你不怕中暑啊！袜子，袜子，穿上袜子！"

盛雍回的什么，楼下的人听不清。

谢采青和盛老爷子同时收回视线，相视一笑。

当年盛雍在少阳治病，老爷子也跟着住了半个多月。因为小采青，老爷子和小他近两轮的师兄谢明毅走得最近。谢明毅个性内敛寡言，一心扑在威音堂上，这些年两人联系不算多，只在逢年过节通个电话互道平安。也是因为谢采青，最近两人的交流才变得频繁些。

头阵子通电话，谢明毅提起过他三徒弟贺秋山，老爷子有印象："贺秋山专程来看你的？"

"不是的。"谢采青说，"他来出差学习几天了，今天才有空。"

"你父亲好像有意培养贺秋山做威音堂的接班人，常说贺秋山是他所有徒弟里学艺最精、最用心的一个。"老爷子慈眉善目，笑看着谢采青，"你父亲还说，威音堂里有个舞狮痴。你知道在你父亲眼里，这个最痴迷舞狮的人是谁吗？"

谢采青不知，于是摇头。

老爷子笑容更灿烂："傻丫头，是你呀！"

谢采青愣住了，大吃一惊。

谢明毅是最典型的中国式严父，既不善于表达对女儿的疼爱，也吝惜于夸奖赞美。

举个最简单的例子，谢采青第一次离家，这些天里父女俩通电话的次数屈指可数。谢明毅不习惯嘘寒问暖，知道女儿挺好就行。谢采青也是一个报喜不报忧的孩子，就没有不好的时候。

再讲谢采青学习南派醒狮。

她从小耳濡目染，路没走稳就开始效仿父亲的样子，歪歪扭扭地学扎马步。后来，她又跟在父亲徒弟们后面学习各种动作和技巧。那个时候，威音堂仍坚持不收女学生，就算是女儿也不能破这个例。谢明毅最初从不来管，可她天生力气大、体质强，天赋高又有兴趣，很快自己就学得有模有样，丝毫不逊于同龄的男孩子。

慢慢地，谢明毅因为女儿的勤奋刻苦，才有所松动，开始指点一二，后来更是严格要求。即使从未正式拜师，谢明毅操练起女儿来，也和操练徒弟们没分别。

一起挨打挨骂，谢采青又练得多、学得好，威音堂的男孩子们都喜欢她，平时也很照顾她。因为没有正式拜师，不知是哪个男孩提议的，所有人开始统一唤谢采青"小师妹"。她年纪小也实在，乐意当他们的小师妹，逢人便称"师兄"。

冷不丁听老爷子这么一说，不怪谢采青意外。

因为她不但没得到过父亲一句赞扬，而且父女俩日常交流也少得可怜。好像为人父，为人女，都需要那么点无师自通的天赋，谢明毅父女俩却刚好没有。性格是一方面，另一个方面是，家庭里缺少了母亲这样一个能起到纽带和润滑作用的角色。

谢采青已经不止一次从旁人口中得知，父亲总说她要是一个男仔该多好。

小时候爱钻牛角尖，谢采青觉得父亲重男轻女，不服气，便越发勤学苦练。

谢采青十二岁那年摔落高桩，很大程度上是因为急于求成。师兄们几个月才能掌握的技艺，她像走火入了魔，只想着花最少的时间学成。也因为那次她意外受了脑震荡，谢明毅动了不准女儿再碰舞狮的念头，规规矩矩长大，结婚生子才是女孩子该走的正道。可她哪里肯放弃，倔得像一头小蛮牛，出院第三天就克服了恐惧心理，重新站上走桩高台。

这固执的性情随了谢明毅，他不认不行，也只能打消念头，默许女儿继续学习。

谢采青的确痴迷舞狮，威音堂再无第二人。

"人有一痴，必有所成。"这是一番交谈后，老爷子送给谢采青的一句话。

坐在车里，谢采青仍反反复复咀嚼着这八个字，这些年学艺的点点滴滴，也像放电影一样在脑海中一一浮现。模糊的永远是伤痛、泪水和艰辛，而清晰、难忘的则是第一次举起狮头的兴奋，第一次登台表演的紧张，第一次赢得掌声喝彩，第一次真正学会享受过程，第一次懂得舞狮对她的意义……

"采青，我希望你能和贺秋山一起接掌威音堂。"这是临行之前，谢明毅对谢采青讲的最后一句话。

想"所成"，想"传承"，谢采青不禁问自己，她的犹豫不决，是否因为她还不够痴迷，还没能将舞狮视为人生的重中之重？

扪心自问，谢采青越想越觉得困扰，心情低落又沮丧，一双大眼睛没了神采，失焦于车窗外倒退的风景。

小姑娘沉闷的样子，弄得旁边开车的盛雍很担心："采青，你怎么了？"

他的声音好像很久很久才传进谢采青的耳朵。她慢慢回过头，脸上也没有什么表情，只是在看到盛雍的一身穿着后，没忍住笑了一下。

"好隆重。"谢采青犀利点评。

皮衣盛表示不服："你三师兄大老远从少阳过来，我和他又是第一次见面，穿得体面叫礼貌。"盛雍嫌弃地瞥向旁边穿着万年不变的T恤和牛仔裤的谢采青，"无对比无差距，你穿得太随意了，采青。"

谢采青从来不注重穿着打扮，只觉得盛雍小题大做："三师兄不是外人，他不会介意的。"

这话盛雍不爱听："你说不是外人就不是外人了？派出所户籍科答应了吗？来者是客，咱们得尽地主之谊，热烈欢迎。"

尚未走出低落的情绪，谢采青任凭他忽悠，没搭腔。

十字路口红灯停车，盛雍转过脸，再度审视谢采青，忽然心念一动，问："你和你三师兄约了几点？"

谢采青："六点。"

"早得很。"看了一眼仪表盘上的时间，盛雍说，"先按老爷子的原计划进行，我带你去逛街买新衣服，我喜欢什么款式买什么。"

"为什么要买你喜欢的款式？"谢采青没多想，只是觉得奇怪。

盛雍嘴角微勾："因为谁掏钱谁是大爷，我当然要挑我喜欢的买。"

两人的审美观大相径庭，而且盛雍的审美观起伏不定，想起那天茶几中央大而无当的浮雕花瓶，谢采青直摇头："算了吧。"

"方向盘在我手里，去哪里我决定。"盛雍态度强势，一边挂起蓝牙耳机给韩柏延打电话，一边下达死命令似的补充道，"你不准拒绝，服从安排。敢拒绝，你来开车。"

这年头，老司机最牛，惹不起。

盛雍是一时尚弄潮儿，但偏科严重，只弄男装潮，对女装所知甚少。韩柏延常常送妹妹漂亮衣服，乍一听盛雍破天荒求推荐女装店，他的思路分了个岔，以为盛雍猎奇，要去参加变装派对。这么刺激的项目，怎么能不叫上他？他说推荐可以，用派对邀请函来交换。

"邀请函没有，我可以送你一张社区道德大讲堂的门票，这期特邀主讲人是我家老爷子，主题也很适合你，'赠人玫瑰，手留余香'。"盛雍一只手握着方向盘，打开GPS，没啥耐心地对手机那头的韩柏延道，"明白什么意思吗？让你少废话，赶紧给我一个地址。"

"买衣服讨好谢采青吧，我找找。"韩柏延报了一个妹妹最喜欢的高级成衣店，又说，"晚上来趟深焦，带着谢采青，我有事儿跟你们聊。"

"什么事？"下意识地看了一眼副驾驶座上的谢采青，盛雍问道。

电话那边的人卖关子："来了详聊，挂啦。"

没问出究竟，盛雍摘下耳机，转问谢采青："吃完饭，你和你三师兄还有别的安排吗？"

"暂时没有。"谢采青以为盛雍有事赶时间，"你忙你的，师兄如果想到处转转，我陪他就行。"

盛雍笑道："我有什么可忙的。说了让你装手机地图你不装，你才进过市区几趟，转丢了怎么办？我陪你们。"话到此处，他想起来一个久远的话题，"微信装了吗？"

"没有。"谢采青的理由也很久远，"用不上。"

"你……"想骂她顽固不化骂不出口，盛雍给自己找心理慰藉，"行，我知道你喜欢听我的声音不好意思明讲。我很善解人意的，以后有事无事，咱们只打电话，你想听多久就听多久。"

谢采青不说话，从随身背的斜挎包里抽出老爷机，低头摆弄起来。

盛雍瞄她："你干什么？"

"装微信。"

盛雍：……

（1）

韩柏延推荐的女装是独立设计师品牌，位于街区式购物中心一层。远远望见明亮玻璃橱窗里展示的当季新品，盛雍和谢采青的脚步同时慢了下来。

娇蛮公主韩曼迪钟爱的女装风格，可想而知，蕾丝花边，雪纺薄纱，珠珠亮片，荷叶边宫廷袖，蓬蓬层层仙女裙……

盛雍腻得像塞了一肚子奶油蛋糕，觉得非常不适合英姿飒爽的小采青。但一样是女生，保不齐小采青心里也住着一位小公主，就喜欢把奶油蛋糕穿在身上。

盛雍停下来，主动征求她的意见："要不先进去看看，说不定有你喜欢的。"

"别买了。"谢采青说。

橱窗里陈列的全是各种款式的裙装，可谢采青从来不穿裙子。很小的时候也许穿过，但她不记得了，只记得自从得知父亲嫌弃她不是男仔，心里便结下拧巴疙瘩，再也没有穿过裙子、留过长发。

一心痴迷舞狮，又懂事早熟，谢采青几乎没有经历过怼天怼地怼大人的疯狂叛逆期，最叛逆的十五六岁，也只不过是排斥所有小女生喜欢的元素，坚持把自己打扮成假小子。

现在大了，不再那么排斥了，却已经形成了习惯。

盛雍只怕小姑娘是不愿花他的钱："你不喜欢？"

谈不上喜欢与否，谢采青微微一笑："衣服很好看。"

"进去试试。"盛雍拉起她的手就往店里走，可是人不想去，他根本拖不动，不悦地皱起眉，"这些天你带着我锻炼身体，我送你一条裙子表达谢意，不为过吧？"

"是我……"

"是你应该做的，我知道你想这么说。"盛雍抢话，声音里也染了薄薄怨气，"谢采青，听我一句话，这世界上没有谁对谁做什么是应该的。不求回报的高尚留给圣人，咱们普通人要活得自私一点，一旦付出就应该索取合理回报。"

谢采青没见过如此严肃的盛雍："我的意思是……"

"别打岔。"盛雍拿凌厉眼神逼她噤声，口吻更加严厉，"两万块钱你觉得多，我可以理解，一条轻飘飘的小裙子能花多少钱？衣服好看你就进去试穿，喜欢就买下来，是你应得的，我乐意掏钱。这么简单的事，你为什么要有一大堆顾虑？"

"我没有。"谢采青被他唬住了，低声反驳。

"你还敢狡辩！"盛雍扬声凶回去。

四周人来人往，盛雍当街把谢采青教训得脑袋低垂不吱声。他嘴里句句重话，盯着小姑娘的眼眸却满溢着疼爱。他们怎么看怎么像一对小情侣，为了点鸡毛蒜皮的事，吵了一场无伤大雅的小架，吵吵哄哄的小情趣甜得很。

重点是，那个训人的男朋友剑眉星眸，唇红齿白超级帅，帅到顶着三十二度高温穿皮衣，都显得不那么像一个神经病……

没有理会路人的频频注目，盛雍热得不行，脱下皮衣搭在手臂上。

见谢采青一言不发，意识到自己过于心急，盛雍软下语气："我明白，你是担心裙子太贵。要不这样，先进去看看，只要超过两万，哪怕你再喜欢我也坚决不给你买，行吗？"

终于轮到谢采青发言："我想告诉你……"

"哥们，不好意思，等一下。"话到半截再度被盛雍打断。

他出声叫住一对从旁边经过的情侣，男生手里提着一个鼓鼓囊囊的大纸袋，侧面印有女装店的Logo。为打消谢采青的顾虑，盛雍忽略情侣怪异的目光，自己的颜面也暂且往旁边放一放，主动向男生打听起衣服价钱来。

那男生闻言真情流露，用一脸"痛遭黑手，不能还击"的悲壮表情，以及骄傲中又透着点憋屈的颤音，报出一个够他做半年噩梦、记一辈子的数字——"两万六千八。"

不便当着人家女友的面评论价格高低，盛雍只能道："这数字满吉利的，谢谢你。"

男生看看他身旁的女孩，再看看自己，"兄弟，你也快了"的表情写在脸上，没说什么就牵起女友的手。

萧索背影远去，一切尽在不言中。

询价被打脸，盛雍有点后悔，觉得应该把上限提高到五万。

"我不是怕太贵。"谢采青也有点口是心非，但她不愿再惹盛雍生气，想顺着他，便坦诚道出一直没能讲全的大实话，"是因为我从来不穿裙子。"

嫌不嫌贵是态度问题，穿不穿裙子是原则问题。嫌贵是不领情，拿盛雍当外人，他当然不高兴。不穿裙子是个人自由意志，他应该充分尊重。

这逻辑相当靠谱，所以，这个解释盛雍愿意无条件接受："那些裙子也配不上你。"

谢采青轻笑着："我们走吧。"

盛雍拉住她："不行，来都来了，我总得给你买点什么。"这里离他常去的私人造型工作室不远，于是他临时起意，"你们女生对一个人的重视程度，不是取决于见面前洗不洗头吗？走，我带你去洗个头，换一个新发型。"

谢采青头发发质好，长得快，刘海过耳，发尾过肩，也该剪一剪了。她没再拒绝，爽快同意。

盛雍的造型师，一听名字就是一个技术精湛的能人，不叫烂大街的Tony，不叫十有七八的Kevin，人家叫王建国。

吃饭的手艺关乎荣辱，建国兄自有他的坚持和想法，既没采纳谢采青只剪短的要求，也没采纳盛雍染成时下流行色的提议。

不急于动家伙，建国兄表情严肃，上上下下、仔仔细细端详谢采青，最后从旁边的盛雍身上得到灵感。

建国兄胸有成竹，下手果断，灵魂的剪刀唰唰翻飞，先整体打薄，再分区削剪层次，接着完善细节。

不过七八分钟，一个时尚俏丽的谢采青出现在了镜子里。

原本厚重的黑发变得蓬松轻盈，刘海碎而不乱，将她秀挺的五官完美突显出来，更富立体感，整个人也显得格外明艳动人。

换个发型而已，就美出新高度，小姑娘自己惊呆了，盛雍更是大为惊艳。

他两眼发直，弯下腰把脑袋凑到她身旁，望着镜子里的自己和她。他挪不开视线，笑得合不拢嘴，知足又满意。她见状，耳根子发热，一脸难为情，想抽身离开，又被他按住肩膀。

"同款发型，一黑一白！我都没想到，居然这么适合你！"他歪过头看她，"你不喜欢？"

侧脸有热气拂过，微微发烫，谢采青松开轻咬的唇瓣回答："喜欢。"

盛雍心花怒放："我也非常非常喜欢！"

情侣装有什么了不起，情侣发型见过吗？你们这些庸俗的人类！

爱美之心人皆有之，谢采青也不例外，对着镜子里熟悉又陌生的自己，绽放出灿烂笑容，所有的坏情绪也奇迹般地烟消云散。

"盛雍，谢谢你。"她由衷道。

没有什么比谢采青的笑容更令盛雍陶醉和迷恋。

他动了情，伸手轻轻刮她绯红的面颊："不客气。"

谢采青被他突然亲昵的举动吓得一愣，瞪着黑白分明的大眼睛，像傻了一样一动不敢动。

"采青。"盛雍柔声呼唤，又贴近她一些，几乎鼻尖碰鼻尖。

"嗯。"谢采青莫名紧张，垂下眼眸，纤长的睫毛轻颤。

"我真的好……"

裤兜里手机猛地震响，把呼之欲出的表白生生震没了，盛雍忍住没爆粗，铁青着脸冲出工作室接电话。

"四哥！"那边可怜的盛平湖不知自己闯了大祸，声音很欢乐。

在裤腿上蹭掉一手心的汗，怒火中烧的盛雍低吼："盛平湖，你最好有人命关天的大事，否则我弄死你！"

"四哥……"内心深处恐惧骤生，盛平湖哆哆嗦嗦地发出求生信号，"一个天大的好消息，和本人的前途命运有关，算不算人命关天？"

盛雍："呵呵。"

他毫不留情挂了电话，这傻子弟弟没法要了，他们取关微博并拉黑微信吧。

这时，谢采青推门而出，提醒他，和三师兄约定的时间快到了。

看看手表，盛雍郁闷地叹了一口气，很自然地去牵谢采青的手："走吧。"

表白分两种，一种酝酿已久，势在必得；一种情难自禁，勇字当头。

盛雍明显属于后者，一旦突然中断，感觉和气氛被破坏，士气也会跟着受挫。心里犯堵，开车前往餐厅的一路上，他脸色阴沉，一言不发，沉默得可怕。

到地方临下车，谢采青担忧地问："你怎么了？"

盛雍拿起墨镜架上鼻梁："耍帅扮酷，揣摩保镖的角色心理。"

像不像，三分样，墨镜皮衣，小脚裤马丁靴，腰间铁链寒光闪闪，再加上情绪铺垫到位，一副"我脾气差，谁惹谁遭殃"的酷炫表情。盛雍牵着谢采青走进餐厅的时候，可谓火力全开，气势十足。

"采青。"临窗座位有人挥手。

"三师兄。"谢采青挣脱盛雍的手，迎了过去。

"喂！"光有样没身手，盛雍反应慢半拍，没能拉住她。

（2）

身为保镖，盛雍保的是谢采青，防的只有一个三师兄。尤其见三师兄其人，挺拔魁梧，五官周正，完全不像络腮胡沙和尚，倒像化身人形的白龙马，同性相斥，盛雍立刻打起十二分的精神。

盛雍透过墨镜打量贺秋山的同时，贺秋山也在有意无意地打量他。

盛雍跷着二郎腿，坐姿随意，一只手闲散搭在旁边空着的椅背上，吊儿郎当歪斜着脑袋拉低墨镜，草草扫了一眼对面的人，又把墨镜推了回去，给人富家子弟目空一切的感觉。贺秋山早已从师父口中得知盛师叔有个病娇体弱的孙子，不用谢采青介绍，一眼认出了他。

"盛雍吧？你好。"他先示好，面带微笑，隔着桌子伸出手，"我叫贺秋山，采青的三师兄。"

"你好。"盛雍回握，手抽得快。

贺秋山笑意不减："采青这段时间住在你们家，打扰了。"

正给三人倒水的谢采青，闻言手一顿，知道三师兄向来体贴周到，便朝他感谢般弯弯嘴角。

盛雍一听贺秋山这话，一瞧谢采青这反应，本来就有点上火她没和自己坐一边，这下火上浇油，更不高兴了。

他似笑非笑："三师兄客气了，我这人人来疯，特别喜欢被打扰。别说这段时间，就是采青一直住下去，我也没意见。"

"不会的。"谢采青只理解了字面上的意思，很实在地接话，"开学我就搬进宿舍住。"

这暗暗较着劲呢，小姑娘居然拆他的台，他被噎得猛灌凉水，隔着墨镜直瞪没心没肺的谢采青，什么话也不想说了。

谢采青浑然不知，将菜单推到贺秋山面前："师兄，想吃什么尽管点，我请客。"

"那怎么行，你还是一个学生，我请。"贺秋山推回菜单，温柔地笑着说，"你喜欢吃什么尽管点，别跟师兄客气。"

谢采青碰也不碰菜单："我不会点菜，师兄你来吧。"

贺秋山帮她翻菜单："随便点，哪个看起来好吃点哪个。"

对面的盛雍靠着椅背，双臂交叠抱在胸前，看着他们一番谦让过后，肩挨肩翻着菜单商量起菜式来，完全忽视他的存在，心头的醋意翻江倒海般往上升。

谢采青忽然抬头问他："你想吃什么？"

"哎哟，保镖哪有资格点菜，有口饭吃就不错了。"盛雍逮着时机宣泄，语气酸溜溜的，"你们点吧，甭管我，我不饿。"——已经吃了一肚子你们秀的师兄师妹情。

"保镖？"贺秋山好奇地看向盛雍。

"他瞎说的。"谢采青淡淡道。

"我没瞎说。"盛雍一个指头勾下墨镜随手扔在桌上，正儿八经地对贺秋山道，"采青不常来市区，不知道市区豺狼虎豹多，我今天特意陪着她来，做她的保镖，贴身保护的那种。"说完，他朝谢采青招手，"你过来坐我旁边，离远了超出我的保护范围，万一出点问题，我怎么向我家老爷子交代？"

谢采青没挪窝，也不搭理胡说八道的他，叫住服务员点菜。

盛雍脸色一变："谢采青，我的话你听不听？"

谢采青点完菜对服务员说谢谢，这才得空回答他的问题，一字一句道："你好好说话，我一定听。"

盛雍蓦地哑口无言，顿觉自己像一个失宠之后胡搅蛮缠打滚求关注的小屁孩，不单成年人该有的风度、格调全部喂了狗，连对一个远道而来的客人应有的礼仪也没表现出来。

就算对贺秋山没好感有敌意，他毕竟也是谢采青的三师兄，盛雍一点表面功夫不做，除了显得自己小家子气，还会让夹在中间的谢采青为难，难怪她不给自己面子。

想到这一层，盛雍其实已经有了悔意，可今天穿的皮衣犹如战甲，必须冷酷到底，抵到舌尖的"对不起"仨字又咽回肚里了。

"我出去接电话。"随便扯了一个烂借口，他起身离座。

人一走，谢采青改坐到贺秋山对面："师兄，盛雍被师叔宠坏了，性格有点像小孩，我代他向你道歉，你别往心里去。"

小姑娘替大小伙赔不是，贺秋山没有坦露心上不快，只摇头笑笑："那你还迁就他？"

谢采青也笑了："明明比我大，可我有时候觉得他倒像一个弟弟，喜欢闹情绪，喜欢撒娇，我能让着就多让着点。"

贺秋山诧异："这么大一个人没个正经的时候？"

"有的，有的。"谢采青像是怕三师兄误会一样连连点头，"我去看过盛雍比赛，国际象棋，他专心致志下棋的时候很有范。"

贺秋山不在意这些，只说："你住在他家，他没有刁难你吧？"

"没有，没有，他对我不错。"谢采青忙又是一阵摇头，不遗余力地解释道，"师兄，刚来的时候我对他的第一印象也不太好，可接触久了，我发现他这个人其实有很多优点，开朗活泼，孝顺长辈，说话也特别有意思。不过，他的思维方式和平常人不太一样。我不知道他为什么今天这么刻薄，我再代他跟你说声对不起。"

在贺秋山的记忆里，谢采青从小克己寡言，哪怕被误解也鲜少为自己争辩。此时此刻，她却不断替盛雍说着好话，又急着树立他的好形象。她年少单纯，只当是姐姐维护弟弟，可贺秋山一个二十五岁的大男人看得真切明白，无论如何也不可能判断失误。

他心里滋味复杂，本不打算说的话不由得滑至嘴边："采青，师父告诉我，你已经知道了，他想让你……"

"我知道。"谢采青连忙打断他的话，迫切地问，"师兄，你愿意？"

"嗯。"贺秋山毫不犹豫地点头，不等谢采青开口，已经料到她想问什么，"采青，你太小了，我现在有点为难，有些话不知道该怎么对你说。我愿意听从师父的安排，不仅仅是因为威音堂是师父毕生的心血，还有更重要的原因，你明白吗？"

谢采青茫然摇头："我不明白。"

小师妹对男女感情太过生涩，弄得贺秋山更加说不出口。

"师兄，我也有话想对你说。"谢采青无意识地扯着桌布一角，几度咬唇，欲言又止，许久后才艰难启齿，"你别笑话我自不量力，说真心话，我很想把南派舞狮发扬光大，也很想从我爸手里接过威音堂。所以，只要能继承家业，我愿意无条件接受我爸开出的任何条件。"

"采青。"贺秋山不知该喜还是该忧，这一秒只是非常心疼面前的小人儿。

"师兄，虽然我不明白你还有什么更重要的原因，但是不好意思……"话音稍顿，谢采青仰起小脸，朝贺秋山浅浅一笑，"师命难违，师兄要娶我，委屈你了。"

大男人支支吾吾，小姑娘却直率大方。

从最初的排斥出言顶撞父亲，到此刻坦然接受，谢采青也许不懂男欢女爱，但可以把复杂问题简单想。青梅竹马的三师兄体贴温柔，她嫁给他，既能满足父亲心愿，又可以如她所愿继承威音堂，似乎没什么不好。

说到底，这只是一个轻重取舍的问题。伴随她成长的舞狮重要，她割舍不下，而从未来过的爱情是何模样，她没见过，所以不憧憬，自然不重要，可以舍弃。

"不委屈，不委屈。"贺秋山没料到谢采青会为他叫屈，一时不知所措，摆着手很是歉疚地道，"我的想法是，你现在可以不用考虑这个问题。"

刚想清楚的谢采青又听糊涂了，懵懂追问："我该什么时候考虑？"

贺秋山暗暗稳住澎湃的心绪，想了又想，沉吟道："等你成年吧。"

"什么？"从外面瞎溜达一圈回来，盛雍听到的第一句话就是这个，"你还没成年！"

对桌两人聊得专注，谁也没留意盛雍的出现，闻声俱是一愣。

字眼敏感，周围的客人纷纷投来编排社会新闻的目光。招摇站着的盛雍不在乎，但谢采青觉得难为情，扯着胳膊拉他坐定。

"快了。"她轻轻道。

超纲的打击，让盛雍眉头微跳，还有点不能面对现实："你哪天生日？"

"十二月二十三号。"贺秋山看过谢采青的身份证，替她回答。

"谢谢啊。"盛雍敷衍地抬抬下巴，转身面对谢采青，又痛心疾首地追着她问，"你为什么不早告诉我？"

谢采青不明白他哪里来这么大的反应："你没问过我。"

盛雍觉得合理，但是："你知不知道我今天差点对你……"

谢采青纳闷："对我什么？"

"没什么。"盛雍烦躁地挥手。

越想越觉得自己像一个禽兽，他口干舌燥，抓起水杯一口气喝光水。谢采青以为他出去一趟口渴得厉害，帮他倒满，他立刻又喝得见底。

三四杯后，谢采青忍不住问："你是饿了吧？"

"不喝了。"盛雍揉着满肚子的凉水说，"你们聊，别理我。"

盛雍掏出手机点开支付宝，先进蚂蚁森林收能量，再去蚂蚁庄园给小鸡喂饲料。韩柏延的人鱼小肥鸡来偷食，他逮住往死里暴揍一顿。这么贴心的小程序，果然治愈自己呢。

眼尾余光不着痕迹地扫视玩手机的盛雍，贺秋山温柔地笑着对谢采青说："可惜了，你十八岁生日，师兄弟们不能陪你一起过。"

"三师兄，这个你不用操心。"不等谢采青张口，盛雍转着手机，笑眯眯抬起头，"我肯定会帮采青办一场毕生难忘的成人礼。"

贺秋山回以微笑："有劳了，谢谢你。"

"不客气。"盛雍侧过脸看向谢采青，深情款款地说，"以后你的每个生日，我都陪你过，好不好？"

一直盯着他风清月明的笑脸，谢采青问："我要是回少阳呢？"

盛雍笑开了："回少阳算什么，你就算回火星，我也会骑着白龙马去找你。"

没办法，盛雍对贺秋山怀有天然的敌意，假装好脸色容易，可控制不住他那张跑火车的嘴。

谢采青听不懂他的梗："你以为自己是唐僧？"

"嗯。"盛雍点头，一条细胳膊横到她嘴边，"送货上门的唐僧肉，祝你吃了长生不老。"

谢采青被逗笑了，嫌弃地推远他的胳膊："太瘦，硌牙。"

"我说呢，你每天尽职尽责锻炼我，原来是打算养肥了好下嘴！"好怕怕，盛雍用力抱紧自己，放矮肩头蹭蹭谢采青的手臂，"采青乖啊，不要吃我，你要吃就吃韩柏延，他家祖籍内蒙古自治区，肉质和草原小羊羔一样肥美鲜嫩。"

"你卖友求荣。"谢采青一边和他斗嘴，一边缩着胳膊往外躲。

"不卖，免费送行了吧。"盛雍伸手把她抓回来，煞有介事地说，"到时候吃完肉，我再给你泡一杯古树普洱，刮油解腻。"

服务员恰巧来上菜，听到了盛雍的话，心思活络，忙问："先生，我们店新推出的混合果蔬汁，健康营养，同样有助于消化，要不要给女朋友点一杯？"

"要，要，要。"表白大计暂且搁置，但不妨碍盛雍喜欢这个甜蜜的称谓。

谢采青已经笑得不行了，没听清服务员的话，自然也就无从纠正。

坐在他们对面，却仿佛远隔千里的贺秋山心神恍惚。

曾经熟悉的小师妹和眼前明媚动人的小姑娘似乎并不是同一个人。逼自己扯出生硬的笑容以掩饰落寞，贺秋山无端地就想起了小师妹摔下高桩的那一次。

师父抱着脸色惨白、昏迷不醒的小师妹在街头狂奔，二十岁的贺秋山紧跟其后。眼看着双目赤红的师父险些冲到一辆疾驰货车的轮子下面，贺秋山忙出手拽住师父，决然地接过他怀里的小师妹。彼时贺秋山便下定决心，要好好照顾师父父女俩一辈子。

　　或许誓言永远不会变老，可岁月经不起太长的等待。与小师妹短短数日的分别，贺秋山忽然意识到，他好像已经错过了太多太多。

　　（3）

　　相安无事的一顿晚饭，盛雍提前付了钱。吃完饭，他提议开车带贺秋山兜风，欣赏都市繁华夜景。贺秋山没心情，婉言谢绝，独自打车回了酒店。

　　分别前，趁盛雍去停车场取车，贺秋山把谢采青叫到路边。他心里乱，不知该说什么，沉默着，像以往每次开学返校前一样，轻轻抱了抱他的小师妹。明天一早回少阳，这会儿他格外舍不得，抱得有点久。谢采青察觉到他似乎不对劲，以为他还在想"谨遵师命不得不娶她"的事。她一时组织不出更妥善的安慰之词，自己好像也没那么坚定了，便也沉默着，任由贺秋山抱着。

　　盛雍哼着小曲开车出来，恰巧看见这一幕，醋坛子哐当碎了个稀巴烂。

　　按响车喇叭，降落车窗，盛雍看也不看贺秋山，抻着脑袋故意问谢采青："你冷啊？我的皮衣借你穿。"

　　本来不觉得有什么异常，被盛雍叫唤这一嗓子，谢采青莫名就慌张了。退出贺秋山的怀抱，简短道别祝平安，她小跑钻进副驾驶室，落座，系好安全带。

　　朝车外的贺秋山道声再见，盛雍踩油门上路。车子开出一段距离后，他瞄了一眼后照镜，贺秋山还依依不舍地留在原地。玩十八相送呢，盛雍心头一声冷哼，长臂往后一伸，捞起皮衣兜头罩住谢采青。

　　他都舍不得抱她，凭什么她要给别人抱？她太不懂得洁身自好了！盛小爷心里窝火，暂时不想看到她。

　　不明所以的谢采青眼前一黑，草木味道的男士香水扑鼻而来，熏得人想打喷嚏。

　　她抓下皮衣，说："我不冷。"

　　打开空调，出风口嗖嗖往外吹冷风，盛雍回："待会儿你就冷了。"

　　谢采青抿着嘴唇，沉默了一会儿："风速调小点吧，你容易着凉生病。"

　　"生病好啊，生病了你才会对我百依百顺。"要赖归要赖，他还是听话地调小风速，顿了下，很认真地问，"采青，你是不是觉得我这人特幼稚？"

算你有自知之明，谢采青轻轻"嗯"了一声。

谢采青如此诚实的反应，令盛雍沮丧："被一个未成年美少女嫌幼稚，我是不是该深刻反省反省自己？"

谢采青将视线投去窗外："你反省吧。"

半晌后，旁边的人闷闷嘟囔出一句："我不喜欢贺秋山。"

自我反省怎么变成点评别人了？谢采青愕然看向盛雍。

他像是盖章确认，重复了一遍："嗯，我不喜欢贺秋山。"没听见谢采青有动静，他侧过头瞅她，"你不问我为什么？"

"不问。"本来他就是一个情绪化的人，和三师兄也不会再有什么交集，谢采青四平八稳地道，"你不喜欢就不喜欢吧。"

"不是，你……"小姑娘咋不按套路来呢，盛雍的舌头仿佛打了一个结，捋顺后换一个方式继续，"你喜欢韩曼迪吗？"

"不喜欢。"谢采青不假思索道。

盛雍喜欢谢采青，贺秋山也喜欢谢采青，所以盛雍不喜欢贺秋山。

谢采青不喜欢韩曼迪，根据上述因果关系反推，因为韩曼迪喜欢盛雍，所以她肯定也喜欢盛雍喽。

高考状元又怎样，做起爱情这门学问来，照样全凭想当然，形而上学。

坏情绪来得容易去得快，很快开心起来的盛雍又哼上了小曲，Coldplay的《Yellow》。

盛雍有一把天生的好嗓，随意吟唱也有腔有调。

盛雍发音咬字清晰，谢采青偏头面向窗外，聚精会神地聆听着。

"So then I took my turn，oh what a thing to have done，and it was all yellow．"

这歌词就像年少懵懂时对爱情的无限憧憬，也像少年最青涩的表白，最真挚又最坚定。

九点多钟，盛雍和谢采青如约来到深焦，正是影咖一天中生意最好的时段。

韩老板分身乏术，忙着应酬几个生意场上的朋友，盛雍没和他打招呼，熟门熟路地领着谢采青往专属包间走。

路上遇到几个慕名而来的小女生，十五六岁的光景，错把盛雍当成"忧郁王子"韩老板，将其团团围住，争着抢着要合照。盛雍澄清几遍不管用，少女们非说他就是，理由也相当充分——今晚影咖里再找不出第二个比他帅的人，他如果不是韩柏延，谁还好意思是？

盛雍不好意思啊，觉得假扮韩柏延忒丢人。

谢采青站在旁边也不搭把手，只顾站着偷笑。盛雍拦下一个工作人员，请他帮忙验明身份。工作人员训练有素，说："没错，他就是我们老板。"因为正牌韩老板已经交代过了，但凡自己忙得不可开交的时候，有客人求合照求签名，被认错的人只要够帅，就将错就错，别给自己添乱。

所以江湖上有个神秘传闻，韩老板那张脸千变万化，但万变不离其宗，张张都很帅。

今晚这张脸尤其帅，工作人员认识盛雍，知道他反感这种事，勇敢挺身拦住少女们，冲他使眼色。他会意，二话不说抓起谢采青的手，一同跑向走廊尽头的专属包间，只听后面工作人员惊叫："哎，有话好好说，你们别揪我的头发啊！"

总共只有五六米的距离，盛雍愣是跑出了马拉松的效果。一进包间，他便把自己横扔进沙发里，左右胳膊摊开，伸直两条大长腿，喘着大气直喊："孩子们暑假作业布置少了呀。"他大大咧咧的睡姿几乎占据了整张沙发，谢采青只能坐到靠近包间门的边角，摆弄起手机。

盛雍躺了一会儿，没听到动静，睁开一条眼缝偷瞄谢采青。谢采青表情专注，低着头，从没见她玩手机玩得如此投入，盛雍悄无声息地把脸凑过去。

"你干什么呢？"他好奇地问。

谢采青："申请微信账号。"

昵称用本名"采青"，老爷机里没有合适的照片和图片，暂且保留系统头像，个性签名也空着，她只把地区一栏改成了少阳。

她刚改完资料，就收到了一条好友添加申请。

昵称：日韩专业代购；

地区：尼加拉瓜；

头像：颜文字——卖假货死全家；

验证消息：诚实经营，童叟无欺。

惊叹于现如今微商们的无孔不入，谢采青正想将这个人拉入黑名单，一根纤长食指突然出现，迅速点了验证通过。

盛雍扬起自己的手机，笑嘻嘻地说："是我。"

谢采青一脸莫名其妙地看着他。

机智boy扬扬得意："自从我把自己伪装成微商，无缘无故加我的陌生人越来越少了。"

……

加上微信，盛雍默默地先把谢采青的备注名改成"我的小狮子"，又催着她也把自己的备注名换掉。

谢采青没他那么多花样："换成什么？"

"换什么你看着办呀。"盛雍跳到她跟前，来了一个帅气pose五连拍，用行动给予提示。

谢采青慧根浅薄，迷茫地眨了眨大眼睛。

"谢采青，你气死我算了。"盛雍一屁股坐回她身旁，夺过手机，"事先声明，你既然没思路，我换成什么就是什么，你不可以反对，不可以偷偷改成别的。"

像是怕谢采青不同意，他一说完就立刻蹿到沙发另一端，离得远远的，背过身。真轮到机智boy亲自操刀，他也没个准主意，改得太直白不行，改得太大众他自己不满意。思来想去，写写删删，他慎重得像在写入党申请书。谢采青已先失去兴趣，托着腮发呆想自己的事，任由他折腾。

不知过了多久，明亮的微信界面蓦然映入眼帘，谢采青的心思在别处，看见备注名，条件反射般地念了出来："雍雍哥哥。"

"在！"终于从小姑娘口中听到熟悉的称呼，如愿以偿的盛雍应得响亮。

改个备注名也要抖机灵，谢采青没说什么，随他去。

盛雍又坐回她身旁，笑着献宝："快看看，我还顺手帮你换了头像。"

谢采青打眼一望："大头佛？"

"对啊，圆脸盘、大眼睛，长得多像你。"亮晶晶的眼光流转于头像和谢采青之间，盛雍越对比越满意，"笑起来也像，可爱死了。"

仁者见仁、智者见智的问题，谢采青不想讨论，转身与他面对面："盛雍，我有个问题想问你。"

盛雍放下手机："什么？"

"你为什么看起来每天都很开心，好像什么烦恼也没有？"谢采青像一个求知若渴的学生，郑重发问。

"很简单。"盛雍敛起笑容，以同样认真的姿态，不紧不慢地道，"因为我十岁的时候就悟出一个道理——放过自己。"

谢采青很困惑，摇了摇头。

"在烦恼、痛苦、不公、困难面前，放过自己。"盛雍双手交叠枕在脑后，靠在沙发背上，眸光幽深，"你不觉得人有时候真的很喜欢强求自己、为难自己吗？何必呢，活得轻松一点不好吗？"

谢采青想了想，说："你带病坚持参加比赛，不是也在强求、为难自己吗？"

"不错，不错，我们采青很有思辨精神。"盛雍伸手拍拍她的脑袋，似真似假地道，"轻松久了人容易麻木，偶尔一次强求，感觉也还不错。"

谢采青似懂非懂地点点头，思索一阵后，斟酌着问："师叔说，你十岁那年因为一场意外身患重病，能悟出这个道理，是因为那场意外吗？"

"啧啧，看来你还有当柯南破案的潜质。"欺身靠近她，盛雍缓缓勾起一抹迷离笑容，像诱哄一般温声细语，"采青，这是我的秘密，没有人知道。告诉你可以，等价交换，你也要告诉我一个谁也不知道的秘密，行吗？"

"我……"谢采青迟疑了。

"莫非你没有不为人知的秘密？"他又问。

"我有。"普天之下，谁会没有秘密呢。

"采青，"他的声音愈加蛊惑，像幽冥摄魂的咒语，"我想知道，告诉我。"——你告诉我秘密，然后我们成为彼此秘密的唯一守护者。

迎着盛雍灼灼的目光，谢采青犹豫不决，眼睫微颤。

就在她即将开口之际，外面该死地响起三下敲门声，而后包间门由外向内被推开。两个工作人员走进来，微笑问好，一个托着红酒和酒杯，一个拎着两袋香味霸道的烤串。

韩柏延紧随其后，风风火火地边走路边打电话，做着分分钟几百万的大生意。看见盛雍面色阴鸷，眼睛像淬了毒似的瞪着自己，韩柏延不是盛平湖，他完全不怵，就是胆小，腿有点发软。

草草结束通话坐进沙发，韩柏延眼睛都不敢往旁边瞄，指挥两个员工布菜倒酒。

眨眼间，茶几上铺展开一场烟火气浓重的丰盛夜宴。

红酒是韩柏延给自己准备的，因为谈事不喝酒，等于没有谈。

烤串也是韩柏延给自己准备的，因为网上说了，没有一顿烤串解决不了的事，如果有，那么两顿。

好酒好菜充实了韩老板的底气，自己给自己带起节奏，先假装刚看见谢采青一样，惊喜道："采青妹妹，换发型啦！好看，好看！"同样戏码再多给点情绪，用到盛雍身上，"雍雍竟然长胖啦！可喜可贺！可喜可贺！"

盛雍、谢采青：……

他这拙劣的演技，有望勇夺金酸梅奖。

无事献殷勤，非奸即盗，盛雍太了解韩柏延了，一语道破玄机："痛快点，你有什么事想求我们帮忙？"怕单纯的谢采青上当，盛雍又小声叮嘱，"待会儿不管这家伙是哭是闹，你全当看戏，做一个观众为他鼓掌就行。"

韩柏延的耳朵像雷达，酒倒了一半，他笑骂道："又哭又闹不管用的话，我是不是还得再表演悬梁上吊？"

"你表演得好，我们肯定喊安可。"盛雍接得顺溜。

两个人一见面就没完没了地掐架，不知什么时候是个头，谢采青主动控场拉回正题："柏延哥，有什么事你说吧。"

"还是我们采青妹妹懂事。"

韩柏延端着酒杯，硬挤进两人中间，抿口酒，然后开始聊天："大致情况是这样的，我有一个朋友，是新人广告导演。他的运气不错，团队接了一个潮牌运动鞋的广告。本来计划后天开机，谁知道今早男演员被热心群众举报进局子了。女演员是男演员介绍的，特讲义气，也辞演了。品牌方可不管这些，必须准时开机，否则赔违约金。我朋友事业刚起步，哪有那么多钱赔，你们说怎么办？"

谢采青不像漫不经心的盛雍，她有用心在听："换演员？"

"是啊！"韩柏延一拍大腿，道，"品牌爸爸说了，只有今明两天时间给我朋友找新演员，而且只准更好不准差。我朋友没辙，请我帮忙，一时半会儿我又上哪儿找人去？天无绝人之路啊，今儿雍雍给我打电话，我灵光一闪……"

盛雍像做完形填空："你觉得我和采青可以去拍那支广告。"

"对啰，我就是这么觉得的。"韩柏延手动点赞，"本子我看过，基本没台词，主要是局部特写，重在展示运动鞋的功能性和舒适性，不难演，要不二位帮帮忙，江湖救个急？"

"不救。"盛雍、谢采青异口同声。

"哎呀呀呀，这波默契走得我心脏病快犯了。"韩柏延捂着胸口大皱眉头，看看左边再看看右边，脑袋不停运转，最后锁定左手边的盛雍，"钱不是问题。"

"当然不是钱的问题。"隔着碍眼的韩老板，盛雍与谢采青交换眼色，接着道，"是我们不想演。这种抛头露面的工作，你找别人吧。"

"我也要找得到才行啊！"韩柏延怒撸一根烤鸡胗，鼓着腮帮子，嚼得嘎嘣响。

盛雍斜眼看他："那导演是女的吧。"

"你看你，你看你，这话说的！"韩柏延举着半串鸡胗，一副"你下流你龌龊，我快要翻脸"的表情，大义凛然地道，"这么棘手的事儿，是男的谁愿意帮忙啊！"

谢采青没绷住，"扑哧"笑出了声。

盛小爷油盐不进，韩柏延转移目标也跟着乐："采青妹妹，哥知道你是一个有情有义的好姑娘。那支广告只有三十秒，不需要什么演技，只需要你会骑自行车。你会骑吧？"

"我会骑自行车。"谢采青为难，"可是……"

"可是我们没兴趣。"盛雍接过她的话，拍着韩老板的肩膀说，"省省吧，兄弟。有这磨嘴皮的时间，你不如赶紧找别人。"

"雍雍。"一计不成，再生一计，韩柏延拉着盛雍悄悄面授机宜，"我去找导演商量，加场你和采青的吻戏怎么样？"

盛雍当即怒目相向："禽兽不如！"

韩柏延吓了一大跳，孜然味的竹签差点戳到眼睛里，跳脚怒喝："你吃枪药啦，骂这么狠！"

谢采青刚接通贺秋山的电话，喊了声师兄，就听见韩柏延的叫骂声。她扭过脸，诧异地望了他们一眼，起身走出包间，顺手带上了门。

门一关，盛雍冷冷地对韩柏延说："采青还没成年，我骂你禽兽不如不为过。"

躲过自戳眼珠，没躲过满口红酒喷成仙女散花，韩柏延抹着嘴角的残酒，震惊地问："真的假的？"

"真的。"事实如此，盛雍已然淡定，"我也是今天和她三师兄吃饭的时候才知道的。"

"不会吧。"韩柏延想起看比赛那天妹妹说过的话，越发觉得不可思议，像呓语一般嘟哝，"她还没成年，怎么可能已经有婚……"

至关重要的最后一个字没出口，神经敏锐的盛雍已睨向韩柏延。他喉头一哽，猛地掐断话音，连忙假装找东西吃。

盛雍更觉得可疑，不确定地问："采青已经有什么了？"

"有……hūn寸。"韩柏延翻着满桌子的烤串，强装镇定，"分寸，我喝了酒，有点大舌头。我的意思是，采青年纪不大，为人处世还挺有分寸，比我妹强多啦。"

"我就怕她太有分寸。"盛雍双眼低垂，似陷入沉思，片刻后幽幽呢喃。

韩柏延："怎么说？"

"不知道。"一丝忧虑笼罩眉心，盛雍说，"我总觉得她心里有事，好像让她很为难，始终做不了决定。"

韩柏延已经很久没见过这样的盛雍了，也收起说笑的语气，关切地问："你没问问她？"

哪壶不开提哪壶，刚才如果韩柏延不进来打扰他们，盛雍恐怕早问出来了。

错失绝佳良机，盛雍给了他一个凌厉眼神，然后起身出去找谢采青。

才分开多久就忙着打电话，那个叫贺秋山的三师兄真不叫人省心。盛雍心里不爽，没留意韩柏延有意挽留。一只胳膊悬空，韩柏延纠结得无以复加，想说什么，又因为盛雍脚步匆忙走得急，猛灌一口酒，把想说的话顺着酒一同倒入腹中。

第十一章
关心则方寸大乱

（1）

游说盛雍和谢采青失败，红酒烤串没能解决问题，照样难不倒精明的韩老板。这位仁兄还有plan B。

新人广告导演是韩柏延的直属学妹，也是他的前女友，两人没谈俩月感情就告吹了，和平分手做回朋友。韩曼迪之前去美国游学，就住在哥哥前女友家，前女友对她照顾有加。哥哥开口请她帮忙，她自然责无旁贷。

品牌方爸爸还未点头，眼界甚高的韩曼迪却先挑剔起和她演对手戏的男演员来。她把韩柏延手里的花名册从头到尾唾弃了一遍，没一个比得上她雍雍哥，全部入不了韩大小姐的法眼。救场如救火，韩柏延指望着妹妹帮忙，再来气也只能憋着，打算亲自出马，还被妹妹嫌老。

韩柏延正愁男演员没有合适人选，盛平湖误打误撞自己送上门来，向韩柏延打听他以前开私房菜馆的事。他多精啊，盛家老四请不动，退而求其次请盛家小五，韩曼迪总没意见吧。盛家老四不为金钱所动，盛家小五一听酬劳不菲，恨不得当场开演，为艺术献身都没问题。

韩曼迪和盛平湖的素颜生照被传至品牌方爸爸那儿，男的帅，女的美，丝毫不逊于如今当红的"鲜肉""小花"，于是爽快拍板，就定他们了！

火烧眉毛的难题解决得漂亮，令韩柏延不禁深深怀疑，自己对前女友是不是余情未了。

辗转反侧时，忧郁文艺范儿上身，深夜，他鬼使神差地给前女友打了一个电话。

前女友是一个标准的ABC，正忙着为第二天的拍摄工作做准备。听了两句前男友的抒情长诗，她就抱着肚子哈哈大笑，回了一句："Are you kidding me?"

帮前女友找演员不算完，今天韩柏延又任劳任怨当起了专职司机，送两位演员前往拍摄地点。车里除了妹妹和盛平湖，还有他盛情邀请去片场一日游的盛雍和谢采青。

韩柏延和盛平湖坐在前面，其余三人坐在后面。

盛雍坐在中间，谢采青在左，韩曼迪在右，看座次也知道这关系微妙，气氛紧张。

韩柏延自曝糗事，本来想活跃车内沉闷的气氛，结果后面三人没被逗乐，只有盛平湖天真烂漫，笑得活像开关失灵，停都停不下来。

耐着性子等他笑够了，韩柏延立刻道："你也分享一件伤心事，让大家开心开心。"

"我没有啊，最近特别走运。"盛平湖春光满面地回过头，"四哥，还记得那天我说有好消息和你分享吗？"

"记得。"多亏他那通电话及时打断盛雍的表白，否则后果不堪设想。大恩不言谢，盛雍和颜悦色地问："什么好消息？"

"采青姨，四哥，曼迪，三位同学你们好。"憋了几天的盛平湖稍作停顿，自以为吊足所有人的胃口后，兴奋又郑重地洪亮宣布，"从下周一开始，我也是Z大的正式一员啦！"

车内冷场三秒钟……

盛平湖尬笑，硬着头皮炒热气氛："掌声在哪里？"

只有谢采青很给面子地拍了拍巴掌。

盛平湖感动得快哭了，振臂高呼："采青姨，谢谢你，谢谢你对小辈的鼓励与关怀！我一定努力好好干！"

"不客气。"谢采青汗颜，偷偷用胳膊肘撞击旁边的盛雍，暗示他也说点什么。

懒洋洋靠着椅背，盛雍勉为其难地吐出两个字："加油。"

"平湖哥，你去我们学校干什么？"韩曼迪本来没兴趣，但不想落于人后。

"工作呀！"盛平湖一脸骄傲，"竞争很激烈的，三十个人面试只招四个，我是其中之一！"

韩柏延："你应聘什么，讲师？"

韩曼迪："辅导员？"

谢采青："管理人员？"

盛雍："保安？"

虽然职业不分贵贱，但存在差异是事实。参与竞猜的前三人齐刷刷看向盛雍，唯有盛平湖面露惊喜之色，大赞只有四哥最接近正确答案。

韩曼迪心急："平湖哥，别卖关子了，你到底应聘的是什么？"

盛平湖清清嗓子："食堂厨工。"

车内再度冷场三秒钟⋯⋯

好熟悉的感觉，盛平湖尴笑，继续硬着头皮炒气氛，弱弱地问："掌声在哪⋯⋯"

"平湖啊！"韩柏延打断他，用老大哥的语气关切地问，"我记得你大学学的是酒店管理，好好的怎么突然想起去大学当厨子？"

"因为⋯⋯"盛平湖早就忘记自己还读过大学，一下被问住了。

"因为专业对口啊。"盛雍记着弟弟的回答，不紧不慢地代为作答，"大学毕业进酒店工作，大学肄业进食堂。对吧，平湖？"

"对对对，专业对口！"盛平湖茅塞顿开，踌躇满志地挺起胸膛，"游手好闲的日子我过够了，从今往后要凭本事养活自己，自食其力！"

"那也不至于去当厨子，多丢人呀！"韩曼迪丝毫不掩饰她的鄙夷和嫌弃，"你在哪个食堂上班？我可不想遇到你，让同学知道，我的面子往哪里搁？"

"六食堂自助餐厅。"盛平湖心胸开阔，仍旧乐呵呵的，"我都不怕没面子，你怕什么？再说了，你可以装作不认识我。"

"不要！"韩曼迪翻了一个白眼，别过头，"丢人！"

"哪里丢人？"韩柏延从后视镜里看向妹妹，不轻不重地教训道，"你如果哪天说要自食其力，跑去餐厅、酒店里弹琴，我肯定天天捧场，逢人就说这是我妹妹。"

韩曼迪不屑一顾："弹琴也比当厨子强。"

"那你还是装作不认识我吧。"盛平湖僵着面皮，巴巴望向盛雍和谢采青，"你们不会也打算装作不认识我吧？"

盛雍："不会。"

谢采青："不会。"

两个人态度一致，同时发声，话音一落，相视而笑。

"那就好，那就好。"盛平湖又乐开了花，难为情地挠挠头，"其实我去你们学校食堂工作，还有另外一个更重要的原因。"

"肯定是为了追女孩子。"韩柏延料事如神。

"没错，没错。"盛平湖不住点头，嘿嘿笑得憨厚，"我追的那个女孩开学读大三，等我考上大学肯定来不及了。正好看到食堂公开招聘，我想要不先试试，没想到真面试上了！她嫌我是一个不务正业的纨绔子弟，我就趁这次机会证明给她看，我没她说的那么没用。"

花心大少动了真情，韩柏延道："平湖弟弟，好样的！"

谢采青也竖起大拇指，朝他投去钦佩、赞许的目光。

"采青。"盛雍倏尔侧身低头，贴着她的耳朵悄声问，"你们女生是不是都不喜欢没有上进心的男生？"

谢采青闪躲开，给了他一个"这还用问"的眼神。

盛雍长长"哦"了一声，继续问："你觉得我会不会是一个有上进心的人？"

被问的人没作声，韩曼迪先抢话："我觉得雍雍哥一直是一个有上进心的人呀！高考状元，本科年年考第一，研究生笔试、面试也都是第一，还拿了国象比赛冠军！"

"妹妹，你错了。"在街口等绿灯，韩柏延转过头，意味深长地一笑，"考第一、拿冠军对这小子来说易如反掌。他刚讲的上进心和你理解的上进心不是一回事。"

韩曼迪不明白："有什么不一样？"

"妹妹，我问你一个问题。"韩柏延说，"你想想，有没有什么契机能让你放下面子，像平湖一样自食其力？"

韩曼迪凝神想了数秒，然后抬手指向盛平湖："和他一样咯，为了自己喜欢的人。"她又大大方方笑着看向盛雍，"雍雍哥如果要我自食其力，我愿意去餐厅卖艺，弹琴给客人听。"

"你放心，己所不欲，勿施于人，我自己都做不到'自食其力'，更不可能去要求别人。"盛雍一张俊脸没什么表情，声音轻而有力地道，"所以，你没有资格瞧不起能做到的人，比如盛平湖。"

韩曼迪从小到大只服盛雍的管教，听到这话，面露愧色："平湖哥，对不起。"

"没关系，没关系。"盛平湖连连摆手，不禁向盛雍抛出饱含感激的小眼神，"四哥，我……"

"好困。今儿又是成功早起的一天，我真棒。"盛雍打个哈欠，头一歪，倒在谢采青的肩膀上，闭着眼对她说，"我眯一会儿，到地方叫我。"

熟悉的草木香味萦绕鼻尖，谢采青不自在，本能地挪移身子。

"别动。"旁边的人将脑袋往下压了压，声音轻缓，显得越发慵懒，"我睡不着就晕车，我一难受，肯定赖你。"

谢采青眉头微蹙，前边的盛平湖已双手合十，无声恳求。谢采青收回视线，又与韩曼迪忌恨的目光在空中碰撞，素白的小脸毫无波动，很快别过头，面向车窗外。

知道盛雍这样睡不会太舒服，谢采青保持肩膀不动，小心翼翼地挺直腰身。忽然觉得手掌一凉，她低头去看，盛雍蜷起的五指放在她平放身侧的掌心里。心间微动，她重新望回窗外风景，犹豫片刻后，慢慢收拢了自己温暖的手掌，包覆住那沉沉的凉意。

（2）

韩柏延的前女友导演崇尚蒸汽朋克，特意将广告拍摄地选在一座荒废已久的化肥厂。工厂位于半山腰，厂区内野草丛生，光景败落。

挑高的厂房仅余残垣断壁，窗门洞开，满地杂乱，墙面上密布五颜六色的涂鸦。孤独矗立的造粒塔成了它最忠实的哨兵。塔顶有三两只乌鸦盘旋，叫声凄厉。厂房外，锈迹斑斑的各种管道高高低低，盘亘交错，像钢铁铸就的血管脉络，却早已不复往日的动力和生机。供血的心脏停止跳动，化作工业时代的标本。

韩柏延一行人赶到现场，看见工作人员搬出山地自行车，才要命地反应过来，韩曼迪压根不会骑车。

前女友导演叫上韩柏延，领着摄像师忙着选景，随便指派了一个工作人员教韩曼迪。教美女骑车本来是一件美差，但领教过韩家小姐的骄纵脾气后，不到五分钟，小伙就无福消受地退开了。旁边看热闹的其他工作人员，也纷纷摆手自谦。

在场的人中，只有盛雍降得住韩曼迪，可他自己也不会骑车。谢采青倒是会骑车，可韩曼迪绝对不可能放低姿态跟她学。最后重任便落在了盛平湖肩上。盛平湖性情和顺，脾气好，又肯哄大小姐高兴，韩曼迪挑不出毛病，两个人找了一块空地麻利开练。

周围人忙忙碌碌，做着拍摄前最后的准备工作，门外汉谢采青帮不上忙，无所事事地绕着厂房转了一圈，发现离空地不远处，有依管道而建的悬梯直通高处平台。她从小喜欢爬高处，试了试悬梯的稳固度，确定没问题，便徒手攀爬上了平台。

骄阳如火，唯有天际压着一线阴云，似在酝酿一场豪雨。

谢采青目光所及之处，无不荒芜凋敝。

谢采青手搭凉棚，朝空地那边望了望。韩曼迪虽然吵吵嚷嚷个不停，头顶烈日学起车倒也算认真，却总是放不开胆子。踩两下踏板，她就忍不住回头，确认扶着车座的盛平湖还在，才敢接着往前骑。

"韩曼迪。"谢采青攀着栏杆，放声大喊，"你这样，天黑了也学不会。"

韩曼迪闻声一顿，脚尖落地停住车恼羞成怒地喊："谢采青，你闭嘴！我不用你管！"

人一受刺激，胆子似乎也变大了，韩大小姐用力调转车把，背对着谢采青，发狠似的一通猛踩踏板。后面盛平湖跟不上，为稳住自行车平衡，又着两条腿跑得费劲。眼看着韩曼迪终于有所突破，他抽空回头，向谢采青比了一个"OK"的手势。

谢采青挥手示意，后面忽然响起咯吱咯吱的异响。悬梯处先是冒出一个白茸茸的头顶，紧接着露出盛雍一张笑容灿烂的脸，再然后，那个脑袋与平台齐平，静止不动了。

将一瓶矿泉水滚到谢采青脚边，盛雍高高举着胳膊："采青，拉我一把，我爬不动了。"

谢采青无奈，弯腰拾起矿泉水，走过去握紧盛雍的手，轻松将他拽上平台。

拍掉粘在手心的铁锈，盛雍来到栏杆边与谢采青并肩而立，举目远眺。视野内风景衰败，想夸都无从下嘴，他总不能夸这地方特适合拍鬼片吧？

他又探头往下面瞄："这儿挺高，有三四米吧。"

"差不多。"拧松瓶盖，谢采青没喝水，直接递给盛雍，"我不渴，你喝吧。"

"大太阳晒着，不渴也得喝。"谢采青没动，盛雍抄着手笑嗔，"你当我费半天力气爬上来，就是为了让你帮我拧瓶盖的吗？我是大自然的搬运工，你快喝水吧。"

"谢谢。"谢采青也笑了，听话地喝了两口水。

"采青，你还没回答我的问题呢。"盛雍侧过头望着她，将之前的问题重复了一遍，"你觉得我会不会是有上进心的人？"

双手捏着瓶身，谢采青用心想了一会儿："我觉得不是会不会，是你愿不愿意。"

"愿不愿意？"盛雍疑惑道。

"对。"谢采青点点头，"你人聪明，考试升学对你来说很简单，你的家庭条件也好，过着衣食无忧的生活，不必为以后就业找工作困扰。像你说的，不需要上进心，一辈子混吃混喝也没关系。"

原来很早之前，那些用来敷衍、搪塞韩柏延的话，她全听见了。虽然他当时确实是这么想的，但是从谢采青口中转述出来，他莫名觉得硌硬，有辩解的冲动，又不知从何辩起。

一时之间，两个人各有所思，不约而同地沉默了。

废弃的工厂上空，"玻璃晴朗，橘子辉煌"。

"采青，"盛雍率先打破沉寂，轻声问，"你的人生目标是什么？"

"继承威音堂，"谢采青脱口而出，"也希望南派醒狮能世世代代传承下去。"

伴着每一个字铿锵有力地落地，小姑娘黑白分明的大眼睛里泛出坚定而炽热的光芒，因为胸怀远大抱负，所以更令人着迷。

盛雍没言语，凝视着她。

"你呢？"谢采青转眸问。

"我，不知道。"像是从来没有考虑过，盛雍耸了耸肩，似真似假地说，"也许我真的会混吃混喝过一辈子。这世界太难对付，总喜欢给人找麻烦，我一个人不太敢对付它。"

"为什么不敢？"正经聊天的时候，谢采青常常听不大明白他的一些话。

"因为一个人势单力薄，我需要有人和我并肩作战。"盛雍歪着脑袋，朝谢采青温情一笑，"如果有人愿意陪我，她的勇气加我的勇气，应该足够对付这个世界了。"——我希望她和我一样孩子气，一样我行我素，一样畏惧又勇敢，一样讨厌这世俗的喧嚣与浮华。

谢采青怔怔的，一瞬间好像读懂了盛雍眼底热切的期许，一瞬间他又变得无比陌生，仿佛远在山海之外，让人难以捉摸。

彼此无话，沉默又一次吞噬了空气，在两人之间蔓延开来。

直到一声尖厉惊叫划破长空。

"啊！"

刚刚学会骑车的韩曼迪像猛虎出闸，蹬着车子冲出了空地，绕过高台，失控滑下一条陡峭斜坡。斜坡尽头堆放着如山的破铜烂铁，撞上去不死也会丢半条命。自行车上的韩曼迪面目惊惧，显然已经吓到大脑死机，手臂僵硬地把着车龙头，两只脚还飞快踩着踏板，像中了邪一样，不管不顾地朝着废弃铁山俯冲过去。

如此疯狂的举动近乎自杀，所有人都吓傻了，一动不动呆呆站着，两眼发直，瞳孔放大。

危急关头，一道黑影如劲风般突然从高台侧后方跃下，借助纵横交错的管道作为支撑，徒手翻越，几番腾空来到地面上。这是通向斜坡的唯一捷径，谢采青一落地，随即纵身追赶自行车，几滴鲜血被甩落身后，没入泥土。

追上找死一般的韩曼迪，谢采青当机立断，伸手一把推倒她。

失声尖叫中，韩曼迪连车带人重重侧摔在地，半边身子被压在自行车下面。韩曼迪魂不附体愣了数秒，先是呜咽，而后放声大哭。

谢采青低头扫了一眼自己的右手，眉心不自觉地皱了皱。听到哭声，她迅速背过右手，绕到车头，只用左手扶起自行车，推至一旁。不用她说什么，如梦初醒的人们已经簇拥而来，围住啼哭不止的韩曼迪。她见势后退几步，正欲转身，忽觉右腕一紧。下一秒，面色铁青的盛雍翻着她的手腕，转到她跟前。

"你受伤了。"盛雍压着紧张急迫的声线低沉道。

一道不长却极深的血口子横在掌心下方，汩汩冒着鲜血，应该是被管道表面凸起的尖锐物划伤的。

因为疼，谢采青下唇咬得发白，挣了几次没挣开，指尖微微颤抖着也没吭声。

盛雍立刻红了眼睛，狠狠闭一闭，他偏头避开她触目惊心的伤口："走，我带你去医院。"

众人忙着安慰死里逃生的广告女主角，谁也没发现一辆轿车疾驰远去，扬尘四起。

破铜烂铁旁，前女友导演待轿车驶出视野后，兴奋难抑地问："你拍到了吗？"

一侧端着机器的摄像师不住点头："拍到了，拍到了。"

（3）

谢采青的伤势比她想象中的更严重，清创缝合，包扎得严严实实，又打了一针破伤风。盛雍去拿药，她坐在走廊的长椅上，放空似的盯着自己受伤的右手。露在纱布外的五指已经肿得乌青发亮，动弹不了，麻药药效过去，轻轻一碰就钻心地疼。

她不怕疼，也不怕留疤，心里只想着：还好未伤及筋骨，不会影响以后抓握狮头。

倏然间，耳边传来有些熟悉的说话声，谢采青抬首望去，不自觉地笑了。

刚才帮谢采青处理伤口的是一位中年女医生，她将谢采青身后的盛雍误认成其男朋友。像是为了转移伤者的注意力，她不停地数落他的大意和不是。他并没澄清，就真如同做错事的孩子，乖乖接受批评。谢采青不知怎的也没解释，回头见他满脸担忧，好像缝针的是他，五官都皱在了一起，便以口渴为由赶他出去买水。

盛雍离开不久，一对真正的情侣前来就诊。女孩扭伤了脚踝正使性子，一瘸一拐疼得大呼小叫，对男朋友更是呼来喝去，把原本安静的急诊室弄得不得安宁。女医生也不跟他们客气，扬声直夸采青勇敢，伤成这样也没喊疼，没掉眼泪。一对小情侣年纪不大，脾气不小，围着谢采青讲起风凉话，女的说打了麻药当然不疼，男的说没人陪着，哭也没用。

谢采青没争辩，女医生先听不下去了，横眉冷对还没讲话，盛雍先闷着头折了回来。医院的自动贩售机只有冷饮，他打算开车出去，问谢采青想吃什么，顺便一起买。不等谢采青回答，他又细心地询问起医生，有哪些需要忌口。

这一来二去，旁边的小情侣脸上有点挂不住，灰溜溜退到远处。没一会儿，两人居然吵起架来。女的见人家男朋友又高又帅、体贴入微，看不顺眼自己一副熊样的男朋友，一个劲儿地数落挑刺儿。男的哄两句不管用，越听越来气，干脆丢下女友气咻咻地走了。

目睹过这对小情侣闹别扭，此刻再见，他们已重归于好，男友任劳任怨地背着女友重返医院。谢采青觉得很有趣，目光追随着他们的背影进了急诊室，浑然不觉有人已经来到跟前。

"羡慕啊？我也行。"盛雍紧挨着谢采青坐下，语气半点不含糊。

谢采青一愣，忙摇头："不用。"

"小瞧我是吧？"盛雍哪管那么多，转过身背对她，反手拍拍自己的后背，"上来，就算背不回家，我背到停车场的力气还是有的。"

"我真没事，手受伤不耽误走路。"谢采青轻推了他一下。

"你流了好多血，万一头晕怎么办？"盛雍想起清创时堆成小山似的血红棉纱就心疼，像钝刀割肉一样，"采青，要不你假装头晕，让我背背你吧。"

"为什么？"谢采青不理解他的心情。

盛雍蹲到她面前，手指轻而缓地抚过她右手上缠绕的纱布："因为你已经受伤了，理所应当找一个人撒撒娇。你不撒娇，发发脾气也行，不需要梁静茹给你勇气。"

这理论听着新鲜，谢采青莞尔，天真地问："撒娇发脾气，伤口会愈合得快一点吗？"

"不会。"盛雍抬手拨了拨她垂落的刘海，"不过，我会觉得好受点，不然会显得我太没用了。"

谢采青拉下他的手："你生气了？"

盛雍："有点。"

盛平湖教韩曼迪骑车，有责任保护她的安全；韩柏延自诩"护妹狂魔"，也有责任保护自家妹妹；还有在场的工作人员，个个人高马大……

谁都可以英雄救美，唯独谢采青不可以。

盛雍心底隐隐有股无名火，也不瞒着，坦率地说："我生气，当时现场那么多人，我敢保证你是年纪最小的，可奋不顾身冲过去的只有你。你救了韩曼迪，也没有人关心你有没有受伤。"

"才不是。"谢采青随即反驳，"我数过了，来医院的路上，你一共闯了六个红灯。"

"闯红灯算什么。"盛雍摇头，自嘲地笑了笑，"我更气自己没能力阻止你。"

平生头一次，他对自己糟糕的体质心生恨意。

谢采青又摇头："我有能力，我该去救她。"

"能力越大责任越大吗？"盛雍眸光黯淡，幽幽道，"采青，我知道你很厉害，但你不是电影里拥有超能力的英雄。救人不是你的职责，如果救人是以自我牺牲为代价，不管你救的是谁，我宁愿你见死不救。"

"你不要小题大做。"谢采青平心静气地说，"这是意外，很快会好的。"

"韩曼迪出事也是意外，凭什么要用你的意外去换取她的安然无恙？"盛雍心惊胆战许久，现在什么也听不进去。

谢采青和他扯不清楚："我当时没想那么多，只知道自己不能袖手旁观。"

眸光又暗了几分，盛雍站起身，冷冷问道："如果还有下次，你照样会不顾危险出手相救？"

"对。"谢采青毫不犹豫地点头。

"笨蛋！"眼底蹿起火光，盛雍厉声道，"谢采青，勇于牺牲固然伟大，但做人做事要懂得量力而行，任何人，包括你，都有权拒绝虚伪的崇高！"

"你想多了。"谢采青也顶了回去，"这不是崇不崇高、伟不伟大的问题，你有你的利弊权衡，我也有我为人的准则，我的准则不允许我见死不救。"

"你难道没有听医生说吗？"盛雍踱步到对面墙边，面壁停了片刻后又回来，脸色冷峻如山雨欲来，"伤口如果再往下一点就会割到手腕大动脉，你会因为大出血很快休克，然后陷入重度昏迷，我哪怕开的是火箭也不管用！华佗再世也救不了你！"

医生的原话，谢采青无从反驳，眼神却依然固执而坚定。

有时候，用沉默的方式捍卫别人说话的权利，更让人恼火。

脑仁疼得嗡嗡作响，盛雍气到语无伦次："今天如果换成是我，坐在车里血流得跟喷泉似的，你会有何感想？为我毫不利己、专门利人的行为准则鼓掌吗？鼓励我再接再厉，下次也要继续见义勇为吗？"

他不理智，争辩下去也毫无意义，谢采青不发一语，起身走向大门。

再大的气也该忍则忍，盛雍疾步追上，想抓谢采青无力挣扎的右手，又心疼不舍，改牵住她的左手，像给彼此上刑般，十指紧紧缠扣。

感受到盛雍沾染怒气的力道，谢采青张嘴，还没出声，先被他狠狠打断："闭嘴！我现在不想和你吵架！"

迎面遇到先前那对小情侣，两人看好戏似的盯着他们不放，男的背着女的小声讨论："感情也没有那么好嘛，长得帅却不会哄女朋友高兴，中看不中用。"

满腹火气没地方撒，盛雍牵着谢采青走出两步又退回去，唇边带笑，眼风犀利地斜扫向男的："兄弟，肩膀抖什么抖，后面背的是母猪吗？"他又目光冷冽地看向女的，"我中不中用你知道？有闲工夫说道别人，怎么没想想自己男朋友是不是既不中看又不中用？"

人若犯我，我必犯人。盛雍向来不羁，下嘴够毒够损，牵着谢采青扬长而去，留下一对小情侣傻在原地，瞠目结舌。

大雨迟迟不来，天地间没有一丝风。水珠子凝结在空气中，每呼吸一口都有胀肚子的滞重感。

相较于潮湿、闷热的天气，车里的气氛也好不到哪里去。

话不投机，盛雍和谢采青互相角力似的，谁也没主动搭理谁。麻药药效散尽，疼痛感加剧，谢采青偏着头面向车窗闭目养神。盛雍看在眼里，疼在心里。韩柏延频频来电，他没心情，一通也没接，发了条语音告知韩柏延，自己和谢采青在回家的路上，然后图清净关了机。

两个人回到半山别墅，关姨和王叔都不在，暂时省去一番解释。

谢采青上楼回房，台阶上到一半被盛雍叫住，回过头，看到他站在下面，久等又不说话，清寒着一张脸，不知道想干什么。

过了半晌，他朝谢采青招手："你下来，我背你回房间。"

谢采青没动："不。"

"下来！"盛雍加重语气，执拗地去牵她的手，"我后悔了，不该这个时候和你吵架。你听话，让我背你上去，减轻点我的负罪感。"

不达目的誓不罢休地强硬，盛雍像一个犟脾气的小屁孩。谢采青无可奈何，也无力和他纠缠，走下楼梯。他抓牢楼梯扶手，屈膝矮身，谢采青轻轻一跳，攀上他的肩头，他的脊背顺势往下一沉。谢采青不自主地提起一口气，好像呼吸稍微一重，就会把身下的人压垮似的。

盛雍的气力是真的小，勉勉强强才伸直膝盖。

"何必呢？"谢采青轻叹。

"我乐意。"抬腿都费劲，他还有力气笑。

艰难迈上一级台阶，他说："对不起。"

每上一步道一次歉，十七级台阶，他说了十七声对不起。

谢采青趴在他的肩膀上，看着他憋着气使劲，脸涨得越来越红，嘴唇越来越抖，声音也越来越细颤，不感动是假的。他和她同样固执，知道说什么都白搭，她偷偷用脚尖点地，以减轻他的负重。

盛雍不察，背着谢采青来到她房间门前，谨慎地试了试，怎么也腾不出手开门。

谢采青："你放我下来吧。"

"不要。"他缓慢挪动脚步，侧过身，送谢采青靠近门把手，"你来开。"

进了房间，盛雍把人背到床边。谢采青甫一坐定，他的力气也使到了尽头。眼前一花，他贴着床沿就直接软软地溜到了地板上，一坐不起。缺氧的大脑晕晕乎乎，他倒向旁边人的膝间。怕她乱动，他用一只手环抱她的小腿固定住了，像终于得以与主人亲近的大型犬，脸颊享受地蹭一蹭主人的裤子，而后舒舒服服地闭上眼睛。

"采青。"

指尖优柔，即将碰到他细软的发丝，谢采青火燎似的弹开："嗯。"

"你不跟我生气，不和我吵架，好不好？"盛雍小心地央求。

再迟钝也懂得"关心则乱"四个字，谢采青没有多言，只顺从地应了一声："好。"

"你躺下休息吧。"恋恋不舍地松开她，盛雍却没有走的意思，仍坐在地上，仰着脸道，"如果你要带伤坚持练功，我没意见，可是你得答应我一个条件。"

没有如果，谢采青问："什么条件？"

"你现在有伤，右手不能用力，不能沾水，日常起居肯定会不方便。"盛雍对小姑娘的脾性拿捏精准，"你不能怕给人添麻烦，什么事都自己来，有需要尽管开口，不准见外！"

谢采青不做思考："好吧。"

"你骗我。"盛雍爬起来坐到她旁边，笃定道，"你心里肯定想着，与其唱反调又被我缠上，不如先答应着。哪有那么多不方便的时候，真有，自己居然不开口就是了。"

居然说得八九不离十，谢采青半张着嘴，吐不出一个字儿，完全怔住了。

"傻丫头，不方便的时候多了去，比如端碗拿筷子……"舒展开眉宇，盛雍掰着指头帮她数，列举到最后，"……洗漱洗澡、穿脱衣服，这些我都……"要讲不讲地拖长尾音，看谢采青听得直瞪眼，他急转而下笑着继续，"不方便帮你，可以找关姨。"

明知他喜欢故意逗她，她依然屡屡上当，瞪着眼睛的她在心里暗暗发笑。

窗外闷雷滚动，乍然作响，两个人同时吓得狼狈一震。

你看看我，我看看你，露出会心的笑容。

"你说过的，你喜欢我们。"盛雍轻轻扳过谢采青的肩膀，温柔相告，"你喜欢我们就不要把我们当外人，别跟我们客气，知道吗？"

这回谢采青是真心实意地点头："嗯。"

"你休息吧。"同样的话说第二遍，更像在提醒自己，两只脚却扎了根似的挪不动半步，盛雍自己都乐了，"怎么办，我不想出去。这么久了，我才第一次进你房间，要不让我再参观参观？"

太过理直气壮的坦诚，谢采青不好意思拒绝："好吧。"

说是参观，其实盛雍照旧坐着没动，只用目光巡视了一圈。

这间客房不大，和谢采青住进来前没多少差别。她的私人物品少之又少，归置得整整齐齐，处处透着自律的做派。原本摆在书桌上的庞然大物，已被移至墙边一角，上面依然罩着红绸布。

"那是一个狮头吧？"盛雍指着它，揣测道。

明明房间干净整洁，谢采青却莫名有点紧张，过了好半天才点头："对。"

盛雍好奇："我能看看吗？"

"可以。"

大雨将至，天色渐暗，骤起的疾风如唐突的访客，破窗而入，吹进几点疏疏落落的雨珠。

谢采青起身奔去关窗，又打开灯，一回身便看见盛雍叉着腿蹲在狮头面前，安静地与它对视。像是初次见面，相互间的恭敬打量，仿佛下一秒一个会伸出手，一个会伸出爪子，握在一起互道"你好"。

跟了自己三年的狮头，是最亲密的伙伴，谢采青相信它通人性，喜欢面前的大男孩。

噼里啪啦的雨声湮没了脚步声，谢采青走近一狮一人，也抱膝蹲了下来。

"这叫'刘备狮'。"谢采青轻顺它雪白绒边的眼眶，不自觉地开了口，"黄面，白眉，白长须。"她又指向它的脑后，"那上面有三枚金钱，表示资格老、慈祥、和善。'刘备狮'武中寓文，不擅打斗。"

盛雍摸摸它毛茸茸的头顶，问："重吗？"

谢采青："五斤多。"

"采青。"盛雍转身面向她，表情是少有的严肃与郑重，"你今天幸好受的是皮外伤，万一伤到的是筋骨，你难道不怕吗？"

一语中的，谢采青低下了头，声如蚊蚋："怕。"

盛雍拉拉她完好的小手："所以啊，为了你热爱的舞狮，一定要保护好自己，懂吗？"

一股暖流涌上心头，突然潮湿的眼角有水光闪烁，她仓皇无措，忘记回答也忘记点头，只慌慌忙忙把脑袋埋得更低。

盛雍没再说什么，上前一步，将心爱的女孩轻轻搂进怀中。

——你看，我多自私、多狡诈，没有能力保护你，就寻了一个堂堂正正的理由让你保护好自己，为了你热爱的舞狮，也为了热爱你的我。

第十二章
众人皆知的秘密

（1）

谢采青救人受伤，盛平湖最先获悉消息。有他那张不把门的快嘴，这事儿没能瞒住盛老爷子，很快也传到了韩家老爷子耳朵里。韩家老爷子问清楚来龙去脉后，把始作俑者韩柏延臭骂了一顿，隔天便备上厚礼，领着孙子孙女，坐着轮椅来到半山别墅，登门道谢。

自冲绳高球之旅感情破裂后，这是两个老头第一次见面，虽说平时没少聊微信发视频，但毕竟有些日子不见，甚是想念。听开门的盛平湖说，盛老爷子在后院的草坪上铺了人工果岭，正在练习推杆过干瘾。韩老爷子许久没摸杆，也心动技痒，正事不做，大门没进，先自己推着轮椅急匆匆绕道赶往后院了。

老爷子对高球爱得热烈，韩家兄妹拦不住，也不敢拦，跟着盛平湖进了别墅。一进客厅，他们就看见谢采青、关姨、王叔一个个叠罗汉一样，躲在虚掩的厨房门后面，引颈张望。

不见盛雍的踪影，厨房传来哗哗的流水声，韩柏延问："出什么事了？"

"四哥心血来潮在做晚饭。"盛平湖也不明就里。

韩曼迪非常诧异："雍雍哥会做饭？"

"不会呀。"盛平湖想象此刻厨房里的战况，不禁打了个寒战，"他不会做饭，还不准人进去帮忙，我说给他打下手，他也没同意。这都忙活快两个钟头了，听声儿至少已经碎了四个碟子。大家不放心，只能守在门口以防万一。"

韩家兄妹再一瞅，果不其然。

关姨怀里抱着急救药箱，谢采青捏着手机，王叔装备更夸张，左右手各拎着一瓶灭火器。三个人均是眼不离厨房，严阵以待。

"雍雍吃错药了？"除此之外，韩柏延想不出更合理的解释。

"谁知道。"盛平湖比他更纳闷，"四哥今儿早上跟着关姨去市场买菜，要不是关姨劝着，差点洗劫了菜市场。就这样他也没少买，冰箱里已经塞满了菜。还有三只老母鸡没地方放，四哥一气儿把它们全炖上了，采青姨如果没提醒，他连水都不知道加。"

说着话，厨房里又是一阵叮叮哐哐乱响，锅碗瓢盆打群架似的。

韩曼迪坐不住了："我去看看。"

"我劝你别去。"韩柏延比妹妹稳得多，一边心想着家里应该有胃药，一边说，"看过之后，我怕你没勇气吃他做的菜。"

"可不是。"盛平湖立马附和，"爷爷也这么说，所以去后院练球了，说要打尽兴了才进来，让我们吃饭的时候也别叫他。"

盛雍新手做的一顿饭，年轻人尝一尝不妨事，两个老爷子怕是无福消受。

于是韩柏延对妹妹道："你去跟爷爷说一声，难得出趟门，就尽情玩吧。"

"哦。"韩曼迪遥遥看了一眼厨房，没抄近路，绕出了客厅。

作为自己"眼中钉、肉中刺"的谢采青一夕之间变成了自己的救命恩人，她没想好该如何面对。

盛雍破天荒下厨房，当然不是心血来潮。

那天，一场暴风骤雨，把关姨和王叔困在了城西老宅。

所谓君子远庖厨，盛雍这位病君子，关姨平时连明火也不让他近。

别墅里有米有菜，唯独没方便快捷的微波速食。书房倒是藏着不少零食，盛雍能对付一顿，但让受伤的谢采青也跟着将就，怎么也说不过去。

饭不能不吃，盛雍主动请缨第一次进了厨房。房门紧闭，谢绝他人入内，动静闹得不小，一个半小时后，盛雍端出一碗热气腾腾的面条。清汤寡水的酱油面，表面浮着几根半生不熟的小油菜叶，还摊着一个煳了的煎鸡蛋。

卖相尚可，味道似乎也不算差。在盛雍忐忑的注视中，谢采青左手别扭地使着筷子，吃得津津有味，见汤见底。吃完一碗没饱，又要第二碗，盛雍大受鼓舞，兴致勃勃又钻进厨房。当他再出来的时候，谢采青已经在沙发里等地睡着了。

盛雍端着面坐到餐桌旁，只尝了一口，就被自己的厨艺深深折服——

勉强充饥可以，远谈不上什么美味，谢采青是不想打击他，装着吃得有滋有味。

像自我惩戒一般，满满一碗面条最终还是进了盛雍的肚子，但是这样依然抵不住深深的挫败感，像窗外的滂沱大雨一样，把他从外往里浇了个透心凉。

做饭没有那么难，可他偏偏不会。

不会就学，他为她素手作羹汤。

耗时三小时，一顿饭做得有惊无险，灭火器没派上用场，盛雍的十根指头却有八根缠了邦迪创可贴。经受住了煎炒烹炸的考验，穿着碎花围裙的盛雍抱臂站在餐桌旁，准备接受食客们的检验。

两个老爷子精明，球打得高兴，"忘记"了时间，顺利躲过一劫。听得后院盛老爷子一声喊，关姨、王叔忙不迭跑出去伺候，也双双成功脱险。

其他人可就没这么好的运气了。

满桌子的菜肴丰盛有如年夜饭，黑白灰的色调高度统一。唯一一道依稀能辨认出食材的菜，如果没猜错的话，应该是清蒸鲈鱼。此时，在座诸位的神情和那条灰扑扑眼珠暴突的鲈鱼，可以用同样四个字形容——"生无可恋"，以及另外六个字——"我招谁惹谁了"。

大家都是英雄好汉，敢坐上餐桌，证明也敢豁出去下嘴。可关键在于下嘴之后该如何演，这就只能各凭本事，自由发挥了。

举筷不定，四哥在盛平湖心目中的崇高地位下跌了那么一点点。

盛平湖鼓起勇气，指着一盘冒着油光的黑色不明团状物，虚心请教："四哥，这是道什么菜？"

盛大厨："毛氏红烧肉。"

众人醍醐灌顶："哦——"

"据我初步诊断……"筷子尖戳着面前碟子里的不明生物残肢，韩柏延摩挲着下巴说，"这道是红焖田鸡。"

"对。"盛大厨笑得自信，不藏功与名，"硬菜才能充分展现我的实力。"

"雍雍哥，这里面你最满意的是哪道菜？"韩曼迪自带粉丝滤镜，跃跃欲试地问。

"四哥，这些菜你提前尝了吗？"盛平湖提着筷子，鼓足勇气接上一句。

"应该……"盛雍慢悠悠踱到谢采青身后，指腹轻点着高挺鼻梁，不是很确定地道，"吃不死吧。"

筷子"咣当"落地，盛平湖俯身拾起，疾步走进厨房，紧接着韩家兄妹也跟进来，一人手里一双筷子。

时间紧，任务急，事关生死，三个人临时决定开个小会。

韩曼迪忧心忡忡："哥，谢采青因为我受伤，雍雍哥是不是替她报仇，故意做的这顿饭？"

"不会不会。"盛平湖连连摆手，"四哥这是在暗示我，厨师没那么好当，劝我不要去Z大食堂上班。"

韩曼迪撇嘴："劝你他会直说，何必这么大费周章？"

盛平湖摆手加摇头："冤有头，债有主，他替采青姨报仇，又何必搭上我们的性命呢？"

韩曼迪："平湖哥，你别自作多情了，你那点小事，雍雍哥才不会放在心里。"

盛平湖："采青姨受伤是大事，可谁都知道那是意外，四哥怎么可能找你算账？"

这两人大概被奇形怪状的菜看熏昏了头，居然有心思争风吃醋。

"安静！"韩柏延面容肃穆，双手往下压一压镇住场子，沉吟道，"既然这顿饭逃不掉，我们就当提前为他送上生日祝愿，反正他也从来不过生日。"

似乎再找不出比这更强大的理由，韩曼迪和盛平湖迅速统一战线，互相激励打气，而后视死如归般重重点头。

三个人调整好心态，再回餐厅，当场傻眼。

两个老爷子和关姨、王叔夫妇围着餐桌吃得正欢，一边吃，一边夸菜不可貌相，盛大厨手艺不错。韩老爷子追问盛雍做饭的缘由，替所有人道出心中疑惑。盛大厨笑而不答，忙着为受伤不便的谢采青揀菜加汤。红枣淮山排骨汤，最用心、最满意的一道菜，是他特意为她煲制的。

盛老爷子看见傻站在厨房门口的三人，笑眯眯地催他们赶紧上桌。三个人磨磨蹭蹭，一一落座，揣着小心尝一口菜，味道真挺不错的，比想象中好得多。三人这才反应过来，盛雍刚才是故意为之，降低他们的期望值，美其名曰先抑后扬。

饭桌上，韩老爷子瞧出孙女和谢采青关系冷淡，想必自有症结。晚辈间的小仇小怨，他不过问不干涉，只作为一个疼爱孙女的长者，先行开口向谢采青道谢，关心她的伤势。

谢采青真心不觉得这是个事儿，表现得矜持得宜，恭敬回了韩老爷子的谢意，又阻止了盛平湖渲染那日的危急情势，也没再让盛雍替她揀菜。筷子使不利索，她就改用汤勺，慢一点稳一点，右手自始至终静静垂在身侧。

而真正该说谢谢的人却一直埋着头保持缄默，不闻不问。

韩老爷子没言语，克制着没有当众训斥孙女，只是脸色沉了沉。

盛雍和韩柏延眼明心亮，随便起了个话头你来我往聊起来，内容轻松，谢采青偶尔也能续接两句。桌子底下挨了四哥一脚，盛平湖后知后觉，为了不冷落旁边的韩曼迪，开始没话找话。盛老爷子有心，也兴致盎然地拉着老伙计畅聊高球。

谁都有话说，谁也没闲着，席间气氛重新变得其乐融融。

（2）

晚饭后，盛老爷子推着韩老爷子有说有笑地进书房看高球赛事转播。两人和睦相处没到十分钟，里面就热热闹闹地吵起来。

起因不过是关姨送进去的两碗豆花。

"老盛，豆花要吃咸的才够味！"

"老韩，豆花吃甜的才够鲜！"

"入乡随俗，当然要吃咸的！"

"客随主便，来我家只能吃甜的！"

不久之后，捍卫内心秩序的"南北咸甜大战"变了味儿。

"韩老头，我有五个孙子，你没有！"

"盛老头，我有一个孙女，你没有！"

"哼，我会有五个孙媳妇，你没有！"

"哼，我既会有孙媳妇也会有孙女婿，你没有！"

"我家人多热闹！"

"我家人少清静！"

再过一会儿，两个老爷子吵累了，化繁为简。

"顽固不化！"

"挑三拣四！"

"你个老帮菜！"

"你是老帮菜！"

"孙子！"

"你是孙子！"

韩老头块大敦实，盛老头清癯瘦高，站一起像金先生笔下的胖头陀和瘦头陀，不过是高龄版的。

两人加起来快一百四十岁了，可一旦吵架就立刻返老还童，平均年龄不超过五岁。

　　一对老冤家把吵架斗嘴当成人生乐趣，大家习以为常，听之任之，唯有谢采青如坐针毡不自在。盛雍提议出去散步，她难得一次最先响应。

　　山间清风悠然舒爽，晚照夕阳筛过婆娑的叠叠枝叶，光影斑驳，灵跃如蝴蝶曼舞。

　　五个年轻人闲庭信步，男生们天南地北地高谈阔论，两个女生一左一右，听得多，说得少。

　　倏忽间，谢采青仿佛有心电感应，余光掠向最右边，正撞上韩曼迪不动声色的眼风。心领神会，两个女孩不着痕迹地放慢脚步，渐渐落在了后面。

　　韩曼迪和谢采青保持着距离，等男生们走得有些远了，她才开口问："你的手不会留疤吧？"

　　医生提醒过缝针必然会留疤，谢采青没明讲，似是而非地"嗯"了一声。

　　微不可闻地松了一口气，韩曼迪试探着问："你为什么要救我？"

　　"没有为什么，该救就救了。"谢采青不以为意。

　　韩曼迪驻足："你应该知道我很讨厌你吧？"

　　谢采青跟着停下来："我也不喜欢你。"

　　"哈，我还蛮喜欢你的坦诚的。"韩曼迪嘴角上翘，习惯性地趾高气扬，"那我也坦诚一点，我不会因为你救我就对你感恩戴德，顶多没那么讨厌你了。"

　　谢采青随意地听着，神情没怎么变化。

　　韩曼迪眉心微蹙："我这么说，你应该很不高兴，后悔救我才对呀。"

　　"你讨不讨厌我，和我救不救你没关系。"谢采青云淡风轻地道，"所以，不管你说什么，我都不在意。"

　　韩曼迪穷追不舍："我咬死不说谢谢，也没关系？"

　　"随你。"谢采青的声音更淡了。

　　"谢采青！"韩曼迪猛地伸手抱住她，脆生生地笑，"我开始有点喜欢你啦！"

　　情绪反转来得太突然，谢采青有点蒙，僵着没动弹，宠辱不惊道："韩曼迪，你碰到我的伤口了。"

　　韩曼迪忙缩回手跳开，低呼："呀，疼不疼？你不会晕倒吧？"

　　"我晕倒了，你会采取急救措施吗？"谢采青察觉出她真的紧张，故意问。

"不会呀，我只会打120。"说着，她已经掏出了手机。

"算了，麻烦。"谢采青俏皮一笑，"我不晕了。"

"讨厌，你吓我！"韩曼迪愤愤地大翻白眼，转而朝前面甜腻腻地喊，"雍雍哥，等我。"

韩曼迪奔跑向前，挤开哥哥，和盛雍并肩而行。小伎俩得逞，她回转过头，挑衅而快活地冲谢采青眨眨眼。谢采青没有回应她幼稚的举动，跟在大部队后面，慢悠悠地走着。见韩柏延特意停下来等自己，谢采青紧赶两步，张口喊了一声柏延哥。

韩柏延微笑颔首，郑重地说："采青，谢谢你。"

谢采青回以一笑："不客气。"

"这声谢，我可不是替曼迪说的。"想起那天谢采青的英勇果敢，韩柏延流露出钦佩之情，"我要真有你这么个妹妹，大概会高兴得睡不着觉。对了，你有兄弟姐妹吗？"

"没有。"谢采青说，"我是家里的独生女。"

韩柏延的笑容里满是诚心实意："你不嫌弃的话，认我做哥哥吧。"

谢采青一愣："嗯？"

确实有些唐突，韩柏延忙解释："你放心，我绝对不是临时起意，已经考虑好几天了。"

韩柏延早在认定谢采青是"狮子下山"里的神秘高人时，便对她刮目相看了。这次她奋不顾身地救了韩曼迪，再次加深了他对她的好感，也算是一个可遇而不可求的契机。

难怪盛雍喜欢她喜欢得要命，把她当绝世宝贝一样宠着。招人疼的小姑娘谁会不喜欢？

"采青，你别有负担。"看她不言不语，韩柏延轻松开起玩笑来，"我倒想替我妹妹以身相许呢，只怕有人……"他语带兴味，若有若无地朝前望了一眼，"不答应。"

谢采青心思浅，就事论事，爽快道："我确实没认过哥哥。"

"认哥哥这种事，说简单也简单。"韩柏延也是一个干脆人，"从现在开始，你肯喊我一声哥，我就是你哥。大事小事只要你开口，哥哥保证……"

"韩老板，又在认亲啊。"盛雍不知何时已笑意盈盈地来到两人中间，惯常地语速慢、语调慵懒，"认亲可以，要不你先坦白，我们采青是你今年认的第几个干妹妹？"

多么温馨祥和的场面，被他一句大实话搅得乌烟瘴气。

韩柏延火大，耐着性子解释："生意人身不由己，以前我那是逢场作戏。别人认妹妹，是别有所图，我认妹妹恰恰相反，是要断了妹妹们对我的想法。"

"听听，像不像往自己脸上贴金？"盛雍环过谢采青的肩膀将她带至身侧，与某人划清界限，"这种自欺欺人的理论，但凡有点三观的人都讲不出来。"

"嘿，我说，你故意给我瞎捣乱是吧。"韩柏延气笑了，喊住韩曼迪和盛平湖，招手道，"你们过来帮我做证。"

被点名的两人稀里糊涂，也不知道咋回事，各问了一嘴。

韩柏延没搭理他们，只弯下腰看着谢采青的眼睛，正经八百地保证："采青妹妹，我这回是认真的。你喊不喊我没关系，有困难需要帮忙，记得第一时间想到我，来找我。"

明明可以光明磊落地遣词造句，韩柏延偏像故意要奸弄滑，讲得不清不楚，引人遐想。

盛平湖和韩曼迪顺理成章就想歪了。

韩曼迪："哥！你没事发什么疯，还嫌关系不够乱啊！"

"爱情来得太快，就像龙卷风……"背景音乐来自盛平湖的倾情演绎。

韩柏延继续装傻："一点也不乱，从今以后你和采青可以姐妹相称，互助互爱，共同进步，多好啊！"

韩曼迪这下听懂了，鉴于哥哥精彩的认干妹妹历史，奚落道："你有那么多干妹妹，每个我都以姐妹相称，我叫得过来吗？"

盛平湖人工切换背景音乐："你究竟有几个好妹妹？为何每个妹妹都那么憔悴……"

"其他的不作数。"韩柏延把妹妹拽到谢采青跟前，庄重叮咛，"开了学，采青既是你的学妹，也是你的妹妹。先不谈你认不认这个妹妹，学姐的身份总逃不掉吧。"

韩曼迪不知道哥哥又玩什么把戏，别扭、敷衍地与谢采青对视一眼，然后偏过头，不情愿地"嗯"了一声。

"那我认为你应该有点当学姐的样子。"韩柏延轻轻托起谢采青的右手，对妹妹说，"采青因为救你受伤，缝了七八针。女孩子都爱漂亮，没人愿意手心里留一条难看的伤疤，换成你，你愿意？"

韩曼迪心中一凛，看回谢采青："你不是说不会留疤吗？"

"她是不想让你太内疚。"谢采青没出声，盛雍先一步代她作答。

他小心捉过谢采青的手腕，妥帖地捧在两手间，顺着脉络，用指腹柔柔缓缓地捻搓。这几天，他已养成习惯，没事就帮她按摩活血。他动作自然，力道适中，不准谢采青挣脱，也不在意旁人的眼光。

"曼迪，将心比心。"韩柏延拍拍妹妹的头，温和提醒，"你是不是该对采青说点什么？"

韩曼迪牢牢盯视着盛雍和谢采青亲昵交叠的手，不甘的愤懑悄然落幕，取而代之的是怅然若失。韩曼迪仿佛在一瞬间就想明白了，她长久以来固执坚持的爱情，一厢情愿的爱情，可能只是不想对自己的自尊与虚荣认输而已。

"谢采青，你过来。"语落，韩曼迪率先走开。

谢采青没有半点犹豫，抽回手对盛雍微微一笑，便跟上韩曼迪的脚步。

两个人把男生们留在身后很远的地方，来到一棵枝繁叶茂的悬铃木前。

霞光星星点点地缀在树叶间，韩曼迪仰着头，漂亮的脸蛋被镀上一层毛茸茸的金边。

"不就是一句'谢谢'吗，我哥也太能拐弯抹角了。"她轻笑着，收回目光，探究似的观察谢采青，"该不会是你和我哥串通好的吧？"

"不是。"谢采青不避不闪，任她揣测。

韩曼迪扬眉："你说我就信？"

"你信不信，我确实说了不算。"谢采青也觉得韩柏延没必要大费周折，不得不重申一遍，"韩曼迪，我真的不在意你……"

"谢谢。"韩曼迪打断谢采青，面对她正色道，"谢采青，谢谢你救了我。"

谢采青顿了一下："不客气。"

"你之前告诉我，你有婚约，对吗？"她话音刚落，韩曼迪立即问道。

谢采青不解其意，点了点头。

韩曼迪飞快问道："你和你的未婚夫是两情相悦吗？"

谢采青想也不想："不是。"

"不是两情相悦啊……"韩曼迪喃喃自语，绕着悬铃木走了一圈，又回到谢采青跟前，"好，我告诉你一个秘密，当作报答你的救命之恩，如何？"

将被风吹散的刘海拨到耳后，谢采青问："什么秘密？"

韩曼迪深吸一口气，然后一字一句说："雍雍哥喜欢你。"

"哦，我知道。"谢采青既不惊喜，也不意外，连声音也是淡淡的。

这样的反应反倒令韩曼迪错愕地瞪大了眼睛，半晌后她自己点点头："也对，雍雍哥表现得太明显啦，你又不瞎，不可能看不出来。"

谢采青低下头，唇畔漾开浅浅的笑："的确很明显。"

"那我可不管。"韩曼迪公主的刁蛮脾气说来就来，"我不管你知不知道，秘密我已经告诉你了，就算我还了你的恩。"

"行。"谢采青本来也不需要她报恩。

"喂，谢采青。"韩曼迪忽然凑过去，好奇猜测道，"你也喜欢雍雍哥吧？"

谢采青脸一热，紧着面皮反问："你为什么这么说？"

"像雍雍哥这样长得帅又优秀的男生，你没有理由不喜欢呀。"韩曼迪觉得这个解释无懈可击，所以又有点看不懂谢采青了，"你不喜欢他呀？难不成你未婚夫比雍雍哥更帅、更优秀？我不信，有照片吗？给我瞧瞧。"

谢采青神情疏淡："没有。"

简简单单两个字，韩曼迪没听明白谢采青究竟回答的是哪一个问题。想了一会儿，毫无头绪，她没来得及问，谢采青已经自顾自走远了，只留给她一个耐人寻味的背影。

（3）

因为韩柏延的锲而不舍，谢采青到底认下了他这个干哥哥。说好的有困难找哥哥，谢采青没动静，他倒先开口请她帮忙了。理由毫无新意，还是为了他的导演前女友。

摄像师无意中拍到谢采青飞身跃下高台的一幕，前女友认定这是绝佳契合的广告素材，想把它剪辑进自己的广告成片。韩柏延看过初剪小样，也觉得这是点睛之笔，不用可惜，便主动请缨做说客。

贼机灵的韩老板为保证万无一失，特意挑了一个盛雍去棋院的时段，领着前女友造访半山别墅。

两人性格不合，恋爱谈不拢，打起配合来反而默契十足。你打感情牌，我打情怀牌，再上升高度，一唱一和共谱艺术理想之歌。谢采青很快就招架不住选择妥协，唯一要求是成片里她不能露脸，也不能有近景特写。

第一支广告顺利诞生，皆大欢喜，前女友执意要付谢采青酬劳。谢采青下意识婉言谢绝，听韩柏延劝，行有行规，这是她应得的，不禁联想到了盛雍曾讲过的一句话："一旦付出，就应该索取合理回报。"

转念的片刻，她也没深想，只是不再固执地推辞他们的好意。

没几天，谢采青收到了广告报酬，数目可观到令她咋舌。以为有差错，她打电话问韩柏延才知道，这里面还有他的一份救妹之恩的谢意。俗是俗了点，心是诚的。

一码归一码，谢采青想把钱退回去，被盛雍强行拦了下来。

"你越觉得不能收，越要收。就当你认贼做哥受到的惩罚，惩罚自己忍受金钱的煎熬。"

谢采青没搭理盛雍的歪理邪说，开学在即，这笔钱该如何妥善使用，她自有打算。

翌日，依旧是晴朗的好天气。

艳阳热情如火地拥抱着半山别墅，照出的却是另一番异样景象。

餐桌上不复以往的热闹，盛雍没下楼，也听不到关姨和王叔闲聊家常。两口子的缄默不加掩饰，只偶尔同谢采青讲上一两句话。匆匆吃完早饭，他们便扭身各忙各的，剩谢采青独自就餐，像怕她会追问一样，刻意着回避什么。

九点不到，两口子没知会谢采青，就不声不响地开车下了山。轿车一晃而过，谢采青透过窗户隐约望见关姨手里好像捧着一束鲜花，是淡雅素白的颜色。

心中不免起疑，又不好胡乱猜测，晚一步出门的谢采青走至玄关，脚步顿住，不自觉抬首回望二楼房门紧闭的房间。

好像下一秒盛雍就会推门而出，如往常一般，胡乱抓着他满头的白毛，懒懒攀上围栏扶手，然后眼光倏地点亮，朝她露出招牌的笑容……

等了一会儿，舒展开轻蹙的眉心，谢采青摇摇脑袋，提醒自己想多了。

便捷的公交系统没有覆盖到半山别墅群，谢采青只能借助更便捷的双腿步行下山。手掌的伤口刚拆线，不耽误地锻炼脚下功夫。她步伐很快，走出老远，身后传来渐近的引擎声，熟悉的果绿色跑车缓缓停在身侧。

盛雍从降下的车窗里露出脸，语音轻快："去哪里？我送你。"

黑超墨镜挡去他大半张精致面容，辨不出表情，谢采青只发现他的唇色比平时淡了些，既没接话也没有动作。

"你盯着我干吗？"盛雍嘴角一勾，抬手要摘眼镜，碰到镜脚又改为将顺垂在耳边的碎发，催促道，"上车呀。大热天有现成的顺风车不坐，你还真打算走着下山？"

"你去哪里？"谢采青坐到副驾驶座上，问。

"安全带。"盛雍提醒道，等她系好了才回答，"下山化缘。"

谢采青短暂无语后，习以为常地报出上次盛雍带她去的步行街。

"去买东西？"车速比平时快，盛雍一只手把着方向盘，似不经意地问。

"嗯。"谢采青点头，"快开学报到了，我想在搬离你家前，给关姨和王叔送点礼物，感谢他们这些天对我的关照。"

"礼物啊……"盛雍低喃，忽然转头看向谢采青，"不公平，他们有礼物，为什么我没有？"只管自己抱怨，旁边人嘴唇都动了也不给她说话的机会，"我没关照你吗？我对你的关照不够无微不至吗？我……"

"我想送。"谢采青扬声抢话，昨晚认认真真地思考过，没结果，便如实道，"可不知道该买什么送你。"

"你知道该送他们什么？"盛雍反问。

"关姨喜欢拍照，我想送她一条丝巾。王叔喜欢养花，我想送他一套园艺工具。"相处久了，谢采青心里有准数，唯独对盛雍的喜好没把握，"我送你一副国际象棋，可以吗？"

"不要。"盛雍撇嘴，"我房间柜子里有的是国际象棋，一天用一副，一年不带重样的。"

谢采青："我送你一张酷玩乐队的CD？"

"不要。"盛雍没兴趣，"我是骨灰级的藏家，你给不了我惊喜。"

谢采青为难了："你想要什么？我待会儿买了送你。"

"我不收礼物，至少……"说到一半戛然而止，盛雍没再继续，望着前方的道路，沉静得好似从不曾开启过任何话题，当谢采青以为他不会继续的时候，他又毫无征兆地接着道，"至少今天不收。"

声音几乎轻不可闻，谢采青的心却陡然一沉，收住了到嘴边的追问。

所有人都太反常，所以今天一定是一个特殊的日子。

盛雍似有感应，偏过头来看她："因为皇历上写今天不宜收受。"

插科打诨的说笑态度和墨镜一样，只为掩饰真正的情绪。谢采青更加确信心中的猜测，也明白他不想她多虑，于是顺势点点头。

山路畅通，车速又快了一些。

一阵嗡嗡的震铃声响起，是盛雍的手机。

靠边停车，他盯着闪烁的屏幕许久才接电话，低下头喊了声关姨。电话那头的人说了什么，他毫不犹豫地轻回一句："不去。"默默聆听数秒，他隔着墨镜斜睨看向谢采青，对关姨说，"我很好，采青在。"

本望向车窗外的谢采青听到自己的名字，条件反射般地转回脸，见盛雍朝她微笑，也不自觉地弯弯嘴角，之后盛雍的视线就再没离开过她。听出关姨不信，他索性开了免提，把手机正面对向她。

"采青，你和关姨说句话。"

一时之间，谢采青不知该说什么，有些磕巴地喊："关……关姨。"

"哎，有你陪着雍雍，我就放心了。"

外扩将关姨声音里所有的细节放大，微颤音调里透出的担忧、欲言又止的迟疑，都没能逃过谢采青的耳朵。但她来不及多听，盛雍已经关了免提，简短同关姨说了两三句话，然后挂断，将手机扔进置物架。

蜿蜒山道行尽，跑车驶入宽阔公路。

来往车辆渐多渐密，也随之迎来大都会的繁华热闹。熙熙攘攘的喧嚣声被隔绝在跑车之外，风驰电掣的速度将车内营造得像另一维度的空间，逼仄而静谧。

两个人不再交谈，彼此静默着，心事搁浅。

从哪一年开始不再在今天去看望母亲，盛雍已经记不清了，对母亲最初的记忆，也随着时间的远去一点点变得模糊。

好像是三岁，也好像是四岁；

那天好像在下雨，又好像晴空万里；

对所到之处充满未知的好奇，蹦蹦跳跳行进在石阶间，他好像不慎摔了一跤，磨破了新衣裳，伤心地红了眼睛；

他好像对着墓碑上陌生的女人叫了"妈妈"，又好像因为胆怯和失落，怎么也不肯张嘴，挨了关姨的训斥；

关姨含着泪，絮絮叨叨对"妈妈"讲着他听不懂的话，他好像只知道傻傻呆呆地与"妈妈"对视，手指头无措地绞动着新衣裳上的破洞，越抠越大，最后号啕大哭……

总之，那时年幼，他从未得到过母爱，照片里的妈妈远不及一件身上的新衣裳。新衣裳能带给他最大的快乐和最真切的悲伤，而躺在墓地里的妈妈带给他的，只有恐怖与畏惧。

后来看电影，每当出现幼童在生母墓碑前痛哭流涕，一声接一声呼唤妈妈的场景，盛雍总会讽刺地冷笑：虚假的煽情桥段，赚观众眼泪而已。

旁人不理解他的冷情淡漠，因为有些事如果从未亲身经历，是永远无法体会其中的错位与荒诞的。

所以啊，"感同身受"这种安慰剂一般的词汇，盛雍从来不信。

（4）

步行街禁止车辆通行，谢采青在路口与盛雍道别，一下车就有装扮成熊大、熊二的人递广告宣传单。她来者不拒，等买好礼物，手里已经攒了一沓花花绿绿的宣传单。她一张也没丢，整齐对折并装进随身的帆布包里。

"你留着它们干吗？"

背后突然响起盛雍的声音，谢采青惊讶回头："你没走？"

"嗯。"右手握着一杯冷饮，盛雍掀掉卫衣连帽，朝斜前方努下巴，"那边有家网红茶饮店，我排了一个多小时的队。喏，尝尝。"

谢采青也注意到了，沿街有不少奶茶店，唯独那家一直大排长龙。

明亮的翠绿色，上面浮着一层厚厚的奶盖。她浅尝一口，咸奶盖馥郁绵腻，而后入喉的茶水干净清甜，带着些微花香。

"口感如何？"盛雍问。

"好喝。"炎炎夏日，这等于一杯清泉般的甘露。

"为制造清爽口感，这里面用的茶叶是未发酵的中山种。"盛雍很自然地接过谢采青另一只手里的礼品袋，"如果换成我来做，在不改变口感的前提下，应该会采用轻发酵的阿里山高山茶。"

"为什么？"听起来他像在做市场调研。

"因为你们女孩子怕胖，喜欢饿着肚子喝奶茶。未发酵茶里面茶多酚含量比较高，空腹喝容易伤胃。"盛雍说着，理所当然地抽走奶茶，就着谢采青吮过的吸管吸了一大口。

他喝得快，下唇沾了一滴水，便伸出舌尖轻轻舔掉。

谢采青脸一烫，意识到自己正盯着他湿润的嘴唇，墨镜又明晃晃地映出她愣怔的表情，不禁大窘，飞快地移开眼神，埋头加紧往前走出几步。

盛雍笑着追上她，随即敛笑，若无其事地继续道："轻发酵茶口感相似，还有清热去火的功效，不过性寒，也不宜多喝。"

"你既然有想法，为什么不肯学以致用和柏延哥合作开店？"三两句话听出不像偶感而发，谢采青困惑地问。

"这是一个好问题。"盛雍望着天，自己也不大确定，"可能因为嫌麻烦，也没有动力吧。"

谢采青仔细想了想："成就感不能带来动力吗？比如你下棋的动力，难道不是为了赢、为了获得成就感吗？"

"小时候是，后来……"盛雍牵起她的手，"采青，陪我去棋院，我告诉你。"

昆象棋院地处城南古玩街，是一幢二十世纪七十年代修建的三层洋楼，苏联式建筑风格，方正规矩。

头些年，政府整治街容街貌，将道路两旁建筑物临街的一面，统一修缮成了中式风格的红壁飞檐。本来很有排场的棋院老楼，被改成一面中式、三面苏式。说好听点叫中西合璧，说难听点就是不伦不类。棋院常常被误认为是历史悠久的古玩店。

而且，匾额题字出自肖映岚父亲的故友——一位知名书法家之手，龙飞凤舞的泼墨狂草，潇洒不羁到没几个人能一眼认识。认错了，还得领出来对着匾额逐字纠正。这既麻烦，又影响棋院日常秩序。

肖映岚接手棋院后，索性将一楼墙面全部打通，改建成小型国际象棋博物馆，免费对外开放。即使旁人认错门，出于好奇心，也会将错就错，进去走马观花地逛一圈。

为普及国象知识，棋院还会定期安排棋手做义务讲解员。轮到盛雍的时候，人往那儿一站，有门有面，国象大师们的奇闻逸事张口便来，也是博物馆最有人气的时候。因此，棋院小伙伴们都戏称他是"昆象头牌"。

今天周一，一楼博物馆闭馆。二楼是教室和公共棋室，用于培训青少年和国象爱好者下棋交流。平时白天没什么人，晚上和周末会热闹些。三楼才是棋院棋手们的驻扎地，一分为二，东区办公，西区由数间棋室组成，有大有小。

苏式建筑以气派著称，全大理石地面，廊柱高窗，回旋形的楼梯直通到顶。

盛雍在前面领路，向谢采青介绍棋院布局。说话声和脚步声回音飘荡，越发显出棋院里的空旷静谧。

一路上没遇见任何人，谢采青不免奇怪："今天棋手们也休息？"

盛雍没回头，似是而非地应了一声。

行至走廊最深处的一间棋室门前，盛雍摘掉墨镜，卡进卫衣领口。他侧身开门，谢采青瞧见他眼底的青黑，心头隐隐发紧，顿了半秒后默默跟着进去。

棋室不大，陈设简单。

正中间有一桌两椅，角落里摆放着一张供人休息的沙发和边几柜。

似乎知道盛雍会来，有人提前布置过棋室。

黑白棋盘里两支木头大军已各就各位，空调温度适宜，边几柜上有水果、点心，还焚着线香。一缕青烟袅袅直上，香气清淡，若有若无。

布置的人很了解盛雍的喜好。

窗帘拉得严丝合缝不透光，只亮着一盏吸顶灯，瓦数也不高。橘色的光束笼罩着棋盘，仿佛一场厮杀即将在日暮黄昏拉开战幕。

一目了然，值得她探究的地方却太多了。

谢采青不解其意，站着没动，却被盛雍按坐在棋桌前，他自己也坐到对面。

"这是我的专属棋室。"盛雍的手肘抵着桌沿，一只手托腮，"不过，平时我很少进来。"

食指扫过桌面，一尘不染，谢采青疑惑地捻揉指腹。

"你又想当柯南破案？"隔着桌子，盛雍捉住她的手，脸上漾开一抹极浅的笑，"没那么神秘，我心情不好的时候，就会把自己关在这里下棋。"

听他这么一说，谢采青不忍抽手："你今天心情不好？"

"非常非常非常不好。"孩子气的句式，他也孩子气地挤挤眼睛，"你不是问我下棋的动力是什么吗？是平静。"

"平静？"

"我也忘了是哪天突然发现，下棋能让我平静，心情也会变好。"盛雍抓着她的手拈起一枚黑子兵，"一位国象大师曾经说，棋如爱情，具有令人愉悦之力量。"

谢采青一僵，棋子失手掉落，呼吸也不自觉地屏住了。

"采青。"温柔唤出名字，盛雍知道面前的小姑娘也拥有这种独一无二的力量，"我好像有点等不到你过生日，我……"

"盛雍！"

在奋力抽回手的同时，谢采青急迫地打断他，几乎破了音。

情之所起，他没能忍住，她也同样没能忍住。

他想说的话，她也心知肚明。

"采青。"他不甘心。

"盛雍，抱歉。"谢采青站起身，决绝地道，"我不能喜欢你。"

一缕青烟微晃，又归于笔直，对面的椅子空了。

盛雍的心里也空了，眼眸黯淡如灯灭。

黑子兵静静躺在棋盘中央，出师未捷身先死。

因为对地形不熟，落荒而逃的谢采青没有跑远。

她穿过走廊，跌坐在回旋楼梯冰冷的台阶间。她的小脸上写满惊慌失措，呆呆愣怔许久，然后一头扎进膝盖。她的心跳得厉害，咚咚咚响在耳边，也好像回荡在四周，将她密密匝匝困住。

总有一天，她会嫁给三师兄，和他共同继承威音堂。为实现理想，她不能喜欢盛雍。

不是不想，不是不愿，不留余地地残忍拒绝，只因她没有选择和退路。

明明没有做错，为什么她还是好难过？

对爱情无能为力，对难过也无能为力的谢采青，只能抱紧自己，蜷成一只畏缩的小兽。

"你找谁？"

肖映岚外出办事回来，正接电话，看见眼前一幕，驻足停在下一级台阶上。

谢采青闻声，猛然站起身，一串钥匙也跟着掉出牛仔裤口袋，落到肖映岚的高跟鞋边。

肖映岚俯身拾起，钥匙扣上挂着一个白绒绒的小饰物，圆眼睛、大嘴巴的动物造型，像民间传统舞狮里的狮头。

肖映岚蓦地收紧五指，看向她："你是谢采青？"

谢采青稳稳心神，点头："你是？"

"我是肖映岚，棋院负责人。"肖映岚不动声色地端详谢采青，对方比她想象中年纪更小，也更普通。稍顿，她补充道："也是盛雍的教练，我听盛雍提起过你。"

"肖教练，你好。"

"你好。你来找盛雍？"越过谢采青往前望了一眼，肖映岚面露微笑，"不好意思，他在专属棋室，不允许任何人打扰。"

"我……"

"你去我办公室坐坐吧。"

肖映岚不等她说完，迈上台阶，主动提议。顺着谢采青低垂的视线，看到手里仍紧攥着小狮头，肖映岚忙把钥匙还给她，道一句不好意思。

办公室临街，窗户半敞，引入古玩街的市井气息。

"棋院里没人，是不是很奇怪？"坐进沙发，肖映岚帮谢采青倒了一杯温水，"每年今天，照惯例棋院放假一天，没有人会来，除了……"

"盛雍？"谢采青接过纸杯。

"和我。"肖映岚在她身旁坐下，整理起茶几上散落的棋谱来，随意交谈一般道，"你知道今天是什么日子吧？"

谢采青摇头。

一张棋谱滑落在地，肖映岚没有捡，将心底的意外和诧异掩饰妥帖后，看向谢采青。

"你真的不知道？"她问。

谢采青再度摇头，弯腰帮肖映岚捡起棋谱。

"谢谢。"肖映岚转身与她面对面，表情凝重，"今天是盛雍母亲的忌日。"

盛雍不记得的那一年，肖映岚记得，历历在目。

那是盛雍学棋的第三个年头。一个阴雨绵绵的清晨，睡梦中的肖家父女被关姨一通电话吵醒。得知盛雍又离家出走，彻夜未归，肖家父女陪着关姨夫妇满大街找娃。从学校找到火车站，从公园找到游乐场，他们寻遍了所有可能找到他的地方，愣是找不到一个不满十岁的孩子。

没有办法，只能建议报警，关姨夫妇却不同意，一脸讳莫如深的表情。

一筹莫展之际，肖映岚忽然提议去棋院找找。

那段时期，趁着街容改造，肖父也暂时关闭了棋院，进行老楼的内部翻修装潢。施工中的老楼外墙围着篷布，搭满脚手架，室内也是又脏又乱。任谁也没有想到，他们居然真把孩子找着了。盛雍就藏在三楼角落，一间杂乱、狭小的储物间里。

他们发现他的时候，他跪坐在地上，正对着一个缺子残破的旧棋盘，全神贯注地与自己对弈。

沉浸棋局的他没有发现来人，找了他整整一天的他们，也没有忍心上前打扰。

终子落定，盛雍仰起苍白小脸，吐出三个字："我饿了。"

一天一夜滴水未进，他怎么可能不饿？

后来，他们才知道，这孩子前夜逃家步行到棋院，顺着脚手架爬上三楼，从敞开的气窗爬进了储物室。瘦弱矮小的盛雍是如何做到的，他不肯说，也没有人知道。可大家都听得一身冷汗，关姨更是吓得魂不附体，一迭声地保证，再不会在那天带他去墓园探望妈妈。

其中的原因，肖映岚至今一无所知。

深深刻进心里的，是那个专注下棋的纤弱背影，和那一声微弱的"我饿了"。

凡与盛雍有关的回忆，肖映岚从不曾与人分享。

以前不会，此刻更不会，她愿意对谢采青如实相告的唯一目的——

"每年今天，盛雍的情绪会变得很低落，在他专属的棋室里一待就是一天，不吃不喝。"踱步至办公桌边，肖映岚将棋谱收进抽屉，再踱回来，笔直而立，居高临下地对谢采青说，"专属棋室，是我特意为盛雍准备的。我安排今天放假，也是希望他不会被人打扰。"

她点到为止，已是情深深，意昭昭。

谢采青也站了起来，温文有礼："肖教练，谢谢你告诉我今天是什么日子，也谢谢你的提醒。"

"应该的。"肖映岚客气道，"我开车送你回去。"

"不用了。"谢采青走到门口，手搭上把手又回过头，"肖教练，请问'棋如爱情，具有令人愉悦之力量'是哪位国象大师说的？"

"塔拉斯奇。"肖映岚回答，"完整的一句话是：棋如爱情，如音乐，具有令人愉悦之力量。"

"音乐……"谢采青沉吟，感激一笑，"谢谢。"

"不客气。"

小姑娘不过如此。待人离开，肖映岚转身立在窗前，清风徐徐，脸庞舒展含笑。塔拉斯奇的名言滑过唇畔，棋如爱情……她恍然大悟，低喃卡在舌尖，笑容瞬时凝固。

谢采青回到棋室的时候，盛雍依旧像木头一样坐在棋桌前。

任由他跟傻子似的盯着自己，谢采青也没解释自己为何去而复返。

谢采青把棋子未动的棋盘挪到边几柜上，抱着帆布包坐回原位，抽出厚厚一沓传单，展开平铺在桌子中间。她拿起一张，想起什么又放下，从帆布包里摸出手机，选中酷玩乐队的所有专辑，点击播放，音量不大不小。

老爷机播放效果差，音质失真，但聊胜于无。

做完这一切，她笑吟吟地与盛雍对视："你之前问我，留着这些传单有什么用，我现在告诉你。"

她将传单对折再对折，右手不太能使劲，但动作熟练，不一会儿传单就变成了一个四四方方的小纸盒。

"你知道这是什么吗？"她举起纸盒，笑意不减，"垃圾盒，是妈妈教我的。她不但手巧，而且做饭也很好吃。现在，你该问我为什么要折垃圾盒。"

从谢采青进门开始，盛雍就像被点了哑穴，这才回过神，牙牙学语一样愣愣地问为什么。

"我记得小时候，常常有师兄来我家蹭饭。男孩子多，有些习惯不太好，会顺手乱扔垃圾。"谢采青又拿起一张传单，边折边继续讲，"妈妈就想出一个好办法。她用废报纸折了很多垃圾盒，放在家里随处可见的地方，用来提醒师兄们养成良好的习惯。"

不疾不徐地做着手工活，将往事娓娓道来，谢采青始终没有看对面的人。

"小时候妈妈教我折过很多东西，可惜我记得的只有垃圾盒，因为印象深刻。我到现在还记得我们一家三口吃完饭，坐在一起折纸盒的画面。分工合作，我爸负责裁剪报纸，我妈负责折纸盒，我负责最后一道工序，像这样。"

折好的垃圾盒用掌心轻轻一压，又变回薄薄一张纸，便于收纳，用时再展开。

"妈妈病逝之后，我家没有以前那么热闹了。"她不伤感，不失落，而是一抹笑容浮现，柔软而沉静，"后来我看见路上有人发传单，我爸也会像我今天一样，收好带回家折纸盒。我就陪着他一起折，两个人也不说话。久而久之养成了习惯，家里纸盒用不完，越攒越多。"

"你想她吗？"一直默默聆听的盛雍轻轻开口问。

谢采青点点头，将新折的纸盒一一压平，整齐码放进另外一个里面。

无需言语，这便是她寄托哀思、怀念母亲的方式。

空气就这样安静下来，在这间辨不清昼夜晨昏的棋室里，时间也变得可有可无。

她忽而起首，笑着问："你想试试吗？"

盛雍也笑了："嗯。"

谢采青将剩余的传单分成两半，再将其中一半推给盛雍："我教你折垃圾盒，你教我下国际象棋。"

"我这么聪明，不用你教，一看就会。"盛雍抓起一张传单对折，然后全面失忆，左右摆弄一阵，觍着脸问，"下一步是什么？"

谢采青无语，领着他一步步从头开始。

学了没几分钟，盛雍终于发现，原来他的男主人设并非完美无缺，不会折纸就是他最大的bug。同样的步骤跟着走下来，谢采青手里能诞生端端正正的垃圾盒，而他手里诞生的是奇形怪状的垃圾。

自己都嫌弃自己的杰作，盛雍丢开垃圾："一定是歌没放对，干扰到我的发挥。"

"少来。"谢采青头也不抬，拍掉他摸向手机的大爪子，"继续。"

"哎呀，我受伤啦！"盛雍揉着手背喊疼，正好偷懒歇一会儿，可怜兮兮地道，"采青，你害我失恋了。失恋听酷玩，要完。"

谢采青停下手里的动作，平静望向对面的人："你想听什么？"

他认真想了想："《男儿当自强》或者《爱拼才会赢》。"

明知不该笑，但没忍住，谢采青无奈，满足了他的要求。

一首粤语歌，一首闽南语歌，恰巧都是她熟悉的语言。听着不知露怯出糗为何物的盛雍跟着大唱特唱，没几个词发音标准，她绷紧面皮不想笑话他。他却好似故意给人洗脑，两首曲子颠来倒去循环跟唱。她负隅顽抗的礼貌矜持，终于被彻底瓦解，笑得停不下来。

塔拉斯奇说，棋如爱情，如音乐，具有令人愉悦之力量。

她给不了他爱情，可以给他音乐，给他陪伴，也愿意给他心事，给他欢笑。

（5）

这一天的晚些时候，谢采青才知道，今天不单单是盛雍母亲的忌日。

晚饭时，关姨端给盛雍一小碗面条。她一句话没有说，他埋头吃面更是沉默，谢采青看在眼里，已经什么都明白了。

盛老爷子苦出身，小时候家里穷，不兴过生日，到老了也不注重，没摆过生辰寿宴。传统沿袭至今，晚辈们更不会铺张浪费。一水的男人，不喜欢搞吹蜡烛许愿那一套，顶多兄弟几个尽量抽空聚一聚吃顿饭。

唯独盛雍是一个例外，所有人都知道，他最讨厌过生日。

别人的生日是母亲的受难日，而他的是母亲的忌日。

九岁之前，盛雍被蒙在鼓里，年年去祭奠妈妈。他追问原因，关姨总说，过生日开心，想让你妈妈也跟着高兴。后来谎言被戳破，他一气之下离家出走，每年今日便再不肯去墓园。

生日是禁忌，人人闭口不提，可出于对盛雍的爱，关姨每年还是会为他煮一碗长寿面。

昨夜辗转未眠，吃过饭，盛雍早早回了房间休息。

谢采青和关姨忙完厨房里的活儿，出来就看见了盛平湖。他不知什么时候进的屋，手里拿着一本书，急匆匆上了楼，正要敲盛雍房间的门。

关姨忙压着嗓子叫住他："下来！下来！你不知道今天什么日子啊？"

鼓足勇气才敢来的盛平湖吓得一哆嗦，敲门不是，不敲门也不是，蹑手蹑脚地又下了楼。

谁说老幺是个宝，他跟谁急，愁眉苦脸委屈道："是大哥让我来的。"

"你小点声！"关姨拉着他的胳膊，忙追问，"怎么回事？"

盛平湖跟说悄悄话似的，一只手搭在嘴巴边："大哥听说我要去大学食堂当厨子，找我去家里谈心。谈到一半，他接到四哥的电话，说要找他借本书，不对，是要找小菱角借本书。"见谢采青在旁边，他又解释一句，"小菱角是我大哥的女儿，刚五岁半。"

"雍雍找小菱角借什么书？"关姨侧耳听着，更纳闷了。

"《儿童折纸大全》。"怕她不信，盛平湖扬起手里的书，同样不知所以然，"关姨，你别问我为什么，我也不知道。大哥接完电话也是你这表情，他不放心四哥，所以让我把书送过来，顺便看看四哥，有什么情况，好及时向他汇报。"

关姨老花眼，离远才看清封面上的书名，"咦"了一声，瞥见谢采青盯着书皮抿唇一笑，忐忑的心登时落了地。

"采青，他今天没什么不对劲吧？"关姨问。

谢采青没开口，盛平湖先急不可耐地把书塞过去，双手合十："采青姨，帮个忙，拜托你了！"甩掉烫手山芋，他脚底抹油溜得飞快，临门一个急停又折返，万般不情愿地要回书，"唉，还是我自己上去吧，不然没法向大哥交差。"

整个白天都陪着盛雍，谢采青心里有谱："你上去吧，没事。"

可盛平湖心里没谱。

初二犯浑，天不怕地不怕那阵，他以为自己和四哥最亲近，生日这天惹恼过对方，事后道歉不算完，挨了老爷子的训，被老爸扣了半年的零用钱，还被早看他不顺眼的盛平江借机暴揍一顿，一对熊猫眼挂了两个星期。

现在想想，他不反反倒不正常。

一步三叹，脚步沉重，盛平湖悲情得有如一名舍身赴死的战士。敲开房门进去，不到一分钟，他就挠着头走出来，一边下楼，一边嘴里还嘀嘀咕咕的，一副云山雾罩的样子。

"雍雍在房里干什么？"关姨上前问。

"撕棋谱。"迈下最后一级楼梯，盛平湖站住脚，"床上和地上全是棋谱，说是找不到纸折东西。"

与谢采青对视，得到安抚的眼神，关姨笑嗔："这孩子，想起一出是一出的。"

盛平湖轻松不起来："关姨，四哥突然这么童心未泯，是好事还是坏事？我该怎么跟大哥说？"

"你就告诉平威，说雍雍挺好，让他放心。"关姨交代完，转头对向谢采青，"没错吧，采青？"

谢采青笑着点头。

"你上去陪陪他？"关姨征询道，顿了顿，改变语气，"陪陪他吧。"

"好。"

就冲关姨的态度，盛平湖也能品出一些耐人寻味的滋味，视线追随着谢采青上楼的身影。他想找关姨多打听点内幕消息，旁边已经没了人，他不禁又开始犯嘀咕：四哥和采青姨谈恋爱的消息，要不要也顺便向大哥通报通报呢？

盛平湖出来时，光顾着蒙，忘了关门。

听到房间传出一声"小菱角"，哄人讨好的口吻，谢采青停下来，透过门缝好奇地朝里张望。

盘膝而坐的盛雍，低着头弓着腰，被棋谱包围在大床中央，手里还捏着一张。摊开的《儿童折纸大全》摆在正前方，一旁是免提通话中的手机。他举起半成品，照着书左比画右比画没思路，冲着手机又喊"小菱角"。

"'沿折线向箭头方向向内折'。我没看到折线啊，哪里是外，哪里是内？到底怎么折？"

"四叔叔，折纸最简单了。"手机那头响起奶声奶气的小甜嗓，"你不要看字，看图呀，看着图折。"

"我就是看不懂图，才看字啊！"学入门级别的折纸学到晕头转向，盛雍出了一身的汗。

"四叔叔，你好笨！"一串银铃般咯咯的笑声响起后，小菱角骄傲地说，"我不看字，看图就会折。陆老师夸我，心……心……里面手巧。"

被小妮子赤裸裸地鄙视逗乐，盛雍合上书宣告放弃，摸起手机仰躺进大床里："你们陆老师夸错了，是心灵手巧。"

"陆老师才不会错呢。"小小孩听不出四叔叔故意逗她，生了气，"四叔叔再见，妈妈喊我刷牙睡觉了。"

"小菱角，再见。"

"等一下，等一下。"小菱角急吼吼嚷嚷，"爸爸要和你讲话，四叔叔。"

很快，手机那边换成一个稳重、低沉的男音："盛雍，我刚才听平湖说，你和谢采青谈恋爱了。"

"啪！"

平举的手机结结实实砸中鼻梁，盛雍来不及回话，捂着脸吃痛哀号。门口的谢采青也是一惊。然后是"咚"的一声闷响，盛雍一不小心从大床上滚落到地板上。他穿着T恤和短裤，这一滚，长胳膊长腿上粘满了棋谱。

手机通话还没断："喂喂，盛雍，你怎么啦？"

"我激动了。"盛雍懒得动，直接趴在地板上，长臂一伸，抓起手机，嬉笑道，"哥，以后有好消息通知我，记得先给一个信号。"

手机那边的人安静片刻，然后说："你没和谢采青谈恋爱？"

盛雍没回答，有生以来第一次表白太失败，他想要点面子。

"不是她？"电话那头的人，一本正经中添了些责备。

"哥，问你一件事。"盛雍靠着床边坐直，揭掉黏在身上的棋谱，"我记得你和大嫂是早恋。高二你对她表白，她父母找上门，差点把你手刃泄愤。"

电话那头的人虚咳几声，盛平威的嗓音明显变得很不自然："没你形容得那么夸张。"

"当时你不怕嫂子拒绝吗？"条件反射似的，盛雍手里有纸就齐缝对折，"她没用什么年纪小，要以学业为重的标准模板拒绝你？"

"一个年年考倒数第一的人，还没有资格以学业为理由拒绝年级第一的人。"

盛平威阐述客观事实，一板一眼，像在给下属开会。

盛雍听地笑了："哥，你到目前为止，干过最大逆不道的事，就是为追求嫂子选择退学吧？"

如果说盛家老四是一个异类，盛家老五是一个奇葩，那么盛家老大盛平威，就是五个孩子中最四平八稳的一个。

他是榜样标杆，从小到大没让人操过心，好像故意积蓄能量，只为了闹一场轰轰烈烈的早恋。

成绩一头一尾的两个学生谈恋爱是重罪，校方严肃处理，差别对待——女的开除，男的记大过。小女友父母皆为普通工人，没背景没人脉，孩子没书读意味着前途会葬送，难免急得想杀人。不用他们举刀，盛平威先自作主张，以主动退学为条件，保住了小女友的学籍，之后远赴海外留学。

五年时间，盛博士学成归来，回国后的第一件事就是拖着当年的小女友领证结婚。

小女友当年是一个单口喜剧演员，跑商演一场赚五十块钱，兼顾与人合伙开淘宝店，结果经营不善血亏。她负债累累，穷得叮当响，曾一度扬言，答应嫁给前男友主要是图财，如果他敢对她不好，她会顺便害个命。

就凭这句彪悍名言，一声"大嫂"，人人喊得心服口服。

而最最服气，也最甘之如饴的人，还是老婆孩子热炕头的盛平威。

"值得的。"电话那头的他也笑了，"你怎么突然问我这些？"

"学习取经。"盛雍其实很认真，"谢谢啦，哥。"

"你打算追求谢采青？"

盛雍没有作声，凝视着手里似像非像的千纸鹤，像在发呆。

"我挂电话了，早点睡。"没等到回答，盛平威接着又道。

"嗯。"重新翻开《儿童折纸大全》，盛雍突然想起一件事，"对了，大哥，以后别再让我去幼儿园接小菱角了。她那个陆老师好像对我有意思，我一个有家室的人，让她误会不好。"

"你哪里来的家室？"盛平威不解。

"早晚的事，我提前开始进入状态。"眼风掠过虚掩的房门，盛雍摇着头无声一笑，"挂了，哥。"

躲在门后的谢采青，一字不落地听完盛雍和哥哥的电话，背靠墙壁，紧紧捂住胸口。她的心跳又像白天在棋院时那样，剧烈而凶猛。

原来他误解了她拒绝的原因，以为她年纪小，所以不能谈恋爱。

如果告诉他，她宁愿牺牲爱情，用婚姻做交易去实现理想，他会不会放弃呢？

说了，他大概又会骂她笨，为虚伪的崇高理想做无谓的牺牲。

威音堂对她的意义，对舞狮的痴迷热爱，她知道自己通通无法用语言准确传达。连温柔体贴的妈妈，也不止一次因为不理解和爸爸吵架，何况是孩子气的盛雍。

算了，他不会懂的，她还是不要说了。

第二卷

校园牵手
成眷侣

第一章
感觉人生已经到达了巅峰

（1）

八月中旬，Z大新生开学。

为期两周的军训结束，511宿舍的四个女孩已亲如姐妹。性格迥异的511女孩们，关系融洽得像亚洲不老天团S.H.E。

苗灿，B站业余美妆博主。她人美条顺纯天然，化妆技能满点，粉丝小十万，每天忙着拍视频、剪视频、传视频。她高二开始当UP主，陆陆续续坚持到现在，收入不算稳定。有钱的时候，她能接连三天请姐妹们吃海底捞；没钱的时候，只能打劫李姝书的零食筐。

李姝书，自习狂魔。她原本立志学考古发掘秦皇陵，在知道这辈子没戏又遭到父母强烈反对后，只能改学中文，立志成为古汉语女博士。她的名字古典有诗意，人也跨界盛唐审美圈——身高一米六五，体重一百二十，微胖小美女。她书读太多，典型的怀疑论者。业余时间，她会带着批判主义的精神，读几本窦心宁推荐的小说。

窦心宁，十年小言书粉，每天蹲守各大文学网站，坐等各位作者大大更新，好在第一时间评论留言。她家境殷实，典型的人民币书粉，撒花、投雷从不手软。大大们新书上市，她买买买十本起跳。大大们的书改剧上线，她不拉进度条，不加倍速，集集弹幕轰炸，以一己之力制造好评如潮。

初见谢采青，窦心宁便惊为天人。

新生报到，窦心宁和谢采青一样，没有家人陪伴。三号女生楼没电梯，宿舍又位于五层顶楼，提着大包小包的窦心宁坐在二十八寸大行李箱上，哭泣得像一个孩子。如果没有遇到谢采青，她都想打退堂鼓，办完报到直接办退学。登飞机超重的行李箱，窦爸爸扛着都费劲，谢采青竟不休息不喘气，一口气运进宿舍，不是天人，是什么？

窦心宁认定此女绝非等闲之辈，决定凭借其深厚扎实的小言功底，以谢采青为原型创作一篇百万字古言巨作——女将军爱上敌国质子，家国难两全，虐身又虐心的那种。慢工出细活，到目前为止，她也就写出二十三个字，其中二十个字是恢宏的景物描写。

四人中，唯有谢采青沉稳克己，性格没另外三个那么鲜明出挑。相处不久，她就被奉为宿舍"大佬"，姑娘们亲切地称呼她"青哥"。

当然，大家都是有主见、有心气的姑娘，天生神力搬一个行李箱，还不足以把谢采青送上大哥级别的地位。说起"青哥"的由来，就要追溯到两周前的新生军训。

军训第四天，苗灿因为带妆军训，被抓了当作典型。

中国语言文学院男女比例三比七，开始军训前，院领导三令五申女生不能化妆，敢把这话当耳旁风对着干的，苗灿是独一个。

晚饭后，全院紧急集合开大会。卸了妆，素面朝天的苗灿站在队伍最前列，当众接受教官的批评教育。

学院总教官刚说到三句话，这姑娘立刻张口反驳。她对自己的化妆技术有信心，心机伪素颜妆，没点美妆基础的人绝对看不出来，更别说是钢铁直男教官们。除非有人告黑状，背地里打她小报告。

苗灿往大部队里一指，反问教官："每天饭前拉歌都要唱《团结就是力量》，为什么只有我挨批评，那个破坏内部团结、打同学小报告的人能心安理得地坐在里面？"

总教官二十出头，接受思想教育比教育别人的时候多。他没想到女学生会据理力争，一下就被问住了。

这时，李姝书举起手喊报告，也有几句话想讲。

班主任指定的中文三班班长要发言，思想觉悟肯定高，谁知道她比苗灿还能带节奏。她博览群书口才好，思辨能力强，快语如珠像打辩论赛。没几句话，她就把打小报告破坏团结的问题，发挥成了批判民族劣根性的严肃话题，最后还用了一句发人深省的鲁迅名言作结。

她陈词激昂，先是赢得万花丛中几点绿的稀落叫好，接着很快万花齐放，掌声雷动。

有人高喝，明人不做暗事，打小报告的人应该站出来主动承认。

大部队瞬间安静，学生们左顾右盼，都在等那个人自首，却始终无人承认。

学生们逐渐开始骚动，窃窃私语，不知是谁忽然神来一笔，领头唱起了《团结就是力量》。而后群情激奋，全员放声大合唱。

在场的指导员教官始料未及，眼看着情势骤变，心头直冒冷汗，"00后"大学生不好带啊！

他们不可能顺应民意交出那个告状的学生，可学生们的情绪已经起来了，闹得太僵更不行。于是他们迅速终止批评大会，果断宣布此事告一段落。苗灿知错能改，不再追究，也希望同学们不要对告状的同学揪着不放。

这场集体声讨事件发展至此，谢采青始终没出现，说明什么？

说明大事化小，小事却没化了，还有后续。

可能因为做"贼"心虚，一虚又容易张扬声势，军训结束没两天，那个告状的女生居然主动找上了苗灿。

九点半上完晚自习，李姝书约宿舍姐妹去六食堂自助餐厅吃夜宵。谢采青向来没有吃夜宵的习惯，没一起去。好巧不巧，那个告状的女生和高中校友聚会，男男女女十几人唱完歌，也在六食堂吃夜宵。聊起刚刚结束的军训，她憋着一肚子气，正大发牢骚，就看见了和室友有说有笑的苗灿。

仇人相见，分外眼红。

唱歌的时候喝过酒，告状女憋了整整一个军训的积怨愤懑，顿时火山大爆发。告状女拦住苗灿要和她理论，她嘴皮子不如李姝书，理论不清。告状女仗着人多势众，又非逼着她道歉认错。

一个敢当众和教官辩驳的人，怎么可能低头？苗灿夹枪带棒把告状女讽刺一通，局势恶化，双方就硬碰硬正面对上了。不光是人多欺负人少，那女生的男校友们也来劲。或许想在老同学面前彰显雄性魅力，他们个顶个的凶神恶煞，随时准备撸袖子干架似的。

这个点，餐厅里学生本来就不多，看这情形避之唯恐不及，又跑掉一大半，剩下两三个人全躲在角落里，举着手机拍视频围观。

三个女生被十几个人团团围住，说一点不害怕，太假。

苗灿瘦，窦心宁矮，相较而言，体重和身高都略带防御性的李姝书，只能硬着头皮把她们护在身后。前后左右无路可跑，十几双眼睛盯着她们，打电话报警求救也不可能。

就算打不起来，场面看起来也很危急。

突然，窦心宁扯着嗓子朝食堂窗口大吼一句："快把你们那个最帅的厨师喊出来帮忙！"

Z大开学，新晋厨工盛平湖开工了。

早在开学第一天，谢采青就带着宿舍姐妹来六食堂认过人。关键时刻，还是要属书粉窦心宁反应快。她阅读积累量大，应该没少看类似热血又狗血的情节。

可惜，这天盛平湖不当班，不在学校。

接到同事的电话，他第一时间想起了身手不凡的谢采青，先打电话通知她，再打电话通知四哥，自己也马不停蹄往学校赶。

紧赶慢赶，他也比不上从宿舍赶过去的谢采青。

正因为有功夫，谢采青从不轻易与人动手。

高一时和师兄们追捕出没在学校附近的暴露狂，她动过一次手，直接把人打得屁滚尿流，以致对方反过来诬陷他们聚众伤人。警察办案讲证据，验伤之后差点扯不清干系，谢采青受了家法，在那之后就变得更加谨慎。

谨慎归谨慎，宿舍小姐妹受欺负，她谢采青头一个不答应。

赶到餐厅，瞧见有个女生拽着苗灿的马尾辫骂骂咧咧，谢采青二话不说，推开两个挡道的男生冲过去，把女生的手撅成了鸡爪子。她下手有分寸，不伤筋骨，等女生疼出眼泪告饶，向苗灿道歉，才松开。

然后，谢采青只身往前一站："要打架可以，出去打。"

谢采青挺身而出先宣战，那些男生反倒不敢轻举妄动了，你看看我，我看看你，再看看旁边捂着爪子抹眼泪的女同学……这一架不打吧，骑虎难下；打吧，谁也不敢先上。

一来二去没了主意，他们不约而同地又看向事件源头——告状女。

告状女不认识谢采青，只知道对方和苗灿同一个宿舍，军训被评为优秀标兵，不显山不露水的，竟也是一个厉害角色。

越是内敛的人，越不会惧疑虚喝说说而已。

告状女审时度势，知道这一架不能打。

告状女退意已决，偏偏摆起高姿态，对苗灿说："我大人有大量，这次不和你计较。"

本着息事宁人的态度，苗灿没多说什么，李姝书要还嘴，也被她拦住了。

谁也没想到，谢采青却站了出来。

"你不计较，我要计较。"她面有肃色迎上前，掷地有声地道，"事情都已经过去了，你还仗着人多欺负她们，欺负完了又说自己有度量，是不是我也可以像你的同学欺负苗灿一样，揪着你的头发骂脏话，然后说一句不计较，一走了之？"

"你！"告状女被谢采青的气势吓退半步，没了底气，"你想怎么样？"

对方欺人太甚，谢采青没打算放过，又紧逼上前："你同学欺负苗灿，是因你而起。你同学道了歉，你也应该说对不起。"

几个男生想帮忙，被谢采青一个凌厉眼神镇住了，一动也不敢动。

"我……我不！"左右无援，告状女也发怵，指尖恶狠狠戳向苗灿，顶着脑袋死扛，"她为什么不先跟我道歉？"

谢采青一巴掌打掉告状女的手："她为什么要道歉？"

"她违反规定军训化妆！"告状女吃痛争辩。

"开批评大会的时候，你不在场吗？"谢采青冷冷地问。

"她想让我当众出丑！"

"你站出来承认了吗？"

"她……她……"横竖没道理，告状女急了，撒泼道，"她违规，我上报教官有什么错？有错我也不道歉，你能把我怎么样？"

"我不会把你怎么样。"谢采青神情淡淡的，下巴朝角落处努了努，"那几个同学应该已经把全过程录下来了。你嘴硬没关系，不道歉也没关系，到底有没有错，相信很快会有人告诉你。"

只顾仗人势嚣张，告状女这才留意到有人在录视频，心里一慌，傻了眼。

"同学，"谢采青弯腰，贴近她的耳朵，"记得那天全院齐声大合唱《团结就是力量》的场面吧？我劝你一句，如果不想出更大的丑，就跟苗灿道歉！"

最后两个字，她咬得缓而有力，不容人置疑，比收拾揪头发的女生时更具威慑力。

怕谢采青不达目的誓不罢休，也怕舆论压力，告状女知道自己没了退路。她低着头不敢多看一眼谢采青，磨磨蹭蹭走到苗灿面前，半晌后嘴里吐出三个字："对不起。"

苗灿也宽容："我接受你的道歉。"

事情到此结束，告状女和她的校友们灰溜溜地走了。

逃过一劫的三个女孩扑过去团团抱住谢采青，激动加佩服地又蹦又跳，连喊了无数声的厉害。好姐妹心连心，感情急速升温。一声"青哥"，来自窦心宁的突然兴起，另外两人随即热烈响应，一口一个"青哥"叫个不停。

就这样，谢采青成了511宿舍的老大。

后来，韩曼迪把这段疯传Z大校园论坛的视频转发给了盛雍。

他一下午什么也没做，反反复复地看，只觉得小采青有勇有谋，简直太爱她。也是从这段视频里，他得出一个重要结论，小采青身上有股固执异常的韧劲。讲原则是好事，可一旦她认起死理来，要强扭回来，必定是难上加难。

（2）

当天晚上，盛雍和盛平湖前后脚赶到Z大新校区时，女生宿舍楼锁门熄灯在即。

夏秋交替，白日里，太阳尽职尽责地站好最后一班岗，入夜后，炎热退尽，晚风中开始透出丝丝缕缕的秋凉。

宿舍楼前，全是抓紧最后时间缠绵的小情侣，东一对西一对，抱抱亲亲，难舍难分。盛雍和盛平湖两个一米八几大帅哥的出现，显得格外突兀。

有人认出盛平湖是六食堂自助餐厅的新厨师，大大方方喊他"37号男神"，因为他的工号是37。他固定服务的窗口上还挂了一条标语——"除了爱情都要排队"。昨天，有个胆大、开朗的女生借此套近乎讲俏皮话，她指着身后长长的女生队伍问盛平湖："爱情不是不用排队吗？"

盛厨师成了Z大新校区的红人，反倒是正经读了四年书的盛雍没人认识。

也不奇怪，三号宿舍楼住的基本是今年新生，对往届的学长自然无从知晓。

研究生开学比新生晚一周，盛雍搬去了位于市区的老校区，天天蹲守实验室，学业并不轻松，这是他第一次回新校区。

新生报到前，盛雍曾提出送谢采青去学院，被她婉拒了。之后，他便明显感觉到，她在有意无意地疏远他，与他保持距离。微信迟迟不回，电话迟迟不接，等到她回的时候，理由充分——军训期间不准随身携带手机。他如果为此生气，只能叫无理取闹。

很多话手机里说不清，他有好几次挤出时间，想跑趟新校区捉活人，又被余老怪喊回了实验室工作。

余老怪负责的茶学实验室，是国家级重点实验室，正在做一个国际科研合作专项项目。皓首穷经钻研茶学做项目，余老怪精力有限，带学生又特别挑剔，今年只招了两名研究生。

实验室人手是增加了，工作量可一点没变少。

盛雍他们进实验室第一天，一位师兄就问他们有没有女朋友，给他们打预防针——实验室活多，没有就先别急着找，有的话只能自求多福。师兄对于盛雍早有耳闻，主观判断他一定名草有主，还友情附赠了他一句——余老怪献身科学，至今未婚，谈恋爱千万别让其看见，否则第二天工作量会翻倍。

表白失败，盛雍暂时没这顾虑，只不过他有点犯糊涂，不知道现在他和谢采青属于什么状态。

肯定不是谈恋爱，天天见不到面，追求阶段也谈不上。

他还没展开行动呢，小姑娘已经玩起了捉迷藏，真要追起来，不知道她又能使出什么新花样。他着急，可十二月二十三日那道坎摆在面前，急也是白急。

今晚，谢采青要没出事，盛雍还不知道要到什么时候才能和她见面。

盛平湖在电话里讲得不清不楚，只说谢采青遇到麻烦了，盛雍心惊胆战地一路狂飙。途中，他给谢采青发语音微信问情况，半小时后，她轻描淡写地回一句"解决了"，一分钟后又回一句"你不用过来"。

疏离又见外，好像又变回了以前那个谢采青。

热脸贴了冷屁股，盛雍多多少少有点来气，捏紧了方向盘想掉头。可不亲眼看见好端端的她，他又放不下心，只能硬逼着自己宽宏大量。

到楼下给她打电话，他没忍住火气，口气有点冲："下来！"

"我睡了。"

"睡了为什么还站在窗口？"嘴角噙起一抹笑，盛雍视力绝佳，仰头一眼锁定亮着灯的511宿舍窗户。

不来老校区，不代表他不清楚谢采青的情况。光眼线他就有一明一暗两条，明线是盛平湖，暗线是韩曼迪。

手机那边静了一小会儿，然后她说："我马上下去。"

一收线，旁边的盛平湖凑过来："四哥，你和采青姨吵架还没和好呢？"

盛雍冷冷地睨他一眼："你谎报军情的事，等我有时间了再和你算账。"

盛平湖肚里不藏事，口风松，先传"四哥和采青姨谈恋爱"，弄得尽人皆知。后来两人分别开学，王不见后，后不见王，大家觉得奇怪，不方便问当事人，改问盛平湖。他又自行揣摩，再传"四哥和采青姨吵架"，顺便编了一个解释："四哥学业太繁重，没时间陪采青姨，她生四哥的气。"热恋期的女孩容易犯矫情，大家能理解，所以也信了。

传到最后，盛老爷子委婉下达命令，兄弟之间应该多交流、多关心。

老爷子一句话，在实验室里忙到天昏地暗的盛雍，一会儿接一个电话。

大哥约他到家里吃饭，二哥约他去钓野鱼，三哥约他看艺术展，盛平湖自己忙不过来，没凑热闹。连韩柏延也收到消息，约盛雍去深焦看电影，来一场男人与男人间的促膝长谈。

盛雍累到无力思考，直接问他们怎么回事，所有人口径一致——找他聊聊人生，比如学业、事业、感情。盛雍一画重点，猜到始作俑者必是盛家"傻帽担当"无疑，夺命电话追过去，盛平湖接通便问："你和采青姨和好了吗？"

　　到此刻，傻里傻气的盛平湖还没觉悟，大喊冤枉："我没谎报军情啊！同事给我打电话，是说她们宿舍女生被十几个人围攻，校园霸凌！"

　　"谢采青不在场，你为什么要打电话通知她去？"盛雍黑着脸质问。

　　"因……因……因为……"盛平湖被问蒙了，"因为要救人啊。"

　　历史重演，盛雍最讨厌的正是"救人"这两个字，脸色变得更加难看："我问你，救人是警察的职责，还是谢采青的职责？"

　　"警察的。"盛平湖老实回答，难得动了动他崭新的大脑，豁然明白过来，"四哥，我错了，下次遇到同样的情况，我一定先报警，再通知采青姨。"

　　盛雍："你通知她前，先通知我。"

　　抬眼见谢采青走出宿舍楼门，盛雍终止交谈，快步迎上前。他没说话，离着一步远，先从头到脚仔仔细细地检视谢采青，确定她安然无恙，关切与焦虑全写在俊容上。

　　"我和同学闹了点小矛盾，已经解决了。你回去吧。"谢采青有些不自在，故作平静地开了口，又侧头看向他身后的盛平湖，"我没事，你也回去吧。"

　　不用四哥提示，盛平湖喊了人挥挥手，以最快速度消失了。

　　"回去吧，宿舍快熄灯了。"等了一会儿没反应，谢采青只能重复一遍。

　　盛雍不接话，怕人跑了似的，伸手拉住她的胳膊。

　　两个人站在大门口，进进出出的女生多，十个里有九个会回头打量。谢采青更不自在，反拽着盛雍的胳膊，来到稍偏僻的角落。

　　这里路灯照不到，阴阴暗暗的，轻拂的晚风也要凉些，气氛说不出地暧昧。

　　不想引人注目，却弄巧成拙，变得越来越敏感的谢采青立刻松了手。

　　盛雍侧身，他身量高，仅有的光晕也被他挡得七七八八，好像他偏要把这点隐晦的暧昧转浓升温一样。

　　"我不信你会和同学闹矛盾。"他说。

　　化繁为简画出疑点，谢采青不得不进一步解释："不是我，是我宿舍的同学。"

"闹的什么小矛盾？"这回答依旧不能令他满意。

谢采青的小脑袋低低的："军训的时候她因为化妆被人告状，今天那个告状的女生跑来找她的碴儿。"

"怎么解决的？"盛雍不依不饶。

"我没受伤。"谢采青想也没想脱口而出，抬起脑袋瞧他，把音量压低了，"我逼那个女生道歉。"

盛雍又有点想发火，但还是尽量克制着放慢语速："我是不是可以理解为，那个女生和你舍友之间的矛盾，现在也变成了和你的矛盾？"

谢采青沉默了。

不是没这种可能。回到宿舍后，她也很快反思，处理问题确实没有考虑后果，自己还是不够沉稳。

"她以后会找你麻烦吗？"盛雍问出了自己最担心的问题。

"我应该……应该可以应付。"她假装犹豫，不能说得太肯定，否则他会认为是敷衍。

盛雍失笑，扬声道："向前一步，走！"

军训后遗症作祟，谢采青冷不丁听到熟悉的口令，根本不用过脑子，条件反射般就朝前迈了一步。

盛雍展开双臂，顺势将人揽入怀抱中。小计谋得逞，他笑得可欢了，但没发出一点声音。

"你干什么？"谢采青忙着挣扎。

"我冷，怕感冒发烧烧成肺炎，又只能靠'葫芦七兄弟'保命。"盛雍假模假样地咳嗽两嗓子，"我天天泡在实验室里面，都累瘦了，抵抗力变弱，更怕冷了。"

见过他生病虚弱的样子，谢采青再不敢乱动。

隔着薄薄的衣衫，感受到他的心跳，她羞得眼皮都在发烫。她偷偷抬眸瞄他，他本就英挺的五官更加分明，好像真的清减了。

"采青。"下巴轻抵着她的头顶，盛雍细语柔声地道，"我太着急了，是我不对。你躲着我，也不对。我最不想看到的，就是你把我对你的感情当成一种压力。为什么呀？我不明白。"

"因为……"谢采青一咬牙，"我不喜欢你。"

"这样啊。"拉开一小段距离，盛雍攀着谢采青的双肩，俯下身与她平视，笑容温柔，似乎没有丝毫难过与失落，"你不喜欢我不要紧，我一个人先喜欢着，等什么时候你能喜欢我了，再告诉我。"

这不是谢采青想得到的反应，她却再也说不出一句重话："如果什么时候都不能呢？"

"会吗？我没想过。"

宿管阿姨在门口大着嗓门催学生回宿舍，他笑意不减，改牵起谢采青的手。

她很乖，没有挣脱。

两个人走出角落，路灯的光昏昏黄黄，将他的笑容映照得有如四月的和煦暖风。

"这个问题，等我考虑好了再回答你。"他认真地细细叮嘱，"在这之前，你不要有负担，不要有压力，我不会经常来找你的。上楼吧。"

说到肯定会做到，盛雍格外舍不得分开，轻轻捏了捏她温暖的小手才放开。

谢采青没说什么，也不知道该说什么，指尖染着凉意，她转身进了宿舍楼。

（3）

连绵的秋雨像簸箕筛豆一样，下了两天两夜。第三天，赶上Z大各大社团招新，老天爷给面子，天空终于放了晴。

因为告状风波，苗灿和李姝书两个事件焦点型人物，一个被吸纳进了校礼仪队，一个直接跳过院系，进了校辩论队。二十三字的巨著遭遇瓶颈，窦心宁抱着学习的态度，投身文学社怀抱。

剩下一个谢采青，六食堂视频被曝光之后，她成了许多社团争相邀请的香馍馍。比如武术社、跆拳道社、泰拳社、合气道社、女子防身术社……最让人不可思议的是，话剧社也向她抛出了橄榄枝。

因为据话剧社会长分析，那段视频绝对是摆拍，女主角表演细腻，表情传神，太有戏剧张力了！

戏精果然看什么都是戏。

谢采青只喜欢舞狮，没有多余的兴趣爱好，拒绝了所有社团的邀请。今天社团招新，她没打算去，奈何拗不过宿舍姐妹，被硬拖着去了操场凑热闹。

招新嘛，和招揽生意差不多，必然要大张旗鼓地秀出看家本领。能闹腾的社团使劲闹腾，不能闹腾的走学术路线的社团，也把团花、团草请来坐镇。

茶艺社属于特别不能闹腾的，所以闹中取静，安排长腿旗袍小姐姐们表演茶艺。

韩曼迪是当之无愧的茶艺社一枝花。她位列正中，人漂亮，举手投足端庄优雅，吸引了不少学生围观、拍照。

511宿舍的女孩们也在人群中，她们都认识韩曼迪。

韩曼迪这人爱恨分明，说喜欢谢采青就是真的喜欢，不来虚的。她表达喜欢的方式也很直白，隔三岔五往511宿舍跑，找谢采青玩，送其小礼物。

前些天，她送了谢采青一个名牌包，巴掌大点，表面镶珠缀钻。

谢采青问："这么小，能装什么？"

韩曼迪拎着小包，袅袅婷婷地在宿舍里走了个来回，答："装可爱呀！"

宿舍姐妹不知道两人的渊源，起初怀疑韩曼迪的取向，后来问谢采青，她给的回答是朋友。韩曼迪来得勤了，她们熟悉起来再问她，回答是救命恩人，以及情敌。

多么矛盾、多值得玩味的定位啊，窦心宁差点就迸发出新的创作灵感。

熄灯后的卧谈会，三堂会审谢采青，结果软磨硬泡什么也没审出来。

今天遇到韩曼迪，她提议一起吃晚饭。不用谢采青给答复，三个女孩先八卦兮兮地直点头说好。

茶艺表演完，旁边汉服社有妹子模仿《甄嬛传》里的嬛嬛跳惊鸿舞。三个女孩兴冲冲地钻到最前列围观。谢采青没太大兴趣，落在后面，不经意间望见操场看台上几个上蹿下跳的身影，立刻被吸引，独自走了过去。

伴着节奏明快的嘻哈音乐，几个男生正在进行跑酷表演。

翻越腾挪，还算利落，赢得不少掌声。

内行看门道，外行看热闹。

谢采青看出他们表演的全是猫爬、蜥蜴爬、平地金刚跳等基本跑酷动作，而且完成得勉勉强强，暴露出不少问题——柔韧性差，力量和爆发力有待提高，平衡能力也弱。

他们应该是入门没多久，与其说表演，不如说是在做基础练习。

而且他们有一个最为致命的问题。谢采青迟疑了一下，然后出声叫住离她最近的一个男生。

"同学，跑酷练习的时候不可以戴全指手套。"她音量不大，语气也很委婉。

男生表演得正起劲，不料被打扰了，见是一个女生，不怎么耐烦："你懂什么，安全第一。"

"戴手套反而不安全。"谢采青耐心道。

其他几个男生也围过来，每人均戴着一副黑色全指皮手套、护膝护臂，自以为装备专业。

"你说说，为什么不能戴手套？"有人跷跷地抱着胳膊问谢采青。

"因为会减小摩擦力，出了汗，全指手套最容易脱落，更危险。"

回答的不是谢采青，而是不知何时出现在她身后的一个男生。

男生留着平头，黑皮肤，瘦而精干，长相硬朗。他年纪轻，眉宇间透出几分傲然的少年意气，再长上十几岁，有当硬汉的潜质。

谢采青回头看他，他也歪着脑袋看她，张嘴一笑，露出一口大白牙。

"不戴手套，手磨破了怎么办？"又有人问。

"磨破了长茧，手茧就是最好的保护。"平头男生慢悠悠来到谢采青身旁，与她并肩，"对吧，同学？"

"是的。"谢采青道。

"不过呢，"平头男生又看回一帮男生，"你们这些菜鸟做这种最基础的练习，戴手套也无所谓，只要不是全指。"

"应该戴哪种手套？"听出来者是内行，菜鸟们的态度谦虚多了，"我们在网上搜过，没有专业的跑酷手套卖。"

平头男生朝谢采青笑笑："要不同学你来给他们科普科普？"

谢采青脸上没什么表情，"嗯"了一声，对那帮男生道："为防滑，应该戴五指手套，最好是耐磨性强的攀岩保护手套。"

众菜鸟纷纷点头，又有人发表疑虑："我看游戏里是戴了手套的。"

"游戏仅仅是为了增强视觉效果，骗骗你们这些菜鸟。"平头男生迈上一层看台，转过身俯视众人，"入门训练都没有，就靠看视频跟着学，你们能好胳膊好腿活到今天，运气不错。"

"没办法，不算暑假，社团刚成立两个月，我们没钱，也请不起专业人士来教我们。"其中一个菜鸟引颈仰视，吹起彩虹屁，"同学，一听你说话，一看你这健美的身材，就知道你肯定是高手，露一手让我们开开眼吧。"

平头男生跟一位少年帝王似的，眼波流转睃巡一圈，最后定在谢采青身上。

"你想看吗？"他笑着问她。

学习氛围浓厚，这人咋还撩上妹了呢？所有人齐刷刷看向谢采青。

她不解地皱了一下眉，不说话，既没点头也没摇头。

平头男生顽皮地挤挤眼睛："我懂，默认。"

说完，他转身再登上一层台阶，没做任何准备便原地起跳，一个漂亮的侧空翻，双脚稳稳落地。

他爆发力强，转速快，跑酷社菜鸟们和围观的学生们都惊了，目瞪口呆。

谢采青也在心里暗叹，高难度动作完成得利落干净，他一定经过了长期系统的训练，而且主攻应该是自由奔跑。

缓缓响起的掌声中，平头男生又慢悠悠走回谢采青跟前："同学，你叫什么名字？"

他撩一次不成，撩两次，有毅力。

没等谢采青回答，他就被蜂拥而上的菜鸟们包围了。一个个跟淘到宝似的，求他加入跑酷社，请他当会长，带领他们从末流社团走向一流大社，创造辉煌。

好嗨哦，他们感觉人生已经达到了巅峰。

周围的人七嘴八舌聒噪得很，平头男生嫌烦，左右巴掌拨开碍眼的两个脑袋，发现女孩已经不见了。他黑着脸骂停一帮菜鸟，转着圈张望半天，也没能从人来人往的操场捕获她的身影。他不死心，又发动菜鸟们帮忙，没收获，他忍不住再度爆粗。

众菜鸟星星眼：新会长负责训练，新会长嫂负责装备，真好！

（1）

晚上，五个女生吃饭，盛平湖也应邀出席。他刚有点工作经验就开始显摆，相声演员报菜名，他背菜谱，上一道菜背一遍菜谱，头头是道。苗灿开玩笑喊他大厨，他还谦虚，自称小厨。

"盛小厨，你会做你背的这几道菜吗？"怀疑论者李姝书好奇地问。

"嘿嘿，我快学会了，快学会了。"问到点子上，盛小厨更加谦虚，"我不像我四哥，不管做什么都有天赋，一学就会。我是勤能补拙，勤能补拙。"

"你当然不能比啦。"韩曼迪接腔，故意用胳膊撞身旁的谢采青，"虽然你们学做饭的目的都一样。"

看小说抓细节培养出观察力，窦心宁兴奋地问："什么目的？"

"目的很简单，卓文君的一句诗，你们学中文的一定知道。"韩曼迪卖关子。

李姝书不假思索："自此长裙当垆笑。"

苗灿不错声接上："为君洗手作羹汤。"

窦心宁点题："为了喜欢的女生啊。"

"盛小厨，你喜欢的女生是我们学校的学生吧？"苗灿一猜一个准，又笑眯眯转头问谢采青，"盛小厨的四哥是谁呀？"

李姝书也笑着问："我猜是惊心动魄的那天晚上来找你的人。"

窦心宁附和："我同意。"

任他们自由发挥，谢采青一声不吭，专心吃饭。

盛雍承诺的是"不经常"，实际上，自那晚之后，两个人没有再见过面。

谢采青承认，对他最后留下的悬念有期待，但是心里更清楚，不论他的回答是什么，他们都不可能。时间长了，事实会说明一切，没必要现在解释，况且也解释不清。

"你别光顾着吃饭。"韩曼迪公主病一犯，拎起谢采青的碗搁得远远的，声讨她似的，"我问你，为什么和雍雍哥分手？"

没谈恋爱，何来的分手？谢采青暗自笑了笑，放下筷子，直截了当从容道："因为不喜欢。"

"你为什么不喜欢？"以前问过她，她没说，韩曼迪千猜万想真是没料到，穷追不舍，"你告诉我，雍雍哥哪里不好，哪里配不上你？"

窦心宁插话："他不够帅？"

盛平湖、韩曼迪异口同声："很帅！"

苗灿："他不够高？"

盛平湖、韩曼迪："很高！"

窦心宁："他没学历？"

韩曼迪："咱们学校研究生在读，高考状元。"

李姝书深思熟虑："他有家族遗传病史，精神病什么的？"

盛平湖打了一个激灵，吐出嘴里的半块排骨："绝对没有！"

"颜值高，身高高，学历高，无遗传疾病……"窦心宁掰着指头数完，恍然大悟，"我明白了，一定是因为你四哥太花心，前女友太多，感情经历太复杂！"

"没有，没有。"盛平湖听得一愣一愣的，连连摆手，"我四哥洁身自好，从来没交过女朋友。"

"颜值高，身高高，学历高，无遗传疾病，二十好几没交过女朋友……"李姝书也掰起指头，表情逐渐变得微妙而深奥，"你四哥该不会其实是一个……"

"不是！不是！"盛平湖快要招架不住这三个女孩了，朝谢采青投去求助的小眼神，"采青姨，你说句话，解释澄清啊！"

"不用，我知道为什么。"韩曼迪一伸手，比了一个"全部听我说"的手势，振振有词道，"不是雍雍哥配不上她，正好相反，是她自卑，觉得自己配不上雍雍哥。"

"不会吧！"

三个女孩同时发出惊叹，谢采青是谁，是她们宿舍的老大，以一敌十的响当当的青哥。

"不是的话，你反驳我呀。"韩曼迪挑衅一般，正对向谢采青，咄咄逼人，"你告诉我，你不自卑，觉得自己很好，哪里都配得上雍雍哥。"

"我不自卑，我只是……"

话没说完，谢采青手机震动，谢明毅来电。她接通电话，喊了声"爸"，然后起身走出包间。

话题主角离席，所有猜测、议论暂时告一段落。

安安静静吃了一会儿，三个女孩偷偷互相使眼色，说了几句暗语后，作风彪悍的苗灿被拱了出来。

"曼迪学姐，"她也不含糊，开门见山地问，"你当青哥是情敌，为什么又和她做朋友？"

"我们是朋友吗？"韩曼迪不觉得。

"她说的，你是她朋友。"苗灿答。

"她才没把我当朋友呢。"莫迪兰色系的指甲一点一点撕着杂粮包，韩曼迪不满地嗔怨，"我送她礼物，她收过吗？约她出去玩，她去过吗？还有刚才，我和她交心，她有一句真话吗？"

"噗——"窦心宁没兜住，喷出嘴里的汤，"曼迪学姐，你刚才不像交心，更像兴师问罪。"

李姝书递去一张纸巾，也说："我觉得，交朋友不是动不动就送贵重礼物，也不是不征求朋友意见，就擅自做主安排这安排那。"

"我也觉得。"苗灿深表认同，"靠送礼物、吃喝玩乐交到的朋友，也不是真朋友，顶多算酒肉朋友。"

被三个小学妹教训，见盛平湖也频频点头，高傲的韩公主不高兴了："你们才认识她几天，有我熟悉她吗？我要是不拿她当朋友，能三天两头往你们宿舍跑吗？挑礼物、选地方玩，哪样不花心思？我这么用心，还不是想帮她提升生活层次，缩小我们……"

说到这儿，话音毫无征兆地被掐断，韩曼迪猛然想起，以前和谢采青谈到过有关"朋友"的话题。

那是她和谢采青第一次见面，她说：生活层次不一样，肯定也玩不到一块去，怎么做朋友？

而谢采青说她衡量朋友的标准单一外化，观念陈旧。

彼时，她感觉被轻视、被冒犯，气咻咻地拂袖而去。

此时再一深想，她原本并不认同也不理解的那一句话，有如大浪淘沙，逐渐显现出了它蕴含的道理。

"她不认同我交朋友的方式，为什么还当我是朋友呢？"韩曼迪困惑道。

"虽然方式方法不对，但她知道你是真心实意的。"李姝书解疑。正因为看出她的一片真心，她们三个女孩才会把问题摊开来，帮她分析梳理。

"我不懂。"韩曼迪摇着头问，"她为什么不直接告诉我？"

"说了你能听进去吗？"盛平湖难得一次拿出当哥哥的风范，语重心长地对她说，"曼迪，有时候根据自己的主观臆测行动，特别容易好心办坏事。"

——你有这个思想觉悟，怎么没想起来有关"盛雍和谢采青恋爱"的传闻就是你的主观臆测呢？

韩曼迪不服："我什么时候主观臆测了？"

"比如，你哥发一条朋友圈视频，你就认定四哥失恋，找采青姨理论，太草率了吧？"

"什么视频？我们能看看吗？"窦心宁凑近问他。

盛平湖像找到了救兵，连忙调出朋友圈视频，招呼其他女孩一起来看。他说不过牙尖嘴利的韩曼迪，她们有能耐，肯定没问题。

三个好奇的脑袋围拢手机，组成了一片三叶草，共同鉴定视频证据是否属实。

一小段KTV里唱歌的视频，手机从侧后方偷拍，所以唱歌的人后背对着镜头，只露出一点点侧脸，看不到长相和表情，只能看出他鼻梁高挺。一首英文慢歌唱得不错，嗓音醇厚，演绎得深情而动人。

"唱歌的男生就是你四哥吗？"李姝书抬起头问盛平湖。

"对。"

"发视频的人是你哥？"苗灿转过头问韩曼迪。

"没错。"

"好像没什么疑点，桌上连瓶酒也没有。"窦心宁也觉得奇怪，问韩曼迪，"只听他唱歌，你怎么判断出来他失恋了？"

"他不喝酒，所以没点吧。"韩曼迪真没注意到这种无聊的细节，急着道，"你们往下翻评论，我哥有写他唱的是哪首歌。"

三人闻言，看回手机。

韩柏延：Coldplay——《Everyglow》，歌名意为"永昼"，是乐队主唱与妻子离婚后合作的一首歌。雍雍正在唱的两句，歌词相当美：我知道你已离我而去，去往另个我未曾可知的世界，而我仿佛每天依然能看到你，如银汉星河那般的美丽。

只听歌词确实很像，可单凭几句歌词就下论断，确实太草率了。三个女孩不了解来龙去脉，不敢乱评判，默契地选择了沉默。

韩曼迪左腿叠右腿，抱着胳膊哀婉唏嘘："假如雍雍哥也能这么喜欢我，我天天笑醒还来不及呢，怎么可能和他吵架闹分手。"

"我听出来了。"辩论小能手李姝书思维缜密，"你也不相信他们分手吧？"

"相信呀！"韩曼迪嘴硬，故作开心地道，"他们分手了，我才有机会乘虚而入。"

"你不会。"苗灿善于察言观色，"你如果相信，就不会和我们讨论这么久，早乘虚而入了。"

窦心宁跟着点头："你更不会约我们吃饭，追着青哥问原因。真正会乘虚而入的人，不会在乎原因，只看结果。"

"怎么，聚会改批斗会啦！我……"冷脸没绷住，韩曼迪说不下去，自己也笑了，"行行行，寡不敌众，我认输行了吧。"

"你不拿我们青哥当情敌啦？"苗灿问。

"没胜算，我当她是情敌也没用。"韩曼迪再怎么样也能认清事实，开始学着低下她自以为高贵的头颅，平视三个女孩，"为了维护谢采青，你们像剿匪一样围攻我。说真的，我挺羡慕她的，轻轻松松就能交到你们这样真正的朋友。"韩曼迪又似怒非怒地瞪着盛平湖，"还有你，叛徒，说好的找她问清楚，你倒是变节变得快，让我成了众矢之的。"

盛平湖装傻嘿嘿地笑："你问清楚了吧，情侣吵架闹别扭，不严重，不严重。"

"情况不严重，雍雍哥能唱那么苦情的歌？不严重，谢采青能是那种态度？"韩曼迪习惯性地再度反驳。

"干脆我们想办法帮帮他们吧。"窦心宁忽然插进话，提议道，"苗灿、姝书和我负责搞定青哥，学姐和盛小厨负责搞定敌国质子。"

"敌国质子是谁？"韩曼迪好奇地蹙眉。

（2）

谢采青接完父亲的电话，推开包间的门，低头心不在焉坐回原位，错拿起旁边苗灿的筷子。

苗灿及时换回筷子："青哥，还好吧？"

谢采青摇摇头，对李姝书说："昨天辅导员给各班班干部开会，有没有提国庆放假的安排？"

"和国家规定一样，一号到七号放假。"李姝书也觉察出她一去一回不大对劲，关切地问，"你有事要离校？"

"嗯，我可能会回一趟家。"顿了顿，谢采青朝众人微微一笑，"回家看看我爸。"

谢采青并不善于撒谎，说完便又埋下头去，有一口没一口地接着吃饭。

如果不是父亲的电话来得太突然，她应该能掩饰得毫无破绽。

大脑空白一片，像只有七秒记忆的金鱼，她已经不记得刚才和父亲讲了些什么。她很努力在回想，只有父亲的第一句话如魔咒般反复打转："国庆节，你先和贺秋山把婚订了。"

谢采青知道这一天早晚会到来，只是没想到会来得如此之快，令她措手不及。

"雍雍哥！"

晃神得厉害，猛然听见韩曼迪一嗓子叫唤，谢采青吓得整个人弹了起来，惊惶地望向包间门。

"我骗你的，兵不厌诈。"韩曼迪拉着她坐回椅子上，"雍雍哥不会来的，他跟着导师去江浙的淡水鱼养殖基地做调研了。"

"他学什么专业，要去淡水鱼养殖基地做调研？"窦心宁听着新鲜，"他打算以后当塘主，承包一整片鱼塘吗？"

"学茶。"韩曼迪像一个私生饭，对盛雍的行踪动态了解得一清二楚，"好像和他们实验室的科研项目有关，我不懂，很高精尖就对了。"她问谢采青，"具体什么项目，你知道吗？"

谢采青好像吓傻了，没任何反应，只是定定地盯着自己面前的菜肴，被韩曼迪推了一下，才迟钝地摇头。

所有人都看出她心事重重，也知道问也不问出个一二三，只有韩曼迪不甘心，刚张嘴就被盛平湖的插嘴打断。

"窦心宁！"他像老师点名般，急吼吼地问，"你还没告诉我们，敌国质子是谁。"

这个称呼511的姐妹都懂，李姝书代为解释："是她处女作的男主角，青哥是女主角。"

"讲的是一个什么故事？"

最喜欢看睡前故事的盛平湖来了兴趣，一边问，一边在桌子的掩护下，摸出手机一通操作，快如闪电。

"青哥的爹是北方大国一位战无不胜的大将军。某年，大将军领兵攻城略地，一路南下。南方小国为求自保，用九岁小皇子作为交换以示诚意。

小皇子被安排住进了将军府里,大将军派女儿,也就是我们的青哥暗中监视他。然后……然后……"瓶颈期没思路,窦心宁特别不好意思地说,"后面的情节我没想好该如何展开呢。"

"然后就是十年后,"苗灿接过话,玩起了故事接龙,"南方小国能继承皇位的皇子死绝了,才想起来还有一位小皇子寄养在国外。国不能一日无君,派一个胆大的赶紧去要人吧。大国皇帝日理万机,早忘了皇城根里住着一位别国皇子,把大将军召进宫问情况。被软禁、监视整整十年的小皇子会变成什么样,你们认为呢?"

"我认为他敏感多疑,懦弱无能。"李姝书讲求逻辑思维。

"不行!"讲求主角光环的窦心宁反对,"敏感多疑我可以接受,懦弱无能我绝对不接受,除非是装的。"

"可以,他过着寄人篱下的质子生活,装得蠢一点也好保命。"苗灿综合采纳两人的建议,接着编故事,"小皇子靠着精湛演技,成功骗过了皇帝和大将军,但没骗过和他朝夕相处的青哥。万一青哥告发他装傻的秘密,他回不了国当不了皇帝怎么办?"

"为免夜长梦多,杀了灭口?"盛平湖简单粗暴。

"和亲,娶她回家。"韩曼迪浪漫天真。

"不可能,不可能。"窦心宁手摆个不停,"我们青哥是要女承父业,当将军的人。花木兰怎么可以变王昭君去和亲?她不会同意的。"

"为什么不会同意?"谢采青忽然问。

大家都以为她没心思参与游戏,没想到她不但认真听了,而且主动发问。

这个问题,只有窦心宁能回答:"因为在我的故事设定里,你武艺高强,忠肝义胆,从小就希望有朝一日能像你爹一样,做一个保家卫国的大将军。"

"好吧。"谢采青无奈地笑了笑,对苗灿说,"你继续。"

本来是随口编着玩活跃气氛,因为有了谢采青的意外参与,苗灿也认真起来:"一个没有尊严的敌国质子,这十年装疯卖傻,没少受侮辱受欺负。将军小女儿与其说在监视他,不如说是在保护他。她纠结很久,最终因为心软,没有揭穿质子的秘密。"

"结束了?"韩曼迪意犹未尽,"质子回国当皇帝,小女儿当将军,两个人从此天各一方,不可能吧?"

"当然没有结束。"苗灿喝一口果汁,像说书人一般摇头晃脑,慢悠悠地道，"这十年间，因为小女儿对质子不自觉的偏袒和维护，大将军早已十分不满，对动不得的质子恨之入骨。趁此机会，大将军请旨由他小女儿亲自护送质子归国，并暗中给她下了一道死命令，途中制造意外除掉质子，以绝后患。"

"啊！"偏爱甜文的窦心宁被虐到了，忘记自己才是原作者，站在读者角度大声呼吁，"你能不能顺应民意，让他们平平安安、踏踏实实地谈一场恋爱？"

"我同意。"李姝书也不能忍受相爱相杀的设定，"让他们途中不慎跌落悬崖，大难不死，从此过上与世隔绝、像神仙眷侣一般的生活吧。"

盛平湖："或者叛逃，她跟着质子回去吃香喝辣享清福。"

"她叛国，她爹妈怎么办？那可是要诛九族满门问斩的。"先前视盛平湖为叛徒，韩曼迪举双手反对，"皇帝不解气，派兵打过去又怎么办？喝西北风还差不多。"

"你们说的不算。"苗灿转过身，直接征求谢采青的意见，"你是故事的原型，你觉得接到你爹的除杀令，你会怎么办？"

"我……"指腹轻轻摩挲着光滑的碗沿儿，谢采青投入情节，仔细想了想，"我会把质子安全送回国，再回去负荆请罪。"

"好，我听你的，质子和小女儿被迫分离。"苗灿隔着桌子，朝众看官比了一个少安毋躁的手势，"别着急，别着急，合久必分，情节才够曲折嘛。"

"合久必分，分久必合，你先歇一会儿，下面的故事我有灵感，我来讲。"窦心宁大受启发，争着抢着发言，"当上皇帝的质子，以铁血手腕先除掉异己势力，后励精图治带着国家走向强盛。君子报仇，十年不晚。终于，领兵亲征北上的质子和已成为大将军的小女儿在战场上相遇了。够不够虐，够不够曲折？"

"够，但不合逻辑。"李姝书摇着头指出，"父为子纲，小女儿违抗父命，大将军即使能原谅她，也不会带着她领兵打仗，把她培养成女将军吧？"

"好像是哦。"窦心宁当即反思，重新编排，"那就不是大将军。负荆请罪没得到大将军原谅，小女儿被关进大牢十年之久。得知质子率兵来袭，大将军把小女儿押解到战场，以她的性命相要挟，逼质子退兵，合理了吗？"

"合理是合理。"众口难调，韩曼迪又开始摇头，已经把盛雍代入成质子，忍不住想替他说话，"你这样就让质子陷入两难境地了。他不退兵，小女儿必死无疑；退兵，不配为一国之君。你让他怎么选？"

苗灿也补上一句："而且这违背了你的创作初衷，小女儿无论是死是活，都不可能成为大将军。"

"好像是哦。"有思想的读者太难伺候，窦心宁好苦恼，"我能力有限，大家集思广益吧。"

"何必这么复杂？不就是要让采青姨当将军吗？简单。"盛平湖把手机放上桌，自信满满，提高音量道，"给北方大国同时安排一个外夷入侵。既要抵抗外敌侵略，又要招架质子的复仇大军，根本忙不过来。不用质子做选择，北方皇二代先主动议和。"

一听"皇二代"三个字，女孩们都笑了。

得到众看官的鼓励，盛平湖戏精上身，像模像样地扮起了北方皇二代。

"质子殿下，你当质子那阵是我爹当政，皇陵现在都长草了，所谓冤有头、债有主，我爹当年多有得罪，我向你道歉，咱们没啥直接具体的矛盾吧。不如这样，你和我联手打击侵略者，我把你的小情人还给你。赢了，万事好商量，我认你当哥，每年进贡，好吃好玩的先想着大哥你。输了，咱们一起被灭国，也算难兄难弟，有情有义。大哥，你的意思呢？"

"你都喊我大哥了，我也不好意思拒绝。"苗灿反应快，跟上盛平湖不今不古的表演形式，也站起身，"忙我可以帮，使多大劲，我还要看你的诚意。在把小情人还给我之前，你先下旨封她为骠骑大将军。这是她从小的愿望，只有你能帮她实现。让她开心了，我一定全力以赴，抵御外敌。"

"多大点事啊，没问题。"盛平湖大拍胸脯，豪迈道，"等把那帮五短外敌收拾老实了，我再认你小情人做义妹，享嫡出公主待遇，按皇室最高规格给你们办一场世纪婚礼，怎么隆重怎么来。"

苗灿爽快道："一言为定！"

"一言为定！"

达成共识，两位"皇帝"面带微笑，亲切握手。

表演惟妙惟肖，有始有终，看官们笑得前仰后合，鼓掌并叫好。连谢采青也被感染，开心地笑起来。

鞠躬谢幕，盛平湖借口上厕所，抓起发烫的手机跑出包间。他找了一个隐蔽的角落躲着，与盛雍的语音通话仍在继续，他忙不迭邀功。

"四哥，听出来了吧？采青姨是将军小女儿，你是敌国质子。你对我力挽狂澜扳回来的大团圆结局满意吗？"

"不满意。"全程监听，盛雍也入戏了，不爽道，"我为什么不能在她送我回国的时候把她强扣下来，对外声称她感染恶疾不治身亡，却要放她回去蹲十年地牢？"

"这个……"不带这么较真的，盛平湖抠脑门，"这不是为了增加故事的曲折性嘛。"

电话那头的盛雍说什么，盛平湖还没听到，手机就被一只涂着莫迪兰色系指甲油的纤纤玉手抽走了。

"平湖哥，你那点小动作瞒不了我的。"韩曼迪取笑着，把手机举到中间，通话换成免提模式，"雍雍哥，你什么时候回来？"

"明天。"

"太好啦！"韩曼迪眼珠子滴溜转一圈，"明天晚上，你能不能抽空回一趟新校区？"

"有事？"

"茶艺社招新人了，第一节入门指导课正好安排在明天晚上。照惯例，每年第一节课都是你来讲，今年也不例外吧。"

"好。"

"具体时间和地点，我稍后发给你。"

"好。"

通话结束，韩曼迪把手机递还给盛平湖，扬扬得意地转过身，头也不回："学着点吧，平湖哥。"

"学什么？"盛平湖忙追上她。

"窦心宁不是说，想办法帮雍雍哥和谢采青吗？"韩曼迪高抬起下巴，斜睨过去，"你有办法吗？"

盛平湖摇头："没有。"

"你没有……"韩曼迪笑得神秘，"我有。"

（1）

韩曼迪想到的办法技术含量不高，无非一个字——骗。

韩曼迪可以骗谢采青临时有事，请她帮忙去上选修课。巧的是，盛雍去给茶艺社上入门指导课也在同一时间、同一教室。

谢采青去得早，怕被选修课老师发现，便从后门进，心虚地坐在最后一排角落自习。盛雍晚几分钟现身，以为要讲课，所以走的前门。两人最初谁也没发现谁，一进教室察觉到不对劲，盛雍掉头就走。也许是冥冥之中自有注定，经过后门时，他不经意回头往教室里望了一眼，正好瞥见埋头看书的谢采青。

最后一排还坐着其他学生，盛雍不方便进去。他站在谢采青身后，本想凑近喊她的名字，怕她反应太大，改为轻拍她的肩膀。结果她一回头，还是惊讶地愣住了。

"才多久没见，你不认识我了？"俊脸上挂着灿烂的笑容，盛雍忍不住摸了一下她的头，"你上选修课也能让我碰到，这缘分上哪儿说理去？"

"我是帮……"

谢采青正解释，看见一个手握保温杯的瘦老头走到盛雍身后，伸着胳膊拍他的肩膀。他回头后的反应和刚才的她如出一辙——惊呆了。

"我上选修课也能让你碰到，这缘分确实没法说理。"余光缓慢扫过谢采青，老头转到盛雍跟前，慢条斯理地说，"白天在实验室里看不够我这张老脸，晚上你想接着看？行吧，这学期的《茶文化漫谈》，你来上。"

余老怪不爱给呆头鹅一样的本科生上课，院长三请四请才把他说动，退而求其次，开了一门普及中国茶文化的选修课。他想推给学生来着，没推出去，实验室的小兔崽子一个比一个精。

今天让盛雍误打误撞赶上了，算他倒霉。

余老怪决定得痛快，根本不等盛雍开口，就自顾自绕过他，几声"借过"走进后排，把保温杯往桌上一放，坐到谢采青身旁。

惊呆直接转换成惊讶，盛雍哪里肯轻易屈服："余教授，您说换就换，教务处不会同意吧？"

余老怪不带搭理的，满面和气地找谢采青说话："小同学为什么要选修这门课？"

大概猜出老头的身份，谢采青虽然知道不能实话实说，但依然现编不出理由，支支吾吾："老师，我……"

"网上随机分配的。"盛雍忙替她解围，没大没小地跟余老怪开玩笑，"热门选修课抢不到，您的课没人选，每学期都随机分配。何止我和您有缘，能分配到上您的课的学生，个个和您有缘。您不给您的有缘人们亲自上课，不合适吧？"

"合不合适，我说了算。"余老怪油盐不进，稳如泰山，抬表看了看时间，淡淡道，"离上课还有半分钟，你敢临阵脱逃，明天也不用去实验室了。"

导师使出撒手锏，盛雍没辙，无助地瞄了谢采青好几眼，装可怜失败，只能依依不舍地走向讲台。

余老怪是空着手来的，没带讲义，从来也没有准备PPT课件的习惯。盛雍临时被抓壮丁，等于要上一堂即兴选修课。幸亏他肚子里有货，又有在棋院博物馆义务讲解的经验，站上讲台面对本科生，尽管毫无准备，仍显得不慌不忙，从容淡定。

黑色风衣搭上椅背，条纹针织衫配卡其色休闲裤，半长白发束在脑后，举止风度翩翩，既有个性又帅气。

人长得英俊就吸引眼球，先现身说法，抱怨"茶学专业"常常被人误解为"泡茶专业"，逗笑无精打采的学生们。而后他用一个有关茶文化的小故事开场，语言幽默，最后抖包袱似的提出一个小问题，引导学生们展开思考。

原本来混学分的学生们，没想到选修课老师颜值如此之高，讲课风格生动有趣，积极性很快被全面调动，纷纷从后排换坐到前排，你一言我一语地探讨起来。

课堂气氛活跃，余老怪没啥可操心的，又开始和谢采青聊天。

"本科四年，那小子没上过一天早课，上了研究生，他天天提前半小时进实验室。"余老怪目视教室前方的盛雍，语气像与朋友闲话家常，"我听他爷爷说，是一个小姑娘的功劳。"

谢采青微微侧首，没吱声，只听余老怪又问："他跟你提过学的这门专业吗？"

"没有。"谢采青轻答。

"咱们国家有上千年的茶史茶文化，很多人把茶学误当成一门玄学，喜欢取个字披件马褂冒充内行，拜师收徒，故弄玄虚用什么'茶气''体感''死门生门'糊弄人，浮夸之风盛行。"余老怪不紧不慢道，朝谢采青和蔼一笑，"你知道'茶学'这门学科的英文译名是什么吗？"

谢采青略作思考："Tea Science？"

"对咯。"余老怪赞赏地点点头，"民间那些神乎其神的说法，如果没有科学依据印证，也不能称之为'茶业科学'。比如哪个山场出产的茶叶特别好，与日照、温度湿度、降水量、土壤环境，乃至间作物有关。某某制茶师傅手艺高超，能培育出玫瑰花香型红茶，看的是茶树品种、内含物质，更取决于发酵的时间以及师傅对香气因子变化的准确把控。还有什么乌龙茶要用紫砂壶泡，绿茶要用玻璃壶泡等等，也都找得到相应的科学依据。"

盛雍在前面讲大课，他的导师在下面给谢采青开小灶。

虽然不明白余老怪的用意，但谢采青仍用心地听着。

"我一直认为做科学研究，勤奋是必须的，但不是最重要的，重要的是有个好脑子。而深入研究茶学，真还得讲点天赋。"余老怪继续道，"我给你举个例子。本科生大四开设审评课，通过视觉、嗅觉、味觉、触觉判断茶叶的品质等级好坏。没有捷径，大家只能靠大量品尝，体会其中的细微差别。全国各地的茶样，一天六轮，每轮四种，有的学生喝到吐也找不到感觉，摸不出门道，有的学生天生味蕾敏感，有悟性，有没有天赋也就体现在这儿。"

受教匪浅，谢采青点点头。

"你觉得那小子属于有悟性，还是没悟性的？"余老怪笑问，谢采青尚未回答，他长叹一口气，接着又道，"可惜啊，那小子脑子有了，悟性有了，唯独没多少进取心，勤奋也是被逼出来的。"

说到这里，余老怪停下来，与谢采青一同看向在讲台上侃侃而谈的盛雍，眼神里各有内容，也各有思虑。

感受到他们的目光，盛雍也停止了讲课。

短暂对视后，他煞有介事地道："最后一排那位旁听的老同志，不要找旁边女生聊天，请珍惜每一次学习的机会，认真听讲。"

越正经越好笑，学生们不约而同地回头张望，出于尊老敬老之心又不敢真笑出声，全忍着憋着。

余老怪不愧为余老怪，不觉得有损颜面，反而相当淡定，不甘示弱地说："年轻人，你讲你的，我们小点声。"

"那也不行。"盛雍回过身，拿起黑板槽里的一截粉笔头，"如果你不听话，我只能把你往前调，让你坐到我的射程范围之内了。"

忍得住前一个笑点，没能忍住后一个，学生们的笑声像原子弹，在教室上空大爆发，引得外面路过的学生探着头，好奇地朝里面打量。

这一回合，身份翻转，年轻人占了上风。

余老怪非但不生气，自己脸上也笑得滚出层层褶子，小声嗔怪一句："臭小子！"

谢采青坐姿端正，遥遥地与盛雍四目相对。

忽然她嘴角浮现一抹浅笑，用唇语对他说：好好上课。

比了一个"OK"的手势，盛老师心情飞起，讲起课来更加神采奕奕，魅力四射。

课间休息，学生们求知欲空前旺盛，缠着盛雍争先恐后地提问。

学生有问题要上，没问题查百度，也要上。知道的人，知道这是在上选修课；不知道的，还以为这是专业课考前复习，学生找老师打听考试重点呢。

余老头很满意弟子的表现，急着回实验室核查最新的实验数据。谢采青送他到楼梯口，一转身，被一个高个平头的男生迎面挡住去路。

"社里菜鸟说在选修课上看见了你，还真是！"男生脸上挂着惊喜的笑容，"你记得我吗？社团招新那天，我们见过。"

谢采青面无表情，没接话。

她让一步，他进一步，她侧身绕开，他又伸出手臂拦着不放行。

"我叫罗子航，大二，计算机系。你呢？"见谢采青不悦地敛眉，他双手举到耳侧，跟投降似的，"我没恶意，找你好几天了，就是想认识你。"

"不好意思，我不想认识你。"谢采青回应冷淡，举步就走。

"喂，我认识韩柏延，你也认识吧？"

闻言顿足，谢采青一脸好奇地回过头。等罗子航乐呵呵地来到跟前，她还没开口问，他先热情主动地提出陪她上选修课。

"告诉我你的名字，我就告诉你为什么我会认识韩柏延。"罗子航往教室里瞄了一眼，勾起坏笑威胁道，"否则，我周周来陪你上选修课。"

谢采青："你来吧。"

（2）

谢采青撂下话，就进教室坐回原位，罗子航也大摇大摆地紧随其后，一屁股坐在余老怪刚才坐过的位置。

那个通风报信的菜鸟看两人成双成对，兴高采烈地从前排小跑过来打招呼。

"会长好！"他满脸堆笑，又冲谢采青喊，"会长嫂好！"

"滚，你别乱叫。"罗子航急得踹他一脚，不耐烦地挥手，"去去去，上你的课，不要耽误我们谈正经事。"

会长和会长嫂谈正事等于谈恋爱，菜鸟抛了一个"我最聪明我最懂"的卖弄眼神，忙给他们腾私人空间。

罗子航从宿舍赶过来，没背书包，很不见外地抓谢采青的书装样子："他胡说八道，你别往心里去。话又说回来，你不告诉我名字，我也没法纠正那帮菜鸟，对吧？"

片刻后，谢采青说："谢……"

"采青。"罗子航举起包着卡通衣、贴着可爱姓名签的课本，笑着说，"想不到你喜欢这么小女生的东西。"

李姝书是文创用品控，从网上搜罗回来一大堆，自己用不完，索性把宿舍姐妹们的课本也包圆了。风格没得挑，出钱又出力的李姝书一人做主，她觉得青哥点缀上少女系风格，更有反差萌。

没有解释的必要，谢采青问："你想和我谈什么？"

"丁零丁零——"

回答她的是一串上课铃声。

从学生们的求知海洋里游上岸，盛雍回到讲台上，不自觉地先将目光投向谢采青所在的位置。

一个没留神，她身边怎么多了一个神奇物种？

摆出师者风范，盛雍故意问："最后一排那个老同志，你返老还童了？"

罗子航听不懂，以为自己被当成迟到整节课的学生，忙解释："老师，我是来陪她上课的。"

盛雍冷着脸走下讲台，转问谢采青："是吗？"

"是的，是的。"第一排菜鸟抢话，觉得年轻老师一定开明通达，悄没声偷偷道，"盛老师，他们是男女朋友。"

"男女朋友……"咬牙忍而不发，盛雍似笑非笑地对罗子航招手，"你来，坐到这位话很多的同学旁边。"

"为什么？"罗子航摇头，"我又不是陪他上课的。"

"因为老师不久前被喜欢的女生拒绝了，情伤期间看见情侣或者疑似情侣的人，容易情绪低落，精神失控。"盛雍面向所有学生，寒光飕飕地扫视一圈，"为了老师的心理健康，也为了你们的人身安全，还有没有陪上课的，给你们一分钟时间调整座位。"

有个戴眼镜的男生弱弱举起手："老师，男生陪男生算不算？"

"算，一视同仁。"盛雍看回罗子航，"你旁边的女生刚巧和老师喜欢的女生是同一类型。"他的指关节敲敲菜鸟旁边的空位，"你坐得离她越远，越安全。"

罗子航察觉出谢采青和这个年轻的选修课老师明显认识，而且关系匪浅，所以这个老师才会故意针对他。

见谢采青无动于衷，于是罗子航要起横道："我不去。"

"我可以过去坐吗？"谢采青忽然举手，平和地问。

她的态度一明确，盛雍的心就踏实很多，缓和一下脸色："来吧。"

"麻烦让一让。"谢采青抱起书，对罗子航说。

罗子航没动，压低声问："你就是这个老师喜欢的女生吧？"

"与你无关。"

"告诉我，我让你出去。"得不到答案，罗子航也倔。

谢采青没再和他废话，一只手拿书，另一只手撑着椅背借力纵身，屈膝起跳，像一只灵巧的飞燕，轻轻松松便从狭窄的座位里跃了出来。

"哇！牛啊！"前排有人情不自禁地发出惊呼声。

也有人窃窃私语："她好像是六食堂视频里那个敢和男生约架的女中豪杰。"

一瞬间变成焦点人物，谢采青依旧目不斜视，在一排菜鸟旁边的空位坐定，避开他们狂热的目光，望向正前方的黑板。盛雍冲她笑了一下，她也视而不见。

第二节课，因为受到神奇物种的干扰，盛雍的授课热情减半，只上了半节课就喊累，宣布自习，一个人先走了。谢采青犹豫半分钟，也收拾书包跟了出去，但还是慢了一步，走出教学楼也没找到盛雍。

站在楼前的台阶上，她拿起手机又是一阵迟疑，好像打过去也想不到能和他说什么。她低着头从左走到右，从右走到左，忽觉一暖，一件带着熟悉草木香味的风衣从天而降般披在她身上。

"我不冷。"谢采青仰起小脸，个头只到高一级台阶上的盛雍的胸口。

盛雍没说话，手揣裤兜，目光幽深地凝视她，喜怒不明。

谢采青攥着风衣领子："我没选《茶文化漫谈》，今天是来替韩曼迪上课的。"

盛雍神情依旧，沉默依旧。

"余教授说你每天都提前半小时去实验室。"破天荒第一次，由谢采青做主导努力找话聊，"他还夸你聪明有天赋。"

他还是不急不躁的样子，似乎在等她切入正确话题。

"你能帮我问问柏延哥，认不认识一个叫'罗子航'的人吗？"谢采青顿了顿，摇头道，"不用了，我自己去问。"

终于，再找不到话可讲，她平视盛雍的胸口，也开始静默不语。

两个人像两尊石像一样，面对面杵在原地，倒也不尴尬，就是围观的人等不及，看不下去了。

"谢采青，我送你回宿舍。"正事没谈成，罗子航不添点乱担心夜里睡不着觉，特会来事地对盛雍道，"我听上课的朋友说，老师你是研究生，应该住在老校区吧。要不我和青青一起先送你到校门口？"

青青？谢采青蹙眉。

"罗子航是吧。"盛雍不看他，只顾专心慢慢地帮谢采青系风衣纽扣，"不必麻烦了，我在新校区附近有公寓，不比采青回宿舍远。而且，我刚从外地调研回来，她今晚也不一定住宿舍。"

谢采青瞪他，他就柔情似水地笑，跟真的似的。

罗子航不信："老师，你不是已经被青青拒绝了吗？"

"没错，所以我才要更努力呀。"盛雍忽然想到了什么，扭头对他说，"哦，对了，我掐指一算，下下周心情会不错，你可以来陪采青上选修课。"

"不换座位？"罗子航上当了，还是太年轻。

"你想坐哪里坐哪里。"盛雍抛下一句，牵起面前人的手，"采青，走，送我回公寓。"

远远地，罗子航说："老师，你可要说话算话啊！"

盛雍没回头，低笑着：就他这智商水平，来一卡车自己都不怕。

校道旁种着晚香玉，正值花期，幽香浮动，仿佛美人飘飘的衣袂。

两个人肩并肩走着，夜凉如水，盛雍体弱衣薄，谢采青脱掉风衣还给了他。

他没穿风衣，将它搭在手臂上："谢采青，我觉得你这个人特别没礼貌。"

找他说话他不理，这一开口就教训人，谢采青顿足，怔怔地看着他。

"我唱歌不好听吗？"见小姑娘一脸蒙，盛雍补问一句，"你为什么不给韩老板那条朋友圈点赞？"

谢采青才接触朋友圈，好友不多，自己不发也不常刷，哪里知道有这种礼仪规矩。

不过，她记得盛雍说过，盛老爷子在乎朋友圈反馈，所以他发的动态，她每条不落，都会点赞，哪里又会知道，盛雍会在乎韩柏延的朋友圈。

仔细想想似乎不对，谢采青问："你想让我点赞，为什么不自己发？"

"我发你不点赞，我岂不是更没面子，更不开心？"盛雍论歪理天下第一，"韩柏延手欠，偷拍我唱歌，没征得我同意，他不会发的。现在所有人都知道我失恋了，你说我要得到一个你点的赞，多不容易啊！"

自怜叫屈，好像全是谢采青的错，她哭笑不得。

"你知道我为什么掐指算出下下周心情会不错吗？"谢采青摇头，盛雍抬手指向夜幕中缺了半圆的月亮，"下下周过中秋节，老爷子让我带着你去老宅吃团圆饭、赏月、吃月饼。"

谢采青仰望夜空，过完中秋，国庆节也快到了。

"你不会拒绝我家老爷子吧？"盛雍很怕被拒绝，绕到她面前，"去老宅前，你先跟我回趟半山。我开学到现在，也忙地没时间回去，关姨和王叔打电话从来只问你好不好，我都失宠了。要再不把你请回去让他们瞧瞧，我的江山也快不保了。"

"江山？"谢采青疑道。

"你搬走之后，我还坚持每天去后山锻炼，认识了一位新朋友，叫'江山'，我取的。"盛雍有心吊胃口，等谢采青开口问，才继续讲，"一只黄不拉几的小松鼠，特别笨，又贪吃。每次它都扛着松果从同一根树杈上摔下来，但跑得和你一样快。它不信，我们约好了，有空带你去后山和它见面，赛一赛。"

能把理由编得像童话一样低龄幼稚，也只有孩子气的盛雍办的到。假得不能再假，却不妨碍他将所有的诚意与殷切融入字里行间。

我们宿舍已经约好一起过中秋节。已经想好的说辞，抵到舌尖也讲不出口，谢采青越是明白自己应该拒绝，越是狠不下心拒绝。

"上次见面，我问你的问题，你考虑清楚了吗？"谢采青捏紧捧在怀里的课本，眼睫微颤，"我如果什么时候都不能喜欢你，你怎么办？"

盛雍扶住她的肩膀，不答反问："采青，你有难处，所以不能答应我，对不对？"

谢采青一愣，惊讶得眼睛一眨不眨地盯着他，半晌后重重点头。

"你告诉我，我帮你解决。"盛雍迫不及待地道。

低头想了很久，谢采青露出坚定目光："盛雍，如果你不喜欢我，它就不是难处，不需要解决。"

"什么意思？"盛雍讶异。

手臂上的风衣滑落在地，谢采青帮他捡起来，轻轻掸去粘上的一小片灰尘。

"采青！"盛雍又用力扶正她的肩，让她与自己面对面，"我有多喜欢你，你一定看得出来，干吗要讲这种混账话来伤我？这和你爹把你押上战场，架把刀在你脖子上，逼我退兵有什么区别？"

谢采青心头一凛，整个人都傻了，忘记问他为什么会知道那晚大家胡编乱造的爱情故事。

是故事吗？为什么如此讽刺，与现实如此相似？

他当真信了，她好像也快要相信了。

盛雍何其敏锐："是不是和你爸有关？"

"你别问了。"谢采青逼自己速速清醒，"没有刀架在我的脖子上，我会为自己做的每一个决定负责。"

"我和你一样，也会对自己做的决定负责。"盛雍松开手，拿过风衣，"采青，我知道只要你不肯说，我什么也不问出来。我不为难你，从现在开始更不会再强迫你。同样地，你也不要强迫自己。如果做的决定不分对错，通通不能改变，这就是一个无情的世界。"

——我说过，这世界太难对付，我势单力薄，需要有人并肩作战。

——你不愿意，又把这世界变得无情，我已耗尽勇气，累了倦了，不想再对付它。

第四章
向日葵不开的夏天

（1）

一夜之间，盛雍又变回了以前那个盛雍，身体力行，彻底坐实"失恋"传闻。

他睡到晌午才去实验室，工作不在状态，丢三落四，连最基本的实验室制度好像也忘得一干二净。有天下班，他甚至疏忽到忘记把清洗过的玻璃器具放进烘箱干燥。

师兄师姐出于关心，多问了两句。他心情差，脾气特冲，嫌他们烦不说，还像一个神经病一样，把他们花了个大半月、过柱子分离出的高纯度茶多酚全部推倒，然后自己一人锁在实验室里，通宵达旦不睡觉，重新用硅胶柱层析法进行提纯。

他要么工作起来精神不济、漏洞百出，要么像打了兴奋剂一样，丧心病狂地玩命做实验。情绪波动如此剧烈，不用交代，全实验室的人都猜到这孩子八成是失恋了。他不抽烟不喝酒，身体条件摆在那里，也不能靠大量运动调节情绪，寻求不到妥善合理的疏通管道，可不就只能祸害实验室么。

好学生一夕变成大魔头，余老怪照样有办法收拾他。余老怪不打不骂，眼不见为净，一脚将他踹去广州参加茶博会，应付那些难缠的茶企茶商。三天博览会结束，他千万别来回折腾，直接转战江浙，蹲守有项目合作的淡水鱼养殖基地，记录实时检测数据。

如此枯燥、单调、孤独的工作，最适合失恋导致的失心疯患者修身养性。

直到中秋节前夕，余老怪才松口准他回来，放他大假调整状态，调整好了再滚回实验室卖命。

或许余老怪下药过猛，盛雍回来没通知任何人，也没回学校、回家，出机场就拖着行李箱，直接打车到深焦。人往私人包间里一钻，再没露面。

手机关机不联络，没日没夜地看电影，他吃喝拉撒全在里面解决。不能解决的比如洗澡，他干脆不洗。衣服倒是可以天天换，反正行李箱里有，他出差期间带的换洗衣服够多。

赶巧这些天韩柏延不在本市，和朋友跑去秘鲁探险，环游亚马孙喂鳄鱼、钓食人鱼。老板不在，盛小爷哪怕在包间常住过上日子，深焦也没人敢管一管、问一问，只要好吃的好喝的管够，伺候妥帖了盛小爷，准没错。

等到韩柏延被晒黑两圈回来的时候，盛雍已经在包间里住了整两天。

一个风吹日晒黑得像炭，一个不见天日白得像鬼；一个风餐露宿瘦成难民，一个茶饭不思瘦到脱相。见面眼对眼，两人差点互相没认出来，俱是一愣。

韩柏延："你吸毒啦！"

盛雍："你……才吸毒了。"

"你这体格，也不可能吸那玩意，闻口毒烟都能致命。"韩柏延像过山河大海一样，跨过横在地上乱七八糟摊开的行李箱，"我才走几天你就变成这副德行，怎么着，离不开我，视我为生命中的必需品？"

关掉电影，盛雍躺进沙发闭眼小憩："要不你死一个试试，看我离不离的开你？"

茶几上摆满各式各样的菜色，几乎没动。亚马孙物资匮乏，韩柏延此行最大的收获，是学会了珍惜粮食，他搬了一把圆凳，对着沙发坐下便开吃。

"之前我约你去秘鲁散心，你不去，非嘴硬说自己没失恋。现在呢，还打算为一点面子继续嘴硬？你想开一点，谈恋爱不能太在乎结果，重在参与嘛。我比你有经验，把自己封闭起来没有用，应该多出去走走，看看大千世……"韩柏延吃得香，突然响亮地吧唧起嘴来，偏要让某人睡不安生，"你别装睡不搭理我，我早就预料到你有今天了。"

果然，盛雍睁开眼："为什么？"

韩柏延打了一个饱嗝："我很早之前暗示过你，让你去问问谢采青，她有没有喜欢的人。"

"她没有！"盛雍弹坐而起，"除了我！"

"哟，很有自信嘛，兄弟。"韩柏延咧开油乎乎的嘴，取笑道，"我怎么没看出来她喜欢你，我只看出来你失恋，跑我这儿修仙。"

"我有感觉。"喜欢的女孩太内敛，盛雍列举不出具体细节，"她如果不喜欢我，拒绝的时候不会那么纠结。"

韩柏延半信半疑："可我妹告诉我，她亲口承认了不喜欢你。"

"她在敷衍韩曼迪，以她的性格，绝对不可能公开讨论自己的感情。"盛雍不假思索笃定道。

"你挺了解她的。"韩柏延说，"那你也应该知道，她这人挺固执的，是优点也是缺点。小姑娘不爱说话，但心里特别有主意，很难被旁人左右。"

"我知道。"

盛雍唯一一次和谢采青吵架，就是因为她固执坚持自己的处事原则。那晚不欢而散，盛雍说不会再强迫她，也是怕逼得太狠，她的态度会变得更坚决，再没有回旋的余地。

可不强迫她、不逼她，他就得逼迫自己压抑对她的感情，不去找她，甚至不能太想念她。

结果压抑大发了收不回来了。他本来就做什么都提不起多大兴趣，这回更是变本加厉，无心外物，颓废到极致，懒散到至高境界。如果吊命只需要一口气，他能懒到绝对不多吸第二口。

说着话呢，这孩子又栽倒进沙发里，恹恹地合上双眼。

韩柏延回想自己过往几次失恋，也没这么要死要活过，不禁有点羡慕，再看回盛雍，好像也不是很可怜嘛。

"雍雍，现在是不是只有来一个情敌，才能让你振作起来？"他笑着问。

听到"情敌"二字，盛雍停止运转三天的大脑猛地转动一下，"你认不认识一个叫……叫……"完了，脑子生锈转不动，他想不起来，"我忘了，当我没问。来一百个情敌，我也振作不起来。"

"你又嘴硬了不是。"韩柏延滑动手机，表情夸张，"这么巧，我刷出一条我干妹妹的动态。原来00后的孩子们也流行玩宿舍联谊，挨着我干妹妹坐的那个男生长得还行，重点是年轻，肯定不超二十岁。"

"省省吧，你干妹妹从来不发动态。"盛雍老僧入定似的，闭着的眼皮抖都没抖一下，"你亲妹妹喜欢发，你要编，不如编她带着采青去参加联谊，采青旁边坐着的男生……"

"你这家伙修炼成仙啦！"韩柏延打断他，瞪眼拍大腿，表情依旧夸张，但这次是真的，"我妹真发了一条动态！她真和采青在一起吃饭，采青旁边真有一个男生！"

"给我看！"

盛雍急眼了，欲抢手机，没好好吃过一顿饭，要力气没力气，却灵活得像一个胖子。

"等一下。"韩柏延轻松挡开，将手机举到自己耳边，"我先给我妹打个电话问清楚。喂，曼迪，在干什么呢……哦，和朋友吃饭。和什么朋友吃饭啊……哦，文学院学生会的朋友。我看你发朋友圈，采青好像也在……哦，刚开完会，顺便一起吃饭，开什么会……哦，哦，哦……"

"哦"到最后，韩柏延脸上挂起高深莫测的笑容，结束通话。

"你问清楚了吗？"盛雍急不可耐地加重语气，"给我看！"

"紧张了吧！"韩柏延耍贱，转着手机偏不给他，慢吞吞地道，"过完国庆，文学院要开迎新晚会，征集有才艺的新生表演节目。我妹和那什么文艺部的人特别熟，受邀当钢琴伴奏，顺便帮采青报了个名。今天，学生会召集表演的学生开会。开完会，我妹想让采青多结交点朋友，就约着一起吃饭。这答案，小哥你可还满意？"

大学生活都这样，正常且合理，盛雍坐回沙发上："采青表演什么？"

"舞狮啊！"韩柏延兴奋地说，"我已经可以预见，看腻了唱歌跳舞，采青戴着狮头上台表演，一定能轰动全场。喂，你要不要一起去看？"

刚恢复的活力和人气，就像回光返照一样来得快去得也快，盛雍没吭声，愈加消沉地深埋着头。他想起了曾经赖着采青表演舞狮，一直未能如愿。那个被她当宝贝的文狮狮头，至今仍摆在她曾住过的房间里。他好嫉妒，要是她也能像热爱舞狮一样热爱他，该有多美好……

"雍雍，雍雍……"韩柏延小心翼翼地轻唤了几声，人没动静，他重重地叹了一口气，"实话告诉你吧，谢采青拒绝你，十有八九是因为她已经有婚约了。"

"什么？"盛雍以为自己听错了，抬起一张万分震惊的脸，"已经有婚约？她那么小，怎么可能！"

"我也觉得不大可能，可是，是她本人亲口告诉我妹的。"韩柏延心里发虚，"……很早以前。"

"很早以前！"盛雍眼里快喷出火来，"为什么你现在才说？"

"我这不和我妹有过约定，谁也不能说嘛。"像被火光灼烧一般，韩柏延就着屁股一点一点往后挪圆凳，"雍雍，你可不准生气啊！你知道我是'护妹狂魔'，那时候我和采青刚认识，也不熟，要帮忙肯定帮我妹。再说了，谁知道后来你会对我干妹妹来真的。喂，喂，你去哪儿？"

"我找谢采青。"盛雍懒得和他废话，快语快步。

"等等等等等……"韩柏延急忙拦下他，"已经几点了，等你到学校，她早睡觉了。就算她没睡，你好意思这么人不人、鬼不鬼地去见她吗？"见盛雍有所松动，他又赶忙把人往沙发上请，"她在学校跑不了，你也不急于这一时。明天就过中秋了，你们一家人要吃团圆饭吧。老爷子如果见你这副德行，血压飙升到一百八怎么办？"

盛雍："乌鸦嘴！"

"我倒是想当喜鹊报喜，但喜从何来啊？"韩柏延以手当翅，扑腾两下，"我能这么有耐心地和你聊这么久，我觉得我更像一个天使。听天使一句劝，回家好好洗个澡睡一觉，让关姨炖鸡汤给你补一补，安安心心地先陪着老爷子把节过了。临睡前，你想想要找我干妹妹谈些什么，想清楚有把握了，再去找她也不迟。"

盛雍眼睛里空荡荡的，好像在听，又好像什么也没听，眉目低垂，沉默不语。

"采青和谁有婚约？"半晌后，他表情凝重地问。

"不知道啊，我妹当时没问。"韩柏延不得不放下刚端起的咕咾肉，"你担心，你问她，她不肯说？嗯，我估计她不会说。要不，先找别人打听打听？"

盛雍没有回答，他忽然发现自己对小采青的生活其实一无所知。她宁愿讲出那么残忍的话，也不肯告诉他实情，应该是因为嫌他没用，帮不上忙吧？

（2）

韩曼迪帮谢采青报名参加迎新晚会，发生在和511宿舍女孩们一起吃饭之前。

意识到自己再一次不征求本人意见就擅做主张，韩曼迪曾试图挽救，可名单已经上报到学生会了。谢采青的"舞狮表演"成为重点关注节目，万众期待，想挽救也来不及了。唯一弥补的方法就是发动自己的人脉关系，全城搜索可以和谢采青配合表演的狮尾，不但要会南派醒狮，而且必须专业。

功夫不负有心人，这样的稀缺人才不消几天真让韩曼迪找到了，居然也是一个女孩——省体院大三在读生，民族传统体育专业，正牌科班出身。韩曼迪安排她和谢采青见了面，两个女孩成长背景相似，又有共同语言，一见如故。

为了保持节目的神秘性，两个女孩将练习的地点定在体院。几年前，体院成立了自己的龙狮表演队，有合适的场所和完整的道具配备，也有专业教练能给予指导。谢采青白天、晚上都有课，只能见缝插针地抽出时间，赶公交车去体院排练。

生活过得充实，她自然没有精力和时间东想西想。

今年中秋节和国庆节离得近，只相差几天。

知道谢采青国庆要回家，没法排练，体院女孩提前打了招呼，跟着家人出国旅游。

闲下来了，谢采青决定回趟半山别墅。一直借用体院舞狮队的狮头狮披，她想回去取自己的狮头，之前担心宿舍放不下，所以暂时把它留在了别墅。

谢采青问过盛平湖，也问过韩曼迪，都说盛雍被导师发配到淡水鱼养殖基地了，天天喂鱼玩，逍遥自在，一时半刻回不来。

谢采青害怕和盛雍见面，那天晚上，她伤了他，他是带着怒意走的。

她承认自己残忍，也承认自己无能为力，她想不出能将伤害减轻到最低的办法。也可能只要是拒绝，这样的方法就根本不存在。她更责怪自己一直在犹豫，太优柔寡断，也许一开始就应该和盛雍保持距离，泾渭分明。

可她并不知道，感情这东西如果可控可衡量，哪里还会有那么多为情所苦、为情所困的痴男怨女。

晨练结束后，谢采青和王叔联系，坐公交车到山下，他开车来接。刚走出宿舍楼，她听见后面有人喊她的名字，声音有些耳熟，慢下脚步转过身，是那个喜欢威胁人的罗子航。

校园里珍贵的银杏树都已经开始零星泛黄，罗子航仍穿着短袖T恤，人热情不见外，内火好像也格外旺。

"你该不会脸盲，又认不出我是谁了吧？"他走到谢采青面前，无奈到发笑，摸自己的脸，"见一次忘一次，我没觉得自己长相很普通、很大众啊。"

谢采青当然不脸盲，上回选修课第二次见面，她就记得他，对他那个高处侧空翻更是印象深刻。

"有你的，谢采青，和那个老师联合起来蒙我。幸亏我聪明，趁老师不注意，偷翻了选修课点名表。"怪罪完，他像一个没事儿人一样，又笑呵呵地问，"你去哪儿，上课还是自习？我陪你。"

"我有事，要出校。"谢采青没时间和他闲聊。

"正好我也有事找你，送你到校门口，我们边走边说。"罗子航两大步到她前面，然后转过身与她面对面，不看路，退着走，"你不好奇我是怎么知道你住三号楼，今天又是怎么找到你的吗？"

"不好奇。"而且她不喜欢他的说话方式，觉得他有点烦。

罗子航恨恨出一口气："哎呀，我和你没法聊天，一聊就死。论坛里有你的视频，我又知道你的名字，多找几个人帮忙打听，就很容易找到你的信息了，哪个学院、哪个专业、住哪栋楼、哪个宿舍。厉害吧？"

谢采青不想回答厉不厉害，她只想离他远点。

"你们中文系的同学，我也认识几个，有个和你不同班，住你隔壁宿舍。你出门她看见了，给我打电话。我刚巧在附近，所以特意跑到宿舍楼底下堵你。"罗子航也是一个话痨，"我煞费苦心找你，你多少给点面子，和我对对话呗。"

谢采青停下脚步："你找我到底有什么事？"

"哈，我没事不能找你吗？"罗子航像多动症似的，在原地蹦跶一下才站定，"好啦，好啦，我不和你开玩笑。谈正事！我诚意邀请你加入跑酷社，当副会长。"

"我不。"谢采青拒绝得痛快。

"为什么？"罗子航心里就不痛快了，"大学是什么地方？是充分展示自我、尽情绽放才华的大舞台。你明明是一个顶尖的跑酷高手，为什么要埋没自己，隐藏实力？"

谢采青压根不为所动，平淡道："你误会了，我只是略通皮毛。"

"这话你骗别人可以，骗不了我。"罗子航侧身一挡，不准她再往前走，"我说我认识韩柏延，记得吧？确切地说，我得喊他一声Boss。他投资了一家职业跑酷俱乐部，我是成员之一，最年轻的元老级人物。我是通过他才认识你的。"

谢采青没说话，看着他，等他继续讲下文。

"你是不是拍过一个运动鞋广告？我偶然在Boss手机里看过一小段，是你高台速降的片段。我问过他，他不肯说。后来我去把那广告找来看，太凶残了，你的片段被剪得七零八落，完全看不到你的正脸。你没去投诉？"

这就是我同意出镜的唯一要求，怎么可能去投诉？谢采青心想。

"有广告为证，你赖不了账。"仿佛手捏王牌，罗子航笑得有些得意，"那天社团招新，那帮菜鸟幼儿园级别的表演，我看不下去，要早走一秒或者你再晚出现一秒，我们都不可能碰面。可既然碰到了，英雄惜英雄，惺惺相惜懂吧，我肯定不会轻易放过认识你的机会。"

谢采青摇头："我不是英雄。"

"行，你不是英雄，我是。你是高手。"罗子航面带微笑，伸出右手，

"和英雄交个朋友吧，高手同学。"

谢采青略作迟疑，回握。

罗子航耍心机，将她的手握牢，一摸再一翻："你还敢说自己只懂皮毛，你这手掌上的老茧，难不成是天生的？"

谢采青往回抽，手却被握得更紧："罗子航，放手行吗？"

"行行行。"他立刻照办，为了表示友好，两只手全背到身后，"学校现在有了跑酷社，你我都是Z大一分子，是不是也有责任出一分力？我有信心，我们强强联手就是顶级配置，像社里菜鸟说的，绝对能把跑酷社发展成Z大第一流的社团。热血不？你来不来？"

"不去。"谢采青有如一杯永远烧不开的水，"谢谢你的邀请，但是我真的不想加入。"

"为什么啊？"罗子航的脸登时垮得像城墙坍塌，"谢采青，你不要误会，我对你没任何其他想法。那天晚上，我是故意逗着你玩的。你不是我喜欢的类型，我对你纯粹只有技术上的赏识和敬重。"

"不好意思，我……"

"你再想想吧。"罗子航抬手阻断她的话，不遗余力地苦口婆心道，"玩跑酷的女孩是珍稀资源，像你这样的高手更是少之又少。你不答应，我就天天缠着你，缠到你答应为止。"

谢采青平淡地望着他："英雄不会强人所难的。"

"这个时候，我宁为小人也不做英雄。"校门近在眼前，罗子航一不做二不休，干脆小人做到底，"要是再让那个老师撞见误会什么，我可绝对不解释。哎，你不肯接受我的邀请，该不会因为在和那个老师谈恋爱，没时间吧？"

"和他没关系。"像是引线被噼啪点燃，很少发脾气的谢采青沉下脸，"罗子航，你为什么要玩跑酷？"

"因为酷，刺激，我喜欢。"罗子航答得飞快，也问，"你不是吗？"

"我不是。"谢采青正色道，"我几年前接触跑酷是为了别的目的，后来目的达到了，所以我不会再碰了。"

罗子航半信半疑地挑眉："什么目的？"

谢采青没有回答，加快脚步："校门口到了，再见。"

"好吧，好吧，再见。"眼看她走到马路边等信号灯，罗子航大步流星追过去，"你什么时候回来？今天过节，晚上我请你吃饭。"

谢采青一愣："过节？"

"中秋节啊，姐姐。"罗子航露出大白牙，笑着道，"这顿饭就当是我表达对你这位高手的仰慕之情，保证没别的意图。你不愿意加入社团，不影响咱们交朋友，你说对吧？"

没回应，谢采青像在神游，直直盯住对面的信号灯。红灯变绿灯，行人们纷纷踏上斑马线，只有她原地不动，丝毫没有意识到周遭的变化。

"喂，谢采青，睁着眼睛睡着了？"巴掌伸到她眼前一阵乱晃，罗子航问，"你在想什么？"

谢采青倏然回神："你刚才说什么？"

"晚上我请你吃饭，表达我对……"

"再说吧。"

绿灯开始闪烁，谢采青没有听完他的话，匆匆穿过马路，走向公交站台。

她忘了今天是中秋节，只能抱着侥幸心理祈祷，但愿盛雍不在家。

（3）

如谢采青所愿，半山别墅只有关姨和王叔两口子在。

已经推辞掉关姨留下吃团圆饭的邀请，她不好意思再推辞中午的便饭。好长时间不见，关姨拉着她有讲不完的话，吃过饭又把她留下，三个人去后院打桂花。

万里晴空，天气不冷不热。

别墅后院的金桂开得欢腾，黄灿灿的小花一簇簇坠于枝叶间，满院飘香。

盛老爷子从前贪杯，得了高血压，谨遵医嘱戒掉白酒，只好一口关姨用家传手艺自酿的桂花酒。古法酿制的桂花酒甘冽清爽，老爷子每日一小杯，离不了，欠不得。

关姨酿酒讲究，桂花必须是现用现打，要干干净净，没落过地、沾过灰。

先围着桂树铺一层塑料布，三个人戴上口罩，再用竹竿轻拍沉甸甸的树枝。随着枝干的摇摆，一场金色小雨洋洋洒洒，不一会儿便铺满了整张塑料布。

关姨说，打桂花要在花开得最好的那一两天，早了不行，晚了也不行。

关姨还说，戴口罩是为了不让人吐出的浊气污染金贵的桂花。

忙完酿桂花酒的第一步，关姨还是不放谢采青走，招呼王叔抬桌搬凳，三个人坐在树下休息。显而易见，两口子有话对谢采青讲。

"老爷子说，雍雍几天前就回来了，谁也没看见人影，又不知道到哪里玩去了，也不着家。"关姨语气里并没有埋怨，她用竹编笸箩一下接一下筛着桂花，顿了顿，小心翼翼地问，"采青，你们吵架了？"

"没有。"谢采青轻轻摇头，眼光不自觉地扫向二楼那扇帘布紧闭的窗。

"没吵就好，没吵就好。"

筛桂花的动作慢下来，关姨犹豫地看向王叔。见他皱着眉头摆手，她立刻横着眼睛摇头，他扭脸避开，她就负气似的重重筛下笸箩……两口子打着最明显不过的暗语，一旁的谢采青想装看不见都难，于是她从关姨手里接过笸箩，学着关姨先前的样子轻轻筛动。

谢采青微微一笑，温声道："关姨，有什么话您直说吧。"

和王叔没达成统一意见，关姨干脆不管他，转到谢采青跟前直抒胸臆："采青，关姨就想告诉你，雍雍是一个可怜孩子，一出生没了妈，刚满月爸爸又失踪了，到现在也不知是死是活。雍雍能活下来特别不容易，不足月的早产儿，一生下来就被送进新生儿重……重……"

"重症监护室。"王叔接过话，"三斤一两，他住了两个多月的院。人也不能进去看，我只能趁送奶粉的时候，找护士打听孩子的情况。不大点的孩子肺部感染又得了败血症，什么罪都受了。生了病，他体重最轻的时候还不到两斤，花了十几天才恢复到出生时候的体重。我还记得护士跟我说，每天只能用小针管从鼻子往里滴奶。"

"出院那天，我和他一起去接的孩子。"关姨两只手比画着拢成一小团，"雍雍瘦得像一只小猫崽，抱在怀里轻飘飘的。我心疼啊，一抱起来就舍不得放下，孩子能活下来太不容易了！我让他去跟老爷子说，我们两口子日盼夜盼想生一个孩子生不出来，这小猫崽如果老爷子不要，我们要！"

关姨语气中流露出的怨怒令谢采青吃惊，她更想不到备受老爷子宠爱的盛雍曾经被他抛弃过。

"唉，人活着，谁能保证一辈子不犯错？"王叔帮关姨摘掉落在发间的桂花叶，然后对谢采青说，"儿媳没了，儿子想不开也离了家，下落不明，白发人一连送走两个黑发人，老爷子难过啊，跨不过心里那道坎，头些年怎么也不肯见孙子。雍雍到三岁还没起名，我们又不敢给他起，我只能硬着头皮去问老爷子。"

"何止不肯见，老爷子当年心太狠，根本没把雍雍当成自己的孙子。"

历历在目的旧事，关姨一直揣在肚里假装忘记，既然今天跟谢采青说起了，一定要一吐为快，"你知道雍雍的名字怎么起的吗？他去老宅那天，老爷子在看《雍正王朝》，给孩子取名多大的事啊，他随随便便就定了。老王觉着叫'平雍'不好听，大着胆子问了一句，老爷子图省事，把字辈一摘，完事啦！"

"名字嘛，只要雍雍不在意就行。"王叔赶忙倒杯水，送到关姨手里，"你不记得啦，雍雍小学毕业那年，老爷子提过给他改名字，他自己说挺好的，不用改。"

"不改也对。"转念还是意难平，关姨将杯子端到嘴边又放下，心直口快道，"不改名，还能给老爷子提个醒，那些年他有多亏欠雍雍！依我看，要是没有那场意外，要不是雍雍替老爷子挡了一劫，差点送命，老爷子兴许到现在还不肯认这个孙子！"

"行啦，该说的说，不该说的你不要说。"王叔挺起腰板，横眉厉声道。

意识到自己口无遮拦，关姨吓得捂嘴，忐忑地看向久久不发一言的谢采青。

"关姨，盛雍十岁那年因为一场意外身患重病，去少阳治了一段时间，我就是在那个时候第一次和他见面的。"压往心底早已翻江倒海的震惊，谢采青没想太多，知道自己只有这一次追根究底的机会，诚恳而坚定地道，"关姨，王叔，拜托你们告诉我，那到底是一场什么样的意外。"

见谨言慎行的谢采青把话问到这个份上，关姨和王叔迟疑着，为难地你看我我看你，又用眼色打起暗语。

"采青，这刚摘下的桂花要及时找个通风的地方阴干。"关姨说着，端起笸箩起身，经过王叔旁边，不经意地伸脚踢他一下，最后使了个眼色，便往屋里走。

"这……这人，"憨厚的王叔反应不过来，朝着关姨的背影点手指头，气得不行，"嘴快，跑得更快！"

"王叔，告诉我吧。"谢采青铁了心问到底，一把抓住他的胳膊，"你告诉我，我可以装作什么都不知道。"

"唉！"王叔没有办法，拿起杯子，仰起头喝酒似的一口喝光杯中的水，再面向谢采青时，神情复杂而沉重，"你关姨说得没错，雍雍十岁那年，是帮老爷子挡过一劫。老爷子喜欢吃你关姨包的鲜肉粽子，每年过节我们都会包好送去老宅。也不知道怎么回事，那年端午节，雍雍非缠着我们要跟着一起去。雍雍自小跟着我们长大，从没去过老宅，也没见过盛家的人，我们也是一时心软，想让孩子见见家人，就同意了。"

"那天老爷子可能因为过节心情好，也可能因为第一次见骨肉相连的孙子，对雍雍还算和气。雍雍是一个懂事的孩子，知道爷爷不喜欢自己，哪里也没去，就躲在厨房里帮忙。你关姨把粽子端上桌的时候，他才跟了出去，主动给家里每个人发粽子。发到老爷子那里，老爷子剥开板栗粽正要吃，雍雍突然喊了声爷爷，说自己没吃过板栗粽，能不能尝一口。"

"老爷子见孩子乖，把粽子给了他。他只咬了一口，不到三分钟就倒在地上，浑身抽搐，口吐白沫。送到医院抢救，检查过后才知道，孩子是中了毒，杀虫剂。好在抢救及时，孩子命是保住了，但身体垮了，住了很长时间的院。"

"雍雍如果没向老爷子要粽子吃，躺在医院的人很可能是老爷子。也是从那以后，老爷子变了很多，越来越疼雍雍。盛家人对雍雍也很好，头些年不敢认他，就常常背着老爷子派人给我们送这送那。老天开眼吧，他命大，苦尽甘来，小时候缺失的爱这些年也得到了补偿。"

"不管怎么说，他懂事，没记恨老爷子，全心全意地孝敬老爷子，老爷子对他也是巴心巴肝地疼着宠着，祖孙俩现在这样，是最最圆满的。"

讲出来也轻松了，如释重负的王叔使劲敲了一下大腿，站起来。

"王叔，"谢采青眉头紧锁，叫住他，缓缓道，"粽子里的毒，是有人下的吗？"

王叔像是累了，虚晃一下站稳，而后淡笑着按了按她的肩："孩子，过去的事已经过去了，没有人追究，没有人再提。你知道也当不知道，不要多问了。你和雍雍一定要好好的，王叔和关姨谢谢你了。"

再多的波折、再大的苦难，只要结局是所有人喜闻乐见的，也就不必再苛求更多。

事发后的一个月，王叔种在家里的向日葵竞相盛放，唯有一株没有开花，掉光了叶子，枯萎死去。

王叔在花盆里发现了一根针管和一个撕去标签的小空瓶。常年养花的他认得这个瓶子，是无色无味的液体农药……他不敢深想，背着关姨急急扔掉瓶子，也没有告诉任何人。

那场事故究竟是不是意外，谁也说不清，又或许所有人都希望它只是一场单纯的意外，忘记最好。

人生在世，只需望繁华，何须顾离殇。

（1）

不知道神龙见首不见尾的盛雍什么时候会回来，关姨已经养成习惯，每天打扫一遍他的房间。关姨拾掇好桂花上了楼，推门按开吸顶灯，幸亏她常年跳广场舞，身体灵活闪得快，否则差点被一个行李箱绊了一个大跟头。她再往床上仔细瞅，半裸的盛雍趴着，没盖被子睡得正香。他换下的脏衣服和用过的毛巾七零八落全扔在地上。

关姨将衣服一件一件捡起来，走到床头，没开口喊，半睡半醒的盛雍先挑起眼皮，嘟囔着叫了声关姨，脸扭到另一侧，继续睡。

一眼看出孩子瘦了，脊梁骨凸得像算盘珠，关姨掀被子把他盖严实，省得心疼："你什么时候回来的？"

"昨天后半夜，太晚了，我没吵你们。"艰难地再度睁开眼，盛雍摸手机看时间，见还早，眼皮一闭，说梦话似的又道，"关姨，帮我炖一大锅长身体的鸡汤，尽管加料，越补越好，我睡醒了喝。"

"行，你好好睡。"关姨抱着脏衣服朝门口走，"我去跟采青说一声，你已经回来了，免得她担心。"

"采青来了！"

某人瞬间彻底清醒，精神抖擞得像干了一碗十全大补汤。关姨来不及转身，眼珠打个闪，某人白花花的身影就一晃而过。她这辈子第一次见他跑得这么快。感叹到一半，白花花的人又跑回来，从她满怀的脏衣服里随便抽出一件，囫囵套上，"咚咚咚"冲下楼。

一楼客厅空空荡荡，盛雍急得朝二楼喊："关姨，采青人呢？"

"你悠着点，行不行？"不穿袜子打赤脚是关姨的大忌，她像投手榴弹似的往下扔完拖鞋扔袜子，"穿上，穿上，她在后院。"

又要忙着穿袜子，又要忙着赶去后院，盛雍跟跟跄跄一条腿蹦跶。越忙越出错，他费了老大的劲穿好一只袜子，却一不留神身体失去平衡，倒栽葱似的头朝下翻倒进沙发里。

"啊！"

"小祖宗，你没事吧？"关姨在楼梯处紧张地问。

沙发里伸出一只白白瘦瘦的小细胳膊，摆了摆："没事，没事，我好得很。"

盛雍揉着头顶爬起来，摔得有点蒙，眼带重影，一动不动坐着定了几秒钟的神，稍有缓和一抬眼，便看见谢采青站在离自己几步远的地方，忧心忡忡地望着他。

盛雍想要矫健地一跃而起，潇洒地甩头眼放电，笑容迷人say hello，成功化解尴尬和滑稽。

主观愿望是好的，但客观条件不允许。盛雍试图坚强地站起来，奈何几天没怎么吃饭，腿都是晃的。他仅有的力气全用在刚才冲下楼了，此刻血槽告急，只抬起半边屁股，就软趴趴地跌了回去。

总的来说，他比刻意演的还矫揉造作。

"采青，吃月饼了吗？"没话找话找出这么一句，盛雍想咬舌，没等咬，又说，"采青，你去哪儿？"发现她只是绕过沙发帮他捡拖鞋和剩下的一只袜子，猛飙到嗓子眼儿的心又落了回去，"采青，我……"

在他脚边放下鞋和袜子，谢采青端正地坐进旁边的单人沙发里："你什么？"

"我……"想到大半夜都没想好该和她说什么，盛雍快愁死了，弯着腰，磨磨蹭蹭穿袜穿鞋，心下一横坦诚道，"我没想到你今天会来。"

"我也没想到你会在家。"

视线聚焦在他皱皱巴巴的衬衫上，心神缥缈，谢采青鬼使神差地伸出手，帮他把卡在脖子里的后衣领翻了出来。

盛雍反应快，一勾手捉住她的手，十指紧扣："采青，你是不是觉得我是一个一无是处的窝囊废？"

"对。"谢采青脱口道。

盛雍哑然，早知道应该换一个委婉点的形容，很是难过地嘟哝："也没有那么窝囊吧。"

谢采青不用思考："你提不动东西，拧不开瓶盖，受伤不会自己抹药，不会缝扣子，身体不好，常常生病，站没站相，坐没坐相。"

条条属实，绝无夸张，盛雍脸都听绿了，谢采青把最后一条说出口，他立刻把自己拔成泰山顶上的一棵松。

为了忍住笑，谢采青适时地缓了一下："最可恶的……"

"还有啊？"这大喘气，盛雍胸闷心慌快要窒息了，"过节一般不批评小孩，差不多得了啊。"

"最可恶的是……"谢采青置若罔闻，加重语气，"你不会照顾自己，不会爱惜自己，常常让身边的人为你担心。"

刹那间心田像淌了蜜，盛雍不敢高兴得太早，战战兢兢地说："我身边的人包括你吗？"

"不包括。"谢采青决绝地摇头，"我指的是关姨、王叔、韩曼迪、盛平湖、柏延哥、余教授，还有盛师叔。"

一记重击，泰山顶上一棵松像遭了雷劈，把自己委顿成村口的歪脖树。

"我也不想啊，谁让你不要我，害我失恋的。"知道自己理亏，可失恋的人哪儿有不折磨自己的，"你站着说话不腰疼。你是没失过恋，你要试一次，兴许还不如我呢。"

"不用试，我一定比你坚强。"谢采青拿捏着力道，轻踢他的小腿肚，"你起来，打起精神。以后会遇到的困难多的是，你这样……"——我一点信心也没有。

盛雍勉勉强强坐直，继续发牢骚："你就是我遇到的最大困难。"

"太难，所以你决定放弃了？"

"我没说要放弃啊，这不正想辙，暂时没头绪嘛。"

"你慢慢想吧，我走了。"

今天的盛雍一定是一个没有灵魂的盛雍，好脑瓜子可能喂了养殖基地里的鱼。他不但没听懂谢采青的暗示，而且见她上楼，还稀里糊涂地说一句："你上楼帮我叠被子也没有用，我幼小的心灵已经被你深深刺伤了。"

"谢谢提醒。"谢采青停在楼梯中间，回头笑，"我再补充一条，你人懒，从不叠被子，不整理房间。"

"谢采青！这是两条！"

重点抓不住，抓语病挺在行，活该你挨批评。

谢采青下午有课，要先把狮头送到体院再赶回学校，时间有点紧，王叔开车送她。

谢采青抱着狮头走出房间时，盛雍刚上楼，正要回房洗澡，两人还没说话，谢采青的老爷机先响了。手机揣在牛仔外套口袋里，她两只手都占着，不好拿。盛雍想也不想，顺着声音摸进她的口袋，帮忙取出手机，动作很自然也很绅士。来电显示的是数字，他又顺便帮忙按下免提，然后将手机举到谢采青面前。

"谢采青，你什么时候回来？我去校门口接你。"

那边传来罗子航的声音，盛雍没听出来，管他是谁，先戒备着皱眉。

采青不接受他是人民内部矛盾，有人惦记采青是外部矛盾，抓重点不行，主次缓急他分得很清。

改用一只手抓握狮头把手，谢采青接过手机，不答反问："你为什么会有我的手机号？"

电话那边的人也不回答："我加了你的微信，你记得通过。月饼我买好了，南门外面有家水煮鱼味道贼棒，我带你去吃。"

谢采青没开口，盛雍先把脑袋凑到手机屏前："关姨做的水煮鱼更不错，你要不要尝尝？"

"可以啊，在哪里？需不需要我先去排队？"满脑子想着请客吃饭，罗子航说完才发觉换了一个人，牛气哄哄地问，"你谁呀？谢采青呢？"

"谢采青在我身边。"盛雍擒住谢采青的手腕，不准她移开手机，不冷不热地反问，"你是谁？"

"我是……"

"罗子航，晚上我要和宿舍姐妹吃饭。"谢采青没和他较劲，也靠向手机屏，速战速决，"祝你中秋节快乐，再见。"

她没留意到两个人头碰头，盛雍留意到了。他可不想说再见，笑眯眯地问："罗同学，这两周我不在，选修课的上座率高吗？"

"老师！"罗子航后知后觉，原地纠正态度，毕恭毕敬地道，"老师千万不要误会啊，我请谢采青吃饭没别的意思。友谊第一，私人感情第二。"

"你这解释，还不如不解释。"盛雍拉着谢采青靠墙而站，聊兴正浓，"我很好奇，什么样的私人感情这么大公无私，能排在友谊之后。"

"我想说服谢采青加入跑酷社，老师帮我吹吹枕边风呗。事成之后，我请你吃饭，就吃那什么姨做的。"

谢采青羞得耳热，忙接过话："罗子航，我已经说了不加入跑酷社，你能不能不要再提了？"

"好好好，我不提不提。"电话那头的罗子航讨好似的嘿嘿笑，"你们宿舍吃饭能不能带上我？我也想做小姐妹。"

"采青。"盛雍冲着手机喊她的名字，正经道，"罗同学的要求必须满足，晚上记得带刀赴约，再备点酒精、纱布、止疼药，我这儿正好有，万一失血过……"

"老师节日快乐！老师再见！"

将手机放回谢采青的外套口袋，盛雍不爽道："他怎么对你死缠烂打的的？"

接通电话又耽误了一些时间，谢采青急着走，没解释，给了他一个自行领会的眼神。

今天盛雍魂不附体，听话都听不懂，能理解更高难度的眼神才怪。盛雍澡也不想洗了，快步追上她。

"我送你。"

"我不用你送。"谢采青睨了他一眼，继续说，"你好好收拾收拾自己，再去见盛师叔。"

"我知道。"盛雍早考虑妥了，"老爷子问起来，我就全推给余老头。我在实验室被当成牲口用，参加茶博会被当成交际花用，蹲守基地又被当成移动数据库用。我连轴转，身心俱疲，能不瘦吗？"

叫苦叫累是他的风格，谢采青想着又道："你代我向盛师叔说声抱歉，不能陪他过节。"

"我知道。"盛雍像汇报材料，字正腔圆，"我会跟老爷子解释，你有约在先，小姐妹们都是离家在外的莘莘学子，和她们一起过中秋更有意义。"

"你顺便替我向你家人问好，祝他们节日快乐。"

"我知道，你的祝福我会准确传达给每一个人。"

（2）

511宿舍的中秋聚会地点是李姝书定的，恰巧就定在南门外的水煮鱼店。

韩曼迪不和家人团圆，也跑来搭伙过节。韩妈妈不知道收到什么风声，整天张罗着给他们兄妹俩相亲。家里有老人还敢不出席团圆宴，只有我行我素的韩曼迪干的出来。

做大哥的韩柏延不一样，他找了一个斯洛伐克洋姐冒充女友，语言不通，不会露馅。可他忘了斯洛伐克语和捷克语同属于西斯拉夫语支，一半捷克血统的韩妈妈和冒牌女友交流无障碍。一问三不知，冒牌女友水蓝色的眼珠里全是茫然，韩柏延的一出好戏彻底演砸锅。

打着"善始善终送冒牌女友回家"的幌子，韩柏延一送就把自己送到了盛家老宅。盛家兄弟们太热情，非要"挽留"他吃团圆饭。恭敬不如从命，反正两家关系铁，在哪里吃都一样。韩老爷子一听不乐意了，孙子、孙女不在身边，儿子、儿媳又不会喝酒，这节过得要人气没人气，要氛围没氛围。怎么办？打着"捉拿不孝孙子"的旗号，韩老爷子三口人名正言顺地也去了盛家老宅。

盛家人热情啊，岂有不留客吃饭之理？

这下，本来就人丁兴旺的盛家变得更加热闹红火。

盛家老宅是一幢二进四合院，地处闹市，但位于巷弄最深处，闹中取静。

始建于民国时期的四合院，因为维护得当，整个院落仍保持着古建筑的原汁原味。而各个房间则被改造装修成了适合现代人居住的环境，暖黄色调，配有智能化家具。

老爷子的儿子们生在老宅，长在老宅，成家立业后陆陆续续搬了出去。孙子辈里只有老大盛平威和老二盛平震结了婚，自立门户。老三盛平江玩艺术，常年外出采风，老四盛雍独居半山别墅，盛老爷子为打高球又满世界飞，实际上，只有老五盛平湖是老宅的常住人口。

中秋佳节月圆人团圆，老爷子给在老宅做事的所有人放假三天，回家过节。这三天，老宅的琐碎杂事全交由儿孙们打理，逢年过节才有机会全员到齐聚一聚，一起做家务是联络感情的最好方式。盛家今晚的团圆宴由盛雍、盛平湖亲自掌勺，色香味比不过老宅里的前国宴大厨，但胜在两位厨师的颜值和心意。

大家庭和睦，又有老友作陪，盛老爷子高兴，多喝了两杯桂花陈酿。韩老爷子虽胖，但没有三高，喝的是茅台，美酒飘香，故意咂嘴挑拨老友的酒瘾。盛老爷子也逗，拿起一只肥美的大闸蟹有滋有味地嗑蟹黄，同时附送儿歌一首——螃蟹一呀爪八个，两头尖尖这么大个……馋得嘌呤超标的韩老爷子直咽口水。

就这样，两个老头也没吵起来，因为提前约好，过节休战一天，不吵架。

晚饭后，儿子、儿媳们陪着两个老爷子在院落里赏月，听小曾孙女小菱角说段子。有个当单口喜剧演员的妈常常在家里对着镜子练习，小孩子记性好，听两遍就能记住七七八八。鬼精灵的小菱角今晚自告奋勇，在旁边妈妈的提示下，说起段子来像模像样，把众长辈逗得掌声不停、笑声不断。

院子里热闹，显得阳气旺盛的东厢房格外安静，只有麻将牌磕磕碰碰的声音。

牌桌上坐着盛家老大、老二、老三和韩柏延，男人不像擅长一心二用的女人，打牌就专心打牌，没人闲聊。剩下盛平湖和盛雍，一个拼不过运气、牌技，也拼不过腰包，没资格上桌；一个不喜欢打麻将，嫌累。

把电视里播的中秋晚会当背景音，兄弟俩懒洋洋地窝在沙发两头玩手机。

谢采青那段替小姐妹解围的视频，盛雍已经不知道看过多少遍，依然看得津津有味。看着看着，他心里渐渐有了主意：要想突破小采青的防线，必须先弄清楚她死守婚约的原因。她不肯说，他大可以找别人问。反正余老怪给他放了大假，他有的是时间追根究底。

打牌的打牌，想事的想事，谁也没注意到，盛平湖戴上耳机，偷偷把手机的后置摄像头对准了厢房里的人。

得知盛家今天的聚会，511三个女孩吵着要见见"质子殿下"的庐山真面目。于是，韩曼迪和盛平湖现场视频连线，玩起有奖大竞猜，猜猜谁是真正的"质子殿下"。

镜头慢慢环绕厢房一圈，围坐在手机旁的女孩们特别不矜持，直呼好帅好帅，个个都像"撕漫男"。苗灿更是直接，说有一种在巴黎时装周看秀的感觉。

"你去过巴黎时装周啊？"李姝书问。

"我去过。"韩曼迪插进话，忽然兴起，一拍桌子，"择日不如撞日，国庆我们一起去纽约看秀吧！"

"曼迪学姐，我们不是你，不能说走就走。"苗灿摇着头直笑，"我很想去，但是没钱，而且国庆有Vlog要拍，有视频要剪。姝书去敦煌莫高窟，宁宁外地的同学要来玩，青哥回家。对了，青哥，你买好火车票了吗？"

离手机最远的谢采青点点头："嗯，后天下午。"

窦心宁："我后天正好要去火车站接同学，我送你吧。"

"用不着，小别胜新婚。"韩曼迪掰下一小块月饼扔进嘴里，笑得暧昧，"雍雍哥肯定会在站台和你上演一幕难分难舍的戏码。都这么久了，你们也该和好了吧？"

谢采青想了想，嘴角上扬："和好了。"

李姝书："按照我们宿舍的规矩，你们要请吃饭哦。"

"我们宿舍什么时候有的这条规矩？"苗灿一脸好奇道。

"即时起。"吃货李姝书五指张开，一根根掰着道，"不光交男朋友要庆祝，法定节假日肯定要庆祝吧，511宿舍日要庆祝吧，期中、期末考试结束要庆祝吧，考完四六级要庆祝吧，你们生日也要庆祝吧……我六月的生日，已经过了。你们今年生日过了吗？"

苗灿："我的过了，我四月生日。"

窦心宁无限惋惜："我二月的。青哥，你是我们宿舍最后的希望。"

谢采青抱歉一笑："我的也过了。"

到嘴边的生日蛋糕们插着翅膀越飞越远，忧伤过后，李姝书振臂高呼："没关系，姐妹们，我们等明年！"

她这架势像销售公司开动员大会，所有人都听笑了。

"各位小仙女，咋聊跑题了呢？"这时，手机里传来盛平湖的声音，"你们还猜不猜哪个是我四哥？不猜我可挂啦。被发现我和你们玩这么无聊的游戏，我又该挨骂了。"

"猜猜猜！"最先提议玩游戏的窦心宁兴致最高，"不难猜呀，我觉得质子殿下肯定是白头发的那个。你们觉得呢？"

苗灿、李姝书异口同声："同意。"

"为什么？"全部猜中，盛平湖很惊讶，"你们从哪里得到的灵感，是不是作弊了？"

细节控窦心宁答："我们可没作弊。提示太明显，质子殿下和青哥是同款发型。"她对谢采青竖起大拇指，"有创意哦！"

"我的判断依据和你不一样。"李姝书接着说，"我刚才只是留心观察了一下曼迪学姐和青哥的反应。青哥藏得太深，我没瞧出什么。曼迪姐你看到质子殿下的时候，可能是怕暴露吧，下意识地移开了视线。"

"是哦。"韩曼迪自己也没留意。

"而我的灵感呢，来自你的心理暗示。"苗灿对手机里的盛平湖道，"你镜头扫过沙发的速度比扫过牌桌的速度慢。"

听到最后，盛平湖只有两个字："服气！"

韩曼迪问谢采青："你这都是些什么神仙室友啊，一个比一个能说会道，一个比一个像侦探。包括你，我总觉得你生错年代了。你像一个深藏不露的女侠客，仗剑走天涯，行侠仗义。"

谢采青闻言一笑："你的评价太高了。"

"不高呀。"苗灿道，"青哥，你难道不知道，你特别能给人安全感吗？我要是一个男的，肯定会喜欢你。"

李姝书和窦心宁也不住地点头表示赞同。

"我也是！"手机里的盛平湖顺嘴说完，才意识到这一票跟得有歧义，"我的意思是采青姨确实能带给人安全感。各位小仙女，你们赢了，说吧，要什么奖品？"

"奖品我们可以不要。"窦心宁早有打算，"你给我们介绍介绍你这一大家子帅哥吧，越具体越好。姐妹们，你们说行吗？"

苗灿、李姝书："行！"

"好！"

只要不用花钱，盛平湖超级爽快，重新开启后置摄像头，揣摩着少女们的心态，压低声音做起定制服务一样的现场讲解。

"那个看起来最严肃的是我大哥盛平威，已婚已育，跳过。坐他对家，看起来第二严肃的是我二哥盛平震，自称已婚，但没人见过二嫂，也可以跳过。那个脑袋上顶个髻，看起来神神道道的是我三哥盛平江。"

"你三哥有点像道士。"苗灿评价道。

"你猜对了，他真是一个道士，不过主业是玩新兴艺术。"讲解员盛平湖面露微笑，"恭喜你们，他单身。"

"道士能交女朋友？"窦心宁问。

博览群书的李姝书道："他三哥应该是正一道士，不用出家住宫观，可以结婚生子，和日本的和尚一样。"

"谢谢演播室李姝书同学的科普，我们继续。"讲解员盛平湖像做新闻直播连线，手动把自己切换成主画面。

"我三哥对家就是韩曼迪的哥哥，韩柏延，生意人，学导演出身，没拍过一部片子，有一家私人影咖。他任性，喜欢根据兴趣爱好做项目投资，私房菜馆、小成本文艺片、跑酷俱乐部……太多了，数不过来。他有个做广告导演的前女友，目前应该单身。四哥是采青姨的，跳过。我是我女神的，跳过。差不多了，你们还想知道什么？"

苗灿想了想，道："你再跟我们说说，这位任性哥和那位道士哥哥分别喜欢什么类型的女生。"

"柏延哥……"

（3）

盛平湖刚开个头，包间外面突然响起一阵嘈杂声，下一秒就有人兴奋大喊："打群架啦！"

窦心宁要为文学创作积累生活素材，带着使命感第一个冲出去看热闹。谢采青见状，担心她受波及，追了出去。哪里有青哥，哪里就有安全感，苗灿和李姝书紧随其后，顺便看个热闹。一眨眼人都走了，韩曼迪当然要随大流也出去瞧一瞧，完全没理会手机里盛平湖的大呼小叫。

"打群架？！快锁上门躲起来别出声！我马上过去接你们！喂，喂，你们去哪里啊？"

实惠美味的水煮鱼店享誉Z大，是学生们聚会、请客的首选地，节假日生意尤其火爆，一桌能翻好几次台。小本经营，人手有限，店里不排号，不设领位员。所以，学生们排队等位的方式相当原始，后到的等先来的，哪桌快吃完了就在旁边候着，先把位置占住。

今儿过节，罗子航没约成谢采青，临时召集跑酷社的成员们吃饭，来得晚。瞅准了大厅里有一桌已经没人动筷，全在聊天，罗子航便派了一个人过去守位子。

本来这是约定俗成的占座方式，重在互相理解，你吃你的，我不影响你，你也别嫌我打眼碍着你。坏就坏在，这桌上吃饭的全是校跆拳道社的大咖，刚刚代表Z大勇夺全国高校跆拳道锦标赛团体一等奖，劲头正盛。荣誉披身的一流大社团没把末流小社团放在眼里，故意挑事似的，当着跑酷社的面，又加了几个菜，继续吃吃喝喝。

年轻人血气方刚，谁还没点脾气。跑酷社有人不满，上前理论一句，遭到跆拳道社大咖的鄙视，三两句被怼得语塞，然后就有了四五六七八句……先是演变成骂战，而后矛盾激化，只有靠打一架才能捍卫自个儿社团的尊严。

店里地方狭小，施展不开拳脚，两拨人来到店旁边的一条小弄堂里，拉开架势准备火拼。

谢采青她们到的时候，这架还没打起来。

跆拳道社人多，担心先动手会被人置喙以多欺少，于是建议跑酷社找人手帮忙，等两边人数相当了再打也不迟。先在店里受辱，这会儿又被嫌弃势单力薄，以罗子航为首的跑酷团员们忍无可忍。

罗子航："爱打就打，不打你们道歉。"

跆拳道社大咖："你们不领情，我们可还要脸。一出手就是全国第一的水平，打你们几个，我们觉得掉价，赢了也不光荣。你们不先找帮手，我们不动手，你们自己看着办吧。"

罗子航："要不咱们一对一单挑打擂台，输了换人，看谁能留到最后。"

大咖："输赢怎么判断？你们如果有人死不认输怎么办，我总不能真把人打死吧？"

这话不中听，但不无道理，罗子航琢磨着，目光投向围观人群，一眼就看到了拖着一个女生往后排退的谢采青。

"谢采青！"罗子航大喊，"你过来当裁判，谁输谁赢你说了算。"

跆拳道社大咖曾力邀谢采青加入社团，同样认识她，也跟着喊："对对对，你来得正好，够中立客观，帮个忙。"

"青哥，这两拨人你都认识？"看热闹不嫌事大，窦心宁激动地问。

谢采青避而不答，只拽紧她的胳膊。

没有劝架的义务，她也不想被牵扯进男生间的无聊恩怨，果断回绝："你们找别人吧。"

"那我找你帮忙。"罗子航存心似的，偏要把她往是非里带，"我们人少受欺负，你总不能见死不救吧？"

跑酷社的人对两人的关系一知半解，怎么听怎么觉得会长又像在不恰当的时刻撩妹。但会长为大，他们既不敢怒，也不敢言。

跆拳道社的大咖和周围吃瓜群众一样，完全不了解情况，只觉得他在这个时候示弱，明显不符合正常逻辑。

大咖很费解："同学，你找女生帮忙，是瞧不起我们呢，还是瞧不起你自己？"

"你管我。"罗子航自顾自走近谢采青，笑得像一个没事人一样，"大家等着动手呢，你就说帮不帮吧。"

"不帮。"更不想久留，谢采青拉着窦心宁就走。

罗子航一把抓住窦心宁的另一只手："谢采青，怎么说你也是我们社团重点发展的对象，太不够义气了。"

无理纠缠到可恨，谢采青怒目瞪向罗子航，他却脸皮奇厚，像没有知觉似的笑呵呵与她对视。没反应过来就变成两人角力的工具，窦心宁夹在中间，糊涂又恍惚，也不知道该说点什么。

这时，苗灿、李姝书和韩曼迪见情况不妙，急忙拨开人群挤到姐妹们身旁。

"同学，你可真有意思。"苗灿拍掉罗子航的手，"你打你的架，和谢采青有毛线关系？你拖着她不放，也不怕人笑话。"

不痛不痒的罗子航倔道："她可以不帮忙，但必须当评判。其他人当，我不信任，也不放心。"

"她说了不想当，你讲点理行吗？"韩曼迪抱着胳膊笑得轻蔑，转身面向一脸蒙的两拨人，"打个架还要找人做评判，你们以为自己是参加比赛的正规军啊？要打赶紧打，我等着报警呢。"

"同学们，在打架之前，我先耽误大家几分钟，读两条《普通高等学校学生管理规定》。"李姝书郑重面向众人，举起手机念条例，"《规定》第四十二条，学生不得有酗酒，打架斗殴，赌博，吸毒，传播、复制、贩卖非法书刊和音像制品等违法行为。《规定》第五十一条，对有违反法律法规、本规定以及学校纪律行为的学生，学校应当给予批评教育，并可视情节轻重，给予如下纪律处分：警告，严重警告，记过，留校察看，开除学籍。"

情节非但没按热血街头的剧本走，反而变成普法节目，众人听得一愣一愣的，没一个人站出来说一句话。

"如果你们真的手痒，不打不行，我有个提议。"苗灿背着手走到两拨人中间，发表良心建议，"你们决定一对一单挑是吧？约个时间找家拳击俱乐部，场地、护具、裁判样样俱全。相互切磋名正言顺，不违反规定，随便你们打，既能过瘾，又不用担心有人受伤，更不会有人报警，不是很好吗？"

燃点最高的时候一场架没能打成，两边社团都明白，此刻局势稳定，再打起来的概率微乎其微，只是碍于脸面需要有个台阶下。苗灿的话正好给了众人一个现成的台阶，没什么可犹豫的，众人纷纷点头表示同意，默契十足，也没人提约具体时间。

虚惊过后，散的散，走的走，罗子航拎着一盒星巴克的月饼，单独叫住谢采青。

"你别生气，我一时头脑发热，不应该追着你不放。"他语气诚恳，递出月饼，"给你和你朋友吃，当我赔礼道歉。"

"谢谢，不用了，我们已经吃过了。"谢采青回应冷淡。

"拿着吧，原本月饼也是买给你的，全是小女生喜欢的口味，大老爷们从来不吃。"罗子航硬塞过去，又咧嘴一笑凑到她耳边，"你那个长得特漂亮的朋友叫什么名字，能不能介绍给我们认识认识？"

在谢采青眼里，姐妹们都很漂亮，下意识便问："哪个？"

罗子航指着站在路边接电话的韩曼迪："你别嫌我老套，我第一眼见她就觉得她很眼熟，以前肯定在哪里见过，没准是前世今生的缘分。"

"她是韩柏延的妹妹。"谢采青忍住笑，毫不留情地打破他的旖旎迷思。

"Boss的妹妹！"罗子航闻言，反应奇大，慌忙摆着手对她说，"算了算了，你千万不要介绍我们认识，也不要跟她说她哥是我大Boss。"

谢采青没搭腔，不远处讲完电话的韩曼迪转身朝她招手："采青，我哥他们马上到，你……"定睛发现罗子航还在她旁边，旋即放声警告，"喂，我劝你不要再纠缠我姐们，想过个好节的话，你现在跑还来得及。"

后半句话只说到一半，罗子航已经溜得无影无踪。

他不怕见韩柏延，只是怕被韩柏延看见他和韩曼迪在一起。因为早在俱乐部成立的第一天，韩柏延便人手发了一件T恤，T恤背面效仿吴尊的"女婿十条"，印有"如果你想追我妹妹，请务必牢记以下十条……"的字样。

盛雍、韩柏延和盛平湖赶到水煮鱼店，见谢采青和韩曼迪等在门口聊着天，不用问，也知道危机已经解除了。

历史惊人的相似，盛雍又好气又好笑，下车就问谢采青："你到底是什么特殊体质，什么危险场面都能让你碰上？"

谢采青明白他在紧张自己，于是答："遇到危险也能保护好自己的体质。"

"合着我是自作多情，白替你担心，白赶过来了呗。"盛雍会错意，变了腔调点着头道，"也对，我这人一无是处，来了也帮不上忙。走了，再见。"转身迈出一步，他的手被人拽住，他头也不回，口气变得更冲，"干什么？我有自知之明还不行吗？不走，难不成又和你赌气吵一架？"

谢采青静静地望着他消瘦的后背，一句话也没说，眼圈却莫名地红了。

旁边人见状都惊着了，互相打着手势，忙往店里走。

霓虹斑斓的马路边，只剩下盛雍和谢采青沉默地保持着他想走而她挽留的姿势。他不知道自己在气什么，同样，她也不知道自己在委屈什么。

眼泪即将滑落的一刻，谢采青猛地抬袖拭去，同时松开了手："你走吧。"

盛雍气得想咬人，双手揣进风衣口袋捏成拳，脸色阴沉，走出两步又顿住，仍旧执拗地没回头，口是心非地狠狠道："如果有下次，我绝对不会再来自取其辱！"

"站住！"

盛雍不理，加快脚步往前走。

"盛雍，站住！"

盛雍还是不理，较着劲继续加速。

"对不起！"

身后的声音里隐隐带着哭腔，盛雍吓得心头一颤，什么气都消了，跑回来紧紧抱住他最心爱的女孩。

都说眼泪是女人最致命的武器，他今天算是体会到了，谢采青一哭，他的心都快碎了。

"乖，不哭。我就吃撑了随便走一走，肯定会回来的。"轻抚她的后脑，盛雍温柔哄慰道，"再说了，我最听你的话，你让我走，我不走也不行。我一个人冷静冷静，总好过和你吵架。采青，我最怕和你吵架，和你吵架没有成就感，只有伤心和后悔。奇怪，你的嘴明明很笨拙，为什么每次都能吵得让我有负罪感呢？"

怀里的女孩没忍住，泪中带笑抬起眼："我的嘴不笨，是你太能讲歪道理。"

"难得啊，你总算发现了我的一个闪光点。"擦去她眼角的泪花，盛雍又刮了下她俏挺的鼻尖，"我这人吧，优点的确不多，坏毛病倒是一大堆。所以你觉得我没用，问题在我，不在你。万一我改不掉，你会不会不要我？"

谢采青心悸地别过脸："我没说我要你。"

"可以，你不要我，我要你行了吧。"盛雍托起她的小脸，与她的眼眸相对，"你暂时不要我最好，不然我怕自己犯错误。采青，听好了，在你十八岁生日前，你可以用任何理由不要我，甚至可以不喜欢我，全部没有关系，我绝无二话。"

谢采青快速道："我已经……"

"乖，你听我把话讲完。"盛雍打断她，将她的小脸又捧近一些，"但是，你必须向我保证，即使我达不到你心目中合格男友的标准，你也不会把你的感情交付给其他任何人。你是我的，我不允许别人来抢，谁也不行。"

"霸王条款。"谢采青强行拉下他冰冷的双手，焐在自己的掌心里。

盛雍连她的手一并塞进风衣口袋："我已经很仁慈了，还有更霸王的条款，你听不听？"

"不听。"谢采青深知此人可以办到，马上夺过话语权，"在制定条款前，你是不是应该先问问我心目中合格男友的标准是什么？"

"我也不问。"某人一报还一报，撇着嘴角，跩兮兮地拿乔，俯下身道，"我改得了坏毛病，我就是唯一标准。我改不了，你就降低要求，让我当唯一标准。"

"没你这样的！"才说他满口歪道理，他立刻"发扬光大"，谢采青被气笑了，"样样迁就你，你还有什么可改的？"

"那我不改了，好不好？"盛雍借坡下驴，歪着头枕进她的肩膀，撒娇装可怜，"采青，我的坏毛病太多了，肯定没别人肯要了。你再不要我，我只能选择单一辈子。等毕业了，我把别墅改成和尚庙，带着青灯、木鱼与佛祖为伴。"

"我不信。"谢采青轻抖肩膀。

盛雍不理，自顾自接着讲："你呢，空了可以来我们庙里敬香，我给你做斋饭，给你讲佛偈。你要是心够狠，我也可以帮你算一算姻缘，为你能找到好归宿，尽一份绵薄之力。"

越扯越离谱，谢采青又轻推了他一下："你到底是当和尚还是当算命先生？"

"唉——"幽幽长叹一口气，盛雍顺势将她拥入怀中，哀怨道，"山中小庙香火冷清，我干点副业，贴补日常开支。算得准，你记得多介绍些香客照顾我的生意，也不枉我和你有缘无分相识一场。"

眼角眉梢含笑，谢采青问："你编完了吗？"

"编完了。"再编下去兆头不好，盛雍及时收口，抱着谢采青摇啊摇，"我不想当和尚，你就答应我的霸王条款吧。"

"好，我答应你。"

想不到怀里的小姑娘如此爽快，温顺如水，盛雍硬生生把头扭向一边："你太乖了，我好想亲你……不行，我要忍住！"又见一根手指比到他眼前弯了弯，扭转幅度更大，态度愈加坚决，"你不要诱惑我，我不容许自己犯错误。"

谢采青忍俊不禁，退出怀抱，牵起他的手点自己的额头："你可以亲这里。"

惊喜来得太快，盛雍有点没信心，问："我亲了你不生气？"

谢采青摇摇头，闭上了眼睛。

盛雍拨开她的刘海，一记轻吻落在额间，带着小心，带着珍惜，带着感谢与承诺。

唇瓣是凉的，额头是暖的，是最澎湃的少男心，是最真挚的女儿情，也是最动人的那一句"我爱你"。

（1）

谢采青提前回少阳没有通知任何人，独自从火车站回家，一路上遇到不少街坊旧邻。邻居们张口便向谢采青道喜，说一定会去喝她和贺秋山的定亲酒，还说喜事临门，很久没见到老谢这么开心过。谢采青听进耳朵里，回的是客客气气的笑容，可落进心里，却变成一块巨石，压得情绪从不外露的她眉眼间像拢上一团阴云，泛出薄薄愁绪。

打开门，她站在原地发了一会儿呆，才往冷冷清清的屋子里走。

自从谢采青外出求学，谢明毅就搬去了威音堂的训练场，一心一意舞狮带徒弟。家里几个月没人住，到处落满灰尘，谢采青到家后第一件事，就是挽袖子打扫卫生。她闲不下来，手里有事做更有助于思考。

忙至傍晚，给母亲上香，灵位桌上的花枯了，谢采青出门买菜时特意带回两朵母亲生前喜欢的康乃馨，一粉一白。饭做得差不多，她给父亲打电话，听得出父亲很高兴，一迭声道马上赶回来。她心里说不出得难受，人有些恍惚，险些打翻父亲最爱喝的糖水。

日薄西山，餐桌上的三菜一汤冒着热气，谢采青走到客厅中央屈膝跪下，面朝母亲面带微笑的遗像。渐渐地，她的内心也平静下来。

谢明毅和贺秋山进门时，一眼看到的就是谢采青跪地不起的背影。

谢明毅错愕地愣在门前："你这是干什么？"

"爸，对不起。"谢采青转过膝盖与父亲面对面，脸上没有表情，唯有一双大眼睛显得她坚毅而果敢，"我不能接受您的安排，不会嫁给三师兄。"

父女俩许久不见，没想到这是女儿开口的第一句话，谢明毅拎着的烧鹅闷声落地。谢采青眼眸微微一颤，那是她小时候最喜欢吃，却从不曾提起过的文记烧鹅。父亲的周到和细致，令她羞愧地低下头，转瞬她又重新抬起头，勇敢迎上父亲愠怒的双眼。

震惊中的父亲不说话，女儿也沉默地跪着，静静等待父亲的责备和惩罚。

同样震惊的贺秋山忙拾起烧鹅，一边扶着师父走进客厅，一边对谢采青道："你先起来，有什么话好好跟师父说。"

"不准起来！"谢明毅拂袖甩掉徒弟的手，"让她跪到想清楚该说什么为止！"

"爸，我想得很清楚。"谢采青跪行至父亲身旁，用最低微的姿态表达她最坚决的态度，"能继承您一手创办的威音堂，是我从小到大的理想和奋斗的目标，但我不能为了实现理想而牺牲自己终身的幸福。"

"牺牲？"谢明毅只觉荒唐，怒喝道，"一直以来，你三师兄对你如何，你应该比我更清楚！我就没见过比他对你更好的人，也不相信有人能比他对你更好！"

谢采青毫不畏惧震怒的父亲："我知道三师兄对我很好，可是您不能因为这样就把我的理想和我的婚姻捆绑在一起，这对我不公平。我……"

"你闭嘴！"谢明毅手扬在半空中，却没有落在女儿的面颊上，只是难以置信地盯着她，"走之前，你口口声声答应要和秋山共同接管威音堂，现在又出尔反尔来怪我，说我对你不公平，你这叫想清楚了？"

谢采青将下唇咬得死白，许久后才吐出几个字："爸，对不起。"

"我不要听你说对不起！"一脚踹翻脚边的矮凳，谢明毅忍了又忍，转身对贺秋山道，"你先回去，该准备的接着准备。最迟后天，我一定会给你和你父母一个交代。"

贺秋山了解谢家父女俩的脾气，硬碰硬对谁都没有好处，忙喊："师父！"

"你别说了，我知道你想替她求情，免了。"谢明毅不给徒弟说话的机会，直接断了他的念想，"养不教，父之过，你留不留下，我该罚一样会罚，走吧。"

贺秋山无奈，退着步子朝谢采青递眼色，可她始终将视线固定在地上某处，平静得好似结冰的湖面，明摆着一副任打任罚的模样。贺秋山没有办法，只能揪着心先走。

房门关上的瞬间，谢明毅再度开了口："采青，我已经违背少阳'女不舞狮'的传统，准你学舞狮，你还想我再坏了威音堂的规矩，让你一个女孩来继承威音堂吗？"

"规矩是您定的，可不代表您定的规矩就一定是对的。"谢采青不卑不亢，"我觉得有没有资格继承威音堂与性别无关，凭的是决心和能力。"

"威音堂是我的，谁有资格继承，只能我说了算！"谢明毅不允许自己的权威被质疑，更不能接受质疑声来自他的女儿，"如果不是因为坏了规矩觉得心里有愧，你也不会给我下跪。"

"我下跪不是因为心里有愧，"谢采青缓缓站起身，走向父亲，"而是因为我言而无信，违背之前对您的承诺。"

"好，好，你长大了，翅膀硬了，我的话你也可以不听了。"谢明毅拒绝女儿的靠近，伸出一只手，"把藤条拿来。"

好言相劝女儿不听，他只有动用家法，让她长记性。

铁了心的父亲没有迟疑，手起藤落，狠狠抽在女儿裸露在外的小臂上，霎时间现出一条渗血的红痕。

她不躲不闪，神情坚毅得像一位女斗士，眼睛也没眨一下。摸爬滚打长大的孩子，最能忍的就是皮肉之苦。

可身体发肤受之父母，打在女儿身，却疼在谢明毅心里。他知道不能停，必须打醒他的女儿，让她彻底觉悟。

半个月前的例行体检，他被检查出肺部有阴影，虽然化验结果为良性，但他明白，自己老了。女儿是他唯一的骨肉，威音堂是他毕生的心血，哪一个他都割舍不下。显而易见，贺秋山就是那个他可以完全交付信任、托付女儿终身和威音堂的最佳人选。

一个两全的法子，谢明毅想不通向来懂事的女儿为什么如此执迷不悟，不体谅他的用心良苦，非要和他对着干。

没有妥协，没有服软，也没人敢用眼神去触碰墙上的遗像。客厅里静得可怕，只有藤条一下又一下的破空声，令人毛骨悚然。

直到韧细的半旧藤条被生生抽断，曾经连舞三场不用休息的谢明毅终于也累了，握藤条的手止不住地颤抖。可女儿依旧冥顽不灵，如一颗打不烂、骂不醒的铜豌豆，刚毅的表情像极了年轻时候的自己。

将半截藤条狠狠甩落在地，仿佛要斩断和女儿间的所有情分，谢明毅背过身，咬牙切齿道："你给我滚！"

"爸，对不起。"

浑身像被无数条烧红的荆棘牢牢捆住，每走一步都有倒刺更深地刺进皮肤，谢采青忍着剧痛，一步一步走向门口。

"等一下！"谢明毅叫住女儿，压抑着痛心和失望，下达最后通牒，"你今天踏出家门，以后就再也不要回来。你的事从此与我无关，我的威音堂也与你无关！"

谢采青没有转身，站定在玄关，放下袖子遮住道道血痕，弯腰打开脚边没来得及收拾的旅行袋，翻出一件牛仔外套披在身上。再次说了一声"对不起"，谢采青提起旅行袋，推门决然地迈了出去。关门的一瞬间，家里传出碗碟碎裂的刺耳声响，谢采青身形猛地一震，脚步却没有因此变得迟疑。早在上火车的那一刻，她就已经做出了决定，当时还乐观地以为父亲能被自己说服，现在看来是她太天真了。

谢采青选择违背父亲的意愿，不仅仅是为了守护她和盛雍的爱情，更多的是为了自己。盛雍的话没有错，她终究不是一个圣人，没有不求回报的高尚。所以，她愿意为这一次任性而自私的决定负责，不管为之付出的代价有多惨痛、多巨大，她都绝对不后悔。

这个代价，也让她对盛雍说过的另一句话有了最深切的体会——如果做的决定不分对错，通通不能改变，这个世界真的很无情。

记挂着小师妹，贺秋山一直徘徊在楼下，香烟一根接一根地抽。看见谢采青跟跟跄跄走出门，他知道心里最坏的设想还是成了真。

贺秋山踩灭烟头，忍住没有扶她，心疼地问："你去哪里？"

谢采青勉强一笑："我回学校。"

"明天一早才有车，你今晚住哪里？"

"火车站。"她答得理所应当。

贺秋山一把拉住她的旅行袋："跟我走，今天晚上你住我家，明天一早我送你去火车站。"

"不了，三师兄。"谢采青没松手，"让我男朋友知道不好。"

贺秋山几乎没做思考："盛雍？"

谢采青笑了笑："对。"

心中另一个猜测得到印证，贺秋山虽然觉得自己能承受，却装不来风轻云淡，没了言语。

谢采青："三师兄，我先走了，再见。"

擦肩而过之际，贺秋山再度伸手，更坚决地拉住她的旅行袋："我不能让你一个人走，给他打电话，让他来接你。"

谢采青摇头："他不知道我回家。"临行前，她还特地叮嘱韩曼迪和盛平湖替她保守秘密。

"采青，你这是何苦呢？"贺秋山疼惜地皱眉。

"不苦的。"难过不假，可轻松也是真的，谢采青发自内心地笑着道，

"三师兄，我也要对你说对不起。以前是我想得太简单，现在才明白，如果我答应我爸的条件，将来苦的人是你。"

"其实我……"其实说什么也无济于事，贺秋山一刹那决定把心意永埋心底，绝口不提，"采青，你有伤不能睡火车站，我找间酒店，你暂时将就一晚。我去和师父谈谈，他会原谅你的。"

"不要。"谢采青松开了提旅行袋的手，"我答应你住酒店，但你不能去找我爸。"

"为什么？"贺秋山不明白。

"因为你没有错，我也没有错，错的人是我爸。"谢采青心如明镜，"他想让我有个好归宿，也想把威音堂交给他最器重、最信赖的人，所以才会不顾你我的意愿，把婚姻当成解决问题的唯一办法。我会向他证明，办法不是唯一的。"

"什么办法？"尽管心里很不是滋味，贺秋山仍旧忍不住问。

谢采青诚实地摇了摇头："我还没想到，但请你放心，我一定会想到的。"

浑身是伤的她，脸色惨淡淡的白，但掩不住瞳眸里充满希望的光芒，闪烁如启明星一般。

一直以来，贺秋山认定理应由自己保护小师妹，可此时此刻，他明白了，小师妹已经强大到可以保护她爱的人。只可惜，那个幸运的男人不是他……

（2）

舟车劳顿加上有伤，一向强健如铁的谢采青回到宿舍就病倒了，高烧不退，从国庆节第一天躺到最后一天。苗灿和窦心宁帮她上药，满身伤痕触目惊心，每天都忍不住想掉眼泪。

被亲爹打成这副熊样，两个女孩更想不通，为什么她死活不肯告诉盛雍。

"因为这件事与他无关。"谢采青说。

"怎么无关？你要不是为了和他在一起，能遭你爸毒打吗？"苗灿心里有气，怪谢爸爸下手重，也怪盛雍太好命。

"我想过了，如果没有遇到盛雍，我迟早有一天也会后悔。盛雍的出现，只是让我提前认清这个事实，所以我不想把他牵扯进来。"问题的症结从来不在于她爱上谁，而在于她太过执着于梦想，"灿灿，宁宁，挨打真的不算什么。我必须让我爸知道，我不会放弃理想，也不会为理想放弃爱情。"

情感丰富的窦心宁眼泪"啪啪"掉下来："呜呜呜，不带你这么坚强的，我写进我的小说里都没人信。你是女主，有光环的，你的主角光环呢？"

"给你的质子殿下了呗。"苗灿递一张面纸给她，严正警告，"窦心宁，如果你的小说把女主写得这么惨，我一定不看！男主再帅、再完美，我也不看！"

"不会，不会。"窦心宁擤了把鼻涕，"太坚强、能干的女主容易削弱男主的存在感。青哥，我觉得这事无论和质子殿下有没有关系，你都不能瞒着他。两个人谈恋爱就是要共同面对困难，你的感情加他的感情才叫爱情。所以你要证明给你爸看的，不是你一个人，也应该加上他。"

"说得太对了！"苗灿不禁拍起巴掌，"从现在起，我们谁也不准再喊她青哥，否则她养成习惯，真把自己当男人用，还要男朋友干什么？"

"采青。"窦心宁当即响应，握紧谢采青的手，"我没谈过恋爱，但我知道，爱情是被需要，被理解，被呵护，是分担，是包容，是塞万提斯的那句话，人生至福，就是确信有人爱你。"

"采青。"苗灿也把自己的手叠上去，"你要给质子殿下表现的机会，不要什么事都一个人扛，而辜负了这份至真至贵的福气！"

"好，我听你们的。"谢采青很感动，一边一个揽住她们，"但是……"

苗灿："没有但是！"

窦心宁抓起手机："你给他打电话，要亲亲要抱抱要举高高，现在立刻马上！"

谢采青笑着按下手机："等我的伤好得差不多了，一定抢回女主光环，给他机会表现，提高存在感。"

她还是那个想法，这个时候她去找盛雍撒娇，除了徒增他的担忧，并不会令伤口愈合得快一点。

谢采青只知道不能让盛雍担心，却不知道盛雍在她离家返校的第四天，也风尘仆仆地赶到了少阳。

不敢惊动老爷子，盛雍找二叔盛克良要到详细地址，拖着一个巨大、巨沉的行李箱，第一时间赶到机场。下飞机转城际列车，他循着地址找到谢采青的家，敲不开家门，久等又没人回来，随便向几个路人打听，很轻易便问到了赫赫有名的威音堂。

康熙年间的一座武状元府邸，三进三出的大宅子，院落宽敞，方方正正，是当年武状元耍枪弄棒的演武场。动荡年代一场大火烧得离奇，一进二进被烧得精光，唯独中间一进和偌大院落幸免于难。抢救性修缮后，这里曾有一段时间被设立为文明古迹，对外开放参观，后来又被政府征用，作为少阳文化局的办公地。

几年前，威音堂突然名声大振，一大拨外地人，甚至不乏外国人慕名前来拜师学艺。少阳政府一高兴，把状元府拨给了威音堂做训练场，目的在于弘扬传统文化，打出"舞狮之乡"的第一块金字招牌。

威音堂名气大，少不了会接到些商演邀约，比如中式婚礼，比如新店开张。他们不需要表演太高超的技巧，雇主图个喜庆，观众图个热闹。以前谢明毅想不开，认为作为集会庆典重头戏的舞狮技艺，不应该沦为哗众取宠的街头把戏，商业气息太浓。可老观念一旦跟不上新时代，你不主动求变，就只能被淘汰出局。

谢明毅最早的改变正是来自威音堂莫名其妙的一夜大火，和那场中西合璧的"狮子下山"跑酷速降，以及那个始终未露面的神秘高手。

谢明毅第一次看到视频就认出了高手的身份，他从未求证，从不评价，被问及也矢口否认，与威音堂的每个人达成默契，让它变成一个永远心照不宣的秘密。

盛雍拖着行李箱赶到状元府的时候，谢明毅刚好不在。他带着两支年轻的舞狮队去了商业街，为一家新开张的金店舞狮助兴。只有贺秋山和少数几个师弟在，正忙着为年底的封箱演出重新设计梅花高桩。

盛雍只见过贺秋山，一眼认出他："三师兄。"

"你怎么来了？"贺秋山好奇道。

"谢叔叔在不在？我想见见他。"说着，盛雍好奇地围着高桩转起来。

每根桩子相距约半米，错落排列，高低不一，最高的足有两米，顶端的立足之地却只比脸盆底大点。光看着就很危险，更别提在上面跳来跳去地舞狮了。

盛雍不禁问："采青小时候就是从这上面摔下来，摔成脑震荡的？"

贺秋山略略一怔后，答："对。"

"这么危险的动作，为什么不绑安全绳？"

盛雍这一问，引得旁边几个师兄弟笑出声："小兄弟，练舞狮不能怕危险，多摔几次，胆子自然就变大咯。"

盛雍把玩笑当了真，忙问贺秋山："采青明明告诉我，只要练习得当，自己小心，不容易受伤的，她又在骗我？"

"大家平时练习，会在地上铺软垫，也会有师兄弟在下面保护。"贺秋山解释道，"采青那次意外，一来是因为她求胜心切，过于着急；二来她是背着师父偷偷练习的，当时没人在场保护。"

"哦，她胆儿真大。"盛雍由衷感叹，像树懒一样抱住一根高桩，用尽全力摇了摇，"还行，够结实。采青舞的是狮头，如果没有和狮尾的默契配合，应该很难在上面表演吧？"

贺秋山也仰头望向高桩："对，狮头狮尾必须互相信任，互相配合。"

"三师兄，你和采青配合过？"没有给他时间回答，盛雍紧接着又幽幽问，"采青是和你有婚约吧？"

"是啊。"旁边有师弟喜气洋洋地抢答，"三师兄和小师妹后天订婚，我们都等着喝他们的喜酒。"

"这样的话……"盛雍也不恼，摆出事务繁忙很为难的样子，"我见完谢叔叔，还得顺便去抢个婚。"

用手势遣退师弟们，贺秋山面目严肃地对盛雍道："师父不在，你不用见他，婚你也可以不用抢了。"

"为什么？"他这都准备打电话搬救兵了。

贺秋山第一次见盛雍，盛雍就是这么一副插科打诨的纨绔做派，今天再见，照旧如此。一股怒火涌上心头，贺秋山突然很替小师妹不值，硬邦邦地对盛雍说："采青几天前回来过，跪在师父面前求师父取消婚约，师父大发雷霆打了她，还要和她断绝关系。"

盛雍大惊："有什么不高兴让你师父冲我来啊，打女儿算怎么回事！"

"冲你来？"贺秋山摇着头，凄淡一笑，"采青从头至尾没提起过你的名字。盛雍，我想采青应该也没有告诉你，师父为我和她的婚约开出的条件。"

脑子嗡嗡作响，盛雍愕然："还有条件？"

"威音堂初创，师父定下一条传男不传女的规矩。"贺秋山说，"为了不打破这条规矩，又能让采青有资格继承威音堂，师父就……"

"就把威音堂当成采青陪嫁的嫁妆，是这个意思吗？"盛雍接过话，环顾院落一圈，勾唇笑了笑，满目鄙夷，"还是他把采青当成了威音堂陪嫁的嫁妆？"

"盛雍，不许胡说！"贺秋山低喝。

"我不觉得我说的有什么不对。"盛雍面对贺秋山，抬手指向正房门楣中央高悬的匾额，"假如有一天威音堂不幸没落了嫁不出去，依着这条规矩，是不是谢家的女儿们也要跟着陪葬？"

"盛雍！"贺秋山气急无奈，抓着他的胳膊往外走，"我们出去说。"

"我不出去！"盛雍抱紧一根高桩不撒手，"这么愚蠢的一条规矩，如果不是用来被打破的，我不知道它还有什么存在的意义。你们活在什么年代？不把自己当封建迷信的古人，你们练不了舞狮吗？规矩是死的，人是活的，活人难道还能被一条死规矩玩死？"

贺秋山能体谅盛雍的心情，庆幸师父今天不在："盛雍，你如果用这种态度去见师父，我敢保证不会有什么好结果。"

"你放心，等见到谢叔叔，我肯定不用这种态度。"盛雍一屁股坐在行李箱上，戴帽子戴墨镜，抱拳，"三师兄，谢谢你的不娶之恩。"

一动一静，他收放自如，有意思得很。

贺秋山对盛雍第一印象不佳，或多或少有些成见，但他不能否认，盛雍是一个有趣的人。小师妹会喜欢盛雍，不是没有道理的。

（3）

盛雍和谢明毅见面不难，难在和他说话，很费了一番周折。

前脚女儿回来取消婚约，后脚盛雍就找上门要谈一谈，谢明毅不用贺秋山介绍，也能猜到盛雍就是女儿宁舍父女情分也要违背婚约的真正原因。老谢同志思想传统，好不容易把女儿培养出来，短短几个月，竟然被当年卧床不起的病小子拐跑了，身体不好，样样不知根知底的三徒弟，他肯定气不过。再一耳闻盛雍曾在院子里大放厥词，老谢同志单方面宣布："想谈话，不可能！想做我女婿，更不可能！"

谢明毅防守严密，固若金汤，盛雍当然也不是以前那个知难而退的盛小爷。这孩子再接再厉，直接在状元府大院子的一角安营扎寨，做起了盛大爷。

他网购了全套户外露营工具，吃住不愁，应有尽有。

每天威音堂师兄弟们早起晨练，他也跟在后面锻炼。他们跑大圈，他走小圈；他们练蛙跳，他练儿歌——一只青蛙一张嘴，两只眼睛四条腿；他们练舞狮，他搬一把折叠椅坐着当观众，鼓掌叫好……

你说他妨碍到师兄弟们的日常生活了吧，他也不找任何人聊天套近乎；说没妨碍吧，师兄弟们吃饭的时候，他就支起架子烧烤。他勤于练习，厨艺大涨，荤素搭配合理，满院子孜然味，一会儿飘羊肉香、牛肉香，一会儿飘玉米香、馒头香。自己吃不完，就分给辛苦练功的师兄弟们以免浪费，很合理，没得说。

少阳的天气也给面子，天天晴空万里，一滴雨水也舍不得浇到"风餐露宿"的盛雍头上。

谢明毅轰不走人，只能给盛老爷子打电话，请他把宝贝孙子领回家。老谢同志可能被气糊涂了，没考虑到盛雍这种耐操耐磨的厚脸皮型人才，完全得益于先天遗传。一听情况，盛老爷子在电话那边哈哈大笑，难得孙子有点不畏艰难的进取心，还鼓励师兄多考验考验孙子，说经得起考验，受了磨砺，以后雍雍才晓得加倍疼媳妇。

盛老爷子不管，谢明毅无计可施，被逼无奈，动了报警的念头。

告盛雍什么呢？谢明毅想来想去只有"私闯民宅"这一条罪状。可状元府又算不上民宅，少阳政府为打出金字招牌，把威音堂当作中外贵宾到访的重要一站，观老宅、听历史、看表演。威音堂因此变成了半开放性质的景点，民间游客也会专程前来参观游览。

这天，少阳政府的文化官员又带贵宾来感受传统艺术气息，居然把坐在阴凉地里打瞌睡的盛雍认了出来。

少阳不但是"舞狮之乡"，而且也是全国闻名的"红茶之乡"。在上个月召开的茶博会上，以评审身份出席的盛雍和以领队身份出席的少阳文化官员有过一面之缘。盛雍多有心眼啊，得知官员来自少阳，主动给当地的茶企茶商单独开小灶，聊了不少有用的专业干货知识。官员问起原因，那时候正失恋的盛雍大言不惭，自称"少阳女婿"。

"少阳女婿"住进状元府，只消盛雍一个眼神，年轻的官员就明白过来，他是在勇闯未来岳父这一关。礼尚往来，当着谢明毅的面，官员给他服下一粒定心丸：你尽管安心住着，有需要、有困难随时打电话。

赖着不走的大少爷，摇身一变成了"钦差大臣"，谢明毅不了解其中渊源，真有点怕这个臭小子把他当成"困难"，请求政府出面协调解决。彼此消磨的持久战打不下去，谢明毅无可奈何，只能先退一步。

这天吃完晚饭，谢明毅遣走所有徒弟，独自来到院落一隅盛雍的宿营地。

臭小子伙食开得不错，正在用便携式煤气灶涮火锅，菌菇鸡汤锅底，香气扑鼻。

"谢叔叔，您坐。"盛雍让出屁股底下的折叠椅，又拿出一副新的环保碗筷，"您也吃点？"

老谢同志没有接碗筷，只端起折叠椅，坐到一米开外的地方。

谢采青的长相随爹，两个人闷头不说话的样子如出一辙。

"叔叔，采青和您长得真像。"性格也像，后四个字盛雍识趣没说。

老谢同志抱起手，沉默是金。

"叔叔，这几天打扰了。"经历过谢采青的磨炼，盛雍笑脸迎人，一点也不尴尬，"您放心，我顶多再打扰一个礼拜，就必须回实验室报到了。这次我来得比较仓促，带的见面礼也一直没机会拿给您。叔叔，要不我现在拿出来，您看看喜不喜欢？"

用礼物收买人心，老谢同志根本不吃这一套，他板着脸孔，面无表情。

盛雍完全不受影响，戴起户外LED头灯，拖过巨大、巨沉的行李箱，打开摊平，拎起一样东西："这是我给您准备的古树普洱，因为您骂了采青，我决定收回。"他原封不动放回去，又端起一样东西，"这是我请关姨准备的桂花陈酿，因为您打了采青，我决定收回。"他又原封不动放回去，再双手抱起一样东西，"这是我托哥们求来的'青花兔款酱口舞狮罐'，因为您赶采青出家门，我决定收回。"他仍旧原封不动放回去，再拿起一样东西，"这是我……"

"行啦。"谢明毅终于忍不住挥手打断，他从没见过礼没送出手，先当面往回收的，"你决定收回了，还给我看什么？"

"给您看我的诚意啊，我是带着满满一箱子诚意来的。"盛雍摘下头灯，"叔叔，我知道把礼物当作诚意很庸俗，但我的确是一个凡夫俗子，优点和缺点一样明显。"

"我为什么要把女儿交给一个凡夫俗子？"谢明毅顺着他的话问。

"因为只有凡夫俗子能让仙女下凡。"盛雍反应奇快，捎带夸了一波谢采青。

"我女儿不是仙女。"谢明毅也不吃吹捧这一套，"采青的理想你知道吧，你觉得你会比她的理想重要？"

"我觉得没有可比性。我和她的理想不冲突，我会帮她实现把威音堂传承下去、把南派醒狮发扬光大的理想。"

谢明毅不屑："年轻人好大的口气。你过来。"

领着盛雍来到梅花高桩下，谢明毅抬手一指："你上去走一个来回，再告诉我能不能帮采青实现理想。"

"我不敢。"不行就是不行，盛雍不会打肿脸充胖子。

"试都没胆量试，我凭什么相信你？"谢明毅觉得，盛雍并没有想象中那么执着，必须挫一挫他的锐气，"就算我把采青当成威音堂陪嫁的嫁妆，你也没资格，娶不起。"

说过的话不会收回，盛雍从容道："叔叔，我家老爷子喜欢打高尔夫球。如果因为不喜欢采青，老爷子就要采青和他打场球，用采青根本不会的东西故意刁难她，用这样的方式来衡量她的胆量和资格，您不觉得很荒谬吗？"

谢明毅："高尔夫和舞狮不可以相提并论，你不需要继承，采青也不需要学。"

"好，我不把二者相提并论。"盛雍好声好气，"可按照您定的规矩，采青并不可以继承威音堂，我更没必要走梅花桩了。"

"所以我才要把采青嫁给我的徒弟。"谢明毅脱口而出。

盛雍立即抓准语病："叔叔，这中间不是因果关系，是您在做强行的逻辑自洽。您想采青继承您的事业，规矩又不能改，这个时候您决定把采青像附属品一样嫁给您徒弟。您觉得这是最好的解决办法，其实不是，您只是在用一个错误去纠正另一个错误。"

"采青不是附属品，她嫁给贺秋山一定会幸福！"是对是错，尚且轮不到一个毛头小子来评判，谢明毅激愤地提高音量，"威音堂有了他们，才会发扬光大！"

盛雍却越发沉着："叔叔，即使没有您定的婚约，威音堂也不会失去采青和贺秋山。可采青一旦嫁给贺秋山，她失去的不仅仅是幸福，还有……"

"还有什么？"谢明毅追问。

"还有我和我的幸福。"盛雍膝盖一弯，跪在谢明毅面前，敛去了所有少年的意气与轻狂，表情平静而诚恳，"叔叔，采青给您下跪，我也给您下跪。我跪不是在乞求您解除婚约，是想告诉您，我和采青是一体的。以您和我家老爷子的辈分关系，您现在同样可以骂我打我，也可以把我赶出门。采青能承受，我一样可以。"

谢明毅不会动手，只问："我打你骂你，你会离开采青吗？"

"不会。"盛雍目光坚定，"采青挨了打挨了骂，被您扫地出门，都没有动摇和我在一起的决心，我一天天好吃好喝的，当然更不可能。"

"你是吃定了采青离不开你，才敢在我面前张口闭口讲大道理，对吧？"

"不是，是我离不开她。"盛雍笑了笑，"我对采青表白过两次，她两次都拒绝了，是我死缠烂打离不开她。叔叔，说了这么半天，您没发现有一个很重要的字，您一直避而不谈吗？"

"我不知道。"谢明毅转身，大步流星径自走进正房。

"叔叔，是'爱'字。"盛雍朝着谢明毅的背影大喊，"您爱采青，就不应该用她的理想裹挟她的婚姻，不应该死守一条可笑的规矩，更不应该把她的幸福交给一个她不爱的人！叔叔，我爱采青！我绝对不会让她变成威音堂的陪嫁！我会向您证明，我盛雍有资格爱她！"

他不会傻到去走梅花高桩，但他可以一直跪下去。

他跪不到谢明毅回心转意，就跪到新的一天来临，然后离开少阳，回到采青身边。和她一样，他只字不提所发生的一切，只爱她，用尽全力地爱她。

（1）

整宿长跪不起这样的苦情戏，时间、体力搭进去，通常都是白费工夫，收效甚微。

主房的灯关了，老谢同志也睡了，盛雍想想都觉得自己傻，干点什么不好，非要学偶像剧里的狗血桥段。可自己把情绪推到这里，不多跪一会儿也不合适。漫漫长夜，百无聊赖，他只能仰望夜空玩连连看。

看星星一颗、两颗、三颗、四颗连成线……

盛雍连到眼睛花了的时候，手机响，盛平湖来电。

一接通电话，盛雍的耳朵先被那边凄厉的哭声淹没："四哥，我失恋了……给大哥、二哥、三哥打电话，他们都不管我，让我赶紧睡觉……我失恋了啊，我睡不着！"

盛雍掏掏耳朵，压低嗓音："平均每三个月失恋一次，你还没习惯吗？"

"这次是真的！我好难受，觉得自己像一个没人疼、没人爱的弃婴。"空气突然安静，口不择言的盛平湖怕怕的，"四哥，我没别的意思。"

"我觉得你像一个巨婴。"盛雍不在意，还跟他开玩笑，反正闲着也是闲着，"怎么回事？"

"我女神说我在作秀，追她追到食堂当厨工，不是在表现诚意，是仗着家里有钱，任性。说我工作的目的是想把她追到手，追到手之后我一定会辞职不干，继续做一个衣食无忧的富家子弟。"

盛雍点头："她说得有道理，你哭什么？"

"因为我也觉得她说得有道理。"盛平湖哭腔更浓，又嗷嗷几嗓子，"她还说，我所谓的自食其力是在往自己脸上贴金。自以为放下身段当厨工，实际上是一时贪图好玩，干一天消耗一天的新鲜劲。等哪天新鲜劲过去，想不干就不干，对自己的人生根本没有任何长远规划。如果我真的喜欢她，真的想追她，就不会把宝贵时间浪费在一件我自己都觉得毫无意义的事情上。"

好像哪里怪怪的，垂眸看自己贴地的膝盖，盛雍顿时有种躺枪的感觉。

那边祥林嫂一样的盛平湖仍在唠叨："当厨师确实是好玩，我也确实没考虑那么长远，可我也是真心喜欢她啊！四哥，你在家吗？我去找你聊聊我的人生，你帮我规划规划。"

"我不在家。"少有的严肃像沉寂的夜幕一般，缓缓镀上盛雍的面庞，"做厨师没问题，问题在于你能不能把它当成一份事业去打拼。一个男人没有上进心，爱起来没底气，再好的女孩也留不住。"

"四哥，你是在说自己吗？"电话那边的盛平湖小心翼翼地问。

"自己的事拎不清，拎别人的事，你脑筋倒转得快。"严肃不过一分钟，盛雍就被他逗乐了，看看时间，"洗洗睡吧，我正忙着呢。"

"这个点你忙什么？"盛平湖追问。

膝盖被硌得生疼，盛雍自嘲笑道："我忙着做一件毫无意义的事。"

有始有终做完这一件事，他也需要和自己的人生好好聊一聊。

在偶像剧里，整夜整宿长跪不起这样的苦情戏，一般还会安排一场滂沱大雨，以突显主角的决心和毅力。少阳上空雨做的云可能也是偶像剧爱好者，这天后半夜里哗啦哭着来为盛雍助兴，让他自导自演的戏码一次性狗血够本。

避之不及地淋了半身雨，盛雍一回来就和谢采青一样，也感冒发烧病倒了。自作自受的他没好意思回半山别墅，留在Z大新校区附近的公寓里养病。韩柏延闻讯，提着果篮赶来慰问，韩曼迪手捧鲜花也跟着来了。

两兄妹像逛动物园似的并排站在床尾，对全身裹着棉被、盘腿坐在床中央的盛雍先进行了一番热心点评。

"雍雍哥发烧，采青也发烧，这段时间他们又没见过面，莫非病毒是隔空传染的？"韩曼迪想不通，嘟嘟哝哝。

"你怎么知道他们没见过面？"韩柏延听着，有点不高兴，"曼迪，你不要嫌哥哥啰唆，你时刻准备第三者插足我能理解，但也没必要做电灯泡，零距离伺机而动吧。守着他们谈恋爱，你的心不会痛吗？"

韩曼迪略显崩溃："哥，我要说多少遍，我已经不喜欢雍雍哥啦！"

"我知道，知道，你嚷嚷什么，影响病人休息。"韩柏延从怀抱着的果篮里掏出一根香蕉，"来，病人，表演一个吃水果，证明给我看你病情稳定，不需要入院治疗。"

真跟动物园逗猴似的，盛雍没好气地白了他一眼，沙哑着嗓子问韩曼迪："采青现在好点了吗？"

"她早好了，这些天天天去体院排练。"韩曼迪从包包里摸出两张票，"下周二迎新晚会的入场券，我特意给你们留的。采青的节目被安排在最后出场，为保持神秘感，昨天彩排都没让她们露脸。我去体院看过她们排练，很值得期待哟！"

"你不早讲，周二下午我飞台北。"韩柏延无限惋惜，"我去不了，雍雍你去吧，到时候你应该能下床走动了。"

"我是发烧，不是中风。"盛雍接过入场券，"曼迪，谢谢你。"

"不客气。"此行任务完成，韩曼迪挥手，"两位哥哥，我走啦。"

妹妹一走，韩柏延拿起床头柜上盛雍的手机，"我干妹妹生日是哪天？"

盛雍瞥向他："你问这个干吗？"

韩柏延点击手机屏："解锁。我手机好像落店里了，我打电话回去问问。"

"654321。"

"没改成她的生日？"韩柏延滑开手机。

盛雍很自然地反问："采青的生日我记在心里就好，为什么要分享给我的手机？"

占有欲如此强，韩柏延表示不想夸，溜达到房门口，他举起手机到耳边："喂，采青，是我，韩柏延。"

"韩柏延！"盛雍炸了毛，不顾病体从床上跳起来，"你把手机给我！"

韩柏延动作更快，跟泥鳅似的滑出房间，反手关门把人困在里面，用力拽紧门把手。

"雍雍病了，你有时间过来陪陪他吗？"里面的人打不开门，吼得挺凶，韩柏延脸上挂着得逞的笑容，嘴上却连连叫苦卖惨，"严重，四十度高烧不退。人都烧糊涂了，满房间蹦跶，像跳大神一样……没胃口啊，我买的水果，他一口也不肯吃……做不了饭，他公寓没开火……"

外面的人睁眼说瞎话歪曲事实，隔着一道门板，盛雍只能干着急："韩柏延，你不要把采青叫过来！我不告诉她，就是不想让她担心！"

结果，外面的人直接原话照搬："他不告诉你，就是不想让你替他担心。他想你，但不敢给你打电话，睡着了说胡话，喊的全是你的名字。"

"我没……"不对，昨天半夜，他好像真喊她的名字来着。

"他公寓就在你们学校附近，你到正门口，我过去接你。"韩柏延说完就挂断电话，打开门，神色如常地摆着手对盛雍道，"不用客气，不用客气，你赶紧躺着等我干妹妹来吧。我记得你上次生病，恨不得二十四小时黏在我干妹妹身上。这次怎么回事，变这么客气？"

这一折腾把盛雍累得够呛，他跌坐回床边，嗓子更哑了："我长大了，懂事了，不行啊！"

"见一趟未来岳父，人是成熟多了，再多烧一会儿，直接熟透啦。"韩柏延笑着调侃。

"你怎么知道？"盛雍不记得有告诉任何人。

"你家老爷子说的呗。"韩柏延顺手关窗帘，营造浓厚的病重氛围，"他打电话跟我家老爷子炫耀，又要快其一步抱小曾孙。你大哥家的小菱角古灵精怪，中秋晚上我家老爷子被刺激得不轻，已经逼我立下生死状。最迟年底，我交不出女朋友就缴械，反正留着也是一个摆设。"

盛雍掀被子躺平，不想讨论韩柏延的生死状。

韩柏延不知从哪里翻出一堆药瓶，摊在床头柜上："你去了少阳那么多天，最棘手的问题解决了吗？"

"什么问题？"盛雍没睁眼。

"采青的婚约呀。"韩柏延又从衣柜里抱出一堆衣服，像仙女散花一般扔满地，"未来岳父不好对付吧？要是你一个人搞不定，我可以……"

"你可以闭嘴了。"盛雍头疼，翻身背对噪音。

再随便将几个水果和几片花瓣扔在地上，韩柏延继续道："我可以给你提一个小建议，请你家老爷子出面当说客。老爷子出马，一个顶俩。"

"不必，我能行。"

"有志气，你最行！"

退后数步，韩柏延面带笑容环顾一圈，很满意自己的杰作。刚才进房间他就觉得哪里不对，原来是太干净整洁不习惯，这下终于习惯了。

好像过于写意，没关系，这更能突显强烈的个人风格。

熟悉的环境才有利于身体康复。

做好事不留名，韩大好人悄悄退出了房间。

（2）

从体校赶回Z大，一分钟没耽搁，谢采青又跑到离正门最近的食堂打包白粥，再返回正门和韩柏延碰面。她焦急询问盛雍的病情，韩柏延心虚，含含糊糊也没句准话，反倒令她更加担忧。两个人匆匆来到公寓，这位仁兄打开门便丢下她，道一声再见后溜得飞快。

干干净净的客厅没有人，左边卧室大敞着门，右边卧室房门虚掩。

谢采青悄无声息地走到右边，轻轻推开门，韩大好人引以为傲的杰作随即映入眼帘——光线昏暗，满室狼藉，像遭了贼一样。

盛雍头痛欲裂没睡着，仿佛有心电感应，暮地睁开眼睛。

按亮台灯，他撑坐起来，看清所处的险恶环境，自己也吓了一大跳。

昨天回来，他发着烧，好不容易把公寓收拾出点样子……

怎么办，他想替天行道，为民除害！

"采青，不是……我……"盛雍已经不知道该如何解释这一切，懊恼至极地耙乱满头白毛，改口道，"韩柏延那二货骗你的，我病得不重，烧已经退了。"

谢采青没说信，也没说不信，踮着脚绕过满地杂物走近盛雍，放下白粥，手背去探他的额头。不放心，她又弯腰用嘴唇试温度，然后点点头："确实没发烧。"

这算不算主动献吻……盛雍晕乎乎的脑袋忍不住想入非非，人像傻了一样，冲着谢采青哧哧地笑。

"这几天你去哪里了？"谢采青端出热气腾腾的白粥，舀一勺轻轻吹凉。

"实验室，我替余老卖命。"撒谎不用打草稿，盛雍自觉张开嘴，等人喂粥。

将白粥慢慢喂进他嘴里，谢采青舀起第二勺，边吹凉边不疾不徐地道："三师兄打电话找我要学校的具体地址。"

"他想干什么？"盛雍立刻一脸防备。

"不知道是谁落下许多贵重的东西在威音堂门口，有茶叶、桂花酒，还有一个古董瓷器。"耳濡目染，谢采青也学会装傻了，"师兄说先寄给我，等丢东西的人想起来了再还给他。"

"哎哟，那人心真大。"盛雍更能装，接着她的话往下说，"我猜他肯定想不起来，让你三师兄别寄了，麻烦。"

"三师兄告诉我，那人在院子里睡了好几天帐篷，前天晚上还跪到半夜，淋了雨。"谢采青认真看向盛雍，"你说，那人傻不傻？"

"傻！"煞有介事地点头，盛雍接过白粥放回柜面上，牵起谢采青的手，"我认识一个比他还傻的人，大老远的专程回赵家找打找骂，最后被赶出家门。最傻的是，傻妞宁愿自己受苦，也要保护那个心很大的傻小子。"

她伸出手帮他理顺乱蓬蓬的头发："因为以前傻小子生病的时候，傻妞向他承诺过，要保护他。可她保护得不够好，害他为了她着凉生病。"

"好得很。"盛雍揽过她的脑袋，额头相抵，分享秘密般悄声道，"傻小子偷偷告诉我，傻妞太能干、太厉害，他怕自己不够好，配不上她。"

"才不会。"谢采青嘴角弯起甜美的弧度，"傻小子配傻妞，是不是最登对？"

这还用问，他也会心一笑："是！"

只要彼此心灵相通，再大的困难他们也不怕。

生病需要多休息。可盛雍喝完粥、吃过药，仍不肯睡，赖着谢采青又说了一会儿话。药劲上来，他实在困得睁不开眼了，才磨磨叽叽躺下。将睡未睡也不老实，他死撑起眼皮紧迫盯人。这孩子纠结得很，不想采青走，可留她住一晚又觉得不妥。

"我不走。"谢采青跟贤惠小媳妇似的，坐在床尾叠衣服，落落大方地说，"今晚我住隔壁，你有什么事随时叫我。"

困到无神的睡眼倏然点亮，盛雍说："真的？"

谢采青笑："真的。"顿了顿，她补充一句，"明天周六，没课。"

言下之意是：明天我还能照顾你一天，别折腾了，赶紧睡吧。

盛雍也不想折腾，可他控制不住自己。抱着一个枕头钻进被窝，他像蚯蚓翻土一样，从床头拱到床尾，探出脑袋隔空朝谢采青嘬一口，枕头放在她旁边，与她面对面而卧。睡觉的姿势摆妥了，眼睛还舍不得闭，一眨不眨凝视着谢采青，缀满笑意。

谢采青："闭眼！"

笑意消散，盛雍的嘴角不自觉地上扬。

谢采青无奈："你能不能乖乖睡觉？"

某人居然好意思嫌她吵，食指抵在唇间，比了一个噤声的手势。

有心爱的姑娘陪伴，身心完全放松的盛雍很快入睡，呼吸平缓。

谢采青叠完衣服，开始轻手轻脚地整理房间，将韩柏延的杰作恢复成真正有利于病人康复的环境。谢采青忙完，见盛雍睡得香甜，带上门退出房间，坐进客厅给李姝书打电话，通知她自己今晚不回宿舍住，要留下来照顾生病的盛雍，却听她说，她今天也不回宿舍。

两天前，校登山社举办常规活动，地点是城郊某座山峰。其中一支五人小队，不知为何没有按预先规定的线路走，擅自偏离路线改爬野山。当天晚上，发现小队五名成员没有按时归队，而且全部失联，其他成员立刻报了警。辖区内的消防官兵争分夺秒，连夜展开全力搜救，可五名学生至今仍下落不明。

学生失踪是大事，不能瞒也瞒不住。校领导已经派人驻守事发地，全力配合搜救工作。失踪学生的家长也在接到消息后，第一时间赶了过来。其中一名失踪学生是李姝书的高中同班同学，两人关系不错。得知他母亲在现场因情绪激动，突发脑溢血住院，李姝书主动申请前往医院陪护。

意外已然发生，希望只是虚惊一场，五位同学能平安无事。谢采青和李姝书心情都有些沉重，在电话里谁也没多说什么，草草道了再见。

谢采青捏着手机静静坐了几分钟，给罗子航发去一条信息，提醒他和他的跑酷社成员们，练习的时候一定要注意安全。

没一会儿，罗子航打来电话："学校昨天下了通知，要求全校社团上报具体人员信息、规章制度和这学期社内外活动安排。学校计划全面整顿各个社团的规范性，派专人逐一审核社团的组织管理。我估计，像我们这种玩的就是惊险刺激的社团，学校肯定会第一个动刀，绝不手软。"

听出他不满在发牢骚，谢采青说："学校加强管理是好事。"

"我就怕管理变压制，甚至一个不高兴，直接取缔社团。"罗子航心直口快，"对我是没什么影响，但那帮菜鸟刚入门，热情正高。万一社团被强行解散，他们瞒着学校偷偷训练，出了事受了伤，问题岂不是更严重？"

"你的假设和登山社这次的事故性质不太一样。"谢采青比他头脑清醒，"大学生都是具有完全民事行为能力的成年人，可以对自己的行为负责。私下训练如果发生意外伤害，责任在当事人，不在学校。"

"啧啧，我罗子航赏识器重的人，水平就是不一般。"手机里传出嘿嘿笑声，"我正为上报材料发愁，对着电脑坐了两个钟头，一个字没敲出来，要不你来帮我参谋参谋？不白干，我请你吃饭。中秋节晚上那件事，我还欠你和你朋友一顿道歉饭。不合并，我请你们两顿，豪气吧。"

"我没时间。"谢采青想了想，又道，"我给你推荐一个人，你见过，我们学校文学社的，一定帮得上忙。你稍等，我先给她打一个电话。"

谢采青一通电话打给未来文学巨匠窦心宁，三两句话，她便爽快答应，开玩笑说给帅哥帮忙是一种福利。得知谢采青在照顾"质子殿下"，她直接要了罗子航的手机号，声称这点小事她可以自行联络，万万不能耽误一对小情侣的美好同居时光。

挂了线，谢采青一下子变得无事可做，便起身绕着客厅慢慢浏览。客厅里几乎没有任何盛雍的私人物品，显得格外整洁和清爽，像无人居住的豪华样板间。

留意到电视柜的抽屉缝中间卡着一枚国象棋子，谢采青下意识地拉开抽屉想把它放进去，结果发现抽屉被各种东西塞得满满当当，再挤不出一丝多余空间。她起了疑，接连打开其他抽屉，无一例外，全部满负荷装载。

原来客厅的整洁是一种虚假表象，再联想到卧室之前的糟糕乱象，谢采青很快什么都明白了，浓浓笑意浮上脸庞。

再次走进卧室，谢采青半蹲在大床边，端详起熟睡中的盛雍。

从来都知道他长得很帅，皮肤白皙，五官精致到会令女孩子羡慕，谢采青自己不算爱漂亮，也不太注重别人的外表，可第一次见面，她仍被盛雍的长相惊艳。如果后来没有发生他坠楼的大乌龙，她可能会觉得他很不真实，不像会出现在她生命里的人。

可这个世界上，谁也无法预料自己生命里谁会出现，谁会走进自己的城，住进自己的心，成为自己的一生挚爱。

谢采青确信，他爱自己，也确信，自己爱他。

情难自禁地，她俯身向爱人慢慢靠近，决定用一个大胆的举动印证内心所想。

就在这时，盛雍骤然睁开眼睛，吓得谢采青一下子定住了。

你的眸中有我，我的眸中有你，两个人纹丝不动，对视足足有十秒钟。

盛雍猛地拉高棉被挡住半张脸，把自己想象成小鹿斑比，表情无辜地眨眼睛："你想偷吻我。"

"对！"

谢采青不啰唆，扯开棉被一低头，果断而干脆地吻上他的唇，很轻很快，一碰而过。

完了，完了，小姑娘被他的一百分无敌睡颜迷得神魂颠倒，失去理智了！

这是一个不道德的吻！盛雍心里想着，罪恶感油然而生："采青，我控制不住自己的帅，可你要控制住你的意志力啊！"怎么回事，脑袋里全是刚刚甜蜜的一幕，"不行不行，你今晚不能留下来，再出点什么岔子，我没法向你……"

"再见。"谢采青也已羞红了脸，站起身就要走。

反悔只需0.01秒，盛雍捉住她的手："不要回学校，你去隔壁，记得锁门。你给我一点时间冷静冷静。"

谢采青故作不悦地拂开他的手:"需要冷静的人不应该是我吗?"

"是我,是我。"盛雍立马进行深刻自我反省,"你一个年纪轻轻的小女孩,我如果不给你错误的引导和暗示,你不会一反常态这么冲动。"

谢采青要笑不笑,歪着脑袋看人:"所以,我的冲动可以被原谅?"

"原谅,原谅。"莫名觉得她好像在动什么小心思,盛雍心慌慌的,怕了她,"从现在开始,你对我的言行举止有任何疑问,记得问清楚,不允许擅自揣摩。"

问就问,谢采青说:"你现在脸红了,是什么意思?"

"发烧!"盛雍捂着脸,脱口而出。

"我摸摸。"手背贴上他的额头,谢采青蹙眉疑道,"好像没有发烧,我再试试。"

不等盛雍反应,她故技重施,迅速弯腰凑了过去,而这一次试的不是额头,而是嘴唇。

蜻蜓点水的一个吻,盛雍来不及躲,也不想躲。

"我身份证上的生日日期登记有误,我是九月生的,已经成年了。"笑意盈盈的谢采青像安慰受惊的小宠物一样,摸摸盛雍的头,"雍雍哥哥,不要有负罪感。我是成年人,可以对自己的行为负责。"

雍雍哥哥目瞪口呆,突然有种被小姑娘调戏、玩弄于股掌之中的感觉。

（3）

盛雍能说会道,诡辩能力一流,以前随便动动嘴皮子,就能把谢采青讲到无言以对。这回,谢采青同样是动嘴皮子,只不过换了一种形式,终于把盛雍收拾得服服帖帖。

让他干什么他就干什么,什么也不用干的时候,他就盯着谢采青傻傻发呆,偶尔抽风一样傻乐。仿佛一魂两魄游离在外,全飞到谢采青身体里面似的,离不开,也舍不得回来。

第二天病情大好,他的精神和体力恢复不少,非要陪着谢采青下楼晨练。清早天凉,帽子、口罩加厚外套,全副武装到密不透风,谢采青才肯放他出门。顾及他的身体,晨练时间也缩短了一半,结束之后,两人散着步去学校食堂吃早饭。

盛小厨今日当班,远远地看见四哥和采青姨手牵手进来,隔着玻璃窗挥舞大铁勺打招呼。周六这个点,来食堂吃早饭的学生不多,盛小厨忙过一阵后清闲下来，溜出工作窗口，找他们聊天。

他坐下第一句话是："四哥，采青姨，我辞职了。上完这个轮班，我下周就正式离职。"

"为什么？"消息突然，谢采青惊讶地问。

也只有她在听在关心，旁边盛雍依然神游太虚状。

口罩没摘，压在下巴处，盛雍一只手托腮，懒洋洋地侧枕着脑袋，正有一口没一口地喝豆浆。他一双漂亮的凤眼无神，却像钉在谢采青脸上似的，拔不出来。

"我四哥怎么啦？"盛平湖偷瞄了好几眼，悄悄问。

谢采青已经习惯了："没事，你继续说。"

盛平湖："我的女神很快要去法国交换一年，那地儿我熟，我打算和她一起去。她……"

他的话没说完，冷不丁被盛雍打断。

"少阳户籍科的民警同志这错误犯得也太低级了，身份证上总共没几个字，闭着眼睛录入也不会错啊。"日历都翻篇了，他还没翻篇，对身旁人道，"你也是，发现有误，为什么不重新办一张？"

谢采青没理睬他，对一头雾水的盛平湖笑了笑："你说你的。"

"哦哦，好的。"向来没心没肺的盛平湖难得一次操心费神，顾虑重重地道，"她去交换免学费，生活费要自己承担。她家庭条件一般，过去了十有八九会打工赚钱。可她又不会法语，我不跟着过去不放心。"

"你去陪读？"谢采青问。

盛平湖刚张口，偏像赶到寸劲儿一样，又被盛雍打断。

"这么重要的事，你为什么不早告诉我？昨天是不是看我可怜，你才愿意说的？我要是不生病发烧，你打算瞒我到什么时候？"

失声控诉三连发，问着问着，盛雍越发觉得自己可怜，仿佛忧郁男神韩柏延上身，自怨自艾地抹起莫须有的小眼泪。

盛平湖傻眼了，偏过身子给自己打掩护，敲着太阳穴偷摸着问谢采青："我四哥他脑子烧坏了？"

谢采青摇头，强忍笑意转向盛雍，抬手把他的帽子往下压一压，而后亲昵凑近他的脸侧耳语一句。眨眼之间，他像被施了魔咒一般，元神归位，神采奕奕地鲜活过来。他旁若无人地一只手揽过谢采青，就要往她脸蛋上亲。

"四哥，我在呢。"盛平湖挡眼睛，"我刚失恋，你这样刺激我不好。"

"我知道你在。"小姑娘也看过来,盛雍忍住没下嘴,拥着她一同看向对面的弟弟,"采青问,你是不是去陪读。"

盛平湖赶忙切回正题:"我也想啊,但她肯定不会同意。她读她的书,我是去深造,去蓝带学做甜点。"他昂首挺胸,双手握拳,踌躇满志地面朝太阳冉冉升起的方向,"蒸了整整一礼拜的山东老面馒头,我终于找到了人生的终极奋斗目标!"

对面两人面面相觑。

盛雍问:"你是不是对主食和甜点有什么误会?"

盛平湖一脸蒙:"啊?"

盛雍又问:"还是你对蓝翔和蓝带有什么误会?"

盛平湖一脸蒙:"啊?"

"我知道了,你的人生就是一个最大的误会。"盛雍伸手拍拍弟弟的肩膀,"你去吧,有目标总强过没目标。好好学,我等着你亲手为我制作婚礼蛋糕。"谢采青羞涩地瞪他,他只当没看见,继续对弟弟道,"走之前吃顿饭,你把你女神一起请过来,大家为你们饯行。"

"我尽量。"盛平湖为难地笑了笑,忽然想起什么,又问,"四哥,你的奋斗目标找到了吗?"

谢采青闻言,也若有所思地看向他。

盛雍收紧手臂拥住她,如实道:"正在找。"

话音刚落,韩曼迪打来了电话。

趁盛雍转身接听电话的空当,盛平湖半遮着嘴小声告诉谢采青:"四哥告诉我,没有进取心的男人不可靠,留不住好女孩。采青姨,我四哥的好女孩是你。"

谢采青弯唇一笑,也悄悄提醒盛平湖:"你去请你的女神的时候记得告诉她,她是你的好女孩。"

盛平湖心领神会,重重点头:"好!"

"平湖,你马上去请假。"盛雍蓦然转过来,神情凝重,"韩老爷子住院了。"

一行三人赶到军区医院的时候,病床上的韩家老爷子正在像训"孙子"一样训孙子,气势之磅礴,声音之洪亮,整条走廊都听得见。盛家老爷子也在,优哉游哉地坐在病床边,举着手机拍下这"温馨"的一幕,不发条朋友圈不足以表达自己的感动之情。

韩家老爷子教训到中途，往旁边一扭头，刚缓和的情绪又上来了，招招手把韩柏延叫到跟前，撸起袖子接着骂。

"你瞧瞧这小老头，多得意。儿孙绕膝，四世同堂，也该他得意！你再瞧瞧自己，一年到头嚷着忙忙忙，一天一个新项目。赚那么多钱干吗，能给你生闺女还是生儿子啊？你妈体谅你工作忙时间少，什么都给你安排好了，你只需要挪两步去见人姑娘一面，你可倒好，自己不去，居然派人装神弄鬼去吓她！"

韩柏延冤枉："爷爷，我跟妈解释过了，那女鬼我不认识，我……"

"你少来这套！"韩老爷子火气正旺，根本不听孙子解释，"天底下没有那么巧的事！在哪里装鬼不行，偏偏跑到你相亲的地方装，不是和你串通一气，还能是什么？"

"是一个神经病啊！"韩柏延只能自认倒霉，满脸堆笑地坐到病床边，剥橘子给爷爷吃，"爷爷消消气，您病着呢，不能总着急上火。"

"没事，他装的。"旁边盛老爷子摆弄着手机，幽幽补充一句，"不过装得不像，哪有生着病能一口气骂半小时不带停的？"

"没生病，我能骂一小时！"韩老爷子要强地嚷回去，抓起手边的输氧管塞进鼻孔，跟小孩赌气似的冲孙子不耐烦地挥手，"我不吃你的破橘子！去，你去那边站着！想好了今年剩下这几个月该怎么办，你再向我汇报。"

韩柏延早看出来爷爷故意装病给他施压，但他没辙，溜也溜不掉，只好乖乖站到角落面壁思过。

躲在病房外的盛雍、谢采青和盛平湖听到这里，齐齐看向打电话谎报军情的韩曼迪。

"雍雍哥，你别生气。是我哥给我打暗号，让我找你来救场。"韩曼迪心虚，不敢看盛雍，急急上前挽起谢采青的胳膊，"走走走，你陪我上洗手间。"

韩曼迪拖着谢采青尿遁了。盛平湖没胆子进去救场，理由都不找，想直接认怂，但没盛雍敲门的动作快。听见里面传出一声"进"，他只能硬着头皮跟在四哥后面。他学着四哥的样子，也像一个被请进老师办公室的学生一样，沿墙边端正站好。

"我罚他，没罚你们。"看见两个孩子，韩老爷子大变脸，笑容亲切，"过来过来，吃橘子。"

救场哪有当乖孩子重要啊，盛雍和盛平湖赶忙上前，接过韩老爷子赏的小橘子。

"盛雍，听你爷爷说，你一个人去见了你岳父。不错不错，勇气可嘉，比我那不孝孙子强。"韩老爷子夸完大的，又夸小的，"平湖，听你爷爷说，你在曼迪学校的食堂工作。不错不错，吃苦耐劳，你比我的不孝孙子强。"

　　韩柏延不忿，回头："爷爷，您能不能别小题大做？我不就是没交女朋友吗，哪里不孝顺您了？"

　　"不孝有三，无后为大。"盛家老爷子放下手机，接过话，"柏延啊，你要对你妈给你介绍的姑娘不满意，你直说，没必要动那些花花肠子。找不到女朋友，盛爷爷我给你介绍，保证你满意。"

　　"盛爷爷，谢谢您，不过还是免了吧。"韩柏延转身走到两个乖孩子旁边，盛雍手里的橘子是他剥来孝敬爷爷的，他抢回来囫囵喂到自己嘴里，"盛爷爷，我妈介绍的我都不喜欢，您老介绍的……嘿嘿，算了，算了。"

　　"我介绍的怎么了？"盛老爷子一听不乐意了，"我要没把采青介绍给雍雍，他能走在你前头吗？盛爷爷我一般不出手，一旦出手，一出一个准。"

　　"爷爷，我插嘴问一句。"盛雍朝老爷子竖大拇指，好奇地问，"您当初是怎么想起来把采青从大老远的少阳请来的？"

　　盛老爷子悠悠然笑得好似天地皆知的老神仙："你不记得了？我去参加你们班毕业聚餐，问过你喜欢什么类型的女孩。"

　　"爷爷，您录的那段视频我一直留着。"盛平湖摸脑袋表示不解，"我记得您破例喝了白酒，明明醉了呀。"

　　"你个老小子！"几十年的交情，韩老爷子开怀大笑，冲老伙计点手指头，"装的吧？"

　　"假作真时真亦假。"盛老爷子一脸高深莫测，对盛雍道，"你说我喜欢什么类型，你就喜欢什么类型。当时还真把我给难住了，我想啊想啊……隔几天打球时一杆挥出去，想起来啦。你在少阳养病那阵，天天守着你喝中药的那小丫头不错。说来也巧，我打电话给她爸那天，正好小丫头在填报志愿。因为离家太远，Z大本来不是她的首选，爷爷我三两句话，父女俩一商量，就决定把第一志愿改成Z大了！爷爷厉害吧？"

　　"厉害！原来还有这么一段渊源。"韩柏延也忍不住竖大拇指，"盛爷爷手段高明，有眼光，慧眼识珠！"

　　盛雍将信将疑："爷爷，我那时候才多大，采青才多大，您怎么看出来她不错的？"

"我当然能看出来啦。"盛老爷子拿过盛平湖的橘子，一半分给老伙计，一半留给自己，接着对盛雍道，"刚开始的几天，你嫌药太苦，闹着不肯喝，后来采青一来，你再也没闹过。你那时候稀里糊涂不记得，我可记得一清二楚。"

盛雍确实忘光了，所以能在最短时间内想起谢采青，他很庆幸。更谢谢老爷子一球杆挥得漂亮，一通电话打得及时，把长大成人的小采青送到他身边，给他快乐，给他爱情。

"行啦！就这么定啦！"橘子扔进嘴巴，韩老爷子扯掉输氧管，掀被子利落下病床，"出院！"

"你前些日子又便血，住都住进来了，检查检查吧。"盛老爷子担心老伙计。

"犯痔疮有什么好检查的，没必要。"韩老爷子不以为意，拉起老伙计的手郑重嘱托，"老盛啊，我孙子的终身大事全交给你了，你可不能让我失望。"

"什什什……什么？"韩柏延吓到结巴，过了好半天才捋顺舌头，"爷爷，您这决定也太草率了吧！"

"不草率。"韩老爷子看也不看不孝孙子，步伐矫健朝前走，"你自己说的，盛爷爷有眼光，慧眼识珠。"

韩柏延搬起石头砸自己的脚，中了老人家们的套路啊！

第八章
一生一世一双人

（1）

十月中下旬是Z大各个学院举行迎新晚会的高峰期，几乎每周都有帅哥美女，以及各种各样的表演可看。文学院的节目单提前一周在网上一公布，立刻引发热议。在传统艺术日渐式微的今天，只能在电影、电视或网络上看到舞狮表演，没想到它竟然有机会出现在大学生的舞台上。

周二晚上，新校区体育馆座无虚席，最后一个节目自然备受关注。有人满怀期待而来，当然，也不乏有些观众，觉得节目太精彩没意思，演砸锅出洋相才好玩。

不巧，盛雍旁边正好坐了两个抱持后一种心态的男生。从倒数四五个节目开始，他们就窃窃私语，比赛似的预测各式突发事故：狮头舞到一半脱手，飞进观众席；脚下打滑一个绊一个，双双栽倒在舞台中间；狮子舞成病猫，观众不买账，中途被轰下台，难看收场……

盛雍保持风度，忍了又忍。当听到其中一个重度智障希望舞台灯落下来砸中狮头，醒狮变晕狮的时候，他终于忍无可忍，原地大爆发。

"你俩想继续看表演就闭嘴，不想看趁早滚！"为了不影响其他观众，盛雍的声音压得很低，措辞也够克制，但语气极其严厉，表情更是煞人。

面对突如其来的训斥，两个男生被吓得够呛，一愣一愣望了盛雍好久。

其中一个磕磕巴巴道："我……我们开……开玩笑而已，你有……有必要这么认真吗？"

"有！"盛雍低呵，"你少拿开玩笑当理由。缺乏对表演同学最基本的尊重，你们根本不配坐在这里。"

"不走，我们是凭票入场的，你没权利赶我们走。"另一人大嚼着口香糖耍无赖，抓紧两边座位扶手，"我们又不是开你的玩笑，你凭什么多管闲事？"

话音未落，只听"咕咚咕咚"几声，这人被浇了一脑袋可乐，被冻得浑身哆嗦，骂骂咧咧回头："谁干的？找碴儿是吧！"

罗子航手捏空饮料瓶，从他身后露出一张笑嘻嘻的脸："同学，开个玩笑，别当真嘛。"

"你……"

不等他骂完，罗子航凌厉挥拳："你敢当真，我立马揍得你满地找牙！"

先被一个白面书生教训，再被一个黑面阎罗威胁，两人欺软怕硬，不敢再多说一个字，在周围同学鄙夷的目光中，埋着头狼狈而逃。

中间座位一空，罗子航便猫腰移坐到盛雍旁边："老师，你太文明了。对付这种人，我没动手算是客气的。"他扬起手中空瓶，"可惜我只有一瓶饮料，要不然还能匀你一瓶出出气。"

"谢谢。"盛雍沉声道谢，然后将视线转投回舞台上。

舞台上的灯光暗了些，连带他的眸光也淡了几分。

"不客气。"罗子航觉察出他似乎有心事，张张嘴想说什么，又安静闭上。看了一会儿节目，这小子还是没忍住："老师，秀才遇到兵，有理说不清，很正常。下次再遇到没教养、没礼貌的浑蛋，讲不通道理没关系，你甭客气，揍他。"

盛雍沉默了片刻，淡淡睨过去，问："揍不赢怎么办？"

打架界扛把子罗子航从没这困扰，愣了愣，咧嘴笑："揍不过，练呀！看谁不顺眼就找他练手，三天一小架，五天一大架，实践出真知。揍人能有多难？关键是要勤奋，肯打肯练。"

"关键是要不顺眼的人足够多吧。"旁边这小子把打架当饭吃一样，盛雍不免心生隐忧，"罗子航，我怀疑你有暴力倾向，请你和谢采青保持距离。"

"我看她很顺眼的，玩跑酷又会舞狮，长得挺好看，身材也不……"最后一个字冲到齿缝，见盛雍脸色变冷，罗子航硬生生咽回去，话锋一转，"老师，你别担心，我没有暴力倾向。小时候我倒得过多动症，医生说我精力过于旺盛，建议多参加体育运动。我妈给我报过几十种体育培训班，篮球、足球、乒乓球……"

罗子航的话痨功力和盛平湖有得一拼，要照以前，盛雍早没耐性打断了。可现在，他似乎真变成了一位文质彬彬的白面书生，耐心出奇得好。听着罗子航流水一般的冗长成长史，如何从多动儿童成长为跑酷达人，他过耳就忘，全当修炼定力。

直到漂亮的女主持人朗朗念出，下一个节目——《登高采青》。

红色幕布缓缓升起，舞台中央出现了一座由二十一张八仙桌叠放而成的"品"字形六层高台。顶层的一张八仙桌正对面，隔空悬垂着一幅卷轴，上面系着一小捧青菜。

随着一阵"急急风"锣鼓点响起，一只通体雪白、镶着金边的狮子摇头摆尾，踏着轻快的小碎步入了场。它的模样可爱生动，一双大眼睛黑亮有神，阔嘴大开大合。来到舞台前方，它先是一个定身亮相，眨眨黝黑大眼，颤颤毛茸茸的双耳，憨态可掬的模样，赢得了一片掌声。

打完招呼，白狮开始如顽皮的孩童一般，满舞台撒欢。它时而欢跳，时而抓痒，时而打滚，有时甚至躺在地上一动不动酣睡。睡醒了懒懒舔几下皮毛，一个轻巧翻身，它又兴高采烈地玩闹起来。狮脖上挂的小铃铛，摇头晃脑间叮当作响，更是惹人喜爱。

一阵嬉戏后，白狮来到高台之下，先是左右徘徊选择最佳"上山"路径，然后匍身拱腰，一跃而起轻盈登上第一层高台。只这一跃，白狮似乎累了，抻着身子踢了踢腿，收起四肢卧下休憩片刻，片刻后又抖擞精神纵身腾跃，登上第二层高台。

就这样，每登上一层，白狮都会慢下脚步，和着锣鼓点的节奏，时动时静，或玩耍或小憩。白狮灵活多变的小动作，使得整个登顶过程变得格外有趣。不多时，白狮已远离地面，登上了顶层的高台。

台下观众们都知道重头戏要来了，不自觉地瞪大双眼，屏息凝神。最惊险、精彩的一幕即将上演，有胆小的女生想看又不敢看，只能把双手捧在脸颊上，做好随时捂眼的准备。

原本活泼好动的白狮此时也安静下来，摇晃着脑袋，仔细端详正前方的青菜。它伸出前爪扑腾两下，小心试探，又探出身子，居高临下地望望地面。踟蹰不前的它好像害怕了，想要退缩似的，两只腿颤颤巍巍迈下一层高台。就在后爪触地的一瞬间，它突然飞身一跃，阔嘴大开，将青菜一口咬住，从高台稳稳落到了地面上。

全场安静一秒钟，而后掌声雷动。

这时，有眼尖的观众发现，悬在半空的卷轴并没有顺利展开。他们迅速交头接耳，很快所有人都发现了这个失误，掌声也随之渐渐减弱。

如果节目就此结束，仍不失为一场精彩表演，只是有一个小小的遗憾。

绝大多数观众是宽容的，再次卖力地重新拍响巴掌。

叼着青菜的白狮大可以踏着掌声欢快退场，可它没有动，而是仰起头看了看半空中的卷轴。接着它负气似的吐掉青菜，两条前腿一蹬，坐在地上，眼皮半垂，好似在为自己的失败而懊恼，活脱脱就是一个闹情绪的小孩子。它不甘心，瞬时又翻身打滚站了起来，围着卷轴打转。

白狮在想办法，所有人保持着鼓掌的姿势，也都目不转睛地盯着它，期待它的表现。

忽然，前排有心急的观众大喊支着儿："离地太远，爬台子啊！"

高高低低的附和声很快响起来。

白狮充耳不闻，慢慢踱至卷轴正下方，后肢发力顶腰，整个身子直立而起，阔口伸向卷轴，却有一段不小的距离。第二次挺身，依旧碰不到卷轴，白狮不肯罢休，又接连尝试了第三、第四次。

观众们都替这只顽强的小白狮捏着一把冷汗，有人不忍心看，开始高喊"算了吧，放弃吧"。

当所有人以为不可能成功的时候，白狮第五次高高挺立而起，与此同时，一只前爪蹬向第三层八仙桌的一角借力，后爪随即跟上，仿佛施展轻功一般，白狮顶腰旋转，又跃得更高，这一次成功触碰到了高空中的卷轴。

卷轴顺势展开：

"海阔凭鱼跃，天高任鸟飞。"

台下观众目瞪口呆，这一次的全场寂静长达十秒钟之久。

寂静之后，所有观众不约而同地站了起来，用最热烈的掌声和欢呼声为这场毕生难忘的表演喝彩，为他们心目中最勇敢、最威猛的白狮呐喊叫好。

喝彩声久久不息，主持人不得不把已经退场的白狮请回舞台。

在主持人的再三请求下，面对全场观众，两位表演者脱下狮头和狮披。当人们看清身怀绝技的表演者竟然是两个年轻的女孩时，无不惊讶地张大嘴巴。

于是掌声变得更加热烈，叫好声变得更加响亮，震耳欲聋。

大汗淋漓的两个女孩对视一眼，手牵着手，向观众们鞠躬致谢。

再抬起头，女孩们的脸庞浮现出羞涩而灿烂的笑容，光彩照人。

盛雍站在观众之中，含情脉脉地久久凝视舞台中央的谢采青。

这一刻的她熟悉又陌生，美丽又自信。

这一刻的他，是她的忠实信徒，是她的不二之臣。

谢采青退场之后，盛雍也抽身离开了体育馆。

他站在昏黄的路灯下，远眺夜空，眸光深邃，拨通了韩柏延的电话。

"明天我飞台北。"

"你来干什么？"

"考察项目。"

（2）

谢采青和体校小姐姐在迎新晚会上为同学们奉上了一场最传统、最正宗的"南派醒狮"表演，有幸到场观看的同学赞不绝口。口耳相传，加上节目视频的广泛流传，不多时谢采青便成了带着传奇色彩的校园大红人。

有人说谢采青骨骼清奇，颇具少年侠隐之相；有人说她承袭南方某神秘宗派，身怀旷世绝学；也有人说她貌若桃李，气质独特，静如处子，动如脱兔……总而言之，传闻五花八门，共同营造出的新鲜感和神秘感，使得谢采青一跃荣升为"十大校花评比"的热门人选。

正因为有别于时下大众的审美标准，谢采青在崇尚标新立异的大学男生中大受欢迎。自迎新晚会之后，便时常有男生找她搭讪，要联系方式。她全部礼貌回绝，明确告知对方自己已经有男朋友。

那么问题来了。

爆红之后，谢采青几乎天天和宿舍小姐妹同进同出，上课、吃饭、自习，没人真正见过她口中的"男朋友"。没准这只是她拒绝男生搭讪的借口，所以"十大校花"评比帖里，她的感情状况一项到现在仍显示为"单身"。

连宿舍三个小姐妹，包括罗子航在内，也都在问"谢采青的男朋友去哪儿了"。

按511宿舍"谁交男朋友谁请吃饭"的规矩，谢采青和盛雍这顿饭一直没着落，李姝书为抒发情感，颇具创意地改编了李之仪的《卜算子》：

我住新校区，君住老校区；

日日思君不见君，共饮一江水。

此水几时休？此饭何时请？

只愿君心似我心，定不负"江南忆"。

"江南忆"是一家知名连锁江浙菜馆，是吃货李姝书的最爱。

盼呀盼，半个月过去了，女孩们终于盼到了日思夜想的这顿饭。地点定在老校区附近的"江南忆"总店，四个女孩提前出发，坐公交车去老校区和盛雍会合。罗子航不知从何处收到线报，早早等在三号女生宿舍楼下，厚着脸皮非要多添一双筷子。

在去往校门口的路上，罗子航单独叫住谢采青："那天晚会上，主持人

285

介绍节目，说你是少阳南派醒狮威音堂的传人。几年前有段叫'狮子下山'跑酷速降的视频，在我们圈子里大火，如果我没记错的话，那视频里的高手也是来自威音堂。"

谢采青已经猜到他会问什么："没错，是我。"

罗子航长"哦"一声，露出"我就知道"的表情："你说你练跑酷另有目的，你的目的应该就是录那段视频吧？用跑酷与舞狮结合的形式，为你家的威音堂打广告，谢采青，真有你的！"

谢采青没有否认。

高一那年，是威音堂最岌岌可危的艰难时期。谢明毅秉持传统，坚决不肯接受任何形式的商演邀约。弟子们收入微薄，纷纷转行，更有人不顾师徒情分与行规，转投他人门下，令谢明毅心灰意冷，一度想扯旗关张。

威音堂是谢明毅的毕生心血，谢采青心里很清楚，父亲不能没有威音堂。它倒了，意味着父亲也会跟着倒下去。

一次偶然的机会，谢采青在网上看到一段高山速降的视频，发现与舞狮技巧有不少相通之处，便动了将两者相结合的念头。她有武术功底，悟性高，天赋又好，只用了短短半年，就已经可以完成许多高难度动作。

其间，她隐瞒了包括父亲在内的所有人，唯有三师兄知情，也支持她的大胆尝试与创新。那段"狮子下山"的视频，也是在三师兄的提议和帮助下顺利拍摄完成的。"狮子下山"在网络上的火爆程度，是她始料未及的，一边欣喜于慕名而来络绎不绝的学艺者，使威音堂起死回生；一边也已经默默做好准备，心甘情愿接受父亲的责罚。

事实上，她等来的是父亲观念上的转变，他开始试着用进步、包容的眼光去看待传统技艺的发展和保护。她也因此知道，父亲并不是一个陈旧、保守的人，只是在黑暗中独自行走太久，仅凭一人之力扛起传统技艺的大旗又太难，父亲如履薄冰，必须谨小慎微。想要做出改变，需要有人为他点亮哪怕一点点的希望之光。

谢采青以前可以为父亲点亮那束微光，她相信，以后同样可以。

秋意渐浓，北风萧瑟，枯黄的落叶打着旋漫天乱飞。

等公交车的时间，四个女孩裹紧外套围在一起聊天。谁也没注意被晾在一边的罗子航的幼稚举动。他挑起落叶，偷偷扔进窦心宁外套的兔耳朵帽子里。

苗灿太瘦不扛冻，又爱美穿得少，抱住身旁暖烘烘的谢采青取暖，笑着抱怨道："以前我只知道有跨省、跨国的'异地恋'，你和质子殿下跨校区而已，也能谈出'异地恋'的效果，我也是服气。"

长达半月只能靠电话联系，谢采青今天的心情格外好："距离产生美。"

"你的质子殿下已经够美了。"李姝书手捧特大杯奶茶，好奇地问，"你跟着体校小姐姐到处表演，忙着打工赚学费、生活费，我可以理解。质子殿下呢？他老板再惨无人道，实验室再忙，也不至于二十四小时全天无休吧。"

"我也不太清楚。"谢采青摇摇头，"他只告诉我，柏延哥有个新项目找他帮忙。最近一周，他们全国各地到处飞，昨天晚上才从广东江门回来。"

谢采青对做生意一无所知，盛雍没有具体讲，她也不会追着多问。

"采青，我给你提一个小小的恋爱建议，你不许生气啊。"窦心宁牵起她的手，得到她的首肯后，认真道，"我偷听过你和质子殿下打电话，先声明我不是故意的。我觉得你应该多跟他撒撒娇，打电话就应该把'想你呀''爱你哟'像口头禅一样常挂在嘴边。"

谢采青有勇气做出大胆、亲密的举动，却不习惯情话连绵，有些为难："这些他都知道，没有必要天天讲吧？"

"要讲的，男生爱听。"苗灿接过话，问正弯腰捡落叶的罗子航，"那个男生，你说对吧？"

"对什么？"那个男生忙着恶作剧，没听清，直起腰见所有人都在看他，忙扔掉叶子装没事，面向车辆实时信息显示屏，"你们聊你们的，我看看车来了没。"

窦心宁忽然想起一件事，问："我帮你写的上报材料，学校审核通过了吗？"

"过了，过了。"罗子航答，"幸亏登山社那五个人平安无事，没酿成不可挽回的后果，不然，我不知道还要写多少材料才够应付学校的检查。"

"罗子航，赖着我们混完质子殿下这顿饭，你是不是也该兑现请我们吃道歉饭的承诺了？"李姝书眼光带笑，若有若无地扫过窦心宁，"别以为我们不知道今天是谁给你通风报信的。"

窦心宁不背锅："我没通风报信。是他想找我代写选修课小论文，我告诉他与质子殿下有约在先，没空。"

"喂，你把我们宁宁当什么，免费劳力，你的专属幕后代笔吗？"苗灿护短，瞪着罗子航问。

"她才不免费，千字五十起价，三千字起跳。"罗子航也不背这个锅，"她还让我给她打小广告，必须宣传到宿舍到个人。她现在买卖做得可红火了，想找她代笔，得先预约付订金。"

"助人为快乐之本，你不要把我讲得像一个无良商人一样。"窦心宁狠狠白了他一眼，其实没多少底气，有些心虚地拉起兔耳朵帽，没戴上，先稀里哗啦被扣了一头落叶，"罗子航！"

元凶假装没听见，抬手欣喜一指："车来啦！"

五个人出发得早，比约定时间提前到达。四个女孩第一次来老校区，决定进校园转转，去膜拜那两株作为镇校之宝的银杏树。

原本呈三角形分布的三株银杏，因为新校区落成，其中一株被移植过去，只剩下两株相依相伴。不知是哪位，或许很多位富有浪漫主义情怀的学生，由此演化出了一段美丽的爱情故事：

三株银杏的前世是三个爱恨痴缠的男女，就好比林梁金三人的关系，有痴恋中的旷世情结，也有离散后的万般凄凉。这一世的三株银杏依旧为情所困，痴痴缠缠，直到其中一株突然之间醒悟，看开了，想通了，释怀了，选择放手离开，于是成就了现今中心花园里，剩余两株银杏的一生一世一双人。

因为这个虚构的爱情故事足够打动人心，Z大历届的学生，尤其是情感丰富的女生们，都喜欢来两株银杏树下许愿，愿真爱降临、情路坦荡。成双结对来许愿的也不在少数，恋爱中的男女唯愿此情不渝、此生不负。

愿望永远是美好的，但毕竟大学恋情存在的变数太多，最终能从校服走到结婚礼服的情侣少之又少，都是幸运儿。

能不能成为幸运儿，两株银杏树当然说了不算，但这不妨碍女生们寄托美好的期许与希望。511宿舍的四个女孩也不例外，硬拖着罗子航带路，直奔情侣银杏。

老校区的热门景点处，因为今天大风降温，显得有些冷清。

罗子航走在前面领路，他个子高，视野更开阔。快到银杏树时，他猛地刹住双腿，转过身张开双臂，急匆匆把女孩们往来的路上赶。

"今天天气不好，不适合许愿，许了多半也不会灵验。走走走，改天我再带你们来。"

"许愿只看心诚不诚，什么时候改看天气了？"苗灿不高兴，一巴掌推开他，"你别挡道，都快到……"话音突止，她也慌里慌张加入罗子航的行列，"天气不好代表老天爷今天心情不佳，确实不适合许愿。听他的，改天。"

苗灿说着猛朝李姝书使眼色，李姝书只敏锐地扭头瞥了一眼便附和道："我同意，就这么愉快地决定吧。"

"决定什么呀决定！"个头最矮的窦心宁被他们推来搡去要得团团转，"你们干什么，还能不能让我和采青好好走路？"

旁边的谢采青灵活闪身到一侧，面无表情道："你们不要再推了，我已经看见了。"

此话一出，以罗子航为首的三人小分队放弃了徒劳的驱赶行动，静悄悄装起了呆木头。窦心宁已经产生不祥预感，脱身后立刻望向银杏树，只见"质子殿下"站在纷飞的黄叶之中，被一个漂亮姐姐紧紧抱着。

这画面很美也很尴尬，除了谢采青，没人敢再多看一眼。

"谢采……"罗子航手速不够快，没能抓住疾步跑进画面里的谢采青。

（3）

"肖教练，盛雍是我男朋友，请你放手。"

听到谢采青宣誓主权一般的声音，肖映岚吓得颤了一下，忙松手退开："你不要误会，我只是，只是……"只是为注定失败的一场表白寻求一点慰藉。

肖映岚说不出口，那个曾经只跟在她身后当小尾巴的男孩，已经奔去他最爱的女孩身旁，小心忐忑地牵起女孩的手，满眼歉疚与愧意。

解释是多余的，肖映岚知道自己更是多余的。她没有再说什么，收起所有的遗憾和情怨，为自己的单恋画下一个完整句点，转身离开。

"肖教练，等等。"谢采青叫住她，脸上没有太多表情，但由衷地对她说，"谢谢你多年前带盛雍走进国际象棋的世界，也谢谢你这些年对他的指教和帮助。"

肖映岚微微一笑："不客气，是我应该做的。"

感情没有对错之分，但人的选择有。

肖映岚当年没有选错，如今也不后悔她的爱而不得，因为盛雍值得，值得成为黑白棋盘里的王者，值得拥有一份美好而幸福的爱情。她给不了，别人可以，所以她会再做一次绝对正确的决定——祝福他们。

肖映岚离开了，宿舍小姐妹和罗子航也悄然退场。

此刻，在金黄炫目的银杏树下，是只属于盛雍和谢采青的二人天地。

思念消磨到极限，没想到一见面就是这样一个场景，盛雍快内疚死了："采青，对不起。我有错，错在意志不坚定。"

谢采青一语未发，轻抿嘴唇，仰着下巴静静打量盛雍，大眼睛一眨不眨。他忍不住低头想亲她，她伶俐躲开，又转正脸庞盯着他不放。

再吻再躲，盛雍心慌了，将掌心里的手抓得更紧："你给我亲一下，让我不那么害怕，你再接着生气好不好？"

"我没生气，我是在思考问题。"谢采青不会撒谎，坦诚道，"我在想，你应该早就知道肖教练喜欢你吧？"

"嗯。"盛雍也不隐瞒，点点头，"挺早的，她没提过，我也假装不知道。她今天来找我，问我愿不愿意一起参加明年的超快棋世锦赛，我没想到她会突然表白。"

谢采青也点了一下头："她是在你拒绝参加世锦赛之后表白的吗？"

"你怎么知道？"盛雍有些意外。

"我猜的。"谢采青略显羞涩地移开眼，轻拂掉落在他肩头的一片银杏叶，"我能不能自作多情地认为，你拒绝参加那么重要的比赛，一部分原因是我，你不想和她有过于紧密的联系？"

拥她入怀，盛雍肯定道："你不需要自作多情，我就是为了你。"

"我很荣幸。"枕在他的胸口，谢采青惋惜地叹气，语带笑意，"如果你最后没被她抱就更好了。"

"我以为你会生气、吃醋。"小姑娘如此大度，他好像又有点犯别扭，"我总是不分青红皂白地吃你的醋，要不你多少也吃点，平衡一下我们之间的醋酸配比？"

"好吧。"谢采青顺着他，退出怀抱，佯装不悦，"我不开心你被人抱，我要抱回来。"

"我让你抱回来，你让我亲……采青，你的耳朵怎么了？"刚才一门心思忙着道歉，盛雍这才注意到她左耳垂有道结痂的伤口。

小伤小痛，谢采青向来不在意，摸摸耳垂："我不小心被狮头里的竹篾割到了。"

"手脏，不能乱碰伤口。"盛雍急忙抓下她的手握回掌心，求她似的，"采青，咱不打工了好不好？我养你。"

谢采青摇头："我不用你养，我能养活自己。"

她坚信，恋爱不是依赖与附属，个体足够独立，才能将一段感情维系得足够稳固，足够经得起波折、磨难和时间的考验。

糟糕的巧遇没有衍生出狗血误解，谢采青打电话把小伙伴们又喊了回来，依原计划前往"江南忆"。

这算是盛雍和女友的小姐妹们第一次正式见面，为表诚意，他订了最好的包间和最贵的菜。撞见不该发生的一幕，三个女孩没有被他过于出众的外表蒙蔽双眼，对他或多或少有些质疑。没人主动和他攀谈，菜上齐了也没人动筷子，女孩们言行冷淡，连吃货李姝书都能抵挡住美食的强烈诱惑。唯独罗子航照吃不误，身体力行地贯彻了"多双筷子多张嘴"的混吃混喝原则。

窦心宁恨不得把他一脚蹬出包间，悄声开骂："吃吃吃，你上辈子饿死鬼投胎吗？"

"我们今天不就是来吃饭的吗？"罗子航熟练地剥着椒盐大虾，目光掠过义愤填膺的小姐妹们，"你们没谈过恋爱，还没见过别人谈恋爱吗？他们要真出了问题，压根不可能会有现在这满桌子的好菜。我们应该也没有重要到他们必须强颜欢笑请吃这顿饭。"

苗灿没搭理他，代表三人发言："盛雍学长，我们认为你有必要给采青一个合理的解释。"

"我认为没必要。"罗子航今儿也成了一对小情侣的发言人，"这明显是一个误会，老师真要偷人，也不至于偷得这么没有技术含量，好死不死让咱们碰上。退一万步说，就算要给解释，他也不用当着咱们这几个外人的面给。"

"就你话多。"窦心宁捡了一块大羊排扔进罗子航的碗里，请他闭嘴。

"学长，抱你的那个漂亮姐姐是你的爱慕者……"李姝书拖着话音瞄向谢采青，"之一吧？"

男友遭小姐妹围攻，谢采青下意识的反应是替他说话："他已经跟我道过歉了，你们高抬贵手，不要为难他。"

"我来吧。"盛雍不气不恼，笑容满面地摸摸谢采青的头，站起身从容面向众人，"刚才是我不对，我是采青的人，再怎么样也不应该允许除她以外的任何异性拥抱。被你们看见我无话可说，你们因此对我有任何不满，我也可以理解。但我必须强调一点，我无法控制别人的感情，但我自己感情的归属权一直很明确，仅属于采青一个人。我很谢谢你们为了维护采青，摆脸色给我看。如果再有下次，也希望你们像今天一样维护她，替她要说法讨公道。不过，这只是必要的客气话，因为绝对不可能有下次，我不会允许自己犯同样的错误。"

"你的意思是，可以允许自己犯不一样的错误？"李姝书习惯性话里挑刺。

"说真的，我没少犯错误，从来不认为自己是一个合格的男朋友。"盛雍牵起谢采青的手，缱绻柔情直抵她的眼眸，"好在采青容错率高，对我很宽容。"

"确实。"窦心宁回想之前尴尬的一幕，感慨道，"根据我多年的阅读经验，你被人又搂又抱，采青如果大发脾气走人，再正常不过。我为她的应激反应打满分，为你刚刚的表现打九十九，扣一分是怕你骄傲。"

"我也不敢骄傲。"盛雍坐回原位，很自然地搭上谢采青的椅背，似真似假地道，"她现在是学校的大名人。我的大老板，从来两耳不闻窗外事的余老都拿着视频来问我，采青究竟是何方神圣。和公众人物谈恋爱，我觉得很有压力，就怕哪天被淘汰出局。"

"学长不用谦虚。"李姝书笑着说，"我们辩论队里刚好有一个你的直属学弟。他告诉我，你以前也是学校的风云人物，曾经一个人车轮大战国际象棋社的所有人，不到一个小时，就把他们杀得片甲不留。"

"你有这么好战吗？"谢采青惊奇道，这不像盛雍一贯懒散的风格。

盛雍直摇头："不是我好战，是隔壁宿舍一个国象社的哥们儿天天大清早上背棋谱，吵得人不得安宁。我告诉他死记硬背没用，不如多练多实战。他不信，非和我切磋切磋。输了又不服气，他还要找人和我继续切磋。我嫌麻烦，就让他把所有人一起喊来，为节省时间，车轮战一次性结束战斗。"

罗子航："霸气，你和谢采青不相上下。"

苗灿也道："学长和采青一静一动，很互补嘛。"

"学长，你没加入学校国象社，是嫌他们段位太低吧？"窦心宁一边说，一边斜睨身旁大羊排啃得带劲的罗子航，"采青不肯加入你们跑酷社，也是嫌你们小打小闹，段位太低吧。"

"没有的事儿！"士可杀，不可辱，罗子航把羊排一丢，"你是没见过我的厉害，改天给你一个开眼的机会，让你好生领教领教。"

窦心宁给了他一个"敬谢不敏"的眼神。

"话说回来，"罗子航看向谢采青，"你不肯加入我的社团，我不强求。你那么热爱舞狮，有没有考虑过创办一个社团？"

苗灿打了一个响指："对呀，那天晚上的表演那么轰动，你如果办一个社团，一定会有很多人踊跃报名。"

"嗯，借着这股东风办社团，的确是一个很好的时机。"李姝书分析道，"一来有利于弘扬传统文化，会得到学校的大力支持。二来，学校以前从没有过舞狮社团，需要有人开创先河，你无疑是最合适的人选。"

"我可以帮忙！"窦心宁高高举起右手，"为帮罗子航写上报材料，我没少研究咱们学校的社团管理条例。采青要办社团，笔头工作我全承包了，谁也不许和我抢。"

"我也可以帮忙！"罗子航不甘示弱，"帮忙宣传。我有打小广告的经验，只要你一句话，招兵买马的活儿包在我身上。"

谢采青若有所思，面庞浮现出感激的笑容，向盛雍投去征询的目光："你觉得呢？"

盛雍抚上她的肩："我支持你。"

很久以前，盛雍曾用说笑的语气问过谢采青相同的问题。那一次，她的回答是眼神里的退却，而这一次，他看得出她很心动，很想试一试，他没有理由不支持她。

第九章
江山我要，美人我也要

（1）

　　盛平湖紧跟女神的脚步，即将远赴法国学艺。临别前的欢送派对被安排在盛雍的半山别墅举办。511宿舍的女孩们受邀参加，韩家兄妹也是座上贵宾。盛家老大、老二是稳重的已婚人士，这种年轻人的聚会，他们向来不参与。盛家老三盛平江倒想来，可惜人不在国内，工作室接了一个飞机彩绘的活儿，一行人去了新西兰。

　　别墅难得人多热闹一次，关姨、王叔两口子特别高兴，在韩曼迪的指导下，将客厅精心布置了一番。小公主和中年夫妻的审美大碰撞，众人可想而知。镶有蕾丝边的大红横幅上赫然写着"恭祝盛平湖追爱之旅马到成功"，把孩子感动坏了，置身其中，莫名有种迪士尼公主衣锦还乡投资办厂的错觉。盛平湖无论如何也要进厨房给关姨打下手，绝对不在客厅多待一分钟，他怕自己会感动到哭泣，破坏大好气氛。

　　得知别墅毗邻5A级自然风景区，511宿舍的三个女孩不顾寒冷，跟着韩曼迪去了景区看山看水。盛雍好不容易请到一天假，结果又被余老怪远程操控进了书房忙工作。在到处充斥着梦幻城乡接合部风格的客厅里，只剩下心理承受力巨强的谢采青和能用艺术的眼光包容一切的韩柏延。

　　两个人看着电视，韩柏延率先挑起话题："雍雍说你要办舞狮社团，干哥哥挺你，有什么需要帮忙的尽管开口。"

　　谢采青回以微笑："谢谢干哥哥。"

　　"你不用跟我客气。"书房门关着，韩柏延瞥去一眼，悄悄问她，"雍雍不在，你不趁机找我打听打听，我带着雍雍最近在忙什么？"

　　"不问。"谢采青丝毫不受诱惑，"等到他想说的时候，他自然会告诉我。"

　　韩柏延故意又问："你不怕我这个奸商带坏他？"

　　谢采青轻笑着，没接话。

　　"奇怪了，你越不想知道，我怎么越想和你分享我和他的小秘密呢？"

韩柏延对手指做百思不得其解状，紧接着像竹筒倒豆般细细道来，"我可以稍微透露一点，我带着他在创业，具体什么项目暂时保密。他这回绝对是动真格的。项目启动需要资金，这小子把珍藏的CD啊，国际象棋啊，限量版的鞋啊，表啊，能卖的全卖了，再加上这些年参加比赛的奖金，他愣是没拿家里一分钱。他也不是故意瞒着你，主要怕创业失败，没脸见你。"

盛雍的举动完全出乎谢采青的意料，她不禁问："会失败吗？"

"会呀！"韩柏延说，"第一次创业就好比第一次谈恋爱，前者是花钱买教训，后者是花感情买教训，一次成功的永远占少数。"

随口一说的类比，谢采青听进了心里，低垂着眼眸喃喃自语："会成功的。"

"你说什么？"韩柏延没听清，看她的表情也猜到自己把话说得太负面了，"采青，你放心，有我带着他干事业，保守估计，成功率至少翻倍。"

谢采青轻松不起来，仍笑着对韩柏延说谢谢。

在这之前，她只把盛雍的"配不上"当成一句玩笑话，也从未真正考虑过所谓"合格男友"的标准到底是什么，可现在她好像懂了……

带着韩柏延的一席话，谢采青推开盛雍的房门，走进了他的衣帽间。果然如韩柏延所说，里面空了一大半。花里胡哨的衣服、球鞋、配饰所剩无几，留下的多是一些百搭的基本款。

一件白衬衫被单独挂在衣帽间最深处，谢采青认得它，上面的扣子是她一针一线缝上去的。对那个夜晚发生的一切，她也念念不忘。盛雍深夜赶回别墅，又唱歌又撒娇，只为求她去看他的比赛，要鲜花，也要拥抱。

她双手托起衬衫，将脸轻轻贴上去，感受到了它的温度。

她记得为他系扣子时，两个人离得那么近。他的每一次呼吸拂过额间，都令她指尖轻颤，心跳也会跟着骤然加速，快到发慌，想要逃却逃不掉。

她现在懂了，那种感觉叫"悸动"，为爱而悸动，为悸动而爱。

"采青啊，采青，你想抱我可以直说，偷抱着我的衬衫不撒手，我会嫉妒的。"

盛雍慢悠悠含笑的声音忽然在身后响起，谢采青被吓得不轻，回过头睁圆眼睛，怔怔盯了他许久。

"怎么，我衬衫上喷过迷药，把你迷晕了？给我也闻闻。"盛雍弯腰凑上前，埋头使劲一吸鼻子，半眯着凤眸，表情享受地道，"嗯，我闻到了我们家采青'少女心荡漾'的味道。啧啧，我的魅力就是大，一件衬衫也能把你迷得神魂颠倒。"

谢采青忍住没笑，指着半空的衣帽间，故意问："你的东西呢？"

"断舍离，卖啦。"盛雍双臂交叠，侧着肩膀，闲散地靠向落地镜，"像我这样耐打的颜值，不需要靠衣服加分。时尚讲究做减法，所以我决定返璞归真，回归本帅。"

"不自夸行吗？"谢采青一脸严肃的表情，"三师兄给我爸看了我在迎新晚会上的表演视频，是你传给他的吧？我打工赚钱的事，也是你告诉他的吧？"

盛雍伸手把她揽到面前："是啊，你不主动和叔叔联系，我主动和他联系，他又不理我，我只能通过你三师兄曲线救国。"

"你不要再这么做了。"谢采青望着他的眼睛，"我爸说过，我的事从此与他无关。"

"死脑筋的小姑娘。"盛雍失笑，轻点她的眉心，"叔叔在气头上把你赶出家门，你就当真不做他女儿啦？"

谢采青从没这样想过，连连摇头。

盛雍固定住她的小脸："这不结了。他不认你，你得认他呀。你要让叔叔知道，你没有为爱情放弃理想，你更要证明自己是一个合格的继承人。"

可是父亲也亲口说过威音堂从此与她无关，她很迷茫："我想不到该怎么证明我自己。"

"平时多聪明的小姑娘，是不是谈恋爱谈傻了？"盛雍像做检查一样，捧着她的脑袋左瞧右瞧，"也没磕着碰着呀，这么简单的问题，应该难不倒我家采青。"

谢采青没心情开玩笑，拽下他的两只手："我知道你有办法，不要兜圈子，告诉我。"

盛雍鼓起一边脸颊："亲我。"

谢采青不啰唆，亲上去。

盛雍换边："再亲一下。"

谢采青亲上去，又问："你可以告诉我了吗？"

盛雍刚张嘴，只听外面响起韩曼迪招呼人进屋的声音。

"你们不要再嫌我只会买包、买鞋、买衣服了，长得漂亮的人都有这爱好。趁雍雍哥忙工作，我带你们参观参观他壮观的衣帽间。我和他一比，只能算小儿科级别。"

细碎的脚步声越来越近，这两个堂堂正正谈恋爱的孩子也不知道怎么想的，被别人偷窥房间，他们反倒像做贼心虚一样，手足无措。盛雍情急下滑

296

开柜门，拥着发蒙的谢采青躲进狭小的衣柜里。柜门合拢的同时，外面传来韩曼迪的惊声尖叫。

"妈呀！衣服呢？鞋子呢？包呢？！雍雍哥家被洗劫了！"

"你小点声。"见她一点偷窥的自觉性也没有，苗灿忙道，"他家里被人洗劫，让你第一个发现，会不会晚了点？"

韩曼迪只觉得难以置信："那雍雍哥的东西呢？凭空消失？长翅膀飞了？"

"没准真有贼。"窦心宁颤巍巍地指向卡在柜门缝的半截衣袖，吓得口齿不清，"我……我们……报警……报警吧。"

韩曼迪和苗灿一听这话，条件反射般就往后躲，左右寻摸最近的防身武器。只有李姝书没有轻举妄动，将整个衣帽间仔仔细细打量一遍后，反而慢慢靠近柜门，大着胆子伸出手把衣袖试着扯了扯，心下了然。

李姝书笑眯眯地转过身："走吧，走吧，没有贼。宁宁，你不要自己吓自己。"

小姐妹之间心有灵犀，靠表情也能准确传达信息，苗灿和窦心宁立刻意识到闹了一个大乌龙。

只有韩曼迪入戏太深："房间都快被搬空了，怎么可能没有贼！"她抄起两把衣架，交叉挡在身前，英勇无比地指挥道，"你们下去叫人，我来对付他！"

苗灿上前抽走她的武器，悄声提醒："不是贼，是人。"

"贼不是人啊！"抓捕行动迫在眉睫，韩曼迪还没觉悟。

窦心宁只能架起她左边的胳膊："是人是人，咱们赶紧走吧，不要再添乱了。"

李姝书架起她右边的胳膊："现在别问，我下楼告诉你。"

三个人连拉带拽把韩曼迪"请"出衣帽间，走到房门口，像早有约定一样，同时回头喊了一句："我们走了啊。"韩曼迪这才从"与歹徒奋勇搏斗"的大戏里豁然醒悟，很贴心地顺手带上了门。

做贼没有不狼狈的，颜值再高也没有用。

盛雍和谢采青眼睛一抹黑地从衣柜里滚出来，紧张到胸闷气短，直接摔在地毯上。

谢采青的手里还抓着白衬衫，越想越不对劲，扭头问："我们为什么要躲起来？"

盛雍满脑子都是刚才和她紧紧相拥的亲密姿势，浑身燥热，脱口便道：

"因为我想吃了你。"

话音未落，盛雍翻身将谢采青困在自己和地毯中间，低头吮住她的唇。

吻得热烈不知节制，他有一瞬间的迷茫，很爱她，还想更爱她，忽然间又不知该如何才能更爱她。

他也怕自己会伤了她，拼尽所有意志力，终于把自己从失控的边缘硬拽回来。

"采青，我没吓到你吧？"眼眸里的热火熄不掉，他移开视线，声音喑哑地问。

"还……还好。"谢采青同样小脸涨红，气息乱得一塌糊涂，"你没事吧？"

"有事。"姿势太危险，盛雍翻转身子背对她，手指揪着地毯绒，有点委屈，"下一次还能不能控制住自己的情绪，我不敢保证。"

谢采青也没哪里舒服，坐起来屈着腿抱住膝盖，老老实实地回他："我不知道该说什么。"

"你不要说话，听你的声音我都激动。"盛雍弓着腰不敢动，头脑尚且算清醒，"可再怎么样也得忍，我不会在叔叔认可我之前，把他的宝贝女儿变成我的人。"

"那怎么办？"谢采青忘了他的告诫，不由自主地问。

"别说话！"

意识到自己语气太重，盛雍突然面对谢采青翻坐而起，二话不说，揽过她的后脑勺，发狠似的重重吻一下她的唇。

亲完傻乐，自我感觉良好："这样我都忍得了，好像也没有很难。"

嘴唇被他吻得红红肿肿，谢采青这下是真不知道该说点什么才好了。

（2）

没能把女神请来和大家见面，盛平湖自以为很坚强，在饭桌上有说有笑，猛炒气氛，不知不觉就把关姨新酿的桂花酒喝得精光。酩酊大醉之后，可怜孩子真情流露，哭得涕泗横流，非逼大家排着队听他深度讲述坎坷情路，不想听也得听，一个也不准跑。

谢采青和盛雍在厨房洗碗，有幸逃过一劫。有关姨打掩护，两个人偷偷从后院溜出别墅，去了后山。

深秋时节，连日寒雨淫淫，城区里早已是草木摇落露为霜的萧索景象，而后山的百级石阶上依旧松林葱茏，郁郁苍苍。

山间起了白雾，稀薄朦胧，犹如身在云中。

盛雍和谢采青手牵手慢慢拾阶而上，都想起了他们第一次来锻炼的场景。一点一滴太清晰，仿佛昨天才发生。

"我和你猜拳，头两把我输了，第三把你是故意让我赢的吧。"盛雍穿着一件宽大的羊绒大衣，轻轻松松就把谢采青收入怀中，将她裹得密不透风，和她面对面，眼角眉梢缀着笑，"我问你有没有喜欢的人，你也是故意曲解我的意思，没错吧？"

谢采青挑眉："秋后问罪？"

盛雍摇头："不敢，我求证一下我的猜测而已。"

"对，我全是故意的。"谢采青俏皮一笑，似怨非怨地道，"谁让你以前总捉弄我，有两次我是真的生气了。"

"哪两次？"某人开始装失忆。

谢采青可记得清清楚楚："来别墅的第一天，你说我是盛师叔从少阳给你找的小媳妇。"

"嗯，我言语轻浮，你该生气。"盛雍认真检讨，随即又俯身轻啄她的嘴唇，得意地笑，"但是现在成真了呀，说明那是一种带有预见性的轻浮。"

谢采青无语，不和他掰扯歪理，继续道："第二次是在这里，你提出和我赛跑，却连试都不试就放弃了。"

"我记得我当时解释过，因为我知道赢不了你。"盛雍将她抱得更紧，四目相对，眸光灼灼，"你问我一定要赢吗，我说对，一定要赢。我可以追不上你，可我一定能追求到你。"

原来这中间还有更深一层的含义。

谢采青歪着脑袋，巧笑倩兮，美目盼兮："现在你赢了，开不开心？"

盛雍哈哈大笑："开心！开心死了！"

"你想不想我们能一直这样开心下去？"谢采青也加深笑意。

"想啊！"盛雍忍不住又吻怀里的小姑娘，难舍难分地贴着她温软的唇，"我想和你好一辈子，开心一辈子。等老了，我还要让你先走，开开心心地和我这个老头子告别。"

多么美好的一辈子，谢采青有点想哭，垂头揉了揉潮湿的眼角："你告诉我，我该用什么办法向我爸证明我自己。"

"你有点煞风景哦，谢采青。"盛雍佯装不悦，撇着嘴角转移视线。

"告诉我。"谢采青求他，抓住他的衣领踮起脚，亲他的嘴角，"你也说了，在我爸认可你之前，我还不算你的人。"

"哎，我的原话可不是这个意思，我的意思是……"

"行啦，我明白。"谢采青抬手挡住他的嘴，"你想得到我爸的认可，我也想得到他的认可，只有我们都得到了他的认可，才有长长久久的一辈子，不是吗？"

盛雍一下子想起那日在少阳，老谢同志让他上梅花高桩走一遭，心有余悸："是。我也怕我们过小日子的时候，叔叔哪天不爽找上门来，逼着我表演喷火、拿大顶、胸口碎大石之类的民间绝活。"

"好好说话。"讲不到两句话又要嘴皮，谢采青瞪着他，"我爸才不会这么做。"

"小媳妇教训得是。"盛雍低眉顺目，点点头，回归正题，"好好想想，你现在已经在向叔叔证明自己了。"

谢采青想不到，困惑地摇头。

"笨啊，长了一岁，你的智商也跟着胶原蛋白一起流失了？"盛雍说着捏她的脸蛋，明明很细腻、很有弹性呀。

谢采青来气了，摁着盛雍的胸口把自己推出他的怀抱："你烦不烦，能不能严肃一点把话讲完？"

乍寒入体，她不禁打了个冷战。

没了贴身小暖炉，盛雍也冷，寒噤打得更凶，哆哆嗦嗦伸出两只手又强行把她抱进怀里。

"严肃，严肃。"他板起脸孔，不急不缓地道，"你不是正在创办舞狮社团吗？虽然不能和叔叔当年创办威音堂相比，但一样是一个从无到有的过程。你把舞狮社团建立起来，就是最好的证明，证明你有能力做一个合格的接班人。"

两句话，让谢采青茅塞顿开，大眼睛亮晶晶地闪着光："对呀！"

"你男朋友冰雪聪明，厉害吧。"盛雍得意，矮身侧脸向着她，"不来点奖励吗？"

谢采青靠近他正要亲，忽然感觉有什么东西在挠她的鞋。她低头一看，是一只黄土色的小松鼠，好像不怕人，两只小爪子正卖力地刨着她的帆布鞋带。

"江山！"

身旁人惊喜出声，弯下腰摊开手掌在她脚边。小松鼠仿佛通灵性，蹦到他的掌心，耷拉着毛茸茸的尾巴，温顺趴下。

盛雍站起身，将小松鼠对向谢采青："我没骗你吧。来，江山，和我小媳妇打个招呼。"

小松鼠似乎听得懂，竖起耳朵，乌溜溜的大眼睛盯住谢采青，缓缓摇动长尾巴。

谢采青到底是一个小女生，无法抵御可爱萌物的诱惑，轻轻抚摸它背上的皮毛，细声软语地和它说话："你好，江山，我叫谢采青。听说你跑得很快，想和我比赛。今天不行，我扭了脚。改天我再来找你，好不好？"

从没见过如此娇柔的谢采青，盛雍本来还有点享受，一听她不小心说漏嘴，脸色大变："你又受伤了！"

小松鼠吓了一跳，缩成一团毛球，只露出一双眼睛，很无辜地望向它的人类朋友。

"不严重，我自己处理过了，几天就能好。"想到盛雍很可能不满足她的简短描述，她又乖乖地详细解释道，"前天去婚礼仪式上表演，突然冲上来一个两三岁的小孩。我为躲开她调整了步幅，不小心身体失去平衡扭到的。真的不严重，你看，我能走能跳。"

盛雍一张俊脸阴沉着，不言不语，把江山放回地面，转而双手用力摁住谢采青的肩膀，不准她再乱蹦跶。

"采青，在你面前，我真的觉得自己很没用。"这是一句实打实的心里话，盛雍将头埋进双臂之间，低沉声音里透着愧疚与无力，"你受伤已经不是第一次了，也许已经有很多次，可是你都瞒着我。可能你觉得告诉我也无济于事，我没法代替你受伤，你也不愿意让我来养你。我一个全靠家里养的人，哪好意思养你呀。"

"不是的。"谢采青急切地抱住盛雍，用脑袋顶起他的下巴，然后逼他与自己对视，"你听我说，我理解的爱情，是不管各自有多少难处，只要两个人在一起，就能把所有烦恼都忘掉，开开心心地度过每分每秒。我不要你替我受伤，不要你养我，只要你给我快乐，让我觉得自己是这个世界上最幸福的人就足够了。"

真的快乐，真的幸福吗？盛雍心里有数，宁愿把她的话当成美好祈愿。

他苦笑着，轻轻推开她："我没有让你成为世界上最幸福的人。如果不是为了我，你不会被赶出家门，不用辛苦打工赚钱，更不会因此受伤。"

"我不准你钻牛角尖！"谢采青提高音量，她来了脾气，揪住盛雍的衣襟，蛮横地拖他到跟前，一字一句地道，"我对幸福的定义，不仅仅是每天开开心心和你在一起，还有不后悔！为了能和你在一起，我不后悔做的每个决定！同样，我也不准你后悔。盛雍，你听清楚了吗？"

"采青，我不想看你吃苦，看你受伤。"盛雍心好痛，做不到心安理得地接受她为自己的辛苦付出。

"我不怕吃苦受伤，我只怕……"谢采青哽咽着，湿了眼眶，用力忍住不掉泪，"我只怕你后悔。你要知道，你是我生命里的一个意外。如果你不出现，我真的会听从我爸的安排，为继承威音堂嫁给三师兄，没有爱情，没有幸福，平平淡淡地和他生活。可是你出现了，是你让我知道，我可以活得自私一点，尽最大努力争取自己的爱情和幸福。所以你千万不能后悔，不要在我已经离不开你的时候，把你给的一切收回去。"

此时此刻，谢采青并不强大，只要一想到盛雍会动摇，她就很害怕，控制不住在眼眶里打转的泪水，模糊了视线。

"采青，我错了，我错了。"强烈的负罪感把盛雍搞得手足无措，指尖颤抖，怎么也抹不尽她的眼泪，他只能把小泪人搂进怀抱，他的眼圈也红了，"我不后悔，我怎么可能后悔呢？早在你第一次拒绝我的时候，我已经打定主意，就算没脸没皮赖着你，也要赖一辈子。哪怕你一辈子不喜欢我也没关系，我的嫉妒心太强，你不跟我好，我也看不得你跟别人好。男的不行，女的也不行，不男不女的更不行。"

听到振振有词的最后一句话，谢采青破涕为笑，捶他的肩："你非要把我弄得一会儿哭一会儿笑，像一个神经病一样你才高兴。"

盛雍觉得特冤枉，指着自己的红眼睛道："你看我哪里像在高兴，宝贵的眼泪都快被你感动出来了。你知不知道，我已经很多年没哭过了。今天要真当着你的面落泪，绝对是黑历史，我没办法，只能'娶'人灭口。"

"你的意思是，你没落泪就不娶了呗？"谢采青难得一次和他抬杠。

"不敢不娶，毕竟你已经离不开我了。"盛雍重新牵起她的手，含情脉脉地凝视她，"采青啊，如果以后再受伤，你一定要告诉我。我再没用，也还是分得清碘伏和药油的，消毒上药也还是会的。你得给我表现的机会，不过，这种机会能少则少，没有最好。"

经过这一场又哭又笑，谢采青也明白了"被需要"有多重要。

她重重点头："好，我答应你。"

一对小情侣重归于好，江山全程围观，等他们忘情地吻在一起，又蹦蹦跳跳欢快地来到二人面前，后头还跟着另一只小松鼠。两只不知羞的小萌物，直起身子瞪圆眼睛，跟两个电影观众似的，专心致志地欣赏吻戏。

谢采青率先发现它们的存在，直接笑出声，心都被萌化了，果断丢下盛雍，上前把两只松鼠迎进两手的掌心。

"你认识这只松鼠吗？"她蹲在地上，回头问慢一步走来的盛雍。

就算没吻尽兴，盛雍也只能矮身蹲下。他没好气地打量着她左手心里的陌生松鼠，摇头随口道："江山的女朋友吧。"

"你分得清公母？"谢采青好奇地问。

"我分不清，瞎猜的。"盛雍抚摸着江山，像话家常一样，和老朋友闲聊起来，"我估计你也到岁数了，家里催了吧。你这么笨，遇到一个不嫌你笨的女孩子不容易。是不是快结婚了，所以带它来见见我们？嗯，小伙子眼光不错，女朋友看着就精明，和我女朋友一样。你说什么，不是家里催，是女朋友催着结婚？嗯，这点也和我女朋友一样，就怕我不娶她。"

听他说得有鼻子有眼，谢采青忍俊不禁。她是怕他将来不娶自己，所以也不觉得害羞，只觉得心里像灌了蜜似的，甜滋滋的。

"它叫江山，那这只叫什么呢？"把两只松鼠托在一起，谢采青思索片刻，征求他的意见，"叫美人吧，像你女朋友一样。"

盛雍乐得不行，亲昵地刮了刮她的脸蛋："你自恋的样子，颇有我当年的风范。很好，继续保持。"

谢采青点头，甜甜一笑。

"右手'江山'，左手'美人'。"盛雍指着她手心里的"江山美人"问，"你起这名，是把自己当皇帝了吗？"

"对呀。江山我要，美人我也要。"谢采青放走两只小东西，双手环过盛雍的脖颈，笑容璀璨，眼神明亮，"理想我要，你，我也要！"

——心是你的，你是我的，谁也抢不走。

（3）

盛雍和谢采青回到别墅的时候，女孩们已经成功脱身，坐韩曼迪的车回了学校，留下韩柏延一个人应付发酒疯的盛平湖。等烂醉如泥的盛平湖终于呼呼大睡消停了，两个老爷子又兴冲冲地来了。两个老爷子人老心不老，听闻年轻人办party，就想一起热闹热闹，结果来晚一步没赶上。既然韩柏延还没走，那么临时改成聊聊他的终身大事吧。

这会儿，盛老爷子正在详细追问韩柏延喜欢的类型，问清楚才好有的放矢地选择对象。韩柏延交过的女朋友就没有同一种类型的，他自己也说不准，抬眼看见盛雍牵着谢采青走进客厅，灵光闪现，朝她一指。

"盛爷爷，给我介绍一个谢采青那样的吧。"韩老板如意算盘打得好，

"出得了厅堂，进得了厨房，打得过流氓。采青，我听曼迪说，你还敢打蟑螂。盛爷爷，这点很重要，我从小到大最怕蟑螂了。"

"你别指望了，照着采青这样的高标准找，你等着打一辈子光棍吧。"盛雍拥着谢采青坐进沙发，对盛老爷子道，"爷爷，您甭听他胡扯。我见过他几任前女友，唯一的共同点只有漂亮。您照着这点给他介绍，准没错。"

"那不行。我以前是年轻不懂事，择友标准肤浅，现在有阅历了，更注重内涵。"韩柏延坚决要将自己的小算盘打到底，"我就要找采青这款的女朋友，宁缺毋滥。现在找不到没关系，我可以等你们结婚生个闺女，我不介意当你女婿。"

"不像话！"韩老爷子也是一个暴脾气，还喜欢动手，猛戳孙子脊梁骨，"说这话你丢不丢人？就凭你这不着四六的样子，真让你找到了，人家姑娘也看不上你。你甭跟你盛爷爷扯那些有的没的，老盛你也别问他意见，只管按着你的标准介绍。合不合适，轮不到他来决定。"

"爷爷，我交女朋友、娶老婆，怎么能不让我决定啊？"韩柏延急地从沙发里跳起来，像一个视死如归的战士，"爷爷，您要是给我弄个什么包办婚姻，我可和采青一样，坚决不从，抗争到底。"

"包办婚姻……"盛老爷子耳朵灵，看向一对小情侣，着眼于重点发问，"国庆节雍雍去少阳见你爸，是因为这个吗？"

谢采青和盛雍对视一眼，然后老实地点点头。

盛老爷子锁眉寻思片刻，恍然大悟："我说呢，你爸给我打电话，反反复复强调你和雍雍不合适。我问哪里不合适，他又不肯明讲。到底怎么回事，告诉师叔。"

"对啊，对啊，我也想知道。"话题意外转移，韩柏延窃喜，顺水推舟出卖了一把兄弟，"盛爷爷，您是不知道，雍雍从少阳回来大病了一场。我问过他好几次，采青到底和谁有婚约，把他问烦了，他才告诉我，是采青的三师兄。"

盛雍冷冷地看着韩柏延卖友求荣，嘴角勾起一抹若有若无的浅笑，转向韩老爷子道："韩爷爷，我想起来一件事儿，上次我们去应酬客户的时……"

一报还一报，韩柏延大惊，狠狠剜盛雍一眼，慌慌张张接过话："时候不早了，爷爷，我们先回去吧。"

"回家可以。"韩老爷子给孙子面子，推开他伸来扶自己的手，径自朝玄关走，"回家之后，是挨顿揍还是老实交代，你自己选。"

"我肯定选老实交代。"韩柏延没犹豫，忙向长辈道再见，亦步亦趋跟上自家老爷子，满脸堆笑，"爷爷，我晚上另有安排，要不现在跟您老实交代……"

"采青，你去帮师叔送送韩爷爷他们。"

盛老爷子发话，意思很明显，想留盛雍一人问清楚来龙去脉。谢采青知道不能拒绝，又有些犹豫，担心盛雍说错话。一眼看出女朋友有顾虑，盛雍耳语一句"我没问题"，摸摸她的脸蛋，温柔笑笑。她信他，没再耽误，起身离开客厅。

爷孙俩坐到一起，不用老爷子问，盛雍主动和盘托出。

盛雍交代了谢采青宁可被父亲赶出家门，也不愿牵累他的固执，也交代了他与老谢同志一番对谈的事。老谢同志和女儿一样固执，但不怕，他坚持自己认定的人与事时，更加固执。他语调轻松，该说的都说了，唯独没有提谢采青挨了打，也没有提他跪到半夜淋了雨。事情瞒不住他没办法，可他不想把过程渲染得太凄惨、太悲伤。老爷子年纪大了，该颐养天年享儿孙福，而不是替儿孙们劳心劳力。

说到最后，盛雍补充一句话："爷爷，我和采青一定能说服叔叔，您别管了。"

"我都知道了，能放着不管吗？"老爷子拉下脸色，揪起孙子的一缕白毛叹道，"知道是你未来岳父，你还这副模样去见他。没头没脑地就去了，去之前也不找我问问，他脾气如何、喜好如何，买不买账你的油腔滑调。搞砸了吧，活该你碰钉子！"

"爷爷，我去的时候真没想那么多。"盛雍挺委屈的，有一下没一下地薅旁边抱枕上的线头，"一听说叔叔拿采青的婚姻绑架她的理想，我当时差点疯了，是口不择言说了些值得商榷的话，但我也没说错呀。"

"我没说你错，你该庆幸，那些话不是当着你未来岳父说的。"老爷子能理解孙子彼时急切的心情，放缓语气，"去都去了，你后来的举动虽然无赖，也不失为一种周旋的办法。只有你干得出来，换成别人还真没你那么厚脸皮。"

盛雍笑："爷爷，您说什么我听什么，我可当您这是在夸我。"

"夸你，你最后也没把事情办利落啊。"老爷子还嫌他呢，"你不让我插手，我没意见，也想看看你和小丫头会怎么跨过这道坎。"他挥手，"去，你把采青叫进来，我单独和她聊几句。"

盛雍动作不利索，讨好地帮老爷子捶背："爷爷，有什么话不能当着我的面聊？"

"当然是夸你的话。困难摆在眼前，我也想让采青知道她没选错人，踏踏实实和你好。"老爷子没好气地白他一眼，"胡话你都能当成好话听，当着你的面夸你，你岂不是要上天？去去去，喊她进来，你小子不准偷听！"

"爷爷英明！"这回盛雍安下心了，腿脚要多利索有多利索。

英明的盛老爷子经验老到，催得厉害，根本不给盛雍找谢采青串供的时间。为免宝贝孙子要滑头，他干脆把人撵回楼上房间，关门落锁，还派王叔当门神，严防死守。

坐立不安的盛雍满房间来来回回乱走，走进衣帽间，直接四仰八叉躺在地毯上。他情不自禁地就想起了之前在同一位置，和谢采青那个天雷勾动地火的热吻。太过陶醉忘我，他闹了个大红脸，慌忙冲进卫生间泼冷水。

盛雍手持毛巾，顶着湿漉漉的一张脸出来时，谢采青刚好推门而入。

来不及擦脸，他冲上前，急不可耐地问："老爷子跟你说了什么？"

"没什么。"谢采青很自然地拿过毛巾，帮他擦拭水渍，停顿片刻后又道，"师叔夸你比以前勤快，也比以前成熟。"

这也太简单了，盛雍问："还有吗？"

谢采青继续："他批评你上次去少阳，说话太冲，办事也不考虑后果。"

"没了？"

"没了。"

"老爷子今天好像发挥失常啊。"和预先的设想有偏差，盛雍怎么想都觉得有问题，"批评没批评到点子上，夸奖也没夸奖到位。"

谢采青走进卫生间挂毛巾，头也不回："你觉得应该怎么批评到点、夸奖到位？"

盛雍斜倚在门框上："老爷子应该批评我决心不够坚定，没能成功说服叔叔；夸我是在你的感化、教导之下，有了全方面质的飞跃。"

谢采青闻言，轻笑道："你很了解师叔，刚才的话和师叔说的差不多。"

"你呢？"盛雍把她拉坐到马桶盖上，自己屈膝蹲在她面前，"你是怎么回的？"

谢采青卖关子："我觉得你应该也猜到了。"

盛雍不依，圈住她的小蛮腰："我能猜到是没错，可我想听你亲口告诉我。"

"我对师叔说，真正被改变的人是我，这种改变是正确的，所以我有责任去改变我爸。"见他额前的碎发也湿淋淋的在滴水，谢采青用手指帮他捻了捻，"我还谢谢师叔，谢谢他让我认识你。"

　　"对你而言是认识，对我而言是重逢。"盛雍开心笑着，进一步完善她的说法，"我以为已经把在少阳养病的往事忘得一干二净了，其实并没有，和你重逢的第一天我就想起来了。不多不少，刚刚好想起来你哭着鼻子找我告状，有小朋友说你太凶，我一定不会娶你。知道我对你说了什么吗？"

　　盛雍吻上她的额头："我说等你长大，我就娶你。"

　　——现在你长大了，冥冥之中又被送回我身边。得之我幸，我一定会信守儿时承诺，娶你回家。

俗话说，万事开头难，谢采青的舞狮社团筹备工作却进展得相当顺利。

小伙伴们齐心协力，拟定出了章程，完成了初步纳新，也联系了社团挂靠单位和指导老师。准备工作就绪，谢采青把书面文字材料上交到了校团委。任谁都以为学校一定会大力支持，只等审批通过，社团正式成立，好大肆庆祝一番。可天不遂人愿，舞狮社团的材料被扣了下来。

当着发起人谢采青的面，团委领导肯定了她的一颗赤子之心。但鉴于舞狮这项活动具有一定危险性，又考虑到之前登山社发生的意外事故，团委领导慎重再慎重，最终决定暂时不予批准。

"暂时"是一个很微妙的词，可能遥遥无期，也可能突现转机，除了等待，别无他法。

所有人共同努力走到今天，却等来这样一个始料未及的结果，谢采青觉得很对不起大家，主动提出请客吃饭。天寒地冻最适合吃火锅，可红油旺火也没能烧热跌至谷底的心情，每个人脸上都写满失落和沮丧，其中最来气的要属罗子航。

"登山社那几个人出意外，纯粹是因为他们自己作，擅自偏离路线。我不知道校团委那帮领导怎么想的，一码归一码，登山社有问题整顿登山社就好了，凭什么要打击我们创办社团的热情？"

"你冲我们嚷嚷没有用。"苗灿隔着热气腾腾的火锅，扔了一瓶啤酒给他，"你再有热情，能比采青有热情？她都没说什么，你省省力气歇一会儿吧。"

谢采青一直低着头，听到自己的名字，抬眸朝大家一笑。

李姝书捡菜放进她的空碗里："要不我们明天陪你去趟校团委，再争取争取？"

"该争取的，我已经争取过了。"谢采青端着杯子站起身，笑意不减，"灿灿，姝书，宁宁，罗子航，这段时间辛苦你们了，我不会喝酒，以饮料代酒敬你们。谢谢！"

罗子航"啪"地打开啤酒："社团办不成，又不是世界末日，你们不要再哭丧着脸了，来来来，走一个。"

"是啊，是啊。"窦心宁最先响应，"没有了社团，我们照样可以继续享受美好的大学生活呀。灿灿继续做你的美妆博主，姝书继续钻研古汉语，我继续写我的小说，采青继续和质子殿下谈恋爱！完美！"

"说得好！"苗灿一拍桌子站起来，"我们每个人已经尽自己最大的努力做到最好了，结果不重要。况且团委领导只是说'暂时不批准'，兴许哪天他们一高兴就批了呢。"

"所以，我们不能放弃希望。"李姝书举起杯子，"来，为希望干杯！"

杯子碰在一起，是重振士气的声音。

谢采青在心里默念：为希望，为理想，为爱情，干杯！

晚上，女孩们手挽手，踏着纷纷细雪回学校。谢采青中途接了一通电话，时间有点长，再转身，盛雍仿佛从天而降般出现在她面前。他怕冷，穿着一件黑色长款羽绒服，帽檐压得低低的，像一个地主家的大少爷一样，拢着双手缩在衣袖里。终于等到谢采青发现他的存在，视线交会的一瞬间，他笑逐颜开，向她张开双臂，敞开怀抱。

最近忙得没时间见面，谢采青又惊又喜，一下飞扑进他的怀里："你怎么来了？"

"我听说了，担心你。"盛雍拨开她黏着雪粒子的刘海，仔仔细细把心爱的女孩看个够，"我再不来找你，你该忘了你男朋友长什么样了。"

"不会的。"谢采青捧住他被冻得通红的脸，"我的手暖和吗？"

"嗯。"盛雍不满足，俯下身，"我的嘴也冷。"

谢采青大大方方亲上去，然后把手伸进帽子里想再帮他揉揉耳朵。感觉不对劲，掀掉帽子，却发现他头发不但剪短了，也染回了黑色。

利落清爽，显得格外俊朗精神。

"王建国的手艺，还行吧？"破天荒有点难为情，盛雍挠挠头。

"很好。"谢采青眼睛亮晶晶的，忍不住伸手去摸，"真好看。"

"王建国说，这是标准的'见家长'头。"盛雍牵起她的手，朝宿舍方向走，"腊月中旬，你带我回趟少阳吧。"

"回去干什么？"谢采青不解。

"受三师兄邀请，我回去看威音堂的封箱演出。"感觉到身旁人在犹豫，盛雍捏紧她的手，"你不想回去，我也不去。"

"不是的。"谢采青停下脚步，与他面对面，"每年的封箱演出是威音堂的大事。过去三年，都是我舞单狮做开场。今年我没机会参与，我即使回去，我爸应该也不会想见到我。那么重要的日子，我不想他不开心。"

盛雍哈一口气，轻弹她的脑门："傻丫头，如果没征得叔叔同意，你三师兄敢邀请我们？"

谢采青一愣，睁圆了眼睛。

盛雍抱住傻得可爱的她："确切地说，你三师兄邀请的是我家老爷子。至于老爷子会带哪些人去，你觉得叔叔方便过问吗？"

谢采青仍有些迟疑："我爸不问，应该也会猜到。"

"猜到是猜到，但没讲出口，我们完全可以当叔叔是默许了。"盛雍牵着她继续往前走，"不着急，你慢慢考虑。不想回去，咱就不回去，我听你的。"

谢采青低着头没作声，鞋底积雪嘎吱作响，忽而抬首问："三师兄为什么要帮我们？"

盛雍弯唇笑笑："不知道，可能因为他是一个好人吧。"

他不会告诉谢采青，自己也追问过贺秋山同样的问题，更不会让她知道，当他听到答案的时候，心里有多慌，就有多替自己感到庆幸，庆幸在对的时间、对的地点，让他有幸成为她生命中那个对的人。

两个人来到三号女生宿舍楼下，又耳鬓厮磨说了一会儿话。

谢采青舍不得和他分开，依偎在他怀里。想起这段时间为创办社团和他聚少离多，风风火火忙前忙后，到头来只是一场空，她突然就懈怠了，觉得好累，无能为力。

使劲往他怀里钻了钻，谢采青瓮声瓮气地问："盛雍，我如果失败了，没能成立社团，是不是意味着我可能永远得不到我爸的认可？"

盛雍疼惜地轻吻她的发顶："这事赖我，不该让你把创办社团当成证明自己的机会，你就不会有这么大的压力。"

"我害怕失败，你呢？"谢采青仰起小脸问。

"以前不怕，现在我有点怕。"盛雍收紧双臂，轻松一笑，"没事。我反正脸皮厚，大不了搬去少阳，就住状元府旁边，开间茶馆。叔叔越烦，我越往他跟前凑，天天低头不见抬头见，和叔叔软磨硬泡死磕到底。叔叔要是打我，我就哭给他看。"

谢采青被逗笑了："你不怕变黑历史了？"

"都是一家人，不怕。"盛雍从兜里摸出一样小物件，"你生日我没赶上，这个送你。"

一个造型古朴的木质书签，四边镂空，下面缀着一条浅绿色流苏。书签两面各有一个古体字，一面是"青"，一面是"荼"。

"'荼'在古代有茶的意思，'青荼'，青色的茶。"盛雍解释道。

手指轻轻拨动书签，谢采青问："有什么特殊的意义吗？"

"没有，字面的意思，单纯因为我喜欢这两个字。"把书签塞进她的大衣口袋里，盛雍响亮啵了一记她的额头，然后神秘兮兮地道，"收好了，没准以后用它能兑换一份大礼。"

谢采青听不太懂，但没有多问。即使盛雍不提醒，她也会将这份礼物好好珍藏。

世事无常，白云苍狗。

谢采青到底还是第一次缺席了威音堂的封箱演出，不是因为怯于与父亲见面，而是因为韩家老爷子突发恶疾，病逝了。

便血是早期症状反应，韩老爷子没重视，等到症状加重，入院详细检查时，癌细胞已经扩散至全身，无力回天。老爷子很乐观，觉得这辈子已经活够本，实在没必要只为吊三五个月的命，孤零零躺在重症监护室里，听各种仪器为他倒数计时，既痛苦又没有尊严。

于是在家人的陪同下，老爷子与院方签署了自愿放弃治疗同意书，开开心心地搬进了一间阳光最充足的单人病房。

因为病痛的折磨，老爷子从胖头陀变成了瘦头陀。他常常陷入迷迷糊糊的昏睡中，靠杜冷丁缓解疼痛，一天里少有清醒的时候。这天醒来，他的精神出奇好，一口气喝掉小半碗稀粥，又坐在窗前晒了一会儿太阳，晒得面色红润，一点也不像病重的老者。

病房护士见过太多生死，知道老爷子这是回光返照，忙打电话通知家属。

盛老爷子第一个赶到。两个老头你争我夺了一辈子，彼此太熟悉、太了解，坐在一起只讲了两句话：

"老伙计，我要先走一步了。"

"走吧，我随后就来。"

韩家、盛家的晚辈们陆陆续续地赶来医院，也都一一见过了韩老爷子。没有人大放悲声掉眼泪，因为盛老爷子坐在门口把关：想哭去厕所哭够了再出来，想看我的老伙计，只能乐呵呵地进病房。

韩曼迪从小被爷爷宠到大，要不是有谢采青陪着，她真的差点哭晕在女厕所里。进病房时，她仍紧紧攥着谢采青的手不放。韩老爷子知道孙女刁蛮骄纵，身边没几个知心人，见她能和谢采青打破隔阂成为朋友，打心底替她高兴。

盛雍随后进的病房，韩老爷子拉着他的手，几度张口却欲言又止。他知道韩老爷子想说什么，便主动开口替韩老爷子说了。小时候的事，他怪过爷爷，也恨过爷爷，但死过一次那就是涅槃重生，是新的开始，他只会记得爷爷的好。

该来的都来了，唯有韩柏延迟迟不出现。

盛雍发过微信，打过电话，通通没有回应。韩曼迪急得哭鼻子、大骂哥哥混账的时候，韩柏延终于火急火燎地出现在众人的视野里。

这位大哥不是空手来的，还在身后拽着一个女人。

女人穿着一条薄纱白裙，中分长直过腰，面色惨寂，眼圈青冷，活脱脱一个从恐怖片里被拉出来的女鬼。她轻飘飘地跟着韩柏延走进病房，深埋着头，长发挡去大半张脸。或许是害怕，或者觉得冷，整个人抖若筛糠。

不知道韩柏延唱的是哪一出，韩老爷子都吓得来了精神。

"你这个臭小子，怎么又找人装神弄鬼！"

"不是又，还是上次那一个。"韩柏延胆小，不敢拿正眼瞧他带来的"女鬼"，"爷爷，真让您说对了。我虽然不认识她，但她认识我，上次是她故意吓我的相亲对象。"

"不，不……""女鬼"不光人哆嗦，声音也哆嗦得厉害，"我不是，不是故……"

"你闭嘴！"韩柏延外强中干，吼一嗓门又把眼神飘远，"爷爷，她暗恋我好多年了，我也是刚知道。"

见"女鬼"被自家孙子吓得不轻，晃晃悠悠要晕不晕的样子，韩老爷子忙道："你赶紧把话说清楚。"

"她是我的高中同学，同级不同班，我没什么印象。"韩柏延也怕她当场昏厥，别开脸伸出双手把她固定住，"一两句话说不清楚，总之她到现在还一直暗恋我，三番五次故意和我巧遇。这么多年都没放弃，说明她很爱我，我决定让她当我女朋友。"

韩老爷子：……

"女鬼"：……

韩柏延一把环过"女鬼"纤细的肩膀，撩开遮挡视线的长发，一张阴森中又透着清秀的小脸显露出来。看第一眼，韩柏延还是吓得一抖，看第二眼就习惯多了。为证明自己所言不虚，他当着爷爷的面，鼓起勇气闭着眼亲了"女鬼"一口，竟莫名感觉滋味不错。

结果，"女鬼"直接晕在了他怀里，不是神魂颠倒亲晕的，而是万分惊恐被吓晕的。在她晕倒的那一刻，韩柏延才想起来，自己好像还不知道她叫什么名字。

不靠谱的韩柏延，最终仍以不靠谱的方式完成了爷爷的夙愿。

韩老爷子是在睡梦中故去的，也算走得安详。

自他过世的那日起，盛老爷子再没有碰过高尔夫，开始深居老宅读书练字。有年腊月，老爷子没知会任何人，独自前往少阳为威音堂封箱演出捧场。演出结束后，老爷子和老谢同志坐在状元府的院落中央，一碟花生米就着一壶桂花酿喝至半宿。糊涂时说清醒话，清醒时道糊涂言，是醉，也是醒。

盛平湖半年后学成归国，形单影只。他在Z大附近开了一家法式甜品店，名叫"胖胖的你"。李姝书嗜甜如命，常去光顾，打听过他女神的近况。他含糊其辞，没承认自己在等她，也没说不是。

窦心宁的百万鸿篇巨作到毕业依然只有二十三个字，但她和罗子航分分合合、合合分分的狗血恋情，足够她洋洋洒洒写个无穷无尽。

苗灿爱上了一个神出鬼没的男人，对方长得像道士。先是她热闹、张扬地追求了大半年，某天突然觉得没意思，潇洒挥手说再见。后来道士不知道着了哪门子的道，时隔两年，反过来又开始追她。鸽子蛋大小的订婚戒指摘了戴、戴了摘，她终于决定不嫁土豪，和道士再过过招。这二人能不能修成正果，主要看道士哪天恢复正常。

谢采青收到书签的两年后，"青茶"作为都市新概念茶馆的代名词，已风靡全国，备受年轻人追捧，短短一年时间开店十三家。

少阳店开业那天，从未公开露面过的大老板亲临现场，出乎意料得年轻，也出乎意料得帅，听说还是一个博士。旁边状元府威音堂的小弟子们出来看热闹。年纪稍长的弟子，越瞧越觉得气宇轩昂的帅哥老板面熟，好像在哪里见过。

当天晚上，帅哥老板突然造访威音堂，对着素来威严的师父张口就喊

"爸"。师父不知是急还是恼，脸色白一阵青一阵，把帅哥老板喊进主屋，长谈到天明。

至于他们聊些什么，小弟子们没胆子偷听，倒是从年长师兄口中得知，师父确实有个女儿在外地读大学。她年纪不大，可有出息了，正带领着唯一一支高校女子舞狮队参加全国大学生舞龙舞狮锦标赛。

小弟子们好奇，为什么从没见过师父的女儿。年长师兄也摇头，只知道她好像犯了大错，被师父赶出家门，再没回来过。这是师父的大忌，谁也不能提，谁也不能问。可小弟子们同时也发现，师父手机里有两段视频，师父有事无事最喜欢坐在院落里，一遍又一遍地看。好像视频还有名字，一个叫"狮子下山"，一个叫"登高采青"。

帅哥老板隔天一早离开状元府，小弟们将他送至门口，每个人收到了两颗牛奶糖。满面春风的帅哥老板告诉他们，这是喜糖，甜得很。

几年的共同努力进取没白费，有成长，有收获，盛雍无怨，谢采青亦无悔。

这世界固然有点讨厌、有点烦，难对付的时候也居多，但每个人活在其中，就应该用爱与希望给它点颜色看看……